T.R. Ragan

ABDUCTED

致命绑架

【美】T. R. 蕾根 著
席煦 译
蔡君梅 校译

上海文艺出版社

献给鲁斯·科尔·坎涅姆
我美丽的、独一无二的妈妈

第 1 章

加利福尼亚州首府　萨克拉门托
1996 年 8 月 17 日　周六　晚 6：47

夜色黑暗，欧洲夹竹桃高大繁盛，他就躲在树下重重暗影中，监视着安德森家房子的前门。他身后是一片干巴巴的草地，草很高，等他待会儿返回车上时，能一路隐匿他的影踪——他把车停在房子另一侧了。这些干草是火灾隐患，要是长在他家附近，早就被处理掉了。过去的两个月里他在这块区域踩点，已经看出一件事：这儿的居民安逸懈怠。没有"邻里守望组织①"的警示牌。没有定期会议。没有治安信息的交流。

一群白痴！

这些人难道不知道要想防范犯罪，最有效的保护来自消息灵通的

---

① Neighborhood Watch，美国社区组织的一种。对居民进行安全培训，加入该组织的居民相互帮助，并自觉关照社区公共财物和邻居人身财产安全。侧重于犯罪预防，如发现疑似犯罪迹象（如社区出现形迹可疑的陌生车辆）不会采取干预措施而是通知警方。其参加者身份类似于"邻里志愿安全员"，不同于"义警（Vigilante）"或国内的"协警"。

民众吗？对你们社区正在发生的事情警觉一点吧。各位，睁大眼睛，对陌生人陌生车辆要提高警惕……他摇了摇头。

媒体上的所谓"专家"们硬要说近期的一系列杀人案件表现出了凶手的控制欲和扮演上帝的妄想。根本不是那么一回事儿。是耐心。而他，不只是拥有圣徒的耐心而已，他本人就是个圣徒。他才不像那些记者们喜欢给他加的标签那样，什么躁狂症，什么精神错乱，或者其他什么乱七八糟的。如果他真是他们说的"发疯的精神病"，他早把那些所谓的"专家"一个个地追杀干净才算完。

以前做过FBI[①]特工的作家格里高利·奥奎因说他是个废物，把他说成是被社会抛弃的人……一个以残害无辜为乐的人生输家。奥奎因真是丢了哈佛大学的脸。

但他干嘛要在乎奥奎因怎么想？他自己知道事情真相到底怎样。他知道自己在做什么和为了什么。他知道什么是对，什么是错。如果这个作家能多花点时间调查那些女孩死之前的生活，他就能知道她们离"无辜"差得远呢——她们都不是什么良家淑女。是这些十来岁的女孩不守规矩，才逼得他采取行动，如果不是他，就没人站出来惩处她们。如果奥奎因知道这事的来龙去脉，一定会称他为义警[②]，英雄，一个出于道义上的责任感而跳过法律程序，用自己的方式伸张正义的人。

他的视线始终紧盯安德森家的前门不放。他烦躁得五脏六腑像有东西在咬，不过瞥一眼腕上的劳力士[③]手表之后，他就把烦躁咽了下

[①] FBI，Federal Bureau of Investigation 的缩写，美国联邦调查局，直属美国司法部。
[②] Vigilante，义警。定义不一，韦氏词典将其定义为"不是警察但试图追捕并惩罚罪犯的人"。
[③] Rolex，劳力士，瑞士产名贵手表，品质与做工优良。

去。那是一块蚝式恒动海使型表①。虽然他对任何形态的水都极端厌恶——不管是海，大洋，还是池塘——他一直都很想要一块海使型防水手表。他爸爸从前就常戴一块这样的。手表的 31 个精密宝石轴承可以自动运转，即使在水下 1 220 米深处依然防水。坚固可靠。而且不像那些大块头的欧米茄手表那样笨重。这块手表是从一块贵得离谱的 904 L② 不锈钢上铣③出来的。夜光表盘，即使是在阴暗处读数也很容易。这是他奖励自己的礼物——干得不错，三个月里，三个女孩——都是社会的祸害。

他眯起眼睛："詹妮弗在哪儿？"

两个月以来，詹妮弗·安德森的父母每周六晚上都会出去吃饭，然后看一部电影，像钟表发条一样规律，从不错漏。他们把 16 岁的女儿独自留在家里，却不知道他们出门不到五分钟，女儿就会从房子前门偷偷出去，走到临近公园跟男朋友见面。这小丫头片子真不要脸。

他确信詹妮弗最后一定会溜出来，于是他决定等，同时想想他最近惩罚的其他小娘们儿。专家们揣测他靠折磨那些姑娘取乐，真是荒谬可笑。他为了给她们点教训，把她们带回家，然后做他不得不做的事，但不管做的是什么，都不如民众那病态的好奇心能让他找到更多乐子。

这些青春期的女生张狂放肆，都被惯坏了。这世界怎么能任由她

---

① Oyster Perpetual Sea-Dweller 劳力士手表的经典款式。"蚝式"既表明其一体化成型表壳、旋进式底盖和旋进式把头的设计，又象征手表像蚝一样坚固防水。"恒动"意指不需电池，也不需上发条。
② 抗腐蚀性能好于常规的一种不锈钢。
③ 金工工艺的一种，类似于削。蚝式手表整体采用钢材切削制成，表耳表壳一体化，而非焊接表耳。

们说了算？如果不是他，还有谁能阻止她们？

1996 年 8 月 17 日　周六　晚 7：00

莉齐·加德纳悄悄下了楼梯，希望能逃出家门不被发现，可惜走到楼梯拐角的时候，姐姐的口红从她裤袋里掉出来，滚过门厅的瓷砖地面。

"你还想去哪儿，伊丽莎白[①]？"爸爸在厨房里，点着她的大名问。

莉齐叹了口气，向他看过去。

妈妈站在爸爸背后，嫌弃地冲她摆了摆手，暗示她不必把爸爸的话当回事。爸爸不一直都这样么，她出门跟朋友玩之前，他照例都要发一通脾气。

"这是我最后一次晚上跟艾米丽和布鲁克出去了，"莉齐撒了谎："他们俩明天就要去圣地亚哥[②]了。"

"出去见见朋友是件好事，"爸爸说："你长大了，需要脱离长辈的圈子，开始和同龄人出去活动了。谁开车？"他打开前门向外张望。

艾米丽在她的敞篷大众甲壳虫[③]轿车里冲他挥挥手："嗨，加德纳先生！"

爸爸嘟囔着关上门："那也不用非得是今天晚上出门。现在外面还有一个杀人犯没抓住呢。"

又来了。能不能别总这样？

[①] 莉齐的大名。"莉齐（Lizzy）"是对伊丽莎白（Elizabeth）的昵称。
[②] 圣地亚哥，加利福尼亚州的沿海城市，位于美国本土的西南角。
[③] 紧凑型轿车车型，外形时尚美观，在全世界范围内畅销不衰，曾于 1972 年取得了全球产销量冠军的美誉

那个臭名昭著的杀人犯专杀青少年,虽然近几个月没再作案,但他之前短短三个月里疯狂杀害了一个15岁女孩、两个16岁女孩,已经成功地把原本一切正常的家长们搞得神经兮兮,草木皆兵。

"爸爸,放我去好不好?"

"那你得十点之前回来。"

"汤姆,"妈妈打断他,"我之前已经跟莉齐说好,她可以在外面待到十一点半。这是她能跟那几个女孩儿出去的最后一个晚上了。她们打完保龄球之后会一起回布鲁克的家。你之前见过布鲁克的家长的。莉齐晚点回来没事的。"

"我觉得不好。"爸爸摇摇头。

"去吧。"妈妈冲她挥手告别,"晚点回来没关系,我们等你。晚些见。"

莉齐不用妈妈说第二遍,之前掉的口红也忘到九霄云外,连忙头也不回地跑出门去了。

1996年8月17日 周六 夜11:25

莉齐希望今夜永不结束。杰瑞德开车送她回家,她透过前挡玻璃往外看。这是一个深沉而美好的夜……完美的夜。

杰瑞德在埃默[①]街右转。

"就在那儿停车好吗?"莉齐指着街区尽头的人行道路沿石说:"剩下的路我走过去。如果爸爸看见是你开车送我,他非杀了我

---

① Emerald,原意"绿宝石"。书中道路名称一般选择音译,必要时(如译者认为路名选择可能有作者的特殊含义时)选择意译,音译时给出词的原意,供读者理解。

不可。"

杰瑞德开着他爸爸的福特牌探险者①汽车，把车停在路边，熄火。莉齐解开安全带。她倾身向他，将唇印在他唇上。等她起身时，眼睛里含满了泪。

"怎么了？"他问。

"我不知道，"莉齐说："我就是讨厌这种感觉……就好像再也见不到你了似的。"

杰瑞德揽过她，从她的鼻尖吻起，脸颊、下巴，最后是嘴。每个吻都如他们的初吻。可是现在，时光飞逝，他要去上大学了。生活真是残酷。"我好想让时间永远停留在这个夜晚。"她说。

"我也是。"他说完又吻了她，这次他加深了这个吻。

她爱杰瑞德·迈克尔·夏恩的一切：他的模样，他带给她的感觉，他的气息，还有他的声音。

"杰瑞德？"

"嗯？"

"你不会忘了我的，对吧？"

"绝对不会。"

他停顿许久，笑起来："看看咱们俩，搞得就好像永远不能再见了似的。我是去洛杉矶，又不是去火星。开车最多五六个小时就到了。你只要一个电话，就能找到我。"

"说话算数？"

"算数。"他又亲了亲她。

杰瑞德停车之前仪表盘上的时计就已经显示 11 点 25 分了。爸爸

---

① 福特汽车推出的一款 SUV，车身宽大，线条灵活流畅，有肌肉感。

估计早就气疯了。"我该走了。"她转身打开车门。

他伸手拉住她:"莉齐,我爱你。这不是我们的结束,这是开始。"

她勉强挤出一个看起来不那么难过的笑容:"你说得对。我也爱你。明天早上走之前给我打电话,好吗?"

"好。"他看着他们面前的街道,"我送送你吧,现在太晚了,不能让你一个人走着。"

莉齐喜欢看他为自己担心的样子,但他有时候流露出一种把她当成小丫头对待的倾向。她已经跟他和他的家人吃过很多次周日晚餐了,知道他爸爸可能有点专横,控制欲很强。她可不想让杰瑞德或者其他任何人管她该做什么。而且,如果爸爸发现她没跟艾米丽和布鲁克在一起,而是由杰瑞德送回家的话,接下来的一个月她出门都得受限制。莉齐飞快地在他嘴上啄了一下,然后转身下车。"我一个人没事的。"她关上车门,送他一个飞吻。

杰瑞德看着她的背影,也给了她一个看不见的飞吻。

莉齐开始往家走,她现在感觉好些了。在坎宁路①右转前,她回头一望,但杰瑞德已经从另一条路开走了。但不管怎么样,她还是向那个方向挥挥手。

她家就在这个街区的尽头。

她能看见前院爸爸种的柳树的轮廓了。

她的鞋踩在人行道上,咔嗒咔嗒,声音响得快能把死人吵醒了。于是她停下脚步,脱了鞋。现在一片寂静,只剩下远处某条小溪里无数只求偶的青蛙呱呱叫个不停。

---

① Canyon,音译作"坎宁",原意"周围有悬崖峭壁的峡谷"。

嚓！

一盏街灯灭了。莉齐路过它时边走边抬头看。她原以为周围不会变暗太多，但她错了。今晚，连星星都抛弃了她。天啊，她之前都忘了自己有多讨厌黑暗。唯一比黑暗更让她讨厌的事，就是独自一人面对黑暗，独自。

杰瑞德是对的。她当初应该答应他开车送她到离家近一点的地方，或者干脆让他像往常一样一路走着把她送到家门口。再或者杰瑞德把她从布鲁克家接走之后，她本来可以通知爸爸一声的。那时候如果她跟爸爸解释，爸爸肯定会相信。他总是相信她的话。现在可好，她不得不一个人待在外面，这都是她固执的结果……一个人……在黑得像墨水一样的夜空下……

有位邻居家的侧门附近传来一阵吆吆窣窣的声音。莉齐双臂打了个寒战。她停下细听，盼着能看见那只名叫"法芝"的拉布拉多犬，它巧克力色，喜欢舔人，谁都舔，几乎能把人舔死。她走了几步，又听见那种声音。嘭，嘭，嘭，像有足球在地上弹。

"杰瑞德？是你吗？这可一点都不好玩，你知道的。"

她双脚不动，扭过身子往后看。背后的街道空荡荡的。邻居们的灯都关着，她目之所及，没有人从窗子往外看，也没有狗叫。

这是个好迹象，不是吗？

"什么都没有，是你自己吓自己。"她自我安慰。

莉齐继续走，一步一步地向前。可诡异的还不止这些，最诡异的是，流遍她全身的一种感觉。她能感受到……感知到……有人正在暗中盯着她。

爸爸总是说："相信你的直觉，伊丽莎白，如果有什么东西感觉不对劲儿，那它可能真的有问题。"

但也曾有人说她想象力过于活跃。

一阵凉风擦过她的胳膊。但今晚好像是没风的，不是吗？

她应该跑。乍觉有人监视她的那一刻她就应该开始跑了。

嘭，嘭，嘭。

她转身太猛，差点失去平衡。一个男人径直向她冲过来。她的大脑使劲冲她喊："跑啊！"可是事情糟就糟在她的双腿根本不听使唤。两只脚就好像粘在水泥地上一样。

唰！唰！

先是有什么结实的物体击中了她的一条腿，然后是左半边脑袋。火辣辣的剧痛几乎要打穿她的脑壳。她双膝一软，眼前只有一片黑：黑的夹克，黑的面具，黑的天空。

第 2 章

加利福尼亚州　萨克拉门托
1996 年 8 月 19 日　周一　上午 9:12

　　莉齐睁开双眼。头盖骨传来一阵撕裂般的剧痛，痛得她龇牙咧嘴。她被面朝下放着，双手绑在背后。绑她的绳子又粗又糙。她两个手腕麻麻的，身子几乎动弹不得。那个狗杂种花了不少工夫把她上半身用绳子绑了，一圈又一圈，勒得紧紧地，一丝一毫都动弹不得，连呼吸都困难。两只脚踝也被绑了。

　　"我现在在哪儿？"她想知道。

　　但她很难看清楚。她的头，眉毛往上都包了纱布。那个男人是猛砸了她的头和两条腿，然后又把头用纱布包扎了吗？他也跟她说了一些话，通过某种很古怪的麦克风，把他的声音变得就像在重播电影《迷失太空》①

---

① *Lost In Space* 由斯蒂芬·霍普金斯执导，威廉·赫特、加里·奥德曼等人主演的科幻片。1998 年上映，讲述了地球环境恶化促使人类（包括主角罗宾逊一家）向其他星球移民，因反派破坏导航系统，飞船在太空迷失的故事。

里面那个罗宾逊家的机器人①在同她讲话。那声音一听就让人毛骨悚然,尤其是从一个戴面具的男人嘴里说出来——他的面具跟老版的蝙蝠侠电影里面的一模一样。

"我到底在这儿呆了多久了,几个小时?一天?两天?"

起初的疼,像是有大锤要碾碎她的头盖骨,等她双眼渐渐适应了这个半明半暗的房间,那种疼变得更像是头顶有什么东西连续不断重重地砸。她渐渐能看清房间里各种陈设的轮廓了。

这个房间跟她的卧室差不多大。长方形的窗户被深色窗帘遮挡,一缕光从细小的缝隙间挤进来。许多蜘蛛网从窗子的边边角角一路蔓延到天花板上,蛛丝结成一排图案。

阵阵寒意窜上脊梁。

恐惧几乎快将她整个吞没,但她明白,除非保持冷静,否则根本不可能从这里出去。

一摞纸板箱高高地堆在她右边。

莉齐试图挪动胳膊,但那没用。她不想死。最近报道了多少女孩失踪,两个?三个?关键是,有多少是活着被找到的?

一个也没有。

有什么东西正在想方设法沿着她的腿往上爬。她能感觉到它在动。

莉齐不由得屏住呼吸。腿上那个东西又不动了。

"怎么不动了?是要咬我吗?"

她打了个寒颤。她想尖叫。可是如果叫出声,就会引来那个杀人狂的注意,然后呢?

---

① 指电影中一位接近2.5米高的巨型机器人歌利亚

它又开始了,爬得不慌不忙。莉齐能感觉到它腹部的重量,那里正抵着她的肌肤。大概是只蜘蛛,体形像蟑螂一样的蜘蛛,她猜测。

她跟绳索较劲,拼命扭动双臂、双腿、屁股。没用,胃里翻江倒海。

"不准犯恶心,莉齐。冷静点。"她对自己说:"吸气,呼气。别的女孩找不到逃出去的路,不代表你就不能。"

"快想。"

"集中精力。"

她最近看了一期奥普拉脱口秀①,是讲如何应对各种极端情况的,比方说如果汽车沉进水里该怎么办。首先要做的就是保持冷静。

莉齐闭上眼,深吸一口气,然后慢慢呼出来。那阵突如其来的恶心消退了。再睁开眼,一只蜘蛛飞快地掠过木地板,就在她面前不到1英寸②远的地方。一只,接一只。

"靠!到底怎么了?这都哪来的?"

她使劲将头往后拗,能躲多远躲多远。妈的。几英尺③远的地方就是一个大玻璃缸,满满都是虫子。不光有蜘蛛,还有蝎子蜈蚣。各种虫子乌泱泱地往上涌,虫子摞虫子,互相踩着挤着要爬出来——就像现在的她一样,它们也被困住了。

在她腿上爬的那个什么东西一寸一寸地翻越她的膝盖。

"那只是一只臭虫……一只蠢臭虫而已。控制住,莉齐,至少现在不是两眼一抹黑。"

---

① *The Oprah Winfrey Show*,又译作《奥普拉·温芙瑞秀》《奥普拉秀》等。该节目由美国脱口秀女王奥普拉·温弗瑞制作并主持,是美国历史上收视率最高的脱口秀节目。同时也是美国历史上播映时间最长的日间电视脱口秀节目。

② 1英寸约合2.54厘米。

③ 1英尺约合30.5厘米。

她现在最怕的是那个杀人狂回来。她不想死。

脑海中又浮现出那些失踪的女孩。

莉齐像落了网的苍蝇一样扭来扭去地挣扎，努力摸索背后的绳结在哪儿，绳索摩擦，疼得像火烤，可她也顾不得了。

突然，一种可怕的冷静攫住了她。求生的意志终于击败了把她捆起来的禽兽。

那个杀人狂——从那以后的人生里，她都叫他"蜘蛛侠"——显然不知道她的关节是可以前后弯折的，她能把四肢和关节弯成他这变态杂种做梦都想不到的样子。

莉齐闻到了自己血的气味，很腥，腥得她胃里又是一阵翻涌。

现在要挺住，还不能昏过去，她还要赶在蜘蛛侠回来之前挣脱绳索逃走。

"别想那个蜘蛛侠了。"

"专心点。"她对自己说。

"左肩再压一压就行了……"这种本领她在聚会上向朋友们显摆过很多次，"啪"地一声，就能把肩膀卸下来。医生管这叫"习惯性脱臼"。如果她能再脱臼一次，如果胳膊能稍微再动么……再向左一点点……

"集中精力，莉齐。"

咔嚓。

一滴泪划过颧骨落在脸颊。

"上帝啊，谢谢你。"她心里默默道。

肩膀脱臼的地方一抽一抽得疼，但跟头和腿的疼相比，根本不算什么。头疼到难忍，腿上被那个男的用某种又硬又结实的东西打中了，感觉像有火在烧。她在地板上悄无声息地滚来滚去，把绳子挣松，然后弯起身子，将下巴压到胸口的位置，用牙咬住绳子拉扯。有效果，绳子松了。她抽出右手。好！剩下的事就好办了。

莉齐翻身坐起来，右手解开脚踝上的绳子。她没有时间可浪费，随即用右臂将左臂向胸膛这边压，小心翼翼地把左肩按回关节。疼痛随之舒缓。

她手脚并用爬起来。体内的肾上腺素①支撑着她继续挪动，让她不至于昏过去。一只蜘蛛从她头上掉下来，落在她面前的地板上。这只八条腿的猛兽是个大块头，棕色，浑身是毛。莉齐光着脚，用脚尖把它划到一边，然后发狂似的扑打乱糟糟打结的头发，把虫子们往外扫。她已经被咬了两下，可能不止两下。

蜘蛛到处都是，在地板上和成摞的纸箱周围横行霸道。她一动不动，等着熬过这阵眩晕的感觉。

"走，莉齐，从这儿逃出去。"

她迈出第一步，腿就开始打战发软，好在她紧紧贴住了墙，这才稳住。身上的道道伤口和痛楚她都顾不上担心了。眼下需要的是逃走。

莉齐从百叶窗叶片之间的一道缝隙向外窥探。窗子用铁条从外面封住了。她一瘸一拐地走到门边，惊讶地发现门居然没锁。

她静听外面的动静。有人在说话。好几个人的嗓音。有台电视开着。她悄悄踏上铺着厚地毯的走廊。这栋房子看上去是新的：新刷油漆的气味，新地毯，墙上什么都没有。

一次迈一步。别出声。慢一点。她始终注视着前门，普普通通的

---

① 当人经历某些刺激（例如兴奋，恐惧，紧张等）分泌出的一种激素，能让人呼吸加快（以获得大量氧气），心跳与血液流动加速，瞳孔放大，为身体活动提供更多能量，使反应更加快速。

一扇入户门①,有一个猫眼和一条防盗锁链。她心脏怦怦直跳,有平常的三倍快。

"我的天呐,我的天呐!"她在心里喊。她多想跑到门边去,但又明白不能急躁冒进,否则会引来注意,这可不是她想要的。门上的铁链看上去很笨重。有人用一把重重的金属锁把它锁住了。莉齐环顾这间起居室,电视上正在播放狗粮广告。她咽了口唾沫,舌头感到又肿又粘。紧接着,她竟然看见了他。

真他妈的狗屎。

那个疯子。那个怪物。蜘蛛侠。就在那儿。

他就在长沙发上……在沙发上睡着。

如果她想开锁穿过前门,会将他吵醒。这栋房子里一定还有另外一扇门。她没多久就找到了一扇。在厨房和一小块非正式用餐区②之间有一扇滑动玻璃门。她会逃出去的,她会活到明天的。

她跛着脚往门边挪动,突然听见一个孩子的哭声……一声长长的,拖着长腔,可怜巴巴的呜咽。

是男孩儿?还是女孩儿?她听不出来。但确实房间里还有另外一个人。莉齐咬着下唇。外面,太阳正冉冉升起,将天空点亮。从她现在站的地方,她能看到一个未来。新一天的黎明,触手可及……但那种声音又响了。

"啊啊……呵呵……咳咳……"

靠!

莉齐艰难地回到刚才在的地方,目光落在长沙发上的那个人身

---

① 进入房屋的第一扇门,与"室内门"相对。
② 现代美国和加拿大的家庭的正式宴会一般在客厅吃,厨房附近留出的一小块自家人平时吃饭的地方,称为"非正式用餐区"。

上。他刚才一直没动。两眼闭着。修剪整洁的胡须遮不住那张孩子气的脸。大耳朵看上去笨笨的,耳边深棕色的头发剪短了。头发没白。他侧卧着。她只能看到他的半张脸,足够看出他颧骨高,肤色晒得很深。又来了。孩子的哭声。这次没那么响。为什么她不能把目光从那个禽兽的脸上拿开?他看起来一点都不像杀人狂啊。他的模样像是一个商人,如果在街上与他擦肩而过,她甚至还会与他打声招呼。他看起来那么"正常"。

莉齐强迫自己离开这里。沿着铺了地毯的走廊一步一摇地走,每走一步都腿痛难忍,连同头上如同擂鼓的痛,她也只能再次强行将它们忽略。她最想忽略的事实是,她是个笨蛋。还有,该死的,她要吐了。

这儿一共有三扇门。其中一扇通向有蜘蛛的房间。另两扇关着。莉齐一边慢慢扭动其中一扇的靠右手边的门把,一边向里偷窥,小心翼翼,避免发出任何动静。这是一间客房。一间百分百正常的客房。一张床,床上一半盖着百衲被①。一个床头柜,上面放着一盏灯,手作镶褶灯罩,是她奶奶从前会钩针编织的那种。这座房子里没一样东西是合常理的。充满恐怖气息的屋子,却有手缝的被子和新刷的油漆。她往另一扇门去,一打开,扑面而来一股陈腐霉烂的气味。

出现在眼前的惊悚一幕吓得她连忙捂住自己的嘴巴。房间里的气味让人恶心:烂鸡蛋和死老鼠的味道。房间很小,一张床就占满了大半。四个床柱,其中两个顶着骷髅头……不是她在诊所见过的那种骷髅头。这里的骷髅头上挂着东西。人皮?头发?"我的天啊。"她想吐。

---

① 被面由碎布拼接缝制而成的被子。

房间里有什么东西动了一下，吸引了她的注意——是刚才那些噪音的源头。地板上有一个孩子。13 岁？14 岁？孩子的胳膊腿都瘦得只剩皮包骨，绑着，拴在了一根床柱上。莉齐很难看出这到底是个男孩还是女孩，如果只从脖子上的银项链判断，她猜是女的。那个女孩浅棕色的头发被整成参差不齐的怪异形状，想必是用钝刀子削短的。太瘦了。面无血色，眼睛大而圆，眼珠向外凸出。身上衣服破破烂烂，血迹斑斑。

莉齐甚至没有意识到自己向那女孩儿走去，等她回过神来，她的手已经在为女孩解绑，她的牙正咬在绳结上。她手里解着绳索，脸上泪流成河。那女孩儿站都站不稳，莉齐便一把捞起她抱着跑出房间跑过走廊。她明明自己疼得要死，却只能紧咬着牙关免得呻吟出声。

她没有停下看看那个男人还在不在沙发上。眼下最迫切的是从这座地狱出去。她跑去滑动玻璃门那儿，为了腾出双手开锁开门，别无选择，只好先把女孩儿放下。等她终于重新又抱起女孩，一步踏上外面的土地，阳光眩目，几乎晃瞎了她的眼。一棵大橡树将条条枝桠伸到她面前。除了橡树枝叶，她什么都看不见。

包括蜘蛛侠在内。至少她没有第一眼看见他——几瞬过后，莉齐才惊觉。

他就站在篱笆边。

等着她们。

而她臂膀间的女孩一定也已经看到他了，因为女孩嘴里发出了几声世上最诡异的尖叫。

第 3 章

加利福尼亚州　萨克拉门托
2010 年 2 月 12 日　周五　晚 6：06

里奇维尤高中的多功能教室一端，莉齐站在中间，指着前排的一个小女孩："海瑟，如果你觉得有人打算绑架你，首先应该做的事是什么？"

"引起别人对我的注意。"

"不错。要想引起注意，怎样做可能是一种好办法呢，薇姬？"

"又踢又叫。"

"说得对。"莉齐说。有八个孩子报名了她今晚的课程——都是不到 18 岁的女孩——但真正来上课的只有六个。毕竟是周五晚上，能来这么多人已经不算太糟。过去的十年里，她一直在教孩子们如何自我保护。以前的出勤率真还有比这更差的，偌大的房间，一个来露面的都没有。

很容易就能看出过去的一个小时里谁有没有认真听课。"你呢，妮可？请到前面来，向我们演示一下如果有人要强行带走你的话你会怎么办。"莉齐点名。

所有人都安静地等着妮可站到教室前面去。

莉齐向鲍勃·斯塔基扬一扬下巴，示意他上前来。他是本地的治安官，矮壮身材，一米七出头的个子，站着也就比莉齐高十公分。他女儿今晚在这上课，所以他十分钟之前就到了教室，和其他为数不多的家长们一起，耐心地等待课程结束，好接女儿回家。

"斯塔基先生，您介意来帮个忙吗？"莉齐说。

他犹豫片刻，然后耸耸肩，走到教室中间，妮可站的地方。妮可的两条胳膊绷得笔直，僵硬地垂在身体两侧。

莉齐摆出姿势示意鲍勃上前用他粗壮的胳膊扣住妮可。虽然这位治安官大人把手臂环绕在女孩脖子上的时候明显不自在——他也确实有理由感到不自在——但他还是按莉齐的要求做了。

"好，妮可，如果有人像鲍勃现在做的这样抓住你，告诉你到他的车里去，你会做什么？"

妮可紧张得咽了一口唾沫："我不知道。"她弱弱地扭动一下，试图摆脱鲍勃的钳制，然而摆脱不了。"我怕得要死，"妮可说："这种情况我连想都不愿意想。我不知道该做什么。"她眼里泛起泪花，"求求你，放开我。"

莉齐冲鲍勃挑一挑眉，让他知道现在可以松开妮可了。

鲍勃立刻放下胳膊。

这个小姑娘明显还需要再上几节课，才能给大家做示范。莉齐又指指教室后面，那儿有一个女孩，能离其他人多远就坐了多远。她十六岁开外，但也不会大太多，可能也就十七，但是每个耳朵上都有五个耳钉，鼻子上有一个，每条眉毛上还各有一个，这样一来模样就比实际年龄成熟，看上去也更强悍。她黑色短发，还梳着飞机头。二月的空气冷得刺骨，她却穿着一件深蓝色的吊带上衣，一条超短裙，还有一双没鞋带的破旧运动鞋。锁骨上有一个天使文身，被白皙的皮肤衬得扎眼。"啊呀。"莉齐在心里惊呼。

"你呢？"她问那女孩："如果有人挟制住你，你怎么办？"

女孩继续嚼她的泡泡糖，吹了一个泡泡，一个超级大泡泡，然后把泡泡吸回嘴里，一点都不会黏在脸上。厉害。

她棕色的眼睛里透着冷漠，一副正在盘算着什么的样子。莉齐猜测那是在掩盖她的重度孤独。

"你叫什么名字？"莉齐问。

"黑蕾·汉森。"她拽出嘴里那团泡泡糖，粘在课桌底面，然后站起来向鲍勃走去。治安官先生见她向自己走来，显得相当担心自己的安危，不只是一点点担心而已。

等黑蕾走到鲍勃面前站定，转身面向同学们，莉齐对鲍勃说："开始吧。"

鲍勃一只胳膊环过女孩的脖子，并用另一只手攥住这条胳膊的小臂，将她锁住。

"好了，"莉齐对黑蕾说："你现在在公园里，这个人刚刚走在你后面，卡住了你的脖子。"

黑蕾的脸上写着"无聊透顶"四个字。

"你会怎么做？"莉齐问。

"我会一口咬在操他娘的畜生胳膊上，咬下一大块肉来。"说完她就"动口""演示"。

"啊哟！靠！"鲍勃急忙用力拽出自己的胳膊，整个人向后弹开。"我的天。"他的长袖衬衫破了，血开始从棉布纤维间渗出来。

莉齐跑到教室另一头，一把抓起急救盒，将这个塑料盒子递给鲍勃，领他到卫生间去。

家长们忧心忡忡地相互小声议论着。

等莉齐站回众人面前，教室的一边发出稀稀落落几阵"咯咯"的笑声。珍·斯塔基，鲍勃十五岁的女儿扭头冲着其他女孩儿道："这一点儿也不好笑。"

"对，一点儿也不，"莉齐说："有人受伤了，这半点儿都不好笑。"莉齐看着黑蕾——她已经回去坐在教室后面她的座位上了。"黑蕾，我会对你进行无罪推定①，并且假定你没有故意伤害斯塔基治安官的意思。但我要提醒所有人，每一个人，"莉齐的目光扫过房间里每个女孩儿，"我现在讲授的逃生技能是严肃的事情，不是闹着玩的。因此我要把刚才黑蕾对我们治安官的所作所为用做例子，来讲在这种被锁喉的情况下你们应该怎么做。你们中间有多少人认为，黑蕾如果被袭击，这样做是能逃掉的？"

所有女孩都举了手。

莉齐点头以示赞同。

一位整堂课远远地坐在教室后面的孩子母亲直直地站起来发言："我没想到'咬司法官员'这种事竟然还能拿来当正面案例教孩子们。"

莉齐叹了口气："那是因为您——古德曼森太太，从来没人违背您的意愿劫持过您，我说得对吗？"

古德曼森太太张嘴想要反驳，莉齐却没有给她一丝插言的机会："您被胁迫做过自己不想做的、明知不对的事吗？您被人非礼过吗？曾经有刀抵在您脖子上，古德曼森太太，或者有枪对准您的脑袋吗？"

---

① 即在没有证据或证据不足的情况下，假定某人没有错（无罪）。区别于"有罪推定"。

对方摇了摇头，慢慢坐回座位。

莉齐重新转向孩子们，现在她们好奇的眼睛睁得又大又圆。自从这群孩子上课以来，莉齐头一次享受到她们的全神贯注。"骂脏话，发毒咒，咬，踢，"她在教室前面边踱步边大声地说，字字严肃坚定，"只要能逃跑，可以不择手段。要撕心裂肺地喊'救命！我不认识这个人！'。如果你在骑自行车，别下车也别松开车把。如果你没有自行车，就逆着人流车流的方向跑，边跑边喊，能多大声就多大声。"

莉齐将几缕散发别到耳后，继续踱步，从教室的一头踱到另一头，用种种夸张鲜明的手势表达自己的观点。"如果你摆脱不掉坏人，最后还是被用某种方式劫持进了汽车里，要摇下车窗，放声大叫，骂出任何一个你能想到的脏字……只要是任何能引人注意的话，都喊出来。如果车子在停车指示牌或者信号灯前停下，跳出车子快跑！如果汽车在行驶中而你在副驾驶座，去夺点火开关上的钥匙，扔出车窗或者扔到后座去，等绑匪去找钥匙的时候，你逃出车子跑掉。"

她将视线缓慢地在房间里扫过一圈，然后问道："你们听懂我意思了吗？"

嬉笑声已经停了有一会儿了。房间里弥漫着一片寂静，鸦雀无声。

每一个孩子都点了点头，除了黑蕾·汉森，她看上去好像所有与世上恶人们有关的一切，该知道的她都已经知道了。那些恶人——他们为了追逐猎物加以迫害，便会无缘无故对无辜的人们做下种种可怕的恶行，不释放他们脑子里丑陋怪异的妄想不罢休。

加利福尼亚州，萨克拉门托

2010年2月15日　周一　上午9：12

　　莉齐管她的车叫"老黄狗①"，那是辆1977年卡罗拉型号的丰田汽车②，车漆已经掉了色。她艰难地驾驶它从两辆停在J街的小轿车之间一点点挤出来，然后沿人行道往她办公室开。虽然已经是早上九点多，一层厚重的雾气仍然在沿街两侧光秃秃的树枝下飘荡。

　　寒意啮咬着她身体的每一部分。莉齐搓搓双臂，然后把手深深地揣进大衣口袋。她很冷。她根本没有不冷的时候。她姐姐凯茜说那是因为她太瘦了，骨头上没有包足够的肉。她说的也许是事实吧。反正没几天她就要搬去亚利桑那州③或者新墨西哥州④了，也可能是棕榈泉⑤，总之是比较热、不需要她戴手套、穿两双袜子的地方。她的手刚焐热，就不得不从口袋的温暖里拔出来，因为要开办公室的门。

　　她欣赏着门窗玻璃上新近蚀刻⑥的标识："伊丽莎白·安·加德纳——私家侦探"。这是姐姐送她的礼物，她很喜欢。

　　莉齐抬起手肘，想擦掉玻璃上的一块污渍，门却意外地开了。今天她并没有约任何客户。她现在单身。没有前夫。也没有男朋友。更没有孩子。有一个实习生但是正在度假。还有一个姐姐，姐姐有个十

---

① 此处 Old Yeller 一语双关，暗指汽车结实耐用，如老黄狗般忠心。Old Yeller 是1957年上映的美国电影，电影中的老黄狗，成了主住人家庭的一员，忠诚而勇敢地保护了这个家。
② 卡罗拉（Corolla）车型为双门轿车，由日本丰田公司1966年推出，至今仍在生产，1974—1979年间的卡罗拉型号为第三代。
③ Arizona，美国位于西南部的州，气候相对温暖干旱。
④ New Mexico，同位于美国西南部，与亚利桑那接壤。
⑤ Palm Springs 美国加州城市，位于科罗拉多沙漠的 Coachella 山谷以内，是沙漠旁的绿洲城市，日照充足。
⑥ 在玻璃、金属等表面利用化学反应或物理撞击留下目标形状痕迹的雕刻技术。

四岁的女儿——她的外甥女，但她俩都没有这里的钥匙。这就意味着，她的办公室被小偷光顾了。

她把头探进门缝，最先看见的是会客室，再往里的房间传来翻弄纸张的沙沙声，很微弱。看来要换个说法，不是"被光顾了"，而是"正在被光顾"。

她的手无声无息地探进夹克里，摸到她贴身的格洛克40手枪①。她解开手枪皮套，把枪带到身体一侧。虽然此前从来没有遇到过非用枪不可的情况，莉齐却已经随身佩枪达十年之久了。枪是她的朋友，枪给她安全感。

门框上没有强行撬门进入的痕迹。她无声地将门缝推开到刚好够她挤进房间。莉齐每次到姐姐家玩，外甥女都拼命往她嘴里塞"米通②"，可是不管外甥女怎样千方百计地想让她胖起来，莉齐还是又掉了近3斤体重。她并没有刻意减肥。她只是不饿。食物提不起她的兴致。有时候她甚至怀疑世界上是否存在能让她胃口大开的东西——虽然她确实爱吃 M&M's 牌的花生巧克力豆。

莉齐瞥了一眼办公桌。电脑关着。纸质文件七零八落乱糟糟地散放着。样子古怪的罐子里插着些头被啃烂的铅笔——罐子是外甥女为她做的。一切都还是她离开时的样子。连小偷都不愿试试看能不能从这堆乱七八糟里找到有点意思的东西。

可惜小偷不知道，其实这儿也不是一点值钱有趣的东西都没有。她姐姐已经打着"净化心灵"的名义逼她动手写日记，以为如果她能

---

① 格洛克（Glock）手枪是奥地利格洛克有限公司（Glock GmbH）研制生产的一系列自动手枪，性能优良，世界闻名。
② Rice Krispies，由谷物、棉花软糖、黄油等原料膨化制成，口感酥脆，形似中国的米花糖、沙琪玛的外国小吃。也有译作"米香"的。

把情感负担都吐出来，吐到纸面上，她就可以被治愈，变成一个更好的、全新的、净化的自己。她姐姐把写日记视为对情感的洗涤。所有"激动人心的启示"都储存在她电脑里，扔在一个名为"东西"的文件夹条目下。不过换位思考，如果她是那个贼，肯定也觉得好东西会在里间的保险柜里。

里间原本就是个大壁橱，现在已改造成了办公室。她一步一步悄无声息地往那边走去，听见的"沙沙"声越来越大。现在某个人一定忙得像只小蜜蜂。

此刻莉齐肾上腺素正式开始飙升。有一点惊险刺激，还有一点兴奋激动——恰恰是医生说她不需要的情绪。好吧，这么看来她姐姐，凯茜，之前某天吵架的时候骂她是"一条小病狗[①]"不算完全骂错了。但凯茜又不是她，不是作为"活着逃出来的那个"而在当地人尽皆知的女孩儿，凯茜一生中从来没有和一个嗜蛛成癖的变态狂在一起度过两个月。凯茜不会懂得她心里是什么感受。

莉齐转而看向地板。地上只有那条丑兮兮的哔叽色[②]地毯，看不出任何湿漉漉或者沾了泥的脚印。地毯该好好清洗一下了，不过她现在有几件事要优先做，清洗地毯恐怕是她任务清单里的最后一项——比擦洗浴室瓷砖、买柴米油盐、调整早就该调的汽车发动机这些还要靠后。其实她本人可能比她那辆破旧的小汽车更欠"调整"——汽车至少还有一根破排气管，至少还有自己的想法。

只听"砰"的一声，房间里文件柜的抽屉被结结实实地合上，莉齐开始行动。通往办公室里间（或者说壁橱）的门虚掩着，透过半开

[①] One sick puppy，美国俚语，形容人心理扭曲。
[②] 米黄色，浅棕色。

的缝隙，莉齐能看见一双靴子。有人现在正趴在文件柜最底层的抽屉上。

"举起手来不然我开枪了！"

一双手应声而起。纸张洒了一地。"是我，杰西卡。别开枪。"

莉齐将门一把推开。

杰西卡发现原来只有莉齐一个人，看上去松了口气。但即使这样，她的视线也牢牢粘在枪口，两条胳膊在空中直挺挺地举着。

莉齐眉头紧锁，放下枪。"你在这搞什么？我还以为你在去泽西①的飞机上，你怎么在这儿？"

杰西卡·普莱斯，莉齐的实习生，加州州立大学萨克拉门托校区心理学专业的学生。莉齐原本不需要她，也不想要她，但由于她实在擅长游说，能让人们为本不需要也不想要的东西掏腰包，因此莉齐还是"录用"了她。此刻她将手放下，说："去泽西的计划泡汤了，所以我想整理一下这些文件。我是不是又忘了关门？"

莉齐点点头，她又冷又累，已经不想费力气跟这个女孩啰嗦了。

杰西卡弯腰把之前洒得满地都是的纸张归拢。这姑娘才跟着莉齐干了六周，而且仅限于她自己满满当当的行程表允许的时候才来上班——然而她有空的情况并不多见。多数情况下，杰西卡的用武之地就是跑去星巴克给她俩买几杯拿铁或者摩卡。

现在莉齐开始考虑一件事——这个女孩的报酬是不是付高了，或者说，自己还能支付的起吗。

杰西卡从地上爬起来，问："刚才那把枪不是真的吧？"

莉齐已经收了枪。她点了点头："是真的。"

---

① 泽西市（Jersey），美国东海岸新泽西州的第二大城市，港口城市。

"酷哎。你带把枪可能是好事，想想花钱雇你的那一堆奇奇怪怪的家伙。"

莉齐不知道杰西卡说的是哪些客户，但反正她也不关心到底说的是谁。她也知道她或许应该问问杰西卡她的泽西之行为什么取消了——是和男朋友闹别扭了，钱不够，还是——但她真的不想把她俩现在的"关系"转化成某种小女生凑到一起没话找话聊的交际应酬。虽然杰西卡有学上，有作业，有家庭，但把这表面的一切都抛开来看，她显然是一个孤独又无助的年轻姑娘。

莉齐能一眼看穿杰西卡，是因为她自己也没好到哪里去，同病相怜罢了。

莉齐不想要任何人仰望她、指望她，或者信赖她向她吐露心事，因为那个人很可能迟早有一天真的需要她，然后呢，她又会做什么见鬼的事？她会觉得自己亏欠人家，会有负罪感，就是这样。永远都摆脱不掉的负罪感，就像她永远都觉得冷一样。还有恐惧。那让人受不了。

莉齐回会客室去。"那……有什么打给我们的电话吗？"

"有两个。格拉尼特贝高中的柯克帕垂克太太想知道你能不能给那儿的300名学生做一个讲座。然后有一个叫维克多的人打了电话来——他不肯说全名是什么。他问了很多问题，是关于雇人跟踪他老婆的。我告诉他咱们不接那样的活儿，但他是那种一听就知道不会接受别人对他说'不'的人。"

"咱们"？这个女孩总共跟她干活的时间加起来还不到20个小时，说话就已经开始用"咱们"了？"他留下电话号码了吗？"莉齐问。

"没。他说他过会儿还会打。"

五个小时之后，杰西卡离开，莉齐敲着键盘，写这一天的日记。

她不喜欢写下自己的感受，但她姐姐要求，不，恳求她试着写。"想写什么写什么"，凯茜原话是这么说的："哪怕只写一点儿都行，把情感全部都发泄出来。"

"好吧"，莉齐心想："那就开始。"

她写道："第五天：我讨厌记日记。今天天气，冷，有雾。不是薄薄的水汽，是厚到视线穿不透的那种。我还是更喜欢薄雾一点。"

这不是日记，这他妈的是一份气象报告。

"我真挺喜欢我姐在我门上蚀刻的那个标识的，刻得相当专业，真的很好。"

莉齐嘴里咬着铅笔思考接下来写什么，然后手指落回键盘上。

"现在有这样一个女孩在上我的自我保护课程。她叫黑蕾·汉森。她性子强悍。我喜欢。她让我想起了我自己。有什么理由不喜欢呢？"

她盯着屏幕，手指轻轻敲打着桌面。她越来越擅长用指尖制造噼里啪啦的噪音，听着像策马狂奔一样。她叹了口气，把十个手指强行拉回键盘。

"写日记真浪费时间而无任何意义。每天一遍又一遍地输入'糟糕'这种字样怎么让我重新健全起来？我健全过吗？谁知道呢。回见，丽兹①。"

莉齐敲下"保存"键，关了电脑，长长地舒了一口气。在她"不喜欢做的事"列表里，"写日记"排名仅次于"一个人独坐黑暗中"。

屏幕灭了。

凯茜是对的。莉齐已经感觉好多了。不过，不是因为她写了什么，而是因为她今天的日记总算写完了。

---

① Liz（丽兹），Lizzy（莉齐）的昵称。

她哼了一声，把铅笔丢进原来的罐子里。电话响了。她拾起听筒，听见一个男人点名要找她。

"我就是，请问您有什么事？"

嗯……是维克多，杰西卡之前说打电话来的那个人。莉齐双脚搭在桌上。"是的，"她说："杰西卡跟我说您来过电话。我想我恐怕不能做——300美元一天？"她双腿一抬，两脚"咚"地落到地板上，听维克多喋喋不休地抱怨他的老婆和女儿。莉齐向来不管别人的家务事。主要是因为那些事情会让她焦虑，难过，抑郁。她接的是各种交通事故调查和各种产品责任案件。失足滑倒的案例是她最喜欢的——帮保险公司对付骗保的人。这些人走遍全国各地，往地板上倒油，然后滑倒摔跤假装受伤，这样就可以要求大保险公司赔偿大笔大笔的钱。

但她一个女孩子，总得吃饭。而且除非她傻到家了才会拒绝这样的活儿——花一整天时间坐在车里，看着一个女人怎样背叛她的丈夫，300美元就到手了。莉齐从罐子里抓起一支一半被咬了牙印的铅笔，边听边记，等到维克多说完，她说："为什么不留一个手机电话，让我能联系到你呢？我晚上考虑考虑，明天早上电话你。"

"过几天我会再打来的。"维克多说。"咔哒"一声，听筒里响起忙音。

"行，没关系，维克多。千万别给我你的号码。说不定我今晚上不会考虑这件事了。"她挂了电话。

莉齐认真通读一遍刚刚记下的内容。维克多说他是一个律师。他说话一听就像个律师——语速超快，自以为是。

她耸耸肩。某种感觉告诉她，他不会再打电话来了。她把记的便条揉成一团扔进桌子下的废纸篓，然后往椅背上一仰。她的视线与桌子抽屉相触。就是那个她保存所有私密资料的抽屉……藏着她所有秘密的那个。

电话又响了。她把它晾了一会儿,等响到第五声的时候才接。"听着,维克多,你之前挂断电话不让我说完,这种行为我实在不敢苟同……"

"我一直都很想你,莉齐。"

这绝对不是维克多,"你是谁?"

"你答应过我永远不会离开我的。"

她全身上下一阵发冷。"你到底是谁?"她又问了一遍。

"都是因为你,没有人能安然无恙,莉齐。"

她将话筒贴在耳朵上却一个字也说不出来。本能地,她伸手去摸她那把格洛克,眼睛往窗外看去。她目光扫过街对面那栋灰色建筑,然后是停在路沿石边的那些汽车——都空无一人。大约隔着一个街区的地方有个女人从美发沙龙出来,从钱包里掏出钥匙,上了宝马车,然后开车离开。

电话另一头的那个人还在那儿。她能够听见他微弱的呼吸声。

她把电话话筒拿得远远的,深呼吸一口气,重新控制住自己:"蜘蛛侠,是不是你?"

听筒里传来一阵短促尖酸的大笑:"你当初不该抽身而去,莉齐。同样,你带走了本不属于你的某件东西,这也是绝对不应该的。太差劲了,你妈在搬到那么远的地方之前居然没有教你半点礼数。如果我那时候知道你是个骗子,是个贼,早就把你'处理'掉了。"

电话挂断了。

"活见鬼了!"

莉齐猛地拽出底层的抽屉,翻出一个文件夹。她打开,一页一页地翻看其中的记录。他为什么回忆不起她和那个疯子相处时的细节？他长得什么样？她只需一闭眼，就能想起当年在那个房间醒来，房里有一个爬满了蜘蛛的玻璃缸，然后她找到了那个可怜的小女孩，再然后……差一点就逃掉了。差一点，差一点的成功，跟失败有什么两样。为什么她带着女孩儿跑出滑动玻璃门之前没看一眼沙发？如果她注意到蜘蛛侠已经醒了，她本可以扔一把椅子砸穿前窗，或者找到一部电话求助。

她用力闭紧双眼。她本可以把他锁在他那栋操蛋的房子外面的。但那些"本可以"的事，她一件都没有做。结果就是那段与蜘蛛侠度过的日子……所有那些日子……逃跑失败后的那整整两个月的经历，此刻都如窗外的浓雾般堵在她心里，沉重，又模糊。她在地狱待了两个月，但当初那些恐怖的片段，她只有在夜里，再也扛不住睡意而闭上眼睛的时候，才能短暂地看见。

第 4 章

2010 年 2 月 15 日　周一　下午 4：00

回到自己的公寓，莉齐打开门，向里面瞧。她聆听，等待，同时准备好了枪。

只有麦吉那些填充球发出的几阵声响。麦吉是她的猫。

"喵呜。"

她姐姐，凯茜，不喜欢莉齐自己一个人住，所以两年前送了她一只猫当生日礼物。莉齐本来不想要猫，而且也用尽浑身解数跟麦吉保持距离。刚开始的半年，她拒绝让这只动物在她卧室附近出没。但麦吉是只百折不挠的猫科动物，通过坚持不懈的努力，最终把莉齐卧室墙角一把宽大的坐垫椅据为永久居所。那把椅子现在归麦吉所有了。麦吉还是莉齐的"闹钟"，每天早上六点叫她起床，前后误差只有几分钟。

现在，莉齐不知道如果没有麦吉的陪伴她会做什么。麦吉已经成了她的朋友，她的家人，她的生活……还是她没有放弃心理治疗的又一个原因。所以当初凯茜的决定是对的——这让莉齐有些恼火。对的又是凯茜。

麦吉原地打转,尾巴缠着莉齐的腿,喵喵地叫。它饿了。

"今天有人来做客吗,麦吉?"

"喵呜。"

莉齐踏进房门,迅速地按开灯。"好吧,既然你这么说。"她反锁了门,闩上链子,然后插好几把闩锁中的一把。

电话响了。

莉齐猛地一哆嗦,举枪指向厨房操作台上的电话。她紧张得喉咙发紧,咽了咽唾沫,才慢慢向电话靠拢。有那么一瞬间,她就只看着它响。最后,她决定忽略没完没了的电话铃声,去喂喂麦吉。

她把枪搁在柜台上,打开冰箱门,铁了心不去管电话到底是谁打来的。管它呢,她对自己说。她担心,如果她允许自己相信蜘蛛侠卷土重来,之后会发生什么。

莉齐从冰箱第二层架子上取出一罐已经打开的猫粮,用叉子把罐里剩下的挖出来倒在一个玻璃盘上。她甚至一边挖一边还哼了段小曲儿。电话声总算停了。

谢天谢地。

"到那边去,小甜甜。"她摸摸麦吉柔软的皮毛。

电话又响了。

该死的。

"行吧,蜘蛛侠,"她大声说:"咱们好好说清楚,一次做个了断。"

她抓起电话听筒:"你到底想要什么!"

"莉齐,是你吗?我是杰瑞德。"

她失去了思考的能力。脑子一团乱,就好像神经乱糟糟地打了结。"杰瑞德·夏恩?"

"是我。莉齐,你过得好吗?"

一波情感的巨浪将她席卷。她已经很久很久没有见过杰瑞德了。14年前蜘蛛侠猛砸了她的头,把她带到他的老巢,在地狱里待了两个月之后,她动脑筋逃离了那里。主要是靠说话,说了很多话,都是狗屁胡扯。她让凶手以为她是真心实意地关心他。这种骗人的老把戏古往今来已经被用得不能再滥,但是仍然管用,然后她就逃掉了。逃回来之后,她虽然见过杰瑞德几次,之后也便再无联系。

结果,14年了,她的心理治疗师也就刚刚告诉她情况有所好转,才过了几周,蜘蛛侠的电话就找上门来。现在,杰瑞德也打电话来。

纯属巧合?或者说,只是时运不济?她不明白。或许,如果她晚上能睡着超过两小时,就能像正常人一样思考了。

莉齐双手揉揉太阳穴。夜复一夜,她耳边萦绕着无休无止的呻吟声、哭泣声、拉锯声、钻孔声……除此之外没有别的。她过去摆脱不了,现在依然无计可施。

"莉齐,你在听吗?"

每天,每一天,她都问自己同一个狗屁问题:对她来说,要过上所谓"正常"的生活,到底要付出什么样的代价?而每天她都给出同样的答案:她得不到片刻安睡,除非有一天明明白白地确定蜘蛛侠已经死透了。

"莉齐?"

"不好意思,杰瑞德。真的是你吗?"

"是我,莉齐。对不起我之前一直没给你打电话。你过得好吗?"

从十八层地狱逃回来之后,她告诉杰瑞德别管她,让她自己一个人待着。随后的半年里,他无视她的要求,陪在她身边,日夜不离。

但最后,他放弃了,按她所说,离她而去。

莉齐撒了谎:"我现在好得很。"

杰瑞德顿了顿,继续道:"我很高兴。听见你的声音真好。但不幸的是,我打电话来是因为我们在奥本①遇到了些情况。有一个女孩失踪了。你有没有可能过来一下?"

莉齐在心里大笑不已。她从姐姐那里听说杰瑞德·夏恩在南加大②拿到了心理学学位。但他并没有成为这个国家最好的心理学家,而是干了件让所有人大跌眼镜的事——报考FBI学院③并被录取。没有什么更能让她震惊了。虽然杰瑞德相信真相,相信正义,相信他爸爸相信的一切,可是早在她之前跟他约会的时候他就已经说得很清楚,想让他走他爸的老路,除非先把地狱冰封三尺④。他老爸之前做过警官、FBI特工,还有法官。谁能想到,杰瑞德有天也会跳进同一条河里游泳?

"你在听吗?"他问。

"我还在。我也不想从我嘴里冒出坏消息,但我不得不说,两年前我辞去了'失踪与受虐儿童服务组织'的董事职位。我那时候就已经知道,如果我再逼自己听一起绑架案的细节,再眼睁睁看着一个家庭分崩离析,我会就此疯掉。"

她听见电话线另一边传来他的叹息。杰瑞德是有话说不出口。

---

① 奥本(Auburn),美国加州普莱瑟县(Placer County)下属的城市,为该县县治。
② 南加州大学(University of Southern California),美国西海岸最古老的私立研究型大学,世界著名高等学府。
③ FBI, Federal Bureau of Investigation 的缩写,美国联邦调查局,直属美国司法部。任务是调查违反联邦犯罪法的行为、来自于外国的情报和恐怖活动等。常见于美国影视作品中。"FBI学院"为其下设机构,为新入职的 FBI 学员提供培训,位于弗吉尼亚州匡提科(Quantico)
④ 意为不可能。

这不像他。至少不像过去的他。为什么过了这么久，现在忽然联系她？她想不通。"我很抱歉。"她又说了一遍，因为她不知道除此之外还能说些什么。"为什么不告诉我到底发生了什么事呢？"她问，然后在心里默默地加了一句："然后我会再次道歉然后拒绝你的提议。"

"我们接到报案，有一个十五岁的女孩失踪了。她叫索菲·麦迪森。行凶者从索菲卧室的窗户进入，把女孩带走，然后留了一张便条。"

"哦，那样的话，那女孩儿生还大有希望。他们那些人通常不会留便条的。说不定这是一个好的迹象，他会打电话要赎金。"

"我倒希望事情会是那样简单，可是那张便条指名是要给你的，莉齐。"

2010年2月15日　周一　下午4：15

凯茜·瓦纳跨出车门，瞬间对本地天气预报员的话有了切身体会。空气冰冷刺骨，是那种渗进骨子里的冷。在新闻里她看到了一个萨克拉门托地区的大风降温①警告。冷空气加上强风，如果人在室外待得太久，可能会出现体温过低的症状。

凯茜跟着其他家长经过前台，穿过一道通往室内泳池的双扇门②，进入水上运动中心。水面雾汽缭绕。氯气③的味道顶得人喘不过气。

---

① 原文 Wind chill，专业术语也译作"风寒"，用于表达人体散失热量与风速、气温关系，可以理解为对"体感温度"的描述。
② 门的一种式样，门扇有两个。
③ 氯气可用于消毒，有刺激性气味。但由于氯气本身有毒性，此处译者推测，消毒剂应为含氯的化合物，氯气是消毒产生的副产品，而非直接用于消毒。

游泳队的大多数女孩站在泳池边,裹着毛巾。一小部分女孩还留在水里。

她的女儿,布里特妮,站在人群的后面,缩着肩膀,紧裹着毛巾,嘴里咬着毛巾一角,目光对着地面。凯茜心里琢磨,她是不是因为什么事情而紧张。

沙利文教练站在姑娘们上方半米多高的位置,他体格健壮,作为一个五十五岁上下的男人,身材保持得可谓不错。

虽然布里特妮从五岁开始就能游出骄人的成绩,但以前跟的不是这位教练,他是近期才换的。一通自卖自夸之后,沙利文教练跟每个女孩分别说几句话,然后她们各回各家。凯茜走到女儿身边时,已经轮到她跟教练谈了。

凯茜在旁听沙利文教练跟女儿说在接下来的几个月里她需要努力改善哪些方面。凯茜第一次见到沙利文是在两个月之前。见面以来,他一直英俊潇洒风度翩翩,为人亲和友善,尤其和孩子们相处得好极了。布里特妮性格内向,容易害羞,在学校里很难交到朋友。近来她把太多的时间耗在了玩电脑上。团队运动能催生出同伴情谊,凯茜觉得这正是她女儿需要的。

"布里特妮的水平远远领先于其他人,"沙利文教练直接对凯茜说:"今天她打破了 50 米自由泳和 50 米仰泳的记录。"几句话猛地把她从种种思绪拉回现实。

"哇哦。"她惊叹道。然而旁边布里特妮漠不关心的态度显而易见,这让她尴尬不已。

沙利文笑了。"现在来说坏消息。就像我告诉其他家长们的那样,我需要再向每位游泳队员收 100 美元,因为水上运动中心的租赁费不幸涨价了。"

凯茜扭头转向布里特妮:"爸爸知道这事儿不会开心的。"

布里特妮耸耸肩:"爸爸就从来没开心过。"

空气仍然很冷,但凯茜满脸发烫。"没问题,"她向教练保证:"我们下次训练会带张支票来的。"

一走出教练的听力范围,凯茜就严厉地瞪了女儿一眼,"你是哪根筋不对?"

"我累了。而且,我快被那些牙套弄死了。"

凯茜叹了口气。她都把牙套的事忘记了。布里特妮当然会觉得难受。在更衣室外面等女儿换下泳衣的时候,凯茜在想她说的关于"爸爸不开心"的话。问题部分是因为理查德上班时间长,偏偏社会经济正在螺旋式地下滑,雪上加霜。她和理查德这段时间一直吵个不停——大多是围绕着她妹妹,莉齐。理查德不愿意让莉齐和布里特妮待在一起。他觉得莉齐疯了,而他这样对莉齐不公平。可怜的莉齐。她在鬼门关打了个转,又逃回来。

布里特妮是对的。爸爸确实不开心。莉齐也不开心。她甚至不确定自己是不是还会开心。而这还不算最糟的,最糟糕的是,凯茜压根不知道该怎么应对这种状况。

2010年2月15日 周一 晚9:00

布里特妮·瓦纳登录电脑账号,看见 i2Hotti 在线,顿时心情大好。她立刻给这个网名 i2Hotti 的男孩发信息,鼓起勇气问他,过去的两天里他跑哪儿去了。

i2Hotti:为什么这么问?你想我了吗?

Brit35①：没有

i2Hotti：承认吧……你想我了

Brit35：好吧，我想你了

i2Hotti：你买网络摄像头了吗？

Brit35：我妈说她会考虑的

i2Hotti：你自己没有＄＄吗？

Brit35：我很快就要过生日了

i2Hotti：我知道

Brit35：你怎么造②的？

i2Hotti：造？

Brit35：LOL③。就是"知道"的简称

i2Hotti：我知道你很多事情

Brit35：从脸书④上？

i2Hotti：嗯呐

Brit35：ROTFL⑤

i2Hotti：今天游泳训练？

Brit35：是啊，真烦

i2Hotti：为什么？

Brit35：新教练让人浑身不自在

i2Hotti：他做了什么？

Brit35：他盯着我看

---

① "布里特妮"的英文为 Brittany。相较于 i2Hotti 的匿名，布里特妮几乎是半实名状态。
② 原文此句写作"how dyk"，为"How do you know"的缩略语。
③ LOL，网络用语，为"Laugh out loudly（大笑出声）"的首字母缩略词。
④ Facebook，国外社交网站，类似于国内的"人人网"、"QQ 空间"等。
⑤ 为"Roll（ing）on the floor laughing（在地上笑着打滚）"的首字母缩写词。

i2Hotti：因为你太漂亮了

沉默。

i2Hotti：你在吗？

Brit35：在

i2Hotti：你应该弄一个网络摄像头

Brit35：为啥？

i2Hotti：因为我想在咱们聊天的时候看见你

i2Hotti：然后我就能梦见你

沉默。

i2Hotti：还在吗？

Brit35：我在

i2Hotti：有什么不对吗？

Brit35：我现在带牙套了

Brit35：我看起来像个怪胎

Brit35：我不想让你看见我

i2Hotti：我喜欢戴牙套的女孩

Brit35：大话精

Brit35：别下线

Brit35：我必须把我的门关了

Brit35：分分钟①

i2Hotti：分分钟？

Brit35：LOL

Brit35："很快就回来"的意思。

---

① 原文中此处布里特妮用的是"brb"，为"Be right back（马上回来）"的网络用语。

Brit35：看，已经回来了

i2Hotti：是挺快的。父母又打起来了？

Brit35：是

i2Hotti：因为？

Brit35：莉齐

i2Hotti：莉齐？

Brit35：我小姨

i2Hotti：为什么？

Brit35：我爸觉得她疯了

i2Hotti：你怎么想？

Brit35：我喜欢她

Brit35：和她一块儿好玩到爆

i2Hotti：我想和你在一块儿

Brit35：我爸妈不会愿意的

i2Hotti：他们没必要知道

沉默。

i2Hotti：考虑考虑？

i2Hotti：明天晚上，老时间？

Brit35：我会在线的

i2Hotti：祝你好梦

布里特妮退出登录，走到窗边。她本不想结束和 i2Hotti 的聊天，但她能听见妈妈在楼梯上走来走去。妈妈喜欢不定时突击，进来看她在做什么。还不许她锁门。如果妈妈知道她在和一个比她年长的男生聊天，她非气炸了不可。

布里特妮一个月前在网上遇见了 i2Hotti。她从来没见过他真人，但他让她加脸书为好友时曾发给她一张照片。就算因为和他聊天而惹上麻烦，她也甘心，他真是大写的性感。

她不知道他为什么喜欢她。她长得不美。绝对不是那种在一屋子人里脱颖而出的类型。虽然妈妈说她是个天生的美人儿，是当模特的料——但这是所有的妈妈都会对女儿说的话。

窗外，风刮得猛烈，猛烈到让布里特妮觉得前院的橡树随时都会轰然倒塌，然后正好把房子砸穿。她往夜色中仔细瞧，目光扫过下面的街道，看看那辆 SUV 今晚在不在。之前连着三晚，她都看见一个男人坐在一辆停在街对面的蓝色 SUV 里。她搓搓双臂，很高兴地发现他不在。她忍不住猜测那是不是沙利文教练。她打算下次看到那辆车的时候弄清楚具体是哪种车，好跟沙利文教练的车比对一下。那个阴森森的讨厌鬼。

2010 年 2 月 15 日　周一　晚 9：32

他看着手表，该回到索菲那儿了。离开之前，就看这最后一眼。他知道她在那里面。灯开着。

"来吧，亮一亮你的本事。"他心里想。

可惜她在二楼。这样一来，到时想把她带回自己家就相当有挑战了。挑战能带来进步。劫走索菲这事儿已经越来越没劲了。但她可能很快就要醒了，而他想要的，是在她睁开眼的那一刻，出现在她面前。

他回想起他第一次意识到自己能大有作为时的情景，兴奋如潮水一波一波地传遍全身。那是二十一年前，一切都变得无比清晰，他发现了自己人生的意义。那时他是高中四年级的学生——一个拼命努力想要放下过去重新开始的年轻人——命运却在此时横插一脚,让他看着莎侬死去。就在那天,他茅塞顿开,恍然大悟。

那时候,莎侬·温特斯,他的梦中情人,一个高二女生,占据了他的每一寸思绪。为了能给她留下好印象,他花时间深挖与她有关的事:她最喜欢吃的食物,偏爱的音乐,闲暇时喜欢做什么,以此类推。他刚一确定自己足够了解她,就放学等她。她一直都抄校舍后面的近道,穿过棒球场,然后从一条小巷回家。他在那条巷子里等,带着鲜花和她最爱的糖果让她吃了一惊。她刚看见他的时候,眉毛就深深蹙起——这让他迷惑不解。等她眉头稍有舒展,就惜字如金地跟他说,花他自己留着去,她不想把它们带回家。然后从他那儿拿走了 jawbreaker① 塞进嘴里。那是她最爱的糖果,没有之一。

他告诉她,他有重要的事想问她,但她却已自顾自地继续往家走,不愿为他片刻驻足,也不肯放慢脚步。他紧跟在她屁股后面。他很紧张,两手掌心都是汗。但他为这一刻已经准备太久了,他不能放弃,所以他向她表白了自己对她的全部感觉。然后问她,愿不愿意跟他一起看电影。

办法见效了。她终于停下,脚跟不动,扭过身子,给了他一个"你肯定是在开玩笑吧"的眼神。旋即,她那令人恼火的"咯咯"笑释放成肆无忌惮的仰天大笑。

她在嘲笑他。她笑得太猛了,结果开始被糖呛到。他不敢相信竟然会发生这种事。他给她买了大号的球形 jawbreaker 是因为他爱她,而现在她被他买的糖噎住了。起初,他觉得糖会从她嘴里蹦出来的,

---

① 在西方国家较为流行的一种硬糖,硬度较大,只能舔或吮,常有试图咬糖而崩坏牙齿的案例,因此称为"jawbreaker(break your jaw)"。也叫 Gobstopper。

那张他曾幻想了太久的嘴——幻想着亲吻，幻想着用舌头探索它的感觉。反正最后糖是会被吐出来的，所以他袖手旁观，看着她的脸涨成红色。他知道她会冲他大吼大叫为什么一点儿都不帮忙。可那又怎么样，随便。

这疯狂的一幕，从头到尾，不但没有让他感到生气或者害怕，反而让他深深着迷。他尤其享受她那双大大的棕色眼珠从眼窝往外鼓的样子，同时她眼里慢慢浮现出恐慌。她用手指着自己喉咙的时候，他觉得不可思议。那个婊子想让他做点什么解决她的问题。在她嘲笑他、羞辱他之后，她竟然真的还指望他帮她。就是在那个时候，眼前混乱的场景开始刺激他的五脏六腑，他全身都兴奋起来，尤其是两颗蛋蛋。他很快就"硬"了。莎侬的脸涨得越红，他的那个部位越硬，直到他几乎把持不住。然后莎侬的脸开始发青，青里透着三分紫。她发出几声发疯似的、含混不清的响声，烦得他很想立马把糖倒出来再用别的东西把她的嘴塞住。他浑身燥热。从来没有任何一件事能这样刺激到他。网上的色情录像不行，爸爸的《花花公子》①杂志也不行，都不行。莎侬的手指紧紧地攥上他的衬衫，她的眼睛几乎要从眼眶里蹦出来，而他某处早已经硬得像花岗石一样。她就死在他面前。

他永远都忘不了莎侬。

---

① 世界顶尖的男性成人杂志，常有女性较为裸露的照片。

第 5 章

2010 年 2 月 15 日　周一　晚 9：36

  莉齐趴在方向盘上，目光锁住前方的道路分隔栏。因为一场小雨的缘故，弯弯曲曲的道路有些打滑。没有星星的黑夜，雾气弥漫——这样一来，路更难走了。莉齐把车停在路边，打开车厢顶灯，又一次查看地图。

  远处高速公路的四车道上，车水马龙，如同时钟，昼夜不停。车窗都关着，但莉齐还是听得见车流呼啸而过的声音。她看向窗外，眯起眼读出前面的路标。沃蒙特街。

  一阵阴冷的寒意从车子的缝隙渗进来："我们很快就会再见了，伊丽莎白。"那个人的声音在她潜意识里蓦然浮现。该死的。她不愿去想之前接的那个电话。她不愿去想"那个人"。蜘蛛侠没有回来，他回不来的。他要么死了，要么在蹲监狱。

  "路易，路易[①]"忽然车厢里乐声震天。声音是从大旅行包里传出

[①] 非裔美国音乐家 Richard Berry 写于 1955 年的歌曲，1963 年由 The Kingsmen 组合演绎而流行。歌词简单重复，节奏感较强。

来的,莉齐习惯把它当女式提包一样用。手机铃声又被换了,她摇摇头。布里特妮,她外甥女,就喜欢在她身上搞小恶作剧,比方说随便给她的手机设置闹钟,指不定什么时候就铃声大作;或者把她的手机来电铃声改成各种搞怪的歌。她胳膊伸进包里四下摸索,"挖包三尺",最后确定手机被压在了包的最里面。电话是她姐姐打来的。

"嗨,凯茜。什么事儿?"

"你在哪儿?"

"我去。"莉齐心里暗骂。凯茜简直就是她肚子里的蛔虫。

莉齐知道如果说了实话,凯茜会担心,但她没法说谎。"我在奥本,迷路了。"

"我看到安珀警报①了。你是为这个过去的,是吗?"

"案子上新闻了?"莉齐问:"靠,我之前还指望能避开人群处理这事儿,免得他们来添乱。"

"我不准你去犯罪现场,莉齐。"

莉齐"哼"了一声:"你口气跟爸爸倒挺像。"

"你现在有什么理由要这样做啊?"

"因为杰瑞德·夏恩在处理这个案件,他打电话给我,让我知道绑匪留了一张给我个人的便条。可能是因为蜘蛛侠又回来作乱,也可能只是因为我在整个连环杀手的圈子里实在太出名。"

两人都陷入了沉默。

"我不小了,老姐。"莉齐嘲弄地添了一句,"我最近可每天都按你说的在写日记。我能处理好这件事。"

---

① AMBER Alert,美国和加拿大确认发生儿童绑架案时,透过各种媒体向社会大众传播的一种警报通知。

"别在我面前摆出一副将就我让着我的样子！"

似曾相识的感觉。就好像凯茜被爸爸灵魂附体了一样，行为举止如出一辙。"行吧，你说得对。"莉齐说："我道歉。但是如果蜘蛛侠回来了并且还给我专门留了话，我不可能置那些与案件相关的可怜人于不顾，你觉得我做得到吗？"

"我也很为这次被绑的小女孩难过，真的，这太悲剧了。但是你不能因此就这样对待你自己，或者这样对我们。十年来你已经为这类少女绑架案付出了很多，已经很大程度上改善了现状，莉齐。你是逃跑幸存的那个没错，但这不意味着你要一辈子欠社会的、欠那些受害者们的。你已经做了你分内的事，莉齐。你已经做了所有你力所能及的事。到此为止吧。"

"但是我没能救出那个哑女孩。"莉齐内心深处有个声音说。妈的，她心想，如今一听到陌生的声响，脑海中就会浮现哑女孩的脸：她那双棕色的大眼珠，还有恐怖扭曲的尖叫。莉齐死死地闭上眼，想要将这些画面赶跑。"凯茜，你听我说。我能把握好这件事。我会没事的。"但实际上，这种话莉齐自己都不信。

莉齐说完，两个人更沉默，漫长的，越来越长的沉默。直到凯茜开口将它打破："周五你有空吗？"

"周五怎么了？"

"布里特妮想见你。"

"天大的事儿也不能耽误这事儿。我会准时接我最爱的外甥女放学，然后和她待一晚上。"

"说什么'最'，你总共只有这么一个外甥女。"

"唯一的，也是最爱的。"莉齐瞥了一眼摊在腿上的旅行指南，发现她离目的地比想象的要近。她将车开离路边，然后在皮卡迪利酒店左转。她能看见死胡同尽头的那栋房子。所有的紧急照明灯都在闪，让人想忽略它都难。一排警车作为路障将房子封锁，还有三辆无标识的大轿车占了大半个人行道。她在路边停车，然后熄火。"我得挂了，凯茜，待会儿再打给你。"

她按下关机键，把手机扔进包里。车外，大雾浓重，低低地压在人行道上。她路过时，能看见附近的住户在隔着窗帘偷看这边的情况。她向麦迪森家的房子走去，发现自己已经开始想象绑匪走过脚下同一条小路时的样子。

微风吹过，摇得树枝咔啦啦响，她颈后的头发被吹得竖起来。

这儿有稀稀落落的几丛灌木，但院子外缘没有能够让凶犯藏身的围墙或者高篱笆。为什么他会挑中这个街区——在一个山顶上，而且只有一条可以用来逃跑的路线？他有汽车吗？还是有一个帮凶？她看过的案例够多了，每个案例都从头看到尾，所以她知道绑匪可能会在二十出头或者三十来岁，除非是蜘蛛侠，算下来他现在估计已年近四十。

如果劫走女孩的是个连环杀手，根据以往的统计数据推测，他可能还没结婚。大多数连环杀手不合群，孤独，沉默内向。不过，凡事总有例外。有一点是可以确定的：如果行凶者选中了一栋在山顶上几乎没有树木遮挡的房子，那他一定已经花了一段时间研究这栋房子连同周围的地方。罪犯可能已经在这花了很多时间，多到让他在破窗而入前感到极其自信，而且觉得周围环境的情况尽在他掌握之中。

这条死胡同沿线的房子全都长得差不多；每一栋都点缀着一小块方形的草坪，草坪框在一模一样狭窄的小路之间，小路通向住宅。莉齐一路走来都没受到盘问，可惜有趣的旅程到门廊便被迫终止。一位年轻的警官，不到一米七的个子，肌肉发达，健壮结实，方下巴。他站在前门外,一眼都不准她往房子里看。

莉齐拿出 PI① 许可证在他眼前晃了晃,然而对他完全不管用,直到杰瑞德出现在门内。

他一撞进她视线,她就感觉自己的呼吸都被摄走了。杰瑞德穿着深色西装,挺括的白衬衫,配深色领带。好看。他这身联邦调查局特工标配,按理说本应让他混在其他彻查院子的特工里泯然众人,然而没有。他那么显眼出挑,鹤立鸡群,就像出现在同性恋酒吧(或者其他任何同性恋扎堆的酒吧)里的杰拉德·巴特勒②。

"是我请加德纳女士③来的。"杰瑞德说:"放她进来。"

莉齐昂首挺胸走进房里,擦肩而过时不忘向拦她的警官甩一个得意的眼神。

这座房子的外面很破旧,看上去该重新粉刷一遍了,可里面却是极其干净,一副最近刚刚翻修过的样子。木地板涂了一层黑亮的胡桃木色,家居搭配着坐垫,一看就知道是直接按某个 Crate and Barrel④ 的推荐购物单买来的。她左手边是客厅。一个女人——莉齐猜她最可能的身份是被绑女孩的妈妈——坐在特大号的长沙发上,沙发配了订做的沙发套,海军蓝与白色相间的条纹。那女人看起来有点面熟,但莉齐没法把她的模样跟记忆里的某张脸对上号。

一个特工,或者也可能是警方的探员——她不确定——已经在那

---

① Private Investigator(私家侦探)的缩写。
② 杰拉德·巴特勒,英国演员,外形高大威猛。在 2006 年的历史动作片《300 勇士》中,饰演男主角斯巴达王李奥尼达,成为好莱坞中硬汉的代言人。译者个人以为,作者可能对男同性恋持有"硬汉一定不是同性恋"或者"同性恋不可能是硬汉"的刻板印象和偏见,此处作者借用对比是想要体现杰瑞德虽然穿着跟其他警员一样的衣服,但还是一眼就认得出。
③ 译者认为,此处杰瑞德用姓氏称呼莉齐,显得较为严肃正式,相对直呼其名,更显公事公办的距离感。
④ 美国家居品牌,创于 20 世纪 60 年代,产品包括餐厨用具、饰品和家具等,注重打造有艺术特色的购物环境,与宜家(IKEA)相似而价格略高,故在美国有"高档宜家"之称。

个女人对面与沙发配套的墩子上找了个舒服的姿势坐下,手里拿着纸笔做记录。在莉齐的右手边稍远的地方是厨房,有两三个犯罪现场技术员在刷粉末提取指纹。

杰瑞德示意莉齐继续往里走。然后他关上门,定住许久,直到他快速地将她从头到脚打量过一遍,才开口说:"谢谢你能来。"

她能回一句什么?这种场合下说"谢谢你邀请我"恐怕不合适,所以她点点头,说:"没事。"她的视线落到他别在前胸口袋上的 FBI 工作证上。"特工①。没想到啊。"

"是啊,想想我们已经很久没有聊过了。"他答道。

她想她从他的声音里捕捉到了一丝感伤,并且她对此感到惊喜——虽然本不应该有什么可"喜"的。两次,她已经让他失望了两次。当年她失踪之后,杰瑞德立刻推迟入学,因为他想帮忙把她找回来。听爸妈说,在她消失的两个月里,他每天都在志愿者中心接电话,发传单,给媒体打电话以确保他们没把她忘了。后来,尽管困难重重,希望渺茫,她还是回来了。然后她将他从自己的生命中切除,就好像他是一个癌变的肿瘤。倒带重播的往事,那些恐怖的惨叫,折磨,摧残,血:刚逃回来的那段时间,这些影像在脑海中一幕幕不停地袭来——让她窒息。她觉得自己在一点点丧失心智,她害怕,所以她让杰瑞德上学去,过新的生活,别管她,让她一个人待着。

承受她几个月连续不断的折磨之后,他终究按她说的全部照做了。

接下来的十年里,她跟跟跄跄行走在濒临崩溃的悬崖上。靠,说这话用过去时态她是忽悠谁呢,何止过去的那十年,明明她现在也还

---

① Special Agent,在 FBI 中较低的级别。

在精神崩溃的边缘挣扎,直到现在,曾经发生在她身上的事都还是一片模糊……除了睡梦里。睡梦里,正是重重阴影还有那一张张面孔复活的时候,它们接踵而至,久久不散,刚好久到能阻止她获取一夜安眠,阻止她在人生之路上继续前行。今晚看见杰瑞德,让她萌生了一种愿望,希望当年他们俩之间的事能有一个不一样的结果。但愿望只是愿望,现实中什么屎一样的事都会发生。而这就是生活。

杰瑞德脚步不停,在前面带路,往房子更靠里的部分走去。莉齐跟在他后面。他的屁股还是那么好看。她仍然记得他们那些年以前,最后一次做爱的时候,他的屁股在她指尖之下绷得有多紧。自从——在那之后她性生活的次数,屈指可数。后来跟她约会的那寥寥几个男生,用不了多久就能感觉到她有点"问题"需要解决,一天不解决,她都不可能拥有任何一种有实质意义的关系——无论是恋爱关系,还是其他人际关系。

与杰瑞德的这次见面提醒着她:从来没有一个人能跟他相提并论。显然,年岁渐长,徒增他的魅力。这种感觉真讨厌。"我能看看那个便条吗?"她问。

"这边走。"他说。他没转身,也没看向她这边;他只是按他原定的路线继续走着。有一点很明了:他请她来这儿,不是为了聊家常。这不是久别重逢的聚会。他是个有专业素养的人。他可能已经有了妻子,两个孩子,还有一栋用白色尖木桩围起来的房子。他生活中的一切统统不关她的事,可是她一想到这些,还是止不住五脏六腑一阵翻绞。

她挺胸抬头,跟他走进过道尽头的那间卧室。另一个 FBI 特工正在房间里打电话。这个男人看上去比杰瑞德个子高几英寸[①],年龄至

---

① 1 英寸约等于 2.54 厘米

少老二十岁。他冲他们动动下巴，算作打招呼。这人一定事先知道她要来，因为他拿给杰瑞德一个塑料袋，然后就继续进行他刚才的谈话了。

便条就密封在塑料袋里。杰瑞德把袋子递给莉齐，"这位是吉米·马丁。他有几个问题想问你，如果你不介意的话。"

莉齐看着塑料袋，双手止不住颤抖，她努力想控制住它们，然而没有用。若非到了此时此刻，她不会允许自己去想这个便条。她曾经被绑架，曾经向几种世界上最邪恶的极端残忍的行为屈服，如果说她曾经从这些经历中学会了什么，那就是如何自欺欺人——把所有像屎一样恶心的东西囫囵着吞了，捣下去，然后祈祷它不会浮上来。

她还没准备好去读那个便条，她得先"忙"点别的事情暂时转移注意力。她四处打量着这间卧室：墙壁被刷成小长春花①的那种蓝色，还采用了一种时髦独特的荨麻酒②色来突出强调窗子四周的墙面。窗格用的是一种鲜亮洁净的白色。房间里所有的色彩相互配合，给人一种充满活力和趣味的感觉。如果布里特妮能来这看，她会爱上这个房间的。这儿有一个嵌进墙里的梳妆台，有很大的空间可以放化妆品和其他随身用品。远处的墙角还内嵌了一张大书桌，配着一个三层的抽屉柜，每层抽屉都很深。天花板上装了两排轨道灯③，卤素灯泡④泻下纯净的白光，洒满整个房间——房间的布置陈设给人的感觉与过去

---

① 据译者所查图片资料，其蓝色类似蓝紫色牵牛花而更偏浅蓝。"小长春花"学名"蔓长春花"，原产地中海沿岸及美洲、印度等地。中国江浙沪、湖北和台湾等地区也有栽培。
② 也音译作"察吐士酒（Chartreuse）"。是法国修道士发明的一种利口酒，鲜嫩的黄绿色（颜色类似稀释后的猕猴桃汁）为其特色，甚至有一种黄绿色就被以"Chartreuse"命名（即文中出现的"荨麻酒色"）。酒的名字来自修道士所在的修道院 Grande Chartreuse，没有证据表明荨麻是荨麻酒的成分之一，可能只是由于习惯或翻译错误，中文里习惯将其称之为荨麻酒。正宗荨麻酒的配方至今仍保密。
③ 一种射灯，安装在轨道上。
④ 卤素灯泡，又称"钨卤灯泡"、"石英灯泡"，是白炽灯的一个变种。

二十四小时这里发生的事形成强烈的反差。床罩堆在床边窝成一团，料子是白色华夫格布①。小抱枕有蓝色的、荨麻酒色的，还有白色的，都散落在地上。床边小桌上乱丢着几本青少年杂志，还有一包已经开封的薯片。一块磁铁吸板卖力地展示着女孩儿数不清的勋章绶带，都是她在各种各样的学校活动里得的。窗户的装饰采用现代风格的罗马帘②，顶端配着方格图案的拱形帘头③，帘头上包含了房间装饰里用到的所有色彩。

纱窗已经被用平头剃须刀划开一道口子。莉齐看向便条。她总不可能永远拖下去。她原本就是为这张便条来的，不是吗？

便条上写着：

"我一直在想你，莉齐。你答应过我永远不会离开我。

'骗子，骗子，马上遭报应。④' 没有人能幸免于难，而且这是你的错。

我知道你会来的。我比你，更了解你自己。"

一个男人的脸在她脑海中一闪而过，快得惊人，像一道闪电割裂沉沉夜空。他透过面具窥视外界。面具从上往下一直覆盖到鼻梁，露出他长而挺的鼻子。宽额头之下，双眼闪烁着兴奋的光。他嘴唇很薄。皮肤光洁无瑕。脸上没有明显的汗毛，也没有皱纹。

吉米·马丁说句"挂了"就草草按掉电话。他"啪嗒"一声合上手机，塞进挂在腰带上的手机套里。

---

① 华夫格，是一种方形或菱形的凹凸图案（强调立体质感，与颜色无关），与华夫饼相似。

② 罗马帘，窗帘装饰中的一种款式，类似卷帘而不卷，上拉时层层折叠，可折叠出多种图案花样。

③ 也称窗幔，在窗帘上方较短的布料，用以装饰、衬托窗帘。

④ Liar, liar, pants on fire，英美小孩在认为对方撒谎，尤其是抓到对方说谎的证据时冲着对方喊的话。

莉齐尽了最大努力想保持冷静，可还是手心冒汗，两只手不停地哆嗦。便条已经证明，她一直以来忧心忡忡的一件事是真的。

他还活着。

她感觉到了那个杀人狂魔的存在，如同他此时此刻就和她同在这个房间里。这么多年过去，蜘蛛侠终究还是回来了。

"又或者，他其实一直就在我身边晃悠，我的一举一动都落在他眼里？"她忽然想。

在一个叫弗兰克·赖尔的人被扔进监狱之前，探员们曾怀疑蜘蛛侠极有可能已经因为别的案件被监禁，或者他已经死了。连环杀手不会简简单单地实施完犯罪就消失。他们要么会因为又一起案件被抓，要么死了，要么继续作案，给人间带来更多的创痛和死亡。

杰瑞德为两人做了简短的介绍。

根据警徽可以看出，吉米·马丁是特工主管①。虽然他看起来不怎么乐意见到她，但还是跟她握了握手："感谢到场。"

"不用客气，"莉齐把便条连同塑料袋交给他："我不知道我怎样能帮上任何的忙。"

"如果这跟绑架你的那个男人是同一人……"吉米说："你和那个人相处了相当长一段时间，见过他的字迹吗？"

"我还以为蜘蛛侠已经被抓进监狱了呢。"莉齐说这话是为了试探他，因为她已经不止一次地公开声明弗兰克·赖尔绝对不是蜘蛛侠，绝对不是。

"我们也希望是这样。除非有人能证明他没被抓，一切都只是怀疑猜测而已。"吉米说。

---

① 职务比杰瑞德高4级。

莉齐摇摇头:"我从来没见过他的字迹。我一直都被捆着,眼睛被他蒙上了。而且他还戴面具。"

"但是你的案宗里明明写着你见过。"

"就一次。当时他在长沙发上睡着了。"就是她第一次找到脱身的机会、差一点就能逃掉的那次。差一点就能救那个没舌头小女孩的那次。"我看见了他的侧脸。但如果你看过案宗,你就知道接下来发生了什么。"她本来想告诉这位马丁特工,刚刚在她脑海中一闪而过的那张脸,但既然特工先生看上去不怎么信任她,那她还是闭嘴好了。

"他在便条里说'都是你的错'为什么?"

"因为就像便条里说的那样,他了解我。"她搓搓双臂,也驱赶不走周身的寒意。"他足够了解我,所以他知道我觉得自己对他做的任何事都负有责任。"

"为什么?"吉米深色的眼珠盯着她的双眸,好像在试图将她看穿,"为什么你会觉得自己有责任?"

"因为我逃走了。"

"为什么他放走了你?"

为什么这个人总让她觉得好像自己在某种程度上故意在帮杀人狂一样?

杰瑞德走上前,但她抬手拦住了他。"他没有放我走,是我自己离开的,我逃走的。"她说。

"为什么他没杀你?"特工大人问道。

"我不晓得。有那么几天,我还盼着他当初把我也杀了呢。"一个名叫索菲的小女孩还在外面某个地方回不来,可是莉齐一点救她的办法都没有。她胸膛发紧。"呼吸,呼吸就好,哪怕一下。"她对自己说。

吉米的手握在莉齐身后的床柱顶端。她能感觉到他身体散发出的热量。他在试图用恐吓威胁的手段挖出他在追踪的信息,不管什么样的信息都不放过。"如果掳走索菲的是你的那个男人,他已经杀害了至少四位年轻女性,但他留着你美丽小巧的头颅纤毫未损……现在你告诉我你跟他住了将近两个月,对于他为什么这么做你半点头绪都没有?"

"够了。"杰瑞德拉着她胳膊将她从吉米大主管咄咄逼人的质问中解救出来。"她刚刚说过了,都在案宗里。我把她叫来,不是让她在这被你撕成碎片的。"

马丁无视他,继续道:"弗兰克·赖尔,就是那个六个月前因谋杀詹妮弗·坎普贝尔被判有罪的男人,供认说蜘蛛侠的四名受害者也都是他杀的,这件事你是否知情?"

莉齐耸耸肩:"如果你今晚给我看的便条是来自蜘蛛侠的,那么弗兰克·赖尔就是在说谎,极有可能,他心理病态,极度渴求外界关注,渴望臭名远扬①。我认为赖尔是在妄想。他已经看了听了太多关于这起案件的东西,足以把其中一些事实记扎实。"

"他通过了测谎试验。"

"如果他自己相信自己犯过那些罪,那你应该和我一样清楚,他可以很容易地通过测谎。我几个月前就告诉过有关当局,他们抓错人了。"

"你怎么能这么确定?"

---

① 原文 pathological need for notoriety,文中莉齐所述情况在现实中确有存在,是虚假供述(false confession)的原因之一。嫌疑人在并未遭受逼供的情况下,出于自身博取外界关注的病态心理,不惜认下并非自己所为的罪行(往往是骇人听闻的严重罪行),并从中获得心理满足。

"他们审问赖尔的时候我在场,在双向镜①后面看着。赖尔身上没有任何一个点能让我猛然觉得熟悉。蜘蛛侠的下巴骨粗壮,额头也宽。赖尔不具备两条中的任何一条特征。除了身体上的不符之外,赖尔的行为表现出攻击性,对人怀有敌意。我也看过这些报告。治疗师把赖尔描述为几乎没有自控力或者完全没有自控力的人。正好是蜘蛛侠的完全对立面。蜘蛛侠有耐心。他做事有条不紊,高度自律。赖尔无非是照着他学样儿。赖尔的情况顶多就是一个男的,工作丢了,老婆跑了,自己也崩溃了。"

"这么说来,你确信蜘蛛侠回来了?"

"你差不多可以这么说。"她抬起下巴,"他今天给我打电话了。"

杰瑞德面露疑惑,显然不明白为什么自己早前跟她通电话时她不提这件事。

吉米眉头皱得更紧:"他说了什么?"

"他说我撒谎,还是个小偷。他还说因为我,其他人会为此付出代价。"她的目光落到索菲·麦迪森的书桌上,书桌前的墙面挂着一面镜子,上面用胶带贴着许多照片。一块星星形状的亮黄色牌子上写着:"你是个明星!"星星下面是一张照片……一张索菲·麦迪森的照片。"我认识这个女孩。"莉齐说。

吉米随着她的目光看去。他眉心一蹙:"你认识索菲·麦迪森?"

"我在班里见过她。"

"但是到刚才为止你都一直没想起她的名字?"

"我每月都有很多学生报名。我开的课程是免费的。不过我能认

---

① 又称"单面透视镜"。在照明充足的房间,单面透视镜的一面是普通的有色玻璃窗,可以清楚地看到另一侧;而另一面看起来像镜子,只能看见自己的倒影看不到对面。可用于室内隐蔽观察,是监视、保安和监控的理想选择,但往往也会被用来偷窥。

出她的脸。"

"她什么时候上过你的课?"杰瑞德问。

"几周之前。"难怪她觉得刚刚坐在客厅的那个女人面熟,"噢我的天哪!"她感觉心脏猛地下坠,"他回来了。而且发飙了。"

"骗子,骗子,马上遭报应。"这句话在她心头盘旋。

"为什么?"吉米想知道:"你什么意思?"

"他现在知道我之前对他说谎了。他觉得自己被背叛了。"莉齐感觉掉进了圈套。房间闷热不透气,让人呼吸困难。她看着杰瑞德说:"我得走了。"

他带她离开房间。"走吧,一起喝杯咖啡。"

第 6 章

2010 年 2 月 15 日　周一　晚 10:03

杰瑞德把他的 Denali① 汽车停在路边,一栋古色古香的维多利亚风格房子前。莉齐将车停在他车后,下车踏上路沿石。"这看着可不像咖啡店。"她对走上前来的杰瑞德说。

杰瑞德也迈上路沿:"这可是方圆几里最好的。"他们往房子那边走,他说:"由我亲自挑选咖啡豆,亲自磨。"

"厉害。"她嘴里说着,可是心思并不在这上头。太多事情来得太快,让她感觉好像地面随时会裂开一道口子,把她整个儿吞噬。蜘蛛侠可能是因为她才拐走索菲的,她一时难以接受这种可能性。

杰瑞德打开前门,侧身示意请她进去。太暗了。她站在那儿没动。

他没有问她为何会有这样的行为,而是绕过她,到前面开路,走进客厅,边走边随手把几盏灯打开。他把夹克搭在椅子把手上。椅子

---

① 一种 SUV 中的高档豪华车型,美国通用汽车公司生产。

的坐垫做工精致。然后他闪身进了后面的房间。等他回来，他说："都看过了，没有不该有的人或者东西。"

她这才抬脚跨进房间。

杰瑞德接过她的大衣，挂进门口的壁橱里。"你看上去挺好的，莉齐。"

她不由得抬手摸了摸散落在脸颊边勾勒出脸型的几缕头发。恐怕要出动一整个美发师军团，才能让她的模样能出门见人吧，她想到这里，双手便耷拉到身体两侧。"多谢。你自己看起来也不赖。"

他的笑容，莉齐心想，根本遮不住刻在他眼睛深处的忧虑。他有公事要办，却又不想让她不安。"话说，"她开口道："你为什么不打电话，一定要我过来呢？你今晚电话里把便条念给我听就可以的。省时省力，速战速决。"说这话的时候，她浑身不自在。

"我们原本是希望你能辨认一下笔迹。而且我也需要见到你——确定你安然无恙。"

杰瑞德深色的头发还是那么浓密。三十三岁的年纪，身材瘦而精壮，一身漂亮的肌肉。除了笑的时候眼周多了两道细纹，他几乎没变。她跟着他到厨房去，他一样一样把做咖啡的用具备齐——几个过滤器、一些咖啡豆、两个咖啡杯——她就四处看看。

"你觉得是蜘蛛侠回来了吗？"她问。

"看来是的。"他说。

"我觉得我说的话，吉米·马丁一个字都不信。"

"我不会担心吉米那边。他只是跟罪犯们打了太久交道，现在问问题尖酸得有点过头了，简直是彻头彻尾的强酸。"

莉齐笑了。

"我很肯定，吉米希望在明年退休之前看到蜘蛛侠被关进铁窗后面。"他补充道。

　　莉齐决定把和吉米之间的不愉快放到一边。她随杰瑞德到他家里,不是专程来吐槽吉米的。虽然其实她也根本不知道自己为什么跟着杰瑞德到了这儿。"我得强调一下——你不用担心我,"她说:"我公寓的前门装了不只一个闩锁。为了确保安全,我在所有的门窗上头砸了不少钱。而且我随身带枪。"

　　他舀几勺咖啡豆倒进研磨机里,然后摁下开关。弄完之后,他问道:"你姐姐过得怎么样?"

　　咖啡豆由讲究吃喝的杰瑞德精挑细选,磨碎后的香味四处飘荡,莉齐的心思也不知不觉随之飘远。"凯茜过得还不错。"她久久地注视着他。他没有啤酒肚或者头发渐渐稀薄的迹象。某些人啊,真是把世上所有的好运都占全了。"她有一个女儿,布里特妮,我很喜欢这个外甥女。"

　　"那你父母呢?"

　　"我妈住在夏威夷。我有一阵子没见她了,但是我每过几周就跟她聊聊天。我爸和我几乎不怎么说话。"

　　"抱歉提起这些。"他说。

　　杰瑞德把细细磨好的咖啡豆倒进过滤器,将一只咖啡壶装满水,然后按下另外一个按钮。料理台上一个白镴①相框引起了莉齐的注意。照片里是杰瑞德和一个小女孩,她猜大概有六岁。她拾起相框:"这是你女儿?"

　　他摇头:"我没结过婚。也没有孩子。这是西娅拉·盖尔豪斯。那是我接手的第一起绑架案,孩子二十四小时之内就找到了。"

---

①　锡铅合金,可以焊接金属,亦可制造器物,也叫"锡镴"。

"她被绑到哪里去了?"

"她邻居的公寓里。一个自己不能生孩子的女邻居干的。就在她打算带着西娅拉悄悄转移到镇上之前的五分钟,我们凭直觉冲进去,万幸找到了孩子。"

"她真是个小美人儿,漂亮得像个玩具娃娃。"

"我保留着这张照片,提醒自己,有这样一件结局美好的事。"

莉齐仰头问他:"没结过婚?"

"很惊讶吗?"

"你以前总是说将来某天要生许多孩子。"

"我订过一次婚,但没走下去。"

"抱歉勾起你的伤心事。"她说。

他伸出一只手抬起她下巴,她避无可避只能望进他的双眼。"是我该说抱歉,莉齐。打死我也不该那天晚上让你一个人回家。"

"咱们别提那件事好吗,"她说:"我们可以你来我往一遍遍说'我很抱歉',但就算拼了命地说'我很抱歉'也没用,什么都改变不了。就这样吧。"

"你没什么需要觉得愧疚的,你不需要说'抱歉'。"他说。

"不是那样的。我当时对爸妈说了谎。我从那栋恐怖的房子回来的时候,我让你离我远点让我一个人待着。我崩溃了,无法面对你。即使在我头脑清醒些后也不敢见你。我每时每刻都在想你,可我一次都没有拿起电话打给你。对于这些事,我很抱歉。"她是认真的。那时候,她最迫切想做的就是给他打电话……尤其是在她最深不见底最黑暗的时刻。因为到最后,是脑海中杰瑞德的模样支撑着她熬过最可怕的梦魇。

杰瑞德目送莉齐走回客厅。他预先没有想到自己种种强烈的情绪会如此剧烈地翻滚。结果他今晚看到她的那一瞬间,就感受到了自己的内疚——这些年来他没有在她身边,他心中有愧。她比他们最后一次见面的时候暴瘦了那么多,多得让他吃惊。她看上去那么瘦,几乎是皮包骨头。她的绿眸依然摄人心魄,可是眸中已经没了闪耀的光彩。几年前,她将他推开,推得远远地;他起初生气,继而感到受伤,后来记忆渐渐褪色、淡忘。见她之前,他不知道再次与她相见内心会作何感想,但现在他知道了。他要用双臂环抱住她,再也不放她离开。他数不清自己曾有多少次想要打电话给她,但最后都是理性占据了上风。他最好还是与她保持距离,他担心如果他总是在她左右晃来晃去,只会唤起她种种不好的回忆。可是现在她就在那里,看见她,他就知道自己当初是错了。

他早已迫不及待地想要保护她,但在此之前他还需要她做一件或许她还没准备好的事。他需要她想起过去,需要她回到那件事发生的那个时候——她已经回避那件事太久了。他需要她潜入内心最深处最黑暗的角落,挖出她之前可能遗漏了的所有看似无关紧要的细节。

杰瑞德倒了一大杯热咖啡:"加糖和奶油?"

她转身往他这边来:"原味就好。"

他们捧着咖啡往客厅的沙发走去,绿色的老式沙发,古雅别致。他调整空调温度的时候,她找了个位置落座。"不用多久就会暖和起来了。"他说。

杰瑞德在莉齐身边坐下,莉齐看着手里的咖啡杯,视线又越过杯沿看向他,说道:"索菲·麦迪森需要我。"

他深深地凝望她的眼睛,意识到自己也同样需要她。自从与她分开后,他曾花了几年的时间来调整,之后才开始新的感情生活。那时恰巧他就遇见了佩吉·珊伯斯,一名律师。客观上讲,他当时确实"有十万个理由"向她求婚,可惜那都不是出自由衷的情感。每次她催他定一个婚礼日期,他心里总是疑云密布,不知道自己向她求婚到底是对是错。然而,佩吉是个聪明的女人。她看得出他从来都没有放下莉齐。他父母、他姐姐也都知道……所有人都知道他跟莉齐·加德纳的事其实还没完,即使那时他自己还毫不知情。

"是啊,"他终究还是开口道:"索菲需要你。我也需要你。我需要你告诉我关于那个绑架你的男人你所知道的全部。他是什么样的?他有任何的兴趣爱好吗? 他中途曾经离开过那栋房子吗?"

"我已经把我知道的全部告诉过FBI了。"

"但你从来都没有告诉过我。"他把"我"字念得重了些。

她浅浅抿了一口咖啡,避开他的目光。片刻的沉默后,她说:"蜘蛛侠有的是耐心,极大的耐心。"

她小口啜饮,杰瑞德在旁看着她,等她继续说下去。又过了片刻,她终究没让他失望。

"你知道的,"她说:"他喜欢各种蜘蛛。塔兰托毒蛛①是他最爱养的,但他喜欢谈论世界上最危险的其他几个品种。他喜欢把蜘蛛放在被害人身上,然后近距离地观察那些昆虫在光滑无瑕的人皮上爬过。他能那样看好几个小时,然后才刺激蜘蛛,掐它们,什么手段都用,只要能让它们咬进活人的皮肉里。"

"索菲还有一个姐姐,索菲被绑架的时候姐姐就睡在她楼上,"杰

---

① 体型有大有小,但因其中较大的种类而出名,部分体长可达10厘米,腿长可达12.5厘米。有毒液但非剧毒。易饲养。

瑞德告诉她,"你觉得蜘蛛侠是很明确地知道他的目标是姐妹中的哪个吗?在你看来,他行动之前跟踪监视过受害人吗?"

"我当然是这么认为的。如果这是蜘蛛侠做下的勾当,他从来都清楚他要对谁下手。对受害人实施绑架之前,他会比她们自己还要了解她们。"莉齐停顿许久,才补充道:"除了我之外。绑架我是他的一个错误。"

"你的意思是?"

她自嘲地给他一个苦涩的笑:"你能想象吗——是错的地点,错的时间,错的对象①。"

"嗯,我想我能理解。他那晚并没有刻意跟踪你,对吗?"

她直直地迎上他的目光,眼睛一眨不眨。现在她眼珠的色泽看起来更深了。"对,他没有跟踪我。你知道的。他想要抓的是那个安德森家的女孩儿。这是他告诉我的,然后我告诉了联邦调查局的人。"她叹了口气,问道:"有没有这样一种可能性,索菲·麦迪森是被自家人绑架的,然后他们写了这个纸条来误导你们?"

"存在这样的可能性,但是从我们目前收集到的情况来看,这次不是。麦迪森太太精神涣散,几乎没法集中注意力。她丈夫被紧急送去医院,就在你来之前一小时……是心脏问题。他们夫妇没有兄弟姐妹,双方父母的情况也都已经查明。"

"我真是受够了星期一,都是些什么鬼日子。"她说这话的时候,几乎不夹杂感情。他没有接话。

---

① 原文 wrong bat channel,典故出自 20 世纪 60 年代美国"蝙蝠侠"系列节目结束时主持人所说的"same bat-time, same bat-channel",含义类似"下期同一时刻同一频道,与您不见不散"。此处莉齐采用此典故,有一语双关之意,因为此处杀人犯蜘蛛侠劫持她时头戴蝙蝠侠面具,且有饲养蜘蛛的癖好。

"你和你那堆 FBI 朋友把临近的街坊邻居挨家挨户查过了吗?"她问。

莉齐对 FBI 没多大的敬意,对此杰瑞德也不能怪她。过去的十年多里,她受到的待遇更像是嫌疑犯而不是受害者。"你觉得我们应该来一次邻里摸查吗?"他反问。

她眯起眼睛:"这难道不是你们的标准流程?"

如果是跟别人,他一定按规定公事公办,三缄其口;可是和莉齐,不行。"你知道的,是那样的。"他说:"我只是因为你问起这个而有点吃惊。"

她耸耸肩。"如果我是索菲的妈,能知道不是我的邻居们把我孩子塞进他们卧室的壁橱里,心里肯定会好受一些。"她泄气地扫开面前细碎的刘海,"如果你读过那些文件,你就知道蜘蛛侠热衷于各种伪装。"

她扭头往肩膀后看过去,似乎是听见了什么声响。

他紧随着她的目光从前门,到前窗。他刚想问她在干嘛,她转过身来对他说:"如果有人说他们曾经在这附近看到一个可疑的人,我一点都不指望他们的描述靠谱,就是这样。"

"但我在之前与你的案子有关的文件里,从来没看到过你对'伪装'的描述,除了你提到过一副假胡须。"

"对我来说没什么可奇怪的。他们做笔录干嘛的?从一开始,有关部门就不大相信我的话,认为有水分。"

"那是因为每次他们问话,莉齐,你的故事都要变一个版本。"

"怎么会?"她的双眼又眯起来。

杰瑞德站起身,迅速跑下大厅,很快便没了人影。不一会儿,带回了一个厚厚的马尼拉纸①文件夹，递给了莉齐。

她草草翻阅，大多数纸张都已经折了角。她一页页浏览笔录，从她被找到的那天开始，到最近的几篇文章报道结束，其中包括对她父亲的采访。她身子一僵。"我之前还不知道，爸爸居然曾经同意在全国性的电视台上讲话。"

"那是你最后一次看见他吗？"

"我已经好几年没有见过他了。他不想跟我有任何关系，他把他生命里发生过的每一件不好的事都怪罪在我身上。"莉齐说。

杰瑞德许久没有说话，等她看完了报道才说："你逃到路边被找到接走之后，说了几件事情，后来都被证明是错误陈述。你跟贝特西·莱伯恩——就是发现你之后把你送到警察局的那个女人——说你遭受过性虐。"他顿了顿，"但你内衣上的体液，只跟我的 DNA 匹配。"

莉齐羞红了脸，继续浏览文件的内容。

"你接受 FBI 问询的时候，声称凶手逼着你吞毒药，每天用烟头和烧热的拨火棍烫你，而且你被强……"

她将文件夹往靠自己这边的沙发上一摔，猛地站起来，站得太猛膝盖撞上了咖啡桌。咖啡从杰瑞德的杯沿震荡出来溅到桌子上。"操你妈的你和你们那些 FBI 的！我说的事情都发生过。"她用手指着他，"你信不信，别的什么人信不信，我不在乎！但问题是，如果我说的话你们这些人一个字都不信，你他妈叫我到这来干嘛？你为什么要问我我早就回答了一百遍的问题？我最想问的是，杰瑞德，为什么连你

---

① 通常是哔叽色的，纸中的纤维可以通过肉眼分辨。大部分由经过半漂白的木浆制成，提炼过程较短，价格低廉。相对于牛皮纸，它的强度较低但有更好的印刷质量。

都要这样对我?"

杰瑞德也站起来。他伸手握住她的胳膊,但被她甩开。

"我相信你,莉齐。如果你说事情发生了,我相信你。"

"胡说!"

"好好好,让我换一种措辞。我相信,你,是发自内心地确信这些事情曾经发生在你身上,但是那些不可能发生过,莉齐。响尾蛇咬人是会留下疤的。你的血液也检查过了,到目前为止结果显示你体内没有毒素。而且有照片,莉齐。你的双臂、双手、双腿、肚子,都有照片。都在文件夹里……那些照片就算不是你刚回来之后的几小时内拍的,也都是几天之内拍的。照片显示没有灼伤的痕迹。没有虫咬的痕迹。你觉得,为什么会这样?"

"我不知道。"

片刻的沉默。空气里的紧张气氛越发浓厚。

莉齐抬起双手,紧紧地扣在颈后。又懊恼地放下胳膊,开始在房间里踱来踱去,明显灰心丧气。"听着,我想帮你找到索菲,但是我拒绝被像罪犯一样对待……或者被当成说谎的人。"

杰瑞德坐回沙发。惹她生气绝非他所愿。他知道,她相信那些事情曾经发生在她身上,然而他也知道事实上并没有。但那也不意味着在被绑架的两个月里她没有遭受过口头上或心理上的折磨。两个月,她两个月不见人影。失踪了。受折磨是毋庸置疑的。而且她回来的时候,营养不良,严重脱水。这也是事实。

加入 FBI 之前,杰瑞德专攻心理学,重点放在犯罪学和被害者研究。对于她经历过什么,他有自己的一套理论解释,而且他现在意识到他处理这件事的方式彻底错了。"莉齐",他声音平静,"你可能产生了某种'反移情①'——有的人也把这个叫做'旁观者内疚感'或者'幸存者内疚感②'。"

她抱臂而立,在房间中央,一言不发。

他胸膛发紧:"你说了你想帮索菲。我已经读了这些文件,但我需要亲耳听你把这些说一遍。我需要知道我们有没有把什么关键的东西遗漏了。"他呼出一口气,"你之前提起,蜘蛛侠戴着一张面具。"

"是的。他是戴着的。"莉齐踱到前窗边。卷帘拉得严丝合缝。她轻轻打开一点,放月光从一道道缝隙间挤进来。她转身面向他,说道:"除了戴面具之外,他每次的模样也不一样:某天是络腮胡,下一次就是八字胡。头发也是:时长时短,有时候金色,有时候深棕,有时是黑的。从来没有重复过。"

莉齐回到杰瑞德坐的地方,一只手搭在沙发背上。"其实,说真的,我觉得他时不时地会离开那栋房子。因为中间有几天我看不到他,也听不到他到处走动的声音。一开始,我每天提心吊胆。一天一天,一个星期一个星期地过去了,我总是处于饥饿状态,结果饿得连恐惧都忘却了。快到最后的时候,我又饿又冷,还气得发疯。"

她下巴抽搐了一下,手紧紧抓住沙发背,直直地盯着他。"你知道吗?我爸因为我妈那天晚上放我出去,把罪过都算在她的头上了。"

他点点头。

"那你肯定也知道我被拐一年之后,他们离婚了。"

---

① 移情是精神分析的重要概念之一,最早由弗洛伊德提出。此处的"反移情"可以理解为莉齐在受害者身上寻求一种情感寄托或者补偿,从而错误地认为发生在受害者身上的事也发生在了自己身上。

② 当人们遭遇一些创伤事件,一些人幸存下来了,另一些人却没能活下来,于是,幸存下来的人们可能会认为自己做错了什么,而对没能存活下来的人们感到内疚,产生幸存者内疚(Survivor Guilt)或幸存者综合征(Survivor Syndrome)。

他伸出双手，紧紧裹住了莉齐的一只手。

她的手缩了一下，却没有抽走。她的皮肤摸上去很软。她在颤抖。杰瑞德感到一阵痛，像有什么在啃咬他的五脏六腑，他讨厌那种感觉。莉齐装作强硬，可伪装之下，她是脆弱的，容易碎。

"如果我当初按我爸爸说的做，"她说："就什么事都不会发生。"

"就算不是你，蜘蛛侠也会找别人。"

"大概吧。"她久久凝望他，"那么，你们接下来的计划是什么？"她眼神依然锐利，声音听上去没那么激烈了。"FBI 的各位认为他会报复我，是吗？"

"如果今天给你打电话的确实是蜘蛛侠，我会说，那很有可能。"

她扬起下巴："我不得不说，我并不害怕。"

"可是我怕，因为你，我怕。"

"别。"她双眸燃起坚定的决心，"我今晚来这的路上做了一个决定。"

"一个决定？"

"我要找出蜘蛛侠，"她说，"我不能一直躲下去，像只惊弓之鸟，听见一点响声就吓得藏起来跳起来。我要在那个变态狗杂种又害人之前把他扒出来。"

"你打算怎么做？"

"我会联系媒体，以我的名义给他传句话。"

第7章

2010年2月15日 周一 夜11:59

他考虑再吞服一片氯硝西泮①。现在他两只手都在抖,以前从来不抖的。转脸不看那个叫索菲的丫头片子,他往门边走去,然后忽然双脚顿住,原地转了个圈,怪叫一声:"卟——!"

索菲睁大了双眼。她被强力胶布封住了嘴,但他还是听见了她用力喘息的声音。

他叹了口气。她就只有这点本事吗?"你实在不应该骂你妈。"他伸出一根手指强调着,"尤其是在公共场合。"他摇摇头。"只有贱女孩才会穿衣打扮像个婊子,嘴巴不干不净跟那些水手似的。你知道我为什么挑中了你吗,索菲?"

她摇头。泪如泉涌,顺着脸颊往下流。

"因为你对长辈一点尊敬都没有。如果我敢向我爸妈顶嘴,你知

---

① 药物,主要用于治疗癫痫(俗称的"羊角风"或"羊癫风")和惊厥(俗称抽筋、抽风、惊风,也称抽搐),对各型癫痫均有效;可用于治疗焦虑状态和失眠,对舞蹈症、药物引起的多动症、慢性多发性抽搐等也有一定疗效。

道他们早就把我怎么样了?"

她摇头,全身上下都在发抖,抖得就像只狗娘养的吉娃娃[①]。这毛丫头对父母的尊重为零不说,还没半点骨气。

"我父亲会拿剃须刀扎进我的皮肉里。"他带着狂热的崇拜之情说道。

一听这话,索菲眼睛瞪大,两个眼珠子鼓起,几乎要掉出眼眶。

他心里暗爽:"这样感觉好多了。"

他走到橱柜那儿,拉开顶层抽屉,仔细查看着他对各种外科手术刀,还有平头剃须刀的收藏。

他特意挑了一枚锋利异常的弯头刀片,产自英格兰,用于精准开刀。这可是为她好。

他举起刀片问她:"咱们用这个作为开始,怎么样,索菲?"

她阖上眼睛。嘴唇颤栗。他猜她在向某位看不见的神仙祈祷,可惜神仙听不见。

他没有立即动手,而是盯着她,等待。

为什么他什么都没感觉到?

他数到十。什么都没发生。他的呼吸平静均匀。下半身没有一丝兴奋的波动。这是个无趣的女孩。这时她睁开眼,用那双小狗崽一样的棕色大眼睛看着他。就是这双眼睛提醒了他,为什么把她带到这,为什么不得不做这些事。他耳边血管嘭嘭跳动,如三丈高的巨浪拍在参差嶙峋的岩石上,猛烈地冲击着他的感官。

他向她逼近,十指紧攥成拳,心潮激荡,狂乱不已。两个太阳穴

[①] 小型犬种里最小型,常有浑身发抖的情况,具体原因可能为受寒、生理或心理疾病等等。

怦怦直跳，脉搏紊乱，血液像电流一样在血管里奔腾，火花乱迸。他太想把她的两个眼球从眼窝里挖出来了。

她抽抽搭搭地哭，眼睛闭得死死的。

妈的。把你的眼给我睁开。"你吓怕了吗，索菲？"

她剧烈地哆嗦，让人很难看出她到底点没点头。这个没骨气的女孩缺根脊梁骨。天呐，唉，天呐。还得再好好"教"她些东西，然后才能杀。她到底怎么了？当初那个胆大包天口无遮拦的女孩哪儿去了？他耷拉下肩膀，又看她一眼，最终转身回到橱柜边，把刀放回去，然后用手将抽屉关了。

他要出门时，索菲的眼睛还紧紧闭着。"我要你想想自己应该接受什么样的惩罚。我要去休息一会儿，你在这好好想清楚了。"

门在他身后紧闭，他到客厅去。如果不是他弄醒她，索菲这时候本来是应该睡着的。他给她下了安眠药，足够让她被绑之后至少再昏迷了两三个小时。她是个怪婆娘，就知道发抖，一脚踹不出个屁来。

还有她那双眼睛……让人烦躁。

他感觉体内每一块肌肉都在痛。明明还不到四十岁，可是今天却觉得自己像是个七十的老人。他往长沙发上重重一倒，头往后枕在垫子上。

他昨晚没得到什么有用的消息，如果非要说有，那就是所有那堆专家都说对了一件事……他永远不会停手的。

2010年2月16日　周二　上午10：12

凯茜三十分钟之前才在莉齐的住处露面，现在她们已经吵得不可开交。

"你需要一个保镖。"凯茜对莉齐说。

"别搞笑了,"莉齐说:"过去十四年,我干了所有你让我干的事。我每两周去看一次心理治疗师——我多说一句,我其实付不起这笔费用。我也每天写他娘的日记。我很讨厌那样。"

凯茜翻了个白眼:"把你的想法写到纸面上能让你放松下来。这是一个逐渐治疗康复的过程,一种让你了解自己的途径。"

"写日记,狗屁。我每一道门上都装了好几把闩锁和挂锁,每一扇窗外都安装了防盗窗。"莉齐说。凯茜司空见惯不当回事儿的态度多少惹恼了她,因为姐姐根本不知道年复一年一周七天每天二十四小时稍有风吹草动就吓得屁滚尿流是什么样子。"我随身带着枪。我出门之前不确定每丛灌木后面、每棵树上都没藏人就绝不踏出大门一步。每一声鸟叫,每一片叶子响,每一辆车的喇叭声,都让我如临大敌。"

做姐姐的保持了沉默。

莉齐揉了揉自己蹦蹦直跳的太阳穴,试图稍稍放松:"到现在,我连自己的影子都怕,这种状态已经持续太多年了,我再也不能忍下去了,我再也不会忍下去了。我要弄懂蜘蛛侠犯罪的原因,查出他做下那些事到底是为什么,为什么他——"

凯茜反问:"你以为,过去十年里,这个国家的每一个 FBI 侧写师[①]、每一个刑事侦查员,他们一直在做的是什么?"

"但他们做得显然不够。他们不还是没抓到那个丧心病狂?"

[①] 侧写师通过对作案手法、现场布置、犯罪特征等的分析,勾画案犯的犯罪心态,从而进一步对其人种、性别、年龄、职业背景、外貌特征、性格特点乃至下一步行动等做出预测,以便警方缩小搜捕范围,及时制止犯罪行为的延续。历史上很多连环杀人案就是借助犯罪侧写师的协助破案。世界上最著名的该类型机构为隶属于 FBI 的行为分析科。

"弗兰克·赖尔可能在监狱外有朋友，除了恶作剧打几个电话之外他们想不到别的更好的办法报复。"凯茜说完，叹了口气，"行吧，行吧。那你继续说，根据你记得的那点东西，研究了所有能弄到的跟蜘蛛侠有关的信息，然后是什么？"

"然后我揣摩出他的下一步。在他实施行动之前就推断出他要做什么。"

"再然后？"

"然后我设下陷阱，等待，等他自投罗网。"莉齐看着公寓的门，抬起双臂，对着门口，做了个持枪瞄准的姿势。"他从这扇门通过的时候，我一枪打在他两眼中间①。"

"我不喜欢这个主意。"

"我本来就不觉得你会喜欢。"

"为什么你认为他还会再对你下手……尤其是，已经过了这么久之后？"

"不知道，好多问题目前无解，这算是其中之一。我的目标就是找出答案。"莉齐说。

"如果你坚持要经受这番折腾，坚持要被搅进索菲·麦迪森的这个案子，我就不能让你再带布里特妮出去玩，不然会把她的性命暴露在危险之下，我冒不起这个风险。"

"理解。"

凯茜火了："你外甥女对你来说就这么没意义是吗？跟她相处的时间，你就这么轻易地说不要就不要了？"

莉齐一只手掌五指张开按在心口："就是因为她在我心上分量太

---

① 有说法称，开枪瞄准此处，子弹将射中脑干，可一枪毙命。

重,我才永远都不敢拿她冒险。她那个完美的小脑袋瓜,伤着一根头发都不行。"

凯茜头埋得低低的。

什么鬼。莉齐伸出一只手搭在姐姐肩头:"我不是有意伤害你或者让你承受压力,但是接到那个电话,又见到杰瑞德之后,我忽然醒悟了。我再也不能像从前那么活。那种被自己的影子吓得一路狂奔的日子,我一分钟都过不下去了。这样活着,跟杀了我没两样。"

凯茜拿袖子擦擦眼睛:"我现在的生活也让我觉得过不下去。我受够了操心你的事。你从来都是想做什么就做,从来不管我们任何一个人的感受。以前你就不打招呼擅自拿走我的东西,你跟爸妈撒谎。你做的那堆选择已经毁了我们的生活。现在你心甘情愿把和布里特妮的关系放到一边,就为了追查一个嗜血的疯子杀人犯。"她仰天高举手臂,又无力地垂下。"我放弃了。我已经受够了。"她从咖啡桌上抓起钱包,然后四处张望找她的毛衣。

门铃响了。

莉齐透过门上猫眼往外瞧。门外站着杰瑞德。她解开防盗链和闩锁,打开门,然后做一个"请"的手势让他进来。他穿着蓝色纽扣领衬衫①和贴身牛仔裤——跟穿西装打领带时一样好看。衬衫袖子被他卷到手肘,露出古铜色的小臂,零星点缀着的黑色体毛不多不少,刚好足以撩人心绪。看到这里,她想,她恐怕已经在过去的某个时候丧失了对异性的欲望。谁知道呢?

"杰瑞德,"莉齐的手冲着姐姐那边一比,"你肯定还认得凯茜吧。"

---

① 衬衫最上方的领尖有纽扣。

凯茜已经找到了毛衣。她往门口走来。

杰瑞德说声"你好",主动伸出一只手。

凯茜对他友好的姿态视若不见,径直走到他面前。她气得脸上多了几条皱纹,沟壑纵横。"你为什么非要给莉齐打电话,把她卷进来不可?你知道她是有多辛苦才终于有了现在的状态,你知道她有多不容易吗?"

"我不会让她有任何闪失的。"

凯茜愤愤道:"是吗?十四年前你明知道有个杀人犯在外流窜,这都碍不着你大晚上,天黑得连颗星星都没有,把她一个人在半路上扔下,现在你就做得到了?'"

"别说了。"莉齐一只手按在凯茜肩上把她从杰瑞德面前推开,带到门外。

凯茜一出门就下楼,她的银色宝马车就停在路边。莉齐跟在她后面。"你今天是哪儿不对?"莉齐说:"我都不敢相信,你居然这么对我。"

凯茜眼里能喷出火来:"对你?你是说对你?"

"是,对我。你为什么就不能理解呢,我不想以后的一辈子连自己的影子都怕得要躲。"

凯茜坐上驾驶座,发动引擎:"因为很不巧,我认为,躲自己的影子,也比你选的另外那条路要强。"凯茜冲莉齐的公寓指了指,"我希望你没有跟那个男的再纠缠到一起玩浪漫的打算。"

"你担心这个做什么?"

"没别的,就是听说了他一些事情。他是个惯会伤女人心的主儿……是'爱一个扔一个'的那种男的。不然你以为他为什么到现在还是单身?"

莉齐耸耸肩:"现在我和他之间什么都没有。"

"哦,好啊。"凯茜摔上车门,为她们的谈话画了一个刺耳的句号,然后开车离去。

莉齐目送姐姐的宝马车在路转角拐弯处消失,忽然发现有一辆绿色的吉普大切诺基①停在路对面。如果不是司机在凯茜开走的那一瞬间忽然俯下身子躲起来,这辆吉普车根本不会引起她的注意。

莉齐转身走回公寓,小心翼翼地将注意力都集中在脚下。因为不管吉普车里是谁,她都不想让对方知道她已经起了疑心。

她进了公寓,关上身后的门。杰瑞德说了些什么,但她根本没在听,反而扑到厨房窗边,拨开百叶窗叶片间的缝隙向外窥视。那司机坐起来的一瞬间,她心跳狂飙不已。是个女的。棒球帽遮住了大半个脸。一条又粗又直的马尾辫从帽子后洞探出来。还是个黑发女郎。

莉齐突然转身冲向前门旁边的折叠桌。她拉出抽屉,抓起她的枪,拽开前门,两步一台阶下楼,一落地就沿着人行道狂奔。

杰瑞德在她身后连爆粗口,可惜声音被轮胎发出的尖利声响淹没。莉齐徒步持枪猛追。吉普车车轮擦地"刺啦"一声扬长而去,消失在路转弯处。就算她现在回去拿车钥匙追那个女人也晚了。"该死的。"她忍不住骂道。

杰瑞德紧跟她脚步追上来:"你搞什么啊?"

"别烦我。"莉齐原路折返,伸出一根手指指着他警告。她垂头丧气,三步两步上楼梯回公寓,却看到麦吉,往吉普车离开的反方向一溜烟跑走了。"麦吉,回来!"

---

① 大切诺基(Grand Cherokee),高端 SUV,克莱斯勒(Chrysler)公司旗下品牌吉普(Jeep)的一款经典车型。

"我去捉猫,"杰瑞德说:"你进屋去,记得随手锁门。"

"遵命,警官。"

杰瑞德出发追麦吉之前,冲她摇了摇头。大概是觉得她疯了吧。莉齐把枪放回抽屉,找到常年放在电话边的本子和笔,写下她看到的那部分车牌号码,还有对司机的描述:身段娇小,黑发,小巧的鼻子。森绿色的吉普车,车牌号前四位里有一个1,一个8,还有字母N。她放下笔思索:那个女的是谁?她想干什么?

一阵敲门声把她吓得不轻,她连忙赶去给杰瑞德和麦吉开门。她刚刚把他俩忘到九霄云外去了。

麦吉在杰瑞德脖子和胸前乱抓。杰瑞德忍不住轻哼一声,把它大致往客厅的方向一扔,然后关门落锁。

"你出血了。"莉齐说。

"啊?不是吧?"

她把他推进厨房,看他一脸不爽,她总忍不住想笑。她找了一块干净的布,拧开水龙头,用冷水浸湿一角,然后一下一下轻轻擦拭他下巴上的抓痕。她想抬手抚摸他那张英俊面孔,却只能艰难地抗拒这种冲动。时过境迁,他对她而言竟依然还有这样的魔力,想到这儿她自己都不由得吃惊。

"我希望那个东西已经接种过疫苗了。"

"'那个东西'的名字叫麦吉。"她笑了,手里的布又触到他下巴的时候,他也绽开一个笑。"看见你笑,真好。"他说。

"要么哭,要么笑,那干嘛不笑?"

沉默片刻过后,他说:"我觉得你姐姐还没原谅我。"

"凯茜不是那种会原谅别人的类型,她太像我爸了。"

"嗯……但……但你也不应该被那样对待。"他说。

"我们都得学着在人生的某个时刻应付发到手里的一把烂牌。"她从他身边走开,想靠喂猫让自己忙起来。

"对了,关于那辆吉普,"他说:"你看到那个家伙了吗?"

她跪在地板上,往麦吉盘子里舀猫粮。"是个女的。"

"是你认识的吗?"

她摇摇头。

"你不能每看到公寓外面停一辆可疑的车都跟在后面追。"

她站起来:"我谢谢你的关心,真的,但是拜托别开始教训我该做什么。"

"这么些年过去,还那么倔?"

"我只是尽力而为。"她打扫完厨房,杰瑞德还在检查客厅里的窗子。

"凯茜已经检查过那些锁了。"她说。虽然她知道自己说这话是浪费呼吸。

"吉米想带几个手下来安装一个监控摄像头和一个电话窃听装置。"他说。

"是吗。"

"还有你在市中心的办公室也是。"

"真棒。"才怪。

"吉米还让我跟你说,先一句话都别通过媒体向蜘蛛侠传。"

"为什么?"

"索菲的处境已经很危险了,调查局不想把她置于更危险的境地。"

莉齐随杰瑞德穿过走廊,不敢想索菲可能正在遭受什么。"我觉得调查局正在往错误的方向走。向他传话能让他分心,如果我们能转移他注意力的话，他可能就不会伤害那个女孩了。他不是随随便便折磨那些受害者的。他做每一件的事情都经过了深思熟虑、精心设计，以求能给他极致的快感。他就像一个围棋老手一样盘算下一步怎么走。如果我主动联系他，就能让他脱离既定的游戏进程，让他集中精力对付我，而不是索菲——"

"但他也有可能被激怒，把在我们这里受的气都发泄到索菲身上。"他说。

她咬着下唇，在他们面临的选项间纠结。

"我会跟吉米谈一谈。"说完，他消失在走廊的尽头。

"你检查完窗户之后到我卧室来找我吧，"莉齐说："我想给你看一些东西。"

过了几分钟，杰瑞德在莉齐卧室里找到了她。一张铺叠整齐的床占据了大半个房间。百叶窗关着，还拉拢了窗帘。墙壁刷成了浅褐色，房间里唯一能看出女人味的只有一个用旧了的填充玩偶，坐在几个枕头之间，占据了床的前半段位置。玩偶是动物的形状，但说它是狐狸可以，说它是猫也行，很难分辨到底是什么——它的毛乱蓬蓬的，尾巴掉了，还有一只脱落的眼睛用线拴着。

莉齐坐在桌前，离房门最远的角落里。桌子上方的墙上，一块四英尺[①]见方的白板上布满了她潦草的字迹。白板两边的墙壁，从天花板到地面，都被密密麻麻的清单和便条盖住了，有的是胶带贴上去的，有的是钉住的，全都乱七八糟，看不出丝毫头绪。她脚边地板上，纸张和笔记本堆积成山。"看来你一直挺忙的。"他说。

---

① 约等于 1.22 米

"昨天晚上我回家之后，就忍不住总想索菲的事。你说得对，为了救她我需要把每一件事都记起来，但那并不容易。过去和蜘蛛侠待在一起的那些场景一下子灌进脑子里，就像电影片段一样，在我最意想不到的时候，星星点点的，零零碎碎的，一闪而过，有的片段模糊破碎，但有的又清楚得要命。"

杰瑞德什么都没有说；只是任她讲下去。

她指着墙上贴的几张纸片："我把所有死在蜘蛛侠手上的受害者的情况列了几个清单。你知道吗，那些女孩都是棕色头发棕色眼睛，只有一个例外。"

他摇摇头。

"我觉得这不仅仅是巧合而已。"莉齐说。

"就算只有一个女孩是绿眼睛或者蓝眼睛，"他告诉她，"那你之前说的就没有意义。"

几秒安静过后，她眉头紧蹙："我还是记不起她的名字。过去十四年里我没有一天不想起她的脸，可我就是想不起她的名字。"

"谁的名字？"

"我们当时只差一点点，就逃走了。"莉齐说。她目光落在地板上，话音几乎微不可闻。

"你是在说你当时打算救的那个女孩吗？就是你刚被找回来的时候经常谈到的那个？"他问。

她点点头。

莉齐被送回家之后，曾经提到过一个小小的营养不良的女孩，那个女孩没有舌头。但是目前找到的尸体里没有一具符合她的描述。最初被认为与蜘蛛侠有关的三个女孩生前都遭受了残忍的折磨。胳膊和腿上都有蜘蛛咬过的痕迹。三人都被抛尸在水体附近：一个在社区游泳池边，一个在湖边，还有一个在水库边上。

莉齐失踪期间，又有一具尸体出现在第二位受害者被发现的湖边，被虐待的方式与其他几位如出一辙……灼伤留下的烙印，蜘蛛叮咬的疤痕……但那具尸体是有舌头的。由于自从莉齐回来就再也没有发现新的受害者，更导致有段时间调查局里的某些人对莉齐讲述的故事并不买账。这其中就包括吉米，他坚信莉齐根本没被那个杀人狂劫走，是她自己在外面藏了几个月，玩腻了才回来。各种谣言迅速流传，说她一手编造了被绑架的故事，一切不过是为了博人眼球。

杰瑞德足够了解她，所以知道根本不是谣言说的那样。"蜘蛛侠对那个女孩做过什么？"他近距离注视着她，问道。

她抬眸与他目光相触。"我先前提到过的所有那些可怕的事，都……"

"你是说毒药，烧热了的熨斗，还有烫伤？"

"是，全部都有。"她站起来。"那些事情都发生在了那个可怜的小女孩身上。噢我的天哪，"她抬手捂住自己的嘴巴："还有其他所有女孩。那些暴行其实都没有发生在我身上，是吗？"她脸色苍白。"你以前说的是对的。所有那些恐怖、可怕的事，发生在了其他女孩身上，而放过了我。"

她脸上绝望、失魂落魄的神情告诉他，自从被绑架之后，她不曾有过片刻的安宁。杰瑞德一刻也不能再忍受，伸出手臂将她拉进怀里。他能感觉到她在他臂弯里摇摇欲坠，好像随时都会双腿一软跌倒在地。从前的日子里，莉齐把本该属于杀人者的羞耻感和罪恶感都转移到了她自己的身上。此外，对于那些发生在受害者们身上的事，她心里的厌恶和恐惧，也自己一并背负着①。极有可能，莉齐过去一直淹没在各种情绪之中，直到负担越来越重，她再也无力承受为止。她没法直面那些折磨与虐打、那些由一个人类施加在同类身上的灭绝人性的暴行，所以才不得不用这种方式去处理恐惧，用这种她唯一能做到的方式，去继续她的生活。

她的额头抵在他胸口，身体颤抖着。他安抚着她的背，问道："他为什么留了你一条生路，莉齐？"

一段漫长的沉默过后，她说："因为他以为我是个好女孩。他想把我永远留在他身边。他想让我'观摩'，'学习'，然后见证坏女孩会遭受什么报应。"

她整个人绷得紧紧的。声音都嘶哑了。

杰瑞德后退一点距离，刚好够他抬手将她脸颊散落的碎发拨开。"他想让你'观摩'什么？"

"他要我看着他对女孩儿们做那些我说都说不出口的混账事，他认为这样我就不会重演她们犯过的错。"

"有多少个女孩儿？"他问。

"三个。那个发不出声音的女孩死后……又有三个姑娘。这是我所知道的情况。"

杰瑞德已经读过案件相关的每一份文件，每一条笔录，莉齐的故事每次都会变一个版本，但这个部分从来没有变过，从头到尾她都在说，在她第一次差点逃掉之后，又有三人遇害。这可能意味着总共有八个受害人，其中四人尸体还没有找到，包括那个没有舌头的女孩。"他是怎样逼着你旁观的？"

---

① 这些症状即为前文杰瑞德所说的"反移情"。

"他用了手铐。"

杰瑞德倒吸一口凉气。莉齐是他认识的最有同情心最有爱心的一个人。回想在高中的时候,她总是不辞劳苦地帮助新生尽快融入校园。她参加了六七个社团,都与慈善有关:提高人们对动物虐待的认识,拒绝校园霸凌……她为了把世界变成一个更善良更温柔的地方而伸出自己的援手。别人能对她做的最残忍的事,莫过于强迫她眼睁睁看着另一个人受伤害。

"一开始女孩儿们看起来都是一样的,"无需引导,她便自顾自说下去,"吓坏了,脸色惨白,瑟瑟发抖。"

莉齐说话时,眼睛呆滞,一眨都不眨,看上去神思恍惚。"他会把受害人绑起来,一般是绑在一根床柱或者一把椅子上,然后用一件很钝的东西,比方说钝的牛排刀①,把她们的头发剪成歪歪斜斜的奇形怪状。然后他会问她们想不想回家。"

她继续说下去,声音变得更清晰,更容易听懂。"蜘蛛侠在她们眼里看到希望的那一刻,"她说:"他就会告诉她们,如果想回家,需要通过几轮考验。"她抬头望着杰瑞德,"从来没有姑娘通过考验。没人能通过他的那些考验。"

他感觉到了她的颤抖。"几天之后——有时是几周之后,一旦希望从她们眼里消失了——他就会拿来一个玻璃罐,里面装满了一种透明的液体。永远都是这样。他会把一种容器浸到罐子里,然后,每次都是,就在我以为受害者已经被折磨到头的时候,他会把酸滴进她们眼睛里,这时候就会响起真正的尖叫——其他的叫声跟那种声音比起来根本不能称之为'尖叫'。"她低下头,前额轻轻依在他胸口。

---

① 切牛排用的餐刀

他紧紧地搂着她。时光无声流逝,直到她的呼吸渐渐平稳。

"然后呢?"他问道。

"然后他就会把我带回那个有很多蜘蛛的房间。我们都在同一条船上。我们都被困住了,无路可逃。"

"'我们'?你是说你和那些蜘蛛?"

她的头轻轻点了点。

"在大多数的晚上,"她继续说道:"我只想睡一觉,永远都别醒来。可是我睡不着,因为会一直想那些女孩儿——她们眼睛里的害怕,她们忍受的极度恐惧。我能听见她们的一声声尖叫……还时不时地会听见打钻的声音。"

"什么样的打钻声?"

"音调很高,尖锐刺耳……而且没完没了。"

"是电钻还是电锯?"他问:"是锯东西的声音还是钻的声音?"

"我不知道。"

除了侦办这项案件的特工之外,没有人知道最初发现的三个受害人中有两个曾因酸腐蚀而致盲。一名受害者尸体上发现了几枚扎在双眼视网膜上向外伸出的针。但这依然不能解释打钻的声音,打钻声不能跟他们目前在几具尸体上发现的任何东西产生联系。

"算了,"他痛恨看到她如此遍体鳞伤的模样,"我会告诉吉米,你还没做好参与这件事的准备。"

"我不答应,"她深吸一口气让自己镇定下来:"我需要做这件事……为了索菲,同样的,也是为了我自己。"

他带她去厨房,拿玻璃杯倒满水,把杯沿送到她唇边。她就着他的手呷了几口。他把杯子放到柜台上,然后双手轻轻捧起她的脸。她长着一张心形脸,脸色苍白,一双大眼睛,还有丰满的双唇。在他所见过的女人之中,她仍然是最美的那个。他怀念关于她的一切——怀念他们几次畅谈人生,怀念她轻快的笑声。"当初我真不该任由你推开我。"

"我希望你现在没打算亲我,因为我已经很久没被亲过了,我都快不记得怎么亲吻了。我不觉得——"

他微微低头,用自己的唇封住了她的,把她后面的话都堵住了。她的嘴柔软。他不该亲她的,真的不该在现在,这种她脆弱容易受伤的时候。或许他应该永远都别再亲她。但他控制不住自己。他想这个吻已经很久了。不是他想要吻她——是他需要吻她,需要把她紧紧地拥在怀里,然后用什么方式让她知道,他再也不会让任何人伤害到她。

杰瑞德手机响了。他抬起头,看到莉齐也慢慢张开了双眼。

"你说得对。"她说。

手机又开始响。他握在手里不急着接,问她:"什么说得对?"

"你当初真不该任由我把你推开。"

他笑了,翻盖接听电话:"是。我现在在她那儿和她在一起。她现在愿意接受安装窃听电话。"

他看她一眼,她耸耸肩,不置可否。

"好,"他说:"十分钟后见。"

第 8 章

2010 年 2 月 16 日　周二　上午 11：00

他心跳如擂鼓，重重撞击着一根根肋骨。他刚打了个瞌睡。坐直身子之后，瞥了一眼钟。还有几个小时他才需要回去上班。"辛西娅。"他大声叫道。他的梦在脑海里依然鲜活清晰。他渴望再见到她，和她在一起。直到此时此刻，他才意识到他有多想念辛西娅。

因为辛西娅的缘故，他前几年得以停止杀戮。事实上，他觉得自己那时候戒掉了杀人的习惯，永远不会再拿起屠刀。近十四年间，他有她就够了。他想起第一次告诉她真相时她看他的眼神，他很受伤。可是木已成舟，现在他已经无从改变。他已经踏上了不归路。

"一朝杀了人，一生杀人犯。"

没时间忧郁伤怀，他下定了决心。他环顾客厅。还有很多事情要做。这栋房子已经很多年没有住人了。墙壁需要重新粉刷，可能有些窗帘也要换新。辛西娅喜欢亮色……各种红色和蓝色。他本人偏爱更柔和的颜色，比方说灰褐色。一种蘑菇的黄色或许能把室内烘托得稍明亮一点。

玻璃缸里的动静引起了他的注意，那是一只九加仑[①]容量的玻璃缸，放在他面前的桌上。里面有他网购的两只澳大利亚漏斗网蜘蛛[②]。棕黑色，有剧毒，是他最喜欢的蜘蛛品种。

辛西娅从来都不喜欢蜘蛛和蛇，可即便如此他还是爱她。这么看来，他曾经对她的爱一定很强烈。现在，依然强烈。因为她，他克服了很多东西。

他拍拍玻璃，两只蜘蛛里偏大的那只抬起一对前足，亮出了獠牙。他笑了。"好孩子，"他说："别担心，你很快就有的吃了。"

2010年2月16日　周二　上午11:55

莉齐不记得上次自己公寓里一次涌进这么一大群人是什么时候了。和吉米一道的两个工作人员正在忙着鼓捣她的电话，重新布线，并把电话连接到一个黑盒子上，黑盒子看上去像一个缩小版的DVD播放机。

吉米·马丁则站在莉齐的客厅中间，跟上次一样，还是在打电话，让有关各执法机构密切留心一个戴棒球帽、开绿色吉普大切诺基的女人，还说了莉齐给他的车牌号码。

莉齐不知道应该怎么看待吉米。他板着一张脸，动作僵硬，轻易不笑——她甚至怀疑他到底会不会笑。

厨房里，杰瑞德又开了一个橱柜，想找个咖啡杯和几个茶包。莉

[①] 美制加仑约合34公升。
[②] 世界上最毒的蜘蛛之一，人类被其咬伤后如不及时医治，便可能有死亡之危。

齐没有他喜欢的那种咖啡,所以他选择喝茶。很明显,他对咖啡因①有依赖。而且他嘴巴挑剔。

"你有印度红茶吗?"他问。

莉齐也进厨房来,打开离冰箱最近的抽屉,指着一个盒子说:"商店自营品牌的绿茶。这是在下所能提供的最好的了。"

他虽然看起来不怎么乐意,但还是从盒子里拿了一包。莉齐要不是累坏了,一定要笑他满脸写着的不高兴和对她茶叶库存的不满意。不管他是不是嘴巴刁、难伺候,她享受他的陪伴,她已经意识到这一点了。那个吻点燃了她的想象,居然有魔力似地能让她暂时把其他所有事情都忘到一边,拥有一小段轻松愉快的时光。

"你被囚禁的那两个月里离开过蜘蛛侠的房子吗?"吉米在另一个房间问道。

"没。"莉齐说着,摇了摇头,搞不懂为什么这些联邦调查局的人喜欢把一些同样的问题一遍又一遍地问。她回到客厅,把杰瑞德留在厨房让他自己伺候自己。吉米已经从椅子转到了沙发边,来来回回打量着玻璃咖啡桌上撒满的便笺和索菲的照片,还有一张萨克拉门托地区美利坚河②流域的地图。

当莉齐看向地图时,一所房子的影像在她脑海忽明忽暗,若隐若现。她就是从那里逃跑的。她第二次逃跑是从盥洗室的窗子,整个房子里唯一没加铁栅的窗子。起初,蜘蛛侠怎么都不许她用盥洗室,只给她一只水桶。不过,囚禁到第三周的时候,他带她过去,并且留她

---

① 从茶叶、咖啡果中提炼出的一种生物碱,适度使用可祛除疲劳、兴奋神经,但大剂量或长期使用也会对人体造成损害,而且具有一定的成瘾性,一旦停用会出现精神委顿、浑身困乏疲软等各种戒断症状。

② 加州境内河流,在萨克拉门托入海。

独自待在那里很久,久到足够让她发现如果想从浴缸上面的小窗挤出去,她还得使劲减掉不少体重。而且她也明白,要想试试那么做,她还得先活到足够长。

莉齐又看了一会儿地图,然后明确地指出一条街道:"这是贝特西·莱伯恩让我上车的地方,她那天去送干洗的衣服。"

吉米用铅笔圈出离她指的地方差不多四个街区远的位置:"这是莱伯恩说她发现你的地方。"

莉齐挫败地看着杰瑞德。"有谁能带我去那里吗——"她一根手指戳着地图,"去那个贝特西说她找到我的地方?"

杰瑞德貌似对她的要求感到惊讶:"根据案宗,你之前已经去过那儿了,我觉得没必要再去。"

"已经过去十年多了,"她说:"现在一切都不一样了。我最近一直在脑海里看见那栋房子和那条街的样子。我需要回那里去。现在。"

"你确定你已经准备好了吗?"杰瑞德问。

"我的老天爷,"吉米说:"我亲自带她去。"

莉齐喉咙又紧又干,像堵着什么东西。她咽了咽唾沫。她不确定自己准备好了没有。事实是她觉得自己好像正在悬崖边上摇摇晃晃,随时可能掉下去。这种感觉她一直都有,没什么新鲜的。但这次她已下定了决心,绝不打退堂鼓。莉齐扫了一眼索菲的照片,冲杰瑞德点了下头:"如果你准备好了,咱们随时可以出发。"

"在你们俩'私奔'之前,"吉米说:"我还有几个问题想问。"

莉齐抱臂道:"你想知道什么?"

"首先——为什么是现在?"

杰瑞德也走进客厅,看着吉米道:"你什么意思?"

吉米紧紧盯着莉齐的眼睛,目光一刻都不移开:"我想知道为什么现在她觉得自己一下子能够明确指出自己是在哪条街道被人发现的,而在过去十年里,以莱伯恩女士指出的点为圆心,半径一英里①之内的区域里她都不能定位一条街?"

莉齐不许自己畏缩,用不输吉米特工流露出的决心和刚毅瞪了回去。

"我认为她是一直被'幸存者内疚感'困扰着,"莉齐刚要回嘴,被杰瑞德抢先插话,"莉齐的内疚感导致她一直试图压制痛苦的回忆,这些回忆可能在任何时间被几乎任何事物触发……某种特有的气味,一首歌,一种声响……无论什么都可以。莉齐的情况,我觉得是那一通蜘蛛侠打来的电话或者也可能是那个便条。刺激一部分回忆重新浮现。"

"我知道以前你不相信我,"莉齐对吉米说:"可能现在也还是不相信我,但随便你怎么想。我关心的只有一件事,就是找到索菲,在为时已晚之前。"

吉米双手往裤袋里一揣:"我洗耳恭听呢。"

"你们俩爱怎么猜就怎么猜,"她继续道:"但我告诉你们,是蜘蛛侠回来了。而且他对索菲的情况了如指掌,包括她害怕什么。如果她怕黑,那她可能现在就在一间地下室或者一个没有窗子的房间里。"

"那你呢?"吉米问:"他把你关在黑暗中了吗?"

"当时他不了解我。我并不在他计划之内。他用各种虫子吓我。"

"但蛇和蜘蛛从来都吓不到你。"杰瑞德补充道。

"是,我不害怕它们。"她说:"我对蜘蛛和蛇感兴趣,但蜘蛛侠不知道。我表现出对它们的恐惧的时候,蜘蛛侠显然很兴奋。于是我

---

① 约合1.6公里。

知道那是他想要的。如果他作势要把蜘蛛放在我身上，我就大喊大叫求他停手。我让他以为自己找到了我的软肋①。他以别人的恐惧为食，靠那个获得满足感。"

"你把他当傻子一样戏弄。"吉米拨拉着口袋里的硬币，弄出丁零当啷的刺耳响声，"听起来这个人不像他自以为得那么聪明嘛。"

莉齐扬起下巴："但已经足够聪明到让 FBI 十四年抓不到他了。"

吉米假装对她充耳不闻，但她能从他下巴的抽搐看出，她令他心生不快。这样可不好。她开口道："蜘蛛侠也会用女孩儿们喜欢的东西来让她们镇静一点。"

吉米眉毛一挑："比方说？"

"热巧克力，甘草糖②，动物填充玩偶：只要你叫出名字，他就会用。他知道她们喜欢什么，然后拿来对付她们，就像用她们最害怕的东西来吓她们一样。"她拾起一张索菲的照片，"我们需要找出我们能找到的关于索菲的一切。她走着回家还是乘公交？她怎样对待朋友们和家人？她有什么不符合道德要求的坏习惯吗？"

"那有什么重要的？"吉米问。

"蜘蛛侠把自己当成英雄，"杰瑞德答道："在他心里，他把那些他认为没礼貌或者'坏'的女孩带走是在践行正义。"

"没礼貌？对谁？"

"对任何人，"莉齐说："大人们……父母，朋友们。他之前跟我说起，受害者们的存在对于社会是一大威胁。他不喜欢女孩在父母出

---

① 原文 Achilles' feel，直译作"阿喀琉斯之踵"，典出古希腊神话。脚踵是阿喀琉斯唯一的弱点，后来在特洛伊战争中被人射中致命，现在一般是指致命的弱点，要害。

② Licorice（也拼作 Liquorice），甘草糖，由甘草精、糖、阿拉伯胶等制成，微甜，也有添加氯化铵而有咸味的（咸甘草糖又称 Dutch salted licorice）。而颜色多为深棕色至黑色或深青色，硬度不等，在欧洲尤其是芬兰、瑞典、荷兰等国极为流行。

门之后偷偷溜出家门，或者翘课，顶嘴抬杠，或者课间抽烟。"

"为了方便讨论，"吉米说："权且假设我们已经知道了索菲的一切。这些信息怎么能帮我们找到她？"

"莉齐在寻求一个连结点，"杰瑞德说："任何能够在索菲和其他受害者们之间建立联系的点，这个点能把她们全部连结起来，指向一个人，一个男人，一个杀人犯。"

吉米怒气冲冲道："咱们所有人难道不是一直都在干这个吗？不然你以为咱们十四年来都是在干什么？在挖鼻屎混日子？"

莉齐耸耸肩，好像在说"不是没可能"。

"现在的状况是，"吉米说："我已经派人去跟索菲学校的校长谈了。她的钢琴老师下周就八十岁了，所以我们把她的嫌疑排除。索菲一直是全A优秀生，没有对某项体育运动特别感兴趣。我们目前掌握的事实中，除了她也是个青少年这点之外，跟其他几位受害者之间没有任何联系。"

莉齐忍住了没冲他大吼。吉米已经放弃寻找任何新线索了。

莉齐还没来得及告诉他一些想法，吉米的手机响了，他说声失陪就走出去接电话。

"别跟他生气，"杰瑞德说："他头脑顽固。"

"他是头蠢驴。"莉齐举起双手摆出投降的姿势，"我真不知道为什么我要浪费时间跟他说话。有的事我不得不说，但他根本不想听我要说的任何东西。你看不出来吗？他已经把这个案子塞进一个好看的小箱子，然后就放弃了。"

"咱们出发去你说的那里吧。"

"那你的茶怎么办？"

"可以等。"

第 9 章

2010 年 2 月 16 日　周二　下午 12:04

　　弟弟选择了一个美丽宁静的城市定居，凯伦·克劳利知道之后又惊又喜。那儿往东就是多山的荒野和内华达山脉①，群山耸立，层峦叠嶂；放眼往西望去，又能饱览透迤起伏的绿色山峦。

　　在她看来，她妈妈最后居然能拿出一份弟弟的地址，这简直就是个奇迹。凯伦的母亲住在阿肯色州②，她唯一的儿子十四年前来看过她，从那以后就再没见过面。据这位当妈的说，弟弟就是在那时遇见了辛西娅——他未来的妻子。他们的妈还提到，每年都收到一张来自辛西娅的圣诞贺卡，凯伦就是从那些贺卡上弄到她弟弟现在的住址的。她也不想这样不打招呼就冷不丁地去打扰他们夫妻，但是她通讯录里没有他的电话，妈妈那儿也没有。

　　提起来她都觉得羞耻，真的，她的父母竟然就那样结了婚，生了

---

① 坐落在美国西部，主要部分位于加州境内，风景优美，生物资源丰富。
② 位于美国中南部。

两个孩子，然后完全把他们弃之不顾。他俩的爸爸五年之前死了，知道都没人让她知道一下。从此之后凯伦就断绝了和妈妈的所有联系。到此为止吧，她受够了。反正她妈妈从来都不给她打电话。这个女人谁都不关心，除了她自己。

直到一个月之前，凯伦都不觉得自己这辈子还会不嫌麻烦地去尝试重新和母亲、弟弟取得联系。但是最近每次望着自己儿子的眼睛，她都感觉像是看见了弟弟。那一刻她明白，是时候找到他，并且补偿他，告诉他自己有多么愧疚。弟弟在高中期间曾经心理崩溃，有三个女孩对此负有部分责任。为了补偿弟弟，她甚至费了好大工夫，试图找到其中的两个人。

但是到目前为止一无所获。

凯伦的手机响了。是她丈夫。她抓起电话放在耳边："一切都还好吗？"

"是你该回家啦，"他对她说："孩子们想你了，我也想你。"

"我不能回家。现在还不行。"

"你还没找到他吗？"

"我刚跟妈聊了聊。妈找到他住址了。我过几分钟就到他那儿了。"

"我应该和你一起的。"

凯伦，丈夫还有他们的两个孩子定居在意大利，坎蒂亚诺①以北，到维罗纳②大约需要两小时。她本来也想让丈夫和她一起来美国，但他俩之中需要有个人在家和孩子们一起。"我会没事的。"她说。

---

① Cantiano，意大利中部内陆城市。
② Verona，意大利北部城市，历史悠久的旅游胜地。被称作"爱之城"，传说罗密欧与朱丽叶的故事就发生在此处。

"你怎么知道?从你告诉过我的那些来看,你弟弟可能有点疯疯癫癫的。"

"妈说他和辛西娅在一块儿的时候很幸福,从来没见他那么幸福过。妈说他身上已经看不出之前行为失常的迹象了。"

"我觉得这样不好。万一他还没原谅你怎么办?"

"我都怀疑他到底还记不记得发生过什么了。"这是句假话,但她之前一直没勇气把那个龌龊的故事完整地告诉丈夫,所以可以暂时拿来敷衍他。

"等你见到他你才知道他到底是什么情况。要不这样,你到那儿之前别挂电话。"

"不行。按道理我没戴耳机,不应该一边开车一边打手提电话。我现在不能再跟你讲了。我一找到那栋房子就打给你,好吗?"

"小心点。"

"不用担心。一切都会没事的。"她按键挂断电话。下一条街就是威灵顿街了,再拐几个弯她就到弟弟家了。

到了:明智路①5416号。

那是栋漂亮的单层别墅,建在一个宁静的小山丘上。这所房子的外观让凯伦放下心来。草坪维护得很好,围栏新粉刷过不久。

她把小汽车停进车道,关了引擎,下车。

人行道扫得干干净净。有报纸堆在垃圾桶边,大概是一周的量。除此之外,一切看上去都正常。这么多年来第一次,想到就要能见到弟弟,她心生雀跃。通常她总忧虑重重,别说见他了,一想到要跟他说话就心里犯怵,但今天不一样。虽然空气里松树的气味透着寒意,

---

① 此处作者使用的单词是 wise,意为"充满智慧的,明智的"。

她心里却泛着温暖。

凯伦敲了敲门。她从骨子里觉得有底气，心里暖洋洋的。然后她又按响了门铃。没人来应门，她试着动了动门把，吃惊地发现门竟然很容易就打开了。"打扰啦。"她出声道。

没人应答。

"有人在家吗？"

房子看起来保养得挺好。不乱，也没有废旧的东西。她走进去。家具高档，地上铺着好几块波斯地毯。她此前做梦都想不到弟弟居然住得这么豪华。虽然，她也不知道为什么她会觉得吃惊。听母亲说，弟弟以优异成绩从大学毕业。他非同寻常的聪明。那为什么她居然对他的期望值那么低？他身上到底有什么是一直让她害怕的？是她自己的负罪感作祟？因为她曾经和几个朋友对他做的事而抱有负罪感？过去发生的事，她自己都觉得无法面对。又怎么能向任何人说起呢？

想起生命里曾有过的那段时光，让她觉得喘不过气。同样让她感到窒息的，还有她走向厨房时，从墙壁断口和缝隙渗透进来的难闻气味。

"这股子恶心死人的臭气到底是哪儿来的？"

第 10 章

2010 年 2 月 16 日　周二　下午 12：15

杰瑞德开着他的 Denali，莉齐坐在副驾驶座，努力不去想此刻胃里的翻江倒海。

他下了高速，往河的方向开去。离贝特西·莱伯恩当初找到她的地方越近，她越是胸膛发紧，呼吸急促。

他在报春花路①左转。地图显示，他们差不多到了目的地。莉齐浑身紧绷，每一块肌肉都僵硬。她的指甲深深地掐进座位皮垫里。

杰瑞德在路边停下车，转身看向她："你还好吗？"

不好。她神经紧张，那种感觉如汪洋大海，铺天盖地，她都快淹死在里面了。莉齐摇下车窗，猛吸几口干爽冷冽的空气。呼吸稍稍顺畅，她向后仰头，靠在车座上，努力使自己镇定下来。"我待会就好了。就是需要个几分钟。"

---

① Primrose Way. 在英文中，the primrose path（开满报春花的路）也指"追求享乐最终吞下苦果的人生"。作者此处取名可能有暗喻之意。

没过多久他们就行驶在了那个社区里。这里的民宅与她每晚梦中所见没有一点相同之处。这些房子更小，更旧，都是独门独户①。大多数都是单层独立式②，房屋连带院子占地不到一千平方米③。路边零零星星栽了几棵树，大多数的房前草坪都严重缺水。"没什么是看着眼熟的。"她说。

杰瑞德把车开得像蜗牛爬，拐进一条僻静的死胡同。"这就是贝特西·莱伯恩说你上车的地方。"

他开车在那条死胡同周围转。先超过一辆邮政车，然后左转，继续沿街道开去。他们以稳定在15迈④的车速行驶，但后续见到的景象也不过大同小异。沿街停着一辆年份久远、锈迹斑斑的"福特平托⑤"汽车和几辆破破烂烂的货车。大部分车道都已开裂，洒满了汽油污渍。两个看上去已经到了上学年龄的小孩在街上玩"踢球戏⑥"。公路远处，一对男女貌似正吵得热火朝天，女人追着男人一路到他车边，双手狂乱激烈地挥舞着。

这块地方看上去平淡无奇，似乎没什么能让人看过之后留下印象的东西。"我们要怎么找到他？我们要怎么才能救索菲？"莉齐问道。

杰瑞德没有回答。

"哪儿都有可能是索菲被关的地方，"她说："而我们身后擦肩而过的那些男人，哪个都有可能是蜘蛛侠——在车库里忙来忙去的，在

---

① Single-family 是国外住宅户型的一种，指别墅不与周围建筑相连，而是有墙隔开，拥有自己的庭院。
② "独立式"即同上所注"不与周围建筑相连"。
③ 一英亩约合 4 046.86 平方米，原文四分之一英亩约合 1 000 平方米。
④ 即"英里/时"，15 迈约合 24.14 公里/时。
⑤ 福特平托（Ford Pinto）是福特汽车公司在北美市场于 1970 年推出的一款小汽车，曾是美国销售量最好的超小型车之一，但后因质量和背后反映出的企业价值观问题臭名昭著，终于 1980 年停产。
⑥ Kickball。一种球类游戏，其规则类似棒球，但球员不使用球棍球棒，而是用脚踢球。

跟老婆吵架的,或者那个邮递员。这还只是无数条街道中的一条,而我已经觉得像是在一大片海滩上,沙里淘金。"她沮丧地摇了摇头:"我之前想的都是些什么乱七八糟的?还是凯茜说得对。我帮不了你,杰瑞德。我连我自己都帮不了。"她转身面向一排排房屋。"蜘蛛侠的房子可能是这里面的任何一座。它们看起来都一个样。"

"你一点都不记得那栋房子跟其他房子有什么不同之处吗?"他问。

她摇摇头:"逃出去之后,我能跑多快跑多快。我记得跑的时候曾经回头看过,想看清房子什么样,但是被升起的太阳刺得什么都看不见。我当时已经几个月没见过阳光了。①"

杰瑞德又驾车拐了个弯,然后继续前行。

莉齐凝望着窗外,生自己的气——之前居然自以为能对案子起到些作用。

又路过一片跟前面大同小异的房子。蓝的,棕的,绿的。她之前怎么就真的信自己能创造奇迹认出那栋房子呢?这些房子都开着一个前窗,和——"停车!"

杰瑞德刹车踩得有点过猛。

他俩都猛地往前一倾。

莉齐推开车门下车。

杰瑞德把车开到路边停好,追上她:"怎么了?"

"那栋房子后院的树——它超级大。它的枝条——你看,多像巨人向天空伸出的胳膊。那棵树就是我第一次差点逃掉的时候,踏出房

---

① 莉齐因长期不见日光,眼睛已经习惯了黑暗状态,突然暴露在强光下后发生了短暂性失明。

子第一眼看到的东西。"她坚定地大步走到房子的前门，按响了门铃。

杰瑞德步步紧跟在她身后："你干什么？"

"不管谁住在这，咱们需要和那个人谈谈。咱们得进去。"

"我会打电话请求支援。不能每看到一栋稍微有点像的房子就贸然闯进去。"

她又按了一下铃，然后等待，度秒如分。如果这就是那栋房子怎么办？如果他还住在这怎么办？她会认出他吗？她在心里默默地描绘着：一双大耳朵，方下巴，宽额头。

门开了。里面站着一个十来岁的女孩。稀稀拉拉的长刘海盖住了大半个脸。"有什么事吗？"女孩问。

莉齐不自觉地屏住了呼吸。她呼出一口气，设法往女孩身后窥探。"你爸爸妈妈在家吗？"她问道。

女孩高昂着头，抱臂说道："管你卖的是什么，我们都不会买的。"趁她还没关上门，莉齐穿了靴子的脚猛插进房里，将门别住。

杰瑞德一只手按在莉齐胳膊肘上。

"这就是我被关的那栋房子，"她对他说："我想知道索菲在不在里面。否则我不会走的。"说完她在女孩的连声抗议和杰瑞德的连声劝阻中强行闯进门去。

"妈！"女孩大叫。

"对不起，"杰瑞德对吓坏了的女孩说："她在找她小时候的家，现在恐怕有点情绪激动。"

女孩的母亲冲到女儿身边。她比他俩年纪要大，眼睁睁看着莉齐未经邀请就大步向她家客厅进军。"见了鬼了，这到底是在干嘛？"

莉齐把她当空气，从她身边掠过，继续沿着铺了地毯的过道走去。

那个女人冲她咆哮着让她滚出他们家。可是莉齐非要把这栋房子检查完,没什么能阻止她。她需要找到索菲,在蜘蛛侠能用种种心理战术折磨她之前,在他——

脑壳传来一阵撕裂般尖锐难忍的痛楚。她停住步子,伸出手,靠在墙上支撑住自己。脑海中就像有一架老式放映机在播一盘八毫米电影①,影像一幕幕在她眼前闪过。那些影像如此清晰,她感觉伸手就能摸得到:一个金属托盘……还有什么,看起来像手术工具……剪刀……几把外科手术刀?

"蜘蛛侠是个医生?"

想到这里,她头疼得更厉害了。本能的冲动让她闭眼,可是她拼命克制着冲动,硬睁着眼睛。她需要看见她不想看见的东西。脑袋里火花熊熊燃烧,爆发出数道光芒。然后那个男人的脸在她面前一闪而过,色彩鲜活。她两手抵住墙,好让膝盖别发软。是他——他戴着一个面具,和一双橡胶手套。他正在伸手拿——

"你知不知道你在干什么!"

年长的女人抓住她一条手臂,把她从恍惚的回忆中惊醒。"现在就出去!我要报警了!"

莉齐挣开她,跑到卧室那边,一间又一间地查看壁橱和床底。"索菲,你在这吗?索菲?"几分钟后,莉齐挫败地回到客厅,沮丧颓唐。

杰瑞德在走廊的尽头迎上她,试图把她领到门口去,但她不肯挪步。"我觉得他以前是个医生,"她说:"这就是他的房子。"她指着厨

---

① 8毫米电影是窄胶片体系中最小型的电影。"8毫米"指的是胶片的宽度(带旁边孔)。问世于20世纪30年代,随着胶片式微,该类型器材多已停产,现已淡出日常生活。

房的滑动门。"那就是我第一次试着逃跑的时候出的那个门。"

莉齐能听见那个女人在厨房跟警察打电话。她的目光落在起居室曾经放着长沙发的地方——她第一次看见蜘蛛侠睡觉的那个地方。她回想起那一天,他看起来那么平静安详,阵阵寒意便如蛇行,滑上脊梁。当时的一切,看上去,都那么正常。太正常了。

现在那儿放着一张与记忆中不一样的长沙发——摆满了橄榄绿色的皇冠形靠背,沙发中间因为坐得多,有点下陷。

杰瑞德伸出手臂揽住她,肘部轻轻把她往前门那儿推:"咱们到外面等警察来。"

女主人把话筒贴在耳边,杰瑞德领莉齐出门去的时候,她戒备地将一条胳膊横挡在女儿身前。

房门在他们背后"咣"地一声关上。只听门锁"咔哒"一声扣住,随后传来母亲训斥女儿"给陌生人开门"的声音。

2010年2月16日 周二 下午1:23

这么多年过去,她最后终究还是决定来找他。她终究还是回家了。

他放下窗帘让它落回原位,然后急匆匆地穿过走廊扑进主卧室[①]。它就在那儿,在他的床头小几上,他的尼康[②]。他早就预料到会发生什么,所以买了这个相机。之前他一直觉得遗憾,这些年来没留下任何纪念品。他昨晚熬夜到很晚,就是为了读完所有的技术规格和配件

[①] 区别于"次卧",是房屋主人的卧室,一般也是所有卧室中最大的。
[②] 尼康(Nikon),日本著名相机制造商,经营数码、光学和影像产品,明星产品包括数码单反相机(即本书中蜘蛛侠口中"尼康"所指)。

说明。他的尼康有一个内置影像传感器①，通过使用一种特殊滤镜②，能使图像不受尘埃粒子的干扰。它还有一个92万点③彩色LCD④显示屏，自动对焦又快又准。

他手持相机，冲回房子前半段的大玻璃窗边，拨开窗帘的一道缝隙，刚好够放镜头。他不停地调整摆弄各个按钮，把相机设置为连续摄影模式——每秒拍摄四到五帧图像。他透过取景器⑤往外看。这部相机造型流畅，非常易于手持。优秀。他将镜头拉近。她前额上的汗都能看得一清二楚。

一阵阵快感沿着脊柱逆流直冲而上，窜遍他的全身，就像7月4日⑥的焰火一样炸裂开来。图像太清楚了，清楚得好像他能伸手触摸到她。他呼吸急促起来。下半身硬了。"对，就是要这样。"

每一帧图像都线条分明，像是用锋利的剃须刀划出来的一样。莉齐·加德纳还是老样子。还是那么年轻。那么朝气蓬勃。那么鲜活。红扑扑的脸蛋。明亮的双眼。但她这俏模样，保持不了几天了。

他没想到她居然会有胆量来找他。他给她打过电话，因为他想听见她的声音。当然，还有，让她知道他回来了。他忽然觉得悲哀——他之前真的在乎过她……信任过她……信赖过她。她是个好女孩。至少他曾经以为她是。现在他知道真相恰恰相反。回想从前，她告诉他她永远都不会离开他。她也说过她从不撒谎。

---

① 数码相机中的影像传感器功能类似传统相机中的胶片，不同之处在于生成的影像是电子影像。
② 有"自动除尘"功能的相机内置除尘滤镜，需要时震动，帮助除去进入相机的灰尘（灰尘会影响照片质量）。
③ "点（dot）"用于描述分辨率，与"像素"的概念相似而又有区别，多用于印刷领域。此处分辨率数值较高。
④ Liquid Crystal Display（液晶显示屏）的简称。
⑤ 即数码摄像机上通过目镜来监视图像的部分。
⑥ 美国独立日。美国人民当晚会燃放烟花庆祝。

他按下快门。咔嚓,咔嚓,咔嚓。

她逃走之后,他以为她会把联邦调查局的人带到他家门口。他心想事情败露,所以不得不草草处理掉其他几个女孩的尸体,处理的手段毫无艺术创意可言。真是遗憾,他都已经想好在哪里把她们抛尸荒野,被发现时给她们穿什么衣服合适。结果他只得把阁楼和几间卧室清理一空,把他挚爱的虫子和这几具尸体一起埋到了后院。几天之后,他骗同事代他请假,说他母亲已经躺在临终病床上奄奄一息。然后他跳上了飞往阿肯色州的飞机。这时候命运向他伸出了眷顾之手——他走进他母亲住的房子,遇见了她的邻居,辛西娅·罗丝。

他和辛西娅几乎是一见钟情。那时候他考虑过放弃原来的事业,留在阿肯色州。可是他内心有一个声音不允许他这样做。而且,一直没有人来联系或者逮捕他,这表明莉齐还没有向相关部门揭发他,他想,那是因为她确实爱他——不管她承认与否——实际上是爱他的,她不想让他进监狱。所以他还是回了加州。

但一切都变了,只在六个月前的一瞬间。照葫芦画瓢的冒牌货弗兰克·赖尔绑架了一个叫詹尼弗·坎普贝尔的女孩,事后没考虑周全就把她的尸体丢在了福尔瑟姆湖①。警方发现尸体之后,两天之内就抓到了那个笨蛋。

弗兰克·赖尔彻底惹恼了他。蠢猪居然想把他辛辛苦苦做下的全部功劳抢到自己头上。赖尔跟联邦调查局说十四年前被发现的那四个女孩都是他杀的。然后媒体毫无悬念地开始对莉齐·加德纳围追堵截。记者们一下子都冒出来,纷纷爆料边边角角的花边消息。据说,媒体这么多年一直都离莉齐远远的,是因为她的心理治疗师说她太

---

① 位于加州的湖泊。

"脆弱"了，禁不起跟任何人谈以前那些事。很明显，莉齐现在情况正在好转，从媒体与她打交道时的无所顾忌就看得出。其实，他已经看过有关莉齐教年轻女孩自我防护的几则新闻。她几乎没变。

莉齐的样貌或许还一如从前，但其他的事如今却都面目全非。首先，他现在知道真相了。莉齐是个撒谎成性的骗子。根据芭芭拉·沃特斯对她父亲的采访，莉齐失踪的那晚，正是她对父母撒谎，溜出去私会男朋友的那晚。

被他打中脑袋带回家之前，单纯无辜的小莉齐在做什么？

她不只是个骗子，还是个婊子。而他居然听信了她的狗屁谎话。

他恨恨地咬着牙。还得多谢弗兰克·赖尔和莉齐·加德纳没完没了地撒了一连串的谎，他昔日内心的召唤重新响起，终日萦绕着他，就像高清晰度的环绕立体声。

那个婊子跟父母撒了谎，又把闺蜜们抛到一边，这样她就能去操她的男朋友了。然后她犯了她这辈子最大的错……对他撒谎。

日复一日，周复一周，月复一月。全都是谎言。

他想到这些，每一下心跳都剧烈得震动着肋骨。他掌心沁出了汗。莉齐·加德纳必须现在开始为她的所作所为承担恶果。他每一次兴奋的呼吸，都伴随着胸膛的剧烈起伏。莉齐一旦被他抓住，就会明白他到底要对她做什么。她之前全部都见识过的。她知道他擅长什么。

不过，在此之前他想先玩点有趣的。

咔嚓，咔嚓，咔嚓。

第11章

2010年2月16日　周二　夜9:25

　　吉米·马丁从自己的小轿车里出来,听着雷曼医生发来的语音信息。他"咔哒"地一声合上手机盖。他不用非得等到明天去拿实验室结果。他心知肚明,不会是好结果。如果有好消息,医生们通常会安排他们的助手打电话跟病人分享;如果不是好消息,则会亲自上阵。不久之前,吉米眼睁睁看着他母亲缓慢地凋零,最终死于癌症。他知道等着他的是什么。他还有几年就要到强制退休年龄。但现在看来,他好像不用再为这回事操心了。

　　吉米做事不喜欢留遗憾,但事与愿违,他似乎一直有太多遗憾的事情。

　　十五年前,他晋升为萨克拉门托地区办事处的特工主管助理①,那时候还没人听说过"蜘蛛侠"。六个月前他们把弗兰克·赖尔——

---

　　① Assistant special agent in charge,在FBI中级别比"特工主管(吉米现在的职位)"低一级。

也就是那个臭名昭著的"蜘蛛侠"扔进监狱,那时吉米在他漫长的FBI职业生涯中,第一次感受到了一种说不上来的成就感。

现在,一切都在往屎一样的方向发展。

弗兰克·赖尔被证明无非是在拙劣地模仿一个连环杀手。真正的蜘蛛侠回来了,而且他摆开了架势要大干一场。

而至于吉米的个人生活,他想,他已经全线皆输,一塌糊涂。他和妻子已经在谈离婚的事。他还爱她,但她已经厌倦了独自出席各种活动。她已经准备好与某人投入到一段真正的关系,一段她能依赖的关系,一个夜里熄灯时能陪在她身边的人。他的女儿们几乎不再跟他讲话。虽然他时时将女儿们挂在心上,但他总是把工作安排在家庭前头。现在他在为此付出代价。

他手机振动。是他妻子,玛丽安娜。"一切都好吗?"他问。

"你跑哪儿去了?女儿们刚走。"

靠。他娘的怎么会是这样。他居然把他们的晚餐计划忘得一干二净。"对不起。"

"你怎么回事,吉米?你怎么能把这么重要的事忘了?你答应过的,我们要一起跟姑娘们说。"

"你告诉她们了吗?"他问,心里隐隐希望她还没有,因为他宁愿得癌症也不想离婚。

"我说不出口。唐娜有重要的消息想跟咱们两个分享。她等了你几个小时,你迟迟不露面,所以她最后告诉我,她要嫁给杰夫了。"

"哦?真的吗?"他咽下口中的丝丝苦涩,"那挺好。他们定下日子了吗?"

"那挺好?你向来讨厌杰夫。你到底怎么了?"

"没事。我很好。我只是希望我的女孩儿们能快乐。包括你,玛丽安娜。我希望你快乐，你知道的。"

"你听起来不像是往常的你。发生什么事了？"

"今天是挺难熬的一天。今晚我没在，对不起。我很快就回家。"

她"哼"了一声。

他按掉了电话。

吉米仔细查看了莉齐·加德纳公寓前的那片区域。今天早些时候，他带着一张搜查令抵达沃克尔家的房子时，他在莉齐·加德纳的双眼中看见了他之前从未见过的东西。恐惧。

托蜘蛛侠的福，在过去的十多年里，吉米像被一根挣不断的线跟莉齐·加德纳捆绑在了一起。但他一直搞不懂她究竟是怎样的一个人。现在他开始有些明白了，她恐怕是疯狂与残酷的受害者，她所经受的是骇人听闻的折磨。她是一个女人，一个努力想要从困惑和混乱中理出头绪的女人。可她要做的事就像在解剖一个橡胶娃娃来了解人的生理构造，这是根本不可能实现的。

吉米习惯了和各类尸体打交道，而不是和案件幸存者。这是他宣誓就职以来第一次，发现自己正在努力把自己放进受害人的脑袋里，而不是只揣测杀手的想法。他感受到了一种压倒一切的强烈同情，感受到自己肩负重任，而更多的时候，他感到无能为力。

吉米抬头凝望着星空，花了一点时间整理自己的种种思绪，然后继续审视四周，不知道蜘蛛侠此刻是否正在监视着他。沿着脚下这条路，不到一个街区远的地方，他看到了一辆无标识[①]的小轿车。约翰·派瑞今晚值班。他是一个年轻的特工新人，急着学本领。他也是个刚结婚的新郎官。吉米喜欢这孩子。他身体的某一部分想要提醒这

---

① 此处意为无警车标识。

个新手，告诉他在人生旅途还没走到黑之前，趁他还能凝望妻子的眼睛深处，趁他还相信世上好人总比坏人多，趁早别干这行了。

2010 年 2 月 16 日　周二　晚 9:32

杰瑞德晚上 9 点 14 分的时候接了姐姐一个电话。她的话现在还在他耳边回响："快回来！妈和爸又掐架了，我头一次觉得妈妈是真的要离开爸了。你得快点。爸把妈的车钥匙串扔进了水池里，我发誓，我认为他那时回房里是拿枪去了。"

杰瑞德盯着路面，回想起他经手的第一桩杀人案件。特蕾西·贝克，三个孩子的母亲，用一杆枪指着她的丈夫，问他还有没有胆量离开她。她的孩子们，当时分别为 15 岁，12 岁和 8 岁，都大睁着眼睛看着这一切，祈祷他们的父亲能把手提箱放下，走回家里，然后让一切都变好。然而布兰登·T. 贝克不向威胁低头，结果被一颗子弹射中了后脑。那起案件留在杰瑞德心里的，不是布兰登倒地时空洞的眼神，也不是旁观者们吓坏了的抽气声。一直以来他忘不了的，是那些孩子们的反应。他永远都记得，三个孩子都是怎样恳求警官们不要把他们的妈妈从他们身边带走。他们在一个月之前失去了唯一在世的祖辈亲人，已经没有其他数得上的亲戚了。但不管怎样，特蕾西·贝克还是被带走了。孩子们被儿童保护组织①接收。上次他去了解情况的时候，三个孩子都已经被分别送到不同的收养家庭了。

杰瑞德在前门打过卡通行后，开车途径一个不规则形状的人工湖，月光下，水面波光粼粼，营造出一种只有有钱人才享受得起的优

---

① Child Protective Services（CPS）是美国很多州负责提供儿童保护的政府机构。

雅环境。

一个向右的急转弯后他进入一条环形车道。车道边是修理整齐的篱笆和修剪造型优美的树木。他把车停进六个指定停车位之一，在他姐姐的捷豹①旁边。

他一步两台阶。这儿静的诡异。他踏入房门，走过一大片大理石地砖时，脚步声放得很轻。这栋房子，门口宽敞气派，螺旋楼梯上配着高级订制的铁扶手，看起来更像是一座高档度假别墅，而不像一个家。

前门灯火通明，巨大的镀金镜子下精心安置着一个大理石桌面的镜台。上面的鲜花闻起来让人仿佛置身春季。

他走进大厅时，注意到的第一个人是母亲。她脸向左侧着，高举双手，像一个试图拦截车流的交警，昂首挺胸地站在那，浓密的银发剪到与下巴齐平。水晶吊灯下，银发缕缕发光。她穿着一件前胸有拉链的黑色羊绒短上衣，配一条卷腿裤，裤脚刚好卷到高跟鞋的银色搭扣上方。很奇怪，他居然忍不住把所有的细节都收入眼中。然后他看见了姐姐。她使眼色示意他，他们的父亲还没看见他。

"杰瑞德。"他还没来得及从另一条道偷偷潜到父亲身后，母亲开口喊了他一声。

杰瑞德向前几步，踏上白色的长毛绒毯子。他看着他的父亲："爸，你在干什么？"

"回家去，儿子，带着你姐一起。这事跟你们没半毛钱关系。"

杰瑞德又走近几步，他父亲受到刺激，转而拿枪对准了他。

---

① 捷豹（Jaguar），颇受英国皇室青睐的奢华汽车品牌，车标为一只正在跳跃前扑的"美洲豹"形象。

"真厉害，爸。你会开枪打自己的儿子吗？为了什么事？你到底在搞什么？"

"你怎么不问问你妈？"父亲拿枪在他和他母亲之间来回指着，"问问她事情为什么到了这步田地。"

杰瑞德一只手插进头发里挠了挠，稍微松了一口气。他刚才有机会与父亲对视，知道父亲虽然心灰意冷，但不会对着他和母亲中的任何一个开枪。所以他暂且顺着父亲的话往下说。"妈，"他问："你做了什么事把爸惹火了？"

母亲理直气壮地扬起下巴："我告诉他我要离开他。你爸是个法官，从来都是他让别人离开才行，显然没人告诉他，人们也能主动离开他。"

他父亲一身干净利落的贵族装束，深色的头发，太阳穴附近稍稍花白，模样英俊潇洒。他的行为举止和外在装束通常都让他周身散发出一种充满活力、自信和领导力的气场。但不是今晚。今晚他的父亲脸涨得通红，面容憔悴。一败涂地。

"告诉你唯一的儿子，你为什么要抛弃我。"

"我爱上了其他人，"母亲说，她的嗓音悲伤，却还是顺从了父亲的旨意。

"告诉他是谁！"父亲又挥舞了一下枪。

母亲的双手在颤抖。

"住手，爸，"姐姐喊道："快住手。"她对杰瑞德说："他一直不停地喝酒，他现在根本没在用理性思考。"

"你妈一直在跟那个天杀的牙医上床！"他父亲宣布。随即，他爆发出一阵苦涩的大笑。他耷拉着头，下巴触到胸膛。等杰瑞德到他身边从他手里拿走枪，他的笑声化作汹涌而下的泪水。

第 12 章

2010 年 2 月 17 日　周三　上午 7：25

　　莉齐关了引擎,但还坐在车里。她静静聆听风的呼啸:它在发动机里打着转,袅袅穿梭;它钻过看不见的缝隙,蹑手蹑脚。车外,街道两旁的枫树掉光了叶子,细长笨拙的枝桠来回摇摆,好像在跳一支维也纳华尔兹①。

　　今天是周三。过去的几天里发生了很多事。她本来打算今早上睡一觉的,可她哄谁呢?她一直睡不好,更别说睡过头。这种情况已经很多年了。

　　昨天,她和杰瑞德坐在沃克尔家的房子——或者称之为"恐怖屋"——前的人行道上等警察来的时候,杰瑞德给吉米·马丁打电话,让他来接管这边发生的事。联邦调查局的人没多久就弄到了一张搜查房屋的许可证。她和杰瑞德在等的时候,某种感觉告诉她,有人

---

① Viennese waltz,国标舞的一种,由于风行在奥地利首都维也纳,以得名。因节奏快,又称"快速华尔兹"。

在监视他们。她也跟杰瑞德提起了那种感觉，杰瑞德指指街对面的房子，一个老太太在厨房窗子后面看他们。

莉齐没再说什么，但她本能地保持着高度警觉。蜘蛛侠就在附近不远，而且他一定在监视着她。直觉永远不会说谎。她已经学会了这个道理，以一种惨痛的方式。

沃克尔太太和她女儿在得知他们的房子可能曾被人用来作为折磨同类、实施兽行的场所时，表现出相当的不快。莉齐最牵肠挂肚的却是他们离开那儿时，还没有发现任何与索菲有关的迹象。沃克尔家六年之前从一个男人手里买下这所房子，那个男人名叫卡尔·戴恩，现在已经不在人世。吉米·马丁正在深入调查这件事，并且向莉齐保证，一有新情况，就及时告知她。

莉齐从她那辆破破烂烂的丰田车里出来。她关门的时候，门轴嘎吱作响以示抗议。自从到过恐怖屋之后，越来越多的记忆图景闪现，在她的脑袋跳进跳出，像墨西哥跳豆①。蜘蛛侠是个医生。她敢肯定……但还有什么东西不够明朗。到底有什么是她漏掉没看到的？

办公室外面的街道看起来空荡荡的，有些反常。这可是工作日的早上。很有可能是天冷得刺骨，大多数人都赖在暖和的被窝里不想出来。空气清冽，把莉齐冻得彻骨，但她不能只一味埋怨天气冷——她自己无论什么时候都觉得冷。她手伸到背后，摸了摸手枪皮套，确认枪还在它该在的地方。老习惯了，积习难改。

她本来应该等等杰瑞德的。他昨晚十一点打电话来，说他在他父母家，并且主动提出来到她公寓来陪她。他担心她。但她拒绝了。她习惯把人推开，这习惯不好。她到最后总是会后悔。但那也不能阻止

---

① 墨西哥一种大戟科植物的种子，种子本身并不会跳，是种子里的飞蛾幼虫在作怪。

她一次又一次地让错误重演。为了让自己心里好受一点,她邀请他今晚来她这儿吃晚饭,前提是他来做饭。他同意了。他的声音听上去飘忽不定,像是从遥远的百万英里[①]外传来的。

莉齐步伐平稳地往办公室走去——她觉得自己像是个老西部[②]的持枪杀手——街道空无一人,腰间别着手枪,空气中隐隐透出不祥的气息。脚上冬靴的橡胶底踏在人行道上发出闷闷的响声。这双靴子已经服役五年之久,而且任期还将继续延长。它现在穿起来还很暖和,舒服,走在地上不打滑。给自己打工的额外福利之一,就是她可以爱穿什么穿什么。当一个私家侦探不要求高跟鞋和尼龙长袜,也不用非得把衣服熨烫过才能穿。一条牛仔裤,一双防水靴,一件 V 字领棉 T 恤,再加上她最爱的修身保暖夹克衫,就是她过冬需要的全部。

天冷,每次呼气,都喷出一口白雾。她瞥了一眼手表。路尽头的花店还有一个小时才能关门,她办公室对面的美发沙龙也是。唯一的声响,来自风的嗯哨,和几个街区远的主干道上车流的轰鸣。根据今早的气象报告,有关部门已经发布了暴风雪警报。预期周五之前狂风最高时速可达八十英里[③]。

离办公室越来越近。她手伸进大衣口袋摸钥匙。沿路玻璃窗上的倒影模模糊糊,似乎有什么东西在动。她微侧过脸瞄一眼身后。除了风中舞蹈的树枝,什么都没有。靠。她被自己的想象吓到了。

她两只手都在抖。由于睡眠不足,神经脆弱不堪。插钥匙的角度不管怎么改换,就是插不进锁孔。"狗日的这把破锁。"钥匙串掉到了

[①] 约合 160 万公里。
[②] Old West,指开拓时期(1803—1912)法制尚不健全的美国西部,当时民风彪悍,盛产枪战和神枪手。
[③] 约合 128.75 公里。

地上。怕什么来什么，墨菲定律①。她决定扯下一只手套，然后弯腰去拾。

一只手抓住了她肩膀。

莉齐从胯下一把攥住那个人的腿，瞬间将不速之客放倒在地。

热咖啡沿一道长长的弧线洒出去，泼上了她的侧脸和夹克。莉齐双脚点地转身从背后掏出枪。

"别开枪！"杰西卡的眼睛瞪得大大的，惊恐万分。一个聚苯乙烯②杯子滚到了路中央。

其实她的枪还在皮套里。莉齐松开握枪的手，嘴里呼出一串雾汽。她直起身子，猛地吸了吸鼻子。

她伸出一只手拉杰西卡起来。"我以为前几天的事已经让你长记性了呢。"莉齐往那个女孩看过去，"你的车呢？"

"我哥哥上班路上顺便把我送过来的。你不在，所以我想去买杯咖啡。等到我看见你，嗯，后面的事你就知道了。"

"你伤得厉害吗？"

"我没事。"

杰西卡看起来一点都不像"没事"的样子。她揉着手肘，伸直了腰，想让自己好受一些。

莉齐捡起地上的钥匙串。这次，她用钥匙试了第一下就把锁打开了。墨菲定律就是这样，不担心的时候反而啥事儿都没有。她把门大敞着，等杰西卡先进去。

杰西卡皱着鼻子："不好意思把你的外套弄脏了。"

---

① 任何一个事件，只要具有大于零的概率，就可确定它必会发生。此处为墨菲定律在生活中常常被引申出的含义：凡是可能出错的事，必定会出错。

② 塑料的一种。

"不用担心。"莉齐走回街上去捡杯子,结果看见上次那辆该死的绿吉普车就停在街的北头,那家咖啡店前面。这次绝不能让她跑了。

莉齐不管杯子,往吉普车走去,看出司机对周遭的一切无知无觉的时候,加快了脚步。

还是那个女人。同一个棒球帽。一样的马尾辫。

只有三辆小汽车的距离了……就要到了。

那人往窗外瞟了一眼,莉齐见状,马力全开,开始一路狂奔。她已经近到能看见女人低声咒骂的口型。莉齐猛地扑向离她最近的车门把手,将门一把拽开,但女司机已经开启引擎,猛踩油门。

吉普车剧烈地撞上了停在它前面的小轿车,导致车门带着莉齐往前猛冲。莉齐被甩到后保险杠上,然后重重地摔到地面。

吉普车倒车,几个轮胎刺耳地嘶响。莉齐往左一滚,全身上下一阵火辣辣的疼。橡胶受热产生的刺鼻的酸味,呛得她透不过气。

灰色的天空和摇摆的树木在她头顶旋转,然后渐渐模糊,归于一片黑暗。

2010年2月17日　周三　早7:32

黑蕾·汉森盯着刷了灰泥的天花板[①],心想这种有毒纤维[②]的吸入量达到多少才能导致一个人患上严重的疾病,或者,好一点的结局——死掉。她躺在床上,全身衣服都没脱。明知道穿衣服不管用为什么还要多此一举,她自己也不知道。穿不穿,都不能阻止卖给她妈

[①] 原文 Popcorn ceiling,美国住宅建筑上世纪 50 年代后期到 80 年代之间采用灰泥粉刷墙壁。早期的灰泥配方含有有致癌性、能污染空气的石棉纤维。
[②] 如上注,此处即指石棉纤维。

妈毒品的贩子从她这儿"领取报酬"。她知道今天布赖恩可能会来，于是她像往常一样，向她已经不再相信的某位神灵祈祷。但这位宇宙的创造者和监视者到底存在与否都没有关系。她只剩下他了，他是她唯一的倾诉对象。

"求您了，"她开始发自内心地祷告："让今天成为布赖恩的死期吧。让他吸食海洛因过量。求您，求您了，伟大的神，让布赖恩——这个魔鬼下的狗崽子——今天一觉醒来，走出去，然后立刻被流弹击中，被飞车枪击①打死。"

她不是在祈求奇迹。在她住的那一带每周都有好几起飞车枪击案件发生。这是有可能发生的事。她妈妈以前向来冷静持重，一直都挺好，直到布赖恩出现，教她妈妈怎样"吸白粉②"。

开关车门的声音如同警报，将她打回现实。又一次，她的祈祷没有得到神的应答。进这栋房子不需要钥匙。前门嘎吱一声敞开，随后是熟悉的沉重的脚步声，踏过老旧的地板。

他来了。

她可以跑。逃跑是家常便饭。但屡试屡败的法子，只能让事情更糟。试图逃避拖延不可避免的事情，不会有好果子吃。如果她哪怕能找到一点勇气弃母亲于不顾，让母亲自己养活自己，她猜她是能逃掉的。但她能一个人过吗？事情发展到这个样子，不能怪她母亲。母亲已经尽力了，因为太多事情母亲根本不知道该怎么做——她的外祖父母，向来只管自己活命，只想着吸毒的自在快活。如果投胎在她外祖母肚子里，那才叫倒霉一辈子呢。和她母亲的童年相比，她自己的人

---

① 原文 drive-by-shooting，在移动交通工具（通常是汽车）中开枪射击。
② 白粉是海洛因的俗称。原文"chase the dragon"是俗语，意为吸食海洛因。

生简直美好得像是一个在迪士尼乐园度过的周末。

走廊里传来更多脚步声。可能只是妈妈去确认来人是布赖恩那个毒贩子强奸犯,而不是别的什么穷光蛋跑来她这间猪窝撒野。

黑蕾的卧室门"咔嗒"一声关上了。是,是布赖恩没错。虽然她两眼依然瞪着天花板,她知道是布赖恩站在她房间里。她看见他之前,总是先能闻出他的味道。一种刺鼻的味道,混杂着香烟、过期啤酒、狐臭①,还有不知道他从什么鬼地方沾过来的尿液和残留呕吐物的味道。

向来如此。

如果她有得选,她永远都不会看他一眼。但她没得选。如果她闭上眼睛或者试图神游天外,他会猝不及防地用他自己的"休克疗法②"让她清醒。

没办法,所以她从来都不闭眼。

忽然,她有些疑惑,使劲嗅了嗅,汇聚起全身每一寸的力气才没吐。空气里多了一种陌生的气味。油?烂土豆?动物死尸?

"天哪,求你了上帝。别!"她惊恐地祈祷。

"上吧,"布赖恩对他的朋友说:"你先。"

---

① 分泌的汗液有特殊的臭味或汗液经分解后产生的臭味。
② 通过电击治疗精神病的疗法。引申为迅速解决某问题采取的应急行动、极端政策。

第 13 章

2010 年 2 月 17 日　周三　早 8：05

"得想办法送你去医院。"杰西卡一边帮忙扶着莉齐走下人行道回办公室,一边说。

"我会没事的。"虽然她脑袋血管突突地跳,肋骨也疼,让她自己都怀疑自己说的到底是不是实话。

杰西卡撑着办公室的门,然后跟莉齐到她桌边,确保莉齐坐下之前整个人没彻底散架。"啊我的上帝,"杰西卡惊叫:"我听见轮胎'刺啦'响,往窗外一看,就看见你滚过马路。我想那辆车肯定撞了你。之后你一动不动,我还以为你死了。"

杰西卡脸色白得像鬼。

"杰西卡,你需要冷静。"

"你需要医生,"杰西卡说:"你脑门上的包有网球那么大。"

"听我说,"莉齐说:"我需要你回那家咖啡店,看看那儿有没有任何的目击者。"

"我到你身边之前,有三个人凑在你周围。"杰西卡说。她从裤子后袋里拽出一张名片:"这个男的给了我他的名片,还说让我告诉你,如果你需要任何的帮助就打电话。"

莉齐满怀希望地接过名片。看过之后,她皱起眉头。这是位律师。如果他看见了车牌或者司机,他肯定会一直待在原地,跟她们一道回办公室。"这是个好的开始,"莉齐说:"但我还是需要你回咖啡店,那儿可能还有其他目击证人,趁他们还没走光。"

杰西卡皱了皱鼻子:"你没认出车里的那个人?"

突如其来的一阵剧痛像是要把她头盖骨打穿,莉齐疼得龇牙咧嘴:"没。"

"我真不觉得我现在应该离开你。你看起来状态不好。你可是刚昏迷过的。"

"我好着呢。"莉齐一个手指指向门,"去核实。现在就去。拜托。"

杰西卡冲门那边瞥了一眼,然后转身背对着莉齐。

"行,"莉齐开始挣扎着从座位上起身,"我自己去。"

不等莉齐再动一寸,杰西卡人已经出现在门口。"我的老天爷,你这个女人真是固执得可以。我去,我现在就去。"

杰西卡走到外面。空空如也的泡沫塑料杯子还在人行道上滚来滚去。她捡起杯子,然后动身前往咖啡店。

莉齐站起来,拖着自己的身子去盥洗室察看伤势,边走边冒出一连串"色彩斑斓"的脏字。头上的肿块根本不像杰西卡说得那么大,但绝对是她受过的最重的伤了。她清洗了几道伤口,然后在六七道擦伤伤痕上敷药膏。

电话铃响了,刚巧赶上杰西卡回来。莉齐一瘸一拐地出了盥洗室。

杰西卡已经接起了电话。她把听筒拿到胸口,冲莉齐做着她看不懂的口型。莉齐接过电话,把听筒放到耳边,小心翼翼地往后坐到椅子上。"我是莉齐·加德纳。请问有什么可为您效劳的?"

她扫了一眼手表。她今天才刚开工一小时,已经感觉像过了整整一周那么漫长。来电的是维克多,不准别人对他说"不"的那个男人。"我有什么能帮到你的,维克多?"对方迟迟不说话,莉齐又问了一遍。

显然,他想让她监视他老婆,接下来的两周里,每天从正午到下午一点。他老婆名叫瓦莱丽·亨特,在卡迈克尔[①]的一家律师事务所上班,那儿离莉齐的办公室不到15英里[②]。

"好,这活儿我接。"她说。对方承诺会付给她3 000美元现金,并且保证最后一天之前钱就会送到她办公室。10小时换3 000块。没脑子的人都知道该怎么选。

"是,"她冲电话说着,同时虚弱地抬抬胳膊,确认它还能用。疼痛在"可以忍受"和"难以忍受"之间来回切换。她疼得脸皱成一团。"理解。你会定期打电话来了解最新进展。是,"莉齐又说了一遍,同时翻了个白眼,逗得杰西卡直笑。"我有责任保证你这件事秘密进行。我是个有专业素养的人。再说,你也没告诉我多少你的个人隐私,你付钱又不用银行账户,是用现金付。我没见过你的脸,你的电话号码也是加密的。"

最后这句是撒谎。联邦调查局的人昨天已经给她的办公室安装了窃听器,莉齐有相当的把握,他们能借助她电话边的黑盒子追踪到维克多的号码。红色指示灯早就开始闪了。不过她不需要告诉维克多这

---

① Carmichael,加州地名。
② 约合24.14公里。

事,害自己少赚3 000块。她工作至今没能实现盈利。她不想再从姐姐那里借钱了——也不知道凯茜还会再借给她钱吗。她俩现在在冷战呢。

莉齐敢拿她最爱的那双靴子打赌,维克多用的是假身份。但那又怎么样?维克多最终说"再见"并挂掉电话之后,莉齐把听筒放回听筒架,向后往椅子靠背上一仰。

"这个男的很烦人,是吧?"杰西卡说:"我跟他说你在外面,他说他会等……就好像他知道你就在附近一样。你说,这个叫维克多的人是不是在监视咱们啊?"

莉齐往窗子那边转头转得太急,脖子抽搐了一下,还伤到了几根本就肿痛的肋骨。她的目光飞快地扫过,从一栋建筑到另一栋建筑,从屋顶到屋顶,然后逐扇窗户地排查,寻找任何可疑的动静,或者任何人躲在百叶窗或布帘后面偷窥的迹象。

杰西卡走到她身边,也凝视着窗外。"你真的觉得他就在外面吗?你觉得他可能在监视咱们,对吗?"杰西卡咬着下唇,两条眉毛拧到一起。"为什么吉普车里那个女的想从你身上轧过去?"

"我不知道她是谁,但我不觉得她想杀我。如果她想杀我,早就轻轻松松把我除掉了。"

"她戴着一顶棒球帽,是吗?"

"是,"莉齐说:"你看见她了?"

"对。我哥哥刚把我送到,我就在咖啡店看见了她。她没化妆。我猜她四十来岁。"

"有其他任何人看清她吗?"

"唯一一个记得一点跟她有关的东西的,是柜台后面的女柜员。她说那个戴棒球帽的女人点了一杯牛奶焦糖再洒太妃糖的咖啡。除此以外没有其他人看见她。"

"谢谢,姑娘。"莉齐把椅子转回办公桌后面,打开电脑。"这跟昨天停车在我公寓外面的是同一个女人。她不怎么擅长伪装。我希望你能帮我留心她一下,可以吗?"

"如果我再看见她的车,我会尽量把她车牌号记下来。"

"完美。"电脑还在启动中,莉齐一边等一边看着杰西卡,"你打算一整天都在这吗?"

"如果你需要我的话,一整周都可以。"

"那你的课怎么办?"

"没事。下周三周四之前我都不用非得回学校。"

"太好了。"现在还没放春假,但放不放不关她的事,所以莉齐决定不再多过问。

杰西卡从莉齐办公桌后面墙边书架顶上够到一卷纸巾。她撕下几块递给莉齐,指指她外套上的咖啡渍。

莉齐擦拭她的夹克,但大部分咖啡已经渗进去了。她把纸巾扔进垃圾桶,然后去拿地板上的背包。

杰西卡在胡乱扒拉着昨天的信件,莉齐拉开双肩包前面的拉链,取出一张纸。"我有一项工作要交给你,"她对杰西卡说。她把纸放在桌上,用手掌抚平皱褶。"我们需要找出关于这些女孩儿们的一切。"

杰西卡把手头的活儿放一边,去站到莉齐肩膀后面看。她倒抽一口气。

"怎么了?"莉齐问。

杰西卡看上去很不对劲,她脸色苍白,但她随后深呼吸一下,指着名单上的最后一个名字问:"这是最近失踪的那个索菲·麦迪森吗?"

莉齐点头。

"怪不得有这种设备,"杰西卡指着电话边的黑盒子说:"你在帮助警方?"

莉齐指指被随手放在墙边的椅子:"拉把椅子过来,咱们谈谈。"

杰西卡不声不响地把带滚轮的椅子推过来,坐下,等莉齐开口。

"十四年前——"

"你被绑架了。"杰西卡插嘴道。

莉齐挑起一条眉毛。

"我当时只是个小孩,"杰西卡解释说:"我喜欢和隔壁的邻居们玩。不管什么时候我离开家,我妈都告诉我让我小心,然后提醒我,说你和其他那些女孩被带走了,再也没出现过。当然了,除了你。"

"你妈妈知道你在我手下打工吗?"

杰西卡在空中摆了摆手,以示否定:"我妈有她自己的一堆问题。她再也不会管我做什么了。"她耸耸肩,"她时刻准备着让我和我哥哥搬出去,好给她多一点空间呢。"

莉齐点了点头。"如果查这个案子让你觉得不舒服,我理解。"

"你开玩笑呢?这正是我感兴趣的那种工作。这就是为什么我修读心理学专业。这就是为什么我到你这来找工作。"

"好吧,那,"莉齐四周张望了一下,想找一块能腾出来当办公场所的地方。然而一点合适的空地都没有。"那我就把我桌子这头清理干净,你在这里办公吧。你带手提电脑了吗?"

"在里屋。"

"好。咱们就把你的手提电脑安排在我的桌子这里,然后用互联网搜索引擎找到我们能找到的所有关于这些女孩的信息。明天,或者今天晚些时候，如果我们有时间，我们可以去图书馆彻底翻找一下旧的报纸文章。咱们的目标是把任何一篇关于蜘蛛侠受害者的文章都打印出来。"

"咱们这么做到底是要寻找什么呢？"杰西卡说着，帮忙搬走莉齐桌上成堆的报纸和文件，放到她们身后的地板上。"是想要细节，类似她们的穿衣打扮、发型，还是专攻她们的朋友家人接受的采访，类似那些东西？"

"都要。我们要了解每个、每一个女孩有关的所有事、任何事：体重、身高、性格，凡是说得上来的，都要了解。这些女孩里有四个被认为是蜘蛛侠害死的，但另外还有四个只被定义为失踪儿童，因为她们的尸体一直没被找到。"

杰西卡再次查看名单时，变得沉默。她的眼睛似乎又一次湿润了。

"有什么不舒服吗？"

"没有，"杰西卡回答得有些太快，"我很好。"

这个女孩让她迷惑，看不懂。上一分钟杰西卡还吵得快要把她耳朵吵聋，下一分钟又安静而神秘。莉齐知道自己要把精力集中在寻找索菲上，所以她又一次决定不管那么多。"如果名单里有一个女孩参加舞蹈课，"她对杰西卡说："那么我想知道你那时在哪儿、什么时候。我要每一位老师、教练、朋友、男朋友、发型师的名字，还有他们喜欢出没的地方。我还要一份清单，上面是这些女孩曾经联系过的每位、每一位医生的名字。"

"你觉得，受害者们的父母会愿意跟我们谈吗？"

"试一试总没有坏处。如果他们不愿意，我们就去跟受害者的兄弟姐妹或者叔伯姨舅谈。我们不能一被拒绝就算了，我们承担不起那样做的后果。会有人愿意谈的,有人一直都愿意谈。"

"所以,我们真正要寻找的是这些女孩之间的一种联系——一种共同点,不管是她们去的学校,还是她们共同认识的一个人?"

"就是这样。任何一种联系。"

"懂了。"杰西卡站起来,消失在文件室里,开始她的工作。

莉齐又撕下一片纸巾,拿来擦她桌子——原本放那些文件的地方积了灰。她打开最上面的抽屉,开始翻找布洛芬①。她脖子后面的毛发竖起来。某个人一定正在监视她。

她扭头看向窗户,盯着街对面几间空空的沿街店铺。

他在那儿。她能感觉到他,感知到他,但她看不见他。

她感到不寒而栗。

"你在哪儿,蜘蛛侠?出来,不管你在哪,出来。"

---

① 镇痛消炎药。

第 14 章

2010 年 2 月 17 日 周三 上午 11：30

杰瑞德把他的 Denali 开向路边，紧贴在莉齐的丰田车后面停好。回首昨晚，恍如隔世。他从来没有见过父亲那么心狂意乱。父亲向来是个行为谨慎克制的男人，他有强烈的是非观念。举枪对着他结发四十多年的妻子，这不像是他能干出来的事。他姐姐已经把母亲带回了家，他来陪伴父亲。父亲醒酒之后，他们父子俩有一次长谈。这是他这辈子第一次看见父亲落泪，第一次意识到，原来父亲也像所有人一样，也是一个人类。

他将遥控钥匙对准他的车，按下锁车键。Denali 在他身后发出一声长鸣。

天很冷。杰瑞德往莉齐车后窗里看去。他不敢相信"老黄狗"现在居然还能开。莉齐高中的时候就在开这辆丰田车了。乙烯基塑料制成的车后座已经有了裂纹，看上去还是很熟悉。他和莉齐曾经在那些车座上花大把大把的时间做爱。想当年的好日子啊。

"莉齐，莉齐，"他在心里默念。他爱这个姑娘的一切。她走路的样子，说话的样子，每次他望向她那双灵动的绿眼睛时心动的感觉……他们初次相遇的时候他就爱上了她。她的血管里跳动着乐于助人的热心——这就是为什么她把大部分的周末时间用来教年轻女孩儿们怎样保护自己。虽然这些年来他先是忙于大学课程，后来又忙着接受 FBI 学院的训练，但他没有一天不在想念她，莉齐·加德纳。许许多多个不眠之夜，他陷入深深的内疚，后悔那天晚上让她自己一个人走回家。如果他的人生抱有任何的悔恨，那就只会是这件事了。当时他其实不是不知道那样做有危险，可是那时的莉齐太固执了。她现在还是一样固执。那时候她充满了活力，前途充满了无限的希望。后来蜘蛛侠从街上强行带走她，用尽手段想把她炫目的神采吸得一干二净。但莉齐活下来了，活到了能亲口讲述自己故事的那天。她是一个战士。如果她允许他回到她的生命中，他绝不会再辜负她。

杰瑞德听见一阵深深浅浅的脚步声，抬头看见莉齐一瘸一拐地朝他走来。她眼圈青黑，看上去累坏了，不过她在看见他的那一刻笑了。

"嘿，真好看。"他说。

她艰难地拗了一个梅·韦斯特①的造型，显摆了显摆那件溅了咖啡的旧夹克，算作对他那句调侃的回答。

"看来今早过得挺坎坷啊？"

"可以这么说。"

"你这脸是怎么回事？"

"今早上那个吉普车里的女的又出现了。我偷偷靠近她。就在我打开她后车门的时候，她忽然发动汽车，期间差点从我身上轧过去。"

---

① Mae West，以性感著称的好莱坞女星。

杰瑞德"嘶"地一声倒抽一口凉气。"你看过医生了吗?你额头上的肿块看起来情况不太好。"

"我没事儿的。"

他叹了口气。

"我很想和你聊天,但我现在得出发了。"她挪过他身边时说。

"我本来是想带你去稍微吃点东西的。"

"我不能去吃。有点事情……是一个盯梢的活儿。"

"为了什么盯梢?保险诈骗?"

"一个出轨的案子。"她打开车门,然后回头看他。"如果你想听听龌龊的细节,欢迎一起去啊。"

"走起。"

莉齐钻进她那辆历史悠久的丰田,坐在方向盘后面启动引擎。车"噼噼啪啪"一阵猛咳。杰瑞德坐上副驾驶座,往后座瞟了一眼。"坐在'老黄狗'里,我好像回到了从前的某个时候。"

她埋头在背包里翻找东西,双颊浮上红云。她把前往目的地的路线图递给他,就将车开上马路,一分钟也不浪费。"你从吉米那儿听说任何关于卡尔·戴恩的新消息了吗?"她问。

"我今天早些时候跟吉米聊过。戴恩是房子最早的主人。他1980年到1991年的时候和家人住在那儿。1991年到2002年年底,房子是租出去的。2003年1月的时候,沃克尔家买下了这套房子。"

"戴恩先生一定有那段时间租房的房客记录。"

"他几年之前去世,之后他女儿把那些档案都扔掉了。调查队的人现在正在搜索这一带公共事业公司①的租房客名单。"

---

① Utility company,指为公众提供基础服务的公司,例如电力、自来水、天然气等等。

"法医那边呢?那几间卧室里有任何发现吗?"

"到目前为止,那栋房子里还没有任何犯罪的迹象。"

"应该会有血迹,还有被后来填上的墙洞,洞是当初固定镣铐用的……总会留下什么蛛丝马迹的,对吧?"

"我们拭目以待吧。如果是这间房子,肯定会有什么证据冒出来的。今早上大家开工第一件事就会发掘后院。"

她一直凝视着面前的路,他们离高速公路入口越来越近了。"那从受害者资料里整理出的医生名单呢?运气怎么样?"

杰瑞德从衬衫口袋里取出一本钱包大小的笔记本。"我用今天上午的大部分时间把那些文件过了一遍。这个名单里是部分蜘蛛侠受害者和他们家人请过的医生的名字。我没发现人名之间有任何交集,不过,现在这个名单是你的了。"他把笔记本放在两人之间的中央扶手上。

"多谢。不胜感激。"

"别客气。"他说:"所以咱们下午是要去跟踪谁?"

"瓦莱丽·亨特。"

"她丈夫雇你的?"

"那个男的用'瓦莱丽'这个名字来称呼他老婆,但我不太相信他。他还说他自己的名字叫'维克多'呢。"

"你跟他面对面见过吗?"

她往杰瑞德这边看了一眼:"你觉得,维克多可能和蜘蛛侠之间有某种关系?"

"别跟我说你没有这么想过。"

"我确实这么想过,"她承认,"但维克多第二次打电话给我的时候,我告诉自己如果拒绝这种他送上门来的钱,我就是个傻子。"

"那他的声音……你觉得他听上去哪里像蜘蛛侠吗?"

"维克多的嗓音深沉沙哑。而蜘蛛侠说话会用语音合成器[①]。所以两者很难比较。"

"那瓦莱丽·亨特呢,你对于她是谁有任何了解吗?"他问。

"我做过简单的调查。她1995年从麦乔治法学院[②]毕业。已经在'达通和格瑞夫斯律师事务所'供职八年。没有孩子。我还没有找到任何说她结婚或者生孩子的资料。"

片刻,两人都没有说话。"如果维克多是蜘蛛侠,"莉齐继续说,"为什么他会雇我跟踪瓦莱丽?"

"他可能是想把你引到一个陷阱里。"

"哦,那我不会跟着瓦莱丽或者其他什么人到一个空仓库或者黑洞洞的巷子里。而且如果这个女人真的和他有什么关系的话,那蜘蛛侠算是帮了大忙,咱们的活儿更好办了。"

杰瑞德忽然感到一阵不自在。他一开始就不想把莉齐牵扯进乱七八糟的事情里。但就算他不找莉齐,吉米也会的。绑架索菲的人留下的纸条,已经决定了她的命运。"维克多打算怎么付你钱?"

"他今天会托人送钱来。我告诉杰西卡好好盯着来送东西的人……名字,形象,车的厂牌和型号,车牌号码,以此类推。"

莉齐在下一个出口下了高速,在红灯前停下。"你不会是觉得杰西卡会有危险吧,嗯?"

杰瑞德早已开始按手机的数字键。"我会派人监视你的办公室,直到我们足够了解维克多为止。"

[①] 一种合成语音的设备或软件。
[②] McGeorge,属太平洋大学(University of the Pacific)。太平洋大学是一所位于加州的国家级私立大学。

凯伦·克劳利攥着方向盘，手指关节都攥得发白了。她的视线从面前的马路跳到后视镜。远处传来警笛声。恐惧感油然而生。她现在最迫切想干的就是向右急转弯，拐进右车道，然后在下一个出口离开高速路，但她前面一直有辆小汽车挡道。而她最不想做的就是伤害到谁。从咖啡店那儿急匆匆脱身的时候，她不是故意伤害莉齐·加德纳的。这是意外。她只是想照看这个女人，好确认她弟弟没在附近转悠，没再制造麻烦。

没有一件事是按照计划进行的。她原本为期一周的旅程早就拖到了两周。她丈夫和孩子们需要她，但她现在不能回家。现在还不行。

她来美国寻找弟弟，想修复关系。自从她到意大利佛罗伦萨留学，她有超过二十年没见过他了。在意大利住了不到一个月，她遇见了尼古拉斯。他们相爱，在此后的二十年里，除此之外的其他任何东西都不重要。她和尼古拉斯在意大利买了房子。他们头胎生了个女儿，安珀。第二个是儿子。他们给他取名为亚当。亚当长大之后，模样长成了她弟弟萨姆的翻版。

警车从旁边疾驰而过，警灯闪烁。她咬紧了下唇。

半年之前，亚当过了十三岁生日。每次她看着他的时候，都像是看到了弟弟：一样的高额头，一样轮廓分明的下巴，还有一样生动的蓝眼睛。但随后她儿子的面孔会在她脑海中扭曲变形，有太多次，她会在他脸上看见和弟弟同样惊恐万状的表情，她当初在地下室找到弟弟时弟弟脸上的那种表情。

她胸腔一阵发紧，透不过气。

她向路边一个急转弯，只听"刺啦"一声，碎石四溅。她把头深深埋在方向盘上。大口大口地呼吸空气。"我的上帝啊,"她抽泣起来:"我到底做了什么?"

南希·莫莱诺急匆匆穿过通往新闻演播室的双扇门,高跟鞋踩在地板上"嗒嗒"响。

KBTV①的造型师卡罗琳·米尔斯向她冲过来说:"你到哪儿去了?坎涅姆先生为了找你,把大厅翻得底朝天,头发都要抓掉了。"

"他是个秃子。"南希一边提醒她,一边跟着她走进房间,右拐,坐在满面墙都是镜子的一个高脚凳上。卡罗琳的一双手动作如一阵旋风,没有一下失手,便将南希的头发梳得柔顺蓬松。

远处,有人在大嚷南希的名字。

"她在这里头呢。"卡罗琳回道。

几秒钟过后,坎涅姆先生的大块头就把门口堵得严严实实。他的手在身子两侧攥紧成拳。

他说不出什么话。

她在那儿,难道不是?

任谁都清楚,坎涅姆永远都不可能炒她鱿鱼。南希·莫莱诺是电视台争取到的最值钱的宝贝。新闻十套频道从1995年开始,三档收视率最高,并曾获奖的夜间新闻节目就都是由她主持的。现在他们让她把早间节目也接下来,以提高收视率。这些年来她收获职业荣誉无数,包括两座艾美奖②。

电话铃声打断了她的思绪。她按下"接听"键,把电话放在

---

① 全称应为 KBTV - CD,覆盖萨克拉门托地区的独立电视台。
② 美国电视界的最高奖项,地位如同奥斯卡奖于电影界和格莱美奖于音乐界一样重要。

耳边。

"你拿到我要的资料了吗?"

是他。

南希把电话在耳边贴得更紧。"还没有,但我在努力。这些事需要时间。"她瞟了一眼坎涅姆。"我现在不能继续说了,"她对来电者说:"我得直播,再过——"

"两分钟之前绿色指示灯就亮了,"坎涅姆咆哮道:"头发美得可以了,她该走了。现在!"

"这周结束之前,拿来我要的东西,"电话里那人说:"不然我就把我的故事告诉三套频道的吉娜·罗克韦尔。"

"这算威胁吗?因为如果……"

一串低沉的笑声打断了她。电话那头"咔哒"一声按掉,向她宣告他们谈话的结束。

南希打了个哆嗦。她担心对方可能是个变态杀人狂,但她更担心吉娜·罗克韦尔拿到那个故事,后一种担心凌驾于其他任何考量之上。

"你在出汗。"卡罗琳说。坎涅姆在旁边各种狂躁的比划,催她们赶紧动起来,卡罗琳没理他。

南希根本不怕坎涅姆,她从高脚凳上滑下,走出门去。卡罗琳和她一起跟着坎涅姆穿过走廊,卡罗琳一直在她身边,边走边往她脸上扑粉。南希的心思本该放在今天的早新闻上,然而并没有。来电者还没有给她他的名字。她第一次和他通话是在两天前。他说他才是真货——那个妇孺皆知的杀手,"蜘蛛侠"。他说弗兰克·赖尔,那个因为谋杀詹尼弗·坎普贝尔被捕的人,是个跟风抄袭的冒牌货。她一开始并不相信他,但她也没有挂掉电话。

"万一他说的是真话呢?"连环杀手都有个臭名昭著的癖好,就是想要他们做下的罪行得到别人的认可。他们还出名地喜欢不顾暴露身份的风险,夯着胆子给媒体打电话、寄包裹。

那个人承诺,她提供他莉齐·加德纳的案例研究资料之后,他就给她能够证明他是真货的确凿证据。杀人犯要南希从莉齐的心理治疗师那里偷档案。不知道他用了什么法子,他知道她也在接受琳达·盖茨的治疗——跟莉齐·加德纳的治疗师正是同一人。他知道她那么多事情,这让她很不自在。

偷档案不道德。南希接到第一通电话之后就应该给 FBI 打电话的。但是有什么东西阻止了她那样做。这些年来在采访罪犯方面她已经积累了一定的经验。罪犯们撒谎的时候会变得紧张。当然,确有例外,一些死不悔改的犯人接受采访太过频繁,已经被打磨出一套撒谎的本事。但这个人,他们第一次谈话结束的时候,她就确定,他说的是真的。所以她说服自己,她实际上是在通过与杀人犯保持私人联络的方式,帮助 FBI。眼下,她会让事情保持简单:赚取杀手的信任,然后尽可能地了解这个人。确实存在这样的可能性:杀手智商很高,而且不会马上告诉她他住在哪里。但如果她能把与他有关的线索还有他背景的片段信息拼凑起来,那么说不定,虽然仅仅是"说不定"——她能向当局提供抓捕蜘蛛侠所需的信息。她现在就能预想到头条新闻的大标题:"南希·莫莱诺带领 FBI 直捣蜘蛛侠老巢。"她已经想好该把她的第三座艾美奖摆在哪儿了。

一丝笑意爬上她的嘴角。蜘蛛侠真不蠢。他打电话找她,是因为她是这一行里最优秀的。

南希进入新闻演播室之前,坎涅姆的脸和脖子上青筋毕现,血管都要气得爆炸了。她坐进椅子里,演播室的喧嚣嘈杂让她想起了龙卷风。

"三，二，一。"

隔着一个新闻演播室的距离，坎涅姆用一个手指指着她。她将注意力集中到电子提词器[①]上，微笑。

"早上好，萨克拉门托。我是KBTV早新闻，南希·莫莱诺。"

---

① 电视台专业设备，有电子屏显示主持人的台词。

第15章

2010年2月17日 周三 下午12:35

第十二次了,杰西卡把名单又浏览了一遍。蜘蛛侠最早害死的三个人——乔丹、兰妮、曼迪——有几个相同之处:她们都被抛尸在一处水体旁边,身体多个不同部位都有蜘蛛咬伤。其中一个女孩失踪时在读高中二年级。另外两个是三年级[①]。三个人各自就读于萨克拉门托或者普莱瑟县[②]不同的高中。如果把蕾切尔·福斯特也算进去,那就是四所。蕾切尔是第四位受害者,她是唯一一位尸体在莉齐囚禁期间被发现的。

蕾切尔·福斯特的尸体出现在福尔瑟姆湖[③]附近。她遇害时年仅十五岁,是受害者中最年幼的。杰西卡发现一篇近期发表的文章模模糊糊提到,蕾切尔尸体被发现的时候,双眼被插进了注射器针头。

[①] 该高中为四年制。
[②] Placer County,普莱瑟县是美国加利福尼亚州的一个县,县治奥本(Auburn,即杰瑞德第一次给莉齐打电话时要求莉齐前往之处)。
[③] Folsom Lake,加州境内水库。

看到这里，杰西卡皱起眉头，提醒自己用力呼吸。不能单凭这些女孩经历过折磨，就以为那些恐怖的事情里的某件也会发生在玛丽身上。她紧咬着下嘴唇，深呼吸，努力让自己平静下来。现在还不是哭的时候。如果她还想帮莉齐找到蜘蛛侠，就别崩溃。她姐姐可能还活着。玛丽虽然是姐姐，而且是三个孩子里最年长的，但由于身材娇小，所有人都以为她是最年幼的那个。玛丽也很聪明。天啊，杰西卡是多么怀念她们俩促膝长谈的时光。

奇迹每天都在发生，所以玛丽完全有可能活着回来。杰西卡对自己说。多年以前把玛丽带走的人可能给了她一个新的身份，然后他们搬到了另一个州。可能她姐姐不记得自己是谁、从哪儿来了。

莉齐当年逃掉了。同样的事完全有可能发生在玛丽身上。她姐姐还活着。她能感觉到，她清楚地知道。

杰西卡把注意力重新放回她的笔记上。蕾切尔被绑架时的男朋友是瑞安·阿诺德。她快速搜索了他的名字，又打了六七通电话之后，联系到了他。他现在二十九岁，是一名律师，愿意跟她谈。几乎没经过任何提示和劝导，他就向她吐露了心声，告诉她蕾切尔的绑架案改变了他的一生。那件事之后，他停止"嗑药"，开始读书学习。这些年来，他不只大量阅读蜘蛛侠案件的有关资料，还特意与一些重要人物保持联络，以发掘出更多信息。他已经看过了 FBI 的档案，包括蜘蛛侠当时寄给当地新闻台的一封信。阿诺德告诉杰西卡，蜘蛛侠把他自己当成一个正面人物，而且感觉消除世界上的"坏女孩们"是他的职责。瑞安·阿诺德坚信蕾切尔被带走就是因为她"嗑药"——嗑很多。蕾切尔被绑架之前已经进过两次康复治疗所了。

但最引人注意的问题不是毒品也不是注射器。是眼睛。杰西卡的手指扫过那些名字，潦草地记着笔记。每一位受害者的眼睛都被做过些什么,这一点,她想不注意到都不行。

2010年2月17日 周三 下午3:02

凯茜坐在车里等女儿,手指一下一下敲着方向盘。她从小熊雕像(熊是学校的吉祥物)看到体育馆,成群的青少年在馆外挤成一团。

"布里特妮在哪儿?"

她使劲掏掏小提包,拿出手机。没有未接电话。

车载广播里在播披头士乐队[①]的 *We Can Work It Out*。她抬手把广播关了。这首歌使她悲伤,把她带回了过去的日子。那时候,丈夫一有机会就给她打电话,只是为了打声招呼说一句"嗨",然后告诉她他有多爱她。

她把手机放在前排座位之间的中央扶手上,心里暗骂自己居然有想哭的念头。在遇到理查德之后,她真的曾经相信一切都会变好的……真的相信生活其实还不是那么糟糕。但自从意外怀上布里特妮之后,凯茜胖了将近23斤[②],还丢了在银行的工作。两年前,理查德午餐的时候不再往家里打电话了。

笑声吸引了她的注意。

眼前的一幕让凯茜血压上升:一个十来岁的男生伸手抓住他对面一群女生中的一个,把她往自己身边拉近,好在她嘴上印一个湿答答的吻。女孩不满地皱着鼻子,但她的朋友们显然被逗乐了,所以年少

[①] The Beatles,1960年在利物浦组建的一支英国摇滚乐队,于1970年解散。在华语地区亦称为"甲壳虫乐队"或"披头士乐队"等。乐队成员为约翰·列侬、保罗·麦卡特尼、乔治·哈里森和林戈·斯塔尔。该乐队被广泛地承认为史上最伟大、最有影响力的摇滚乐队。

[②] 原文50磅,约等于22.73公斤。

的小女孩就让这件事过去了。

凯茜摇了摇头。布里特妮明年就要读高中了。这让她忧心忡忡。主要是因为她自己的高中岁月在她而言是那样的一个噩梦。莉齐被绑架的时候，她在上高中四年级。

莉齐在家永远是被当成宝贝的那个女儿；漂亮、娇小的那个；聪明的那个。结果到最后，莉齐成了把他们的家撕得四分五裂的那个。

凯茜从来都觉得，在妹妹面前，自己总是排第二位。在绑架案没发生的时候，她原以为事情不会变得更糟。然而事情确实往更糟糕的方向去了。

莉齐失踪的时候，凯茜意识到自己不如也死了算了。无论是爸爸还是妈妈都没对她有过一点在意。没有人问过她怎么想，或者妹妹失踪了她怎么办。内疚是负担，却被她当成是救命稻草一样抓着，然而没有人问起她关于狗屁内疚感的事。没人在乎。

想起人生中最难过的时光，她不由得心跳加速。她刚要下车去找女儿，就看见布里特妮从路拐角那边过来了。一伙男孩中有一个在布里特妮路过时对她说了什么，但布里特妮没理他。

"嘿。"布里特妮坐上副驾驶座，把背包扔到后座。她笑起来的时候，牙套崭新，闪闪发光。然后她指了指右边的上犬齿，说："今天有一条金属丝断掉了。"

凯茜凑近了好看得清楚些。"你开什么玩笑呢？按咱们花在那上面的钱来看，它们应该能管用一辈子。"

"对不起。我今天不应该吃那个苹果。我觉得就是那个时候断掉的。"

她总不能因为女儿吃水果而训斥她。"别担心啦。你游泳的时候我给矫形牙医打电话预约。"

"你给数学的家庭教师打过电话了吗?"布里特妮问。

"怎么了?你今天数学考试得了个什么?"

布里特妮捏了捏鼻子:"C一。我发誓,是我那个数学老师不知道怎么教。你带我的泳衣来了吗?"

凯茜发动车子离开路沿石。她女儿快速转移话题的本领放在她身上根本不起作用。"在后备箱里。那群站在体育馆外面的孩子是些什么人?"

"我不知道,"布里特妮说:"我一点儿没注意他们。"

凯茜感觉到女儿在看她。

"妈,你又哭了吗?"女儿问。

"没啊。"

"你眼睛肿着,而且鼻子是红的。"

"哦,那个啊。你露面之前我在听广播里一首伤感的歌。"

"你这样听着跟更年期似的。我们科学老师每天都唠叨她的'热潮红①'。"布里特妮说。

"我希望我没有这样的毛病,"凯茜说:"而且我现在33岁,对更年期来说我想我还是有点太年轻。"

"我今天游泳的时候,你会一直待在水上中心吗?"

凯茜没想到女儿会问这个问题。"怎么忽然这么问?你想让我待在那儿?"

"嗯,要是这样的话就太好了。你已经有段时间没看我游泳了。"

布里特妮从来没提出过让她陪练的要求。往常女儿总是想方设法摆脱她。布里特妮嗓音里带着重重忧虑,不免让凯茜担心:"发生什

---

① 皮肤的灼热阵感,尤见于更年期女性。

么事了？游泳队里有人欺负你吗？"

"不是。"

"那是怎么回事啊？"

"没事儿，妈妈。没关系。你不用非得留下。"

凯茜看着面前的公路。她在想那个教练，想他有没有可能与布里特妮的反常行为有关。到现在为止她见过那个教练两次。他看起来像是个好人。队里所有孩子的母亲都喜欢他。"我想留下来，"她拿定了主意，说道："我想见证你打破几项记录。"

第 16 章

2010 年 2 月 17 日　周三　下午 3:05

　　杰瑞德把他的 SUV 停到路边。他静静地坐了一会儿才下车，四处打量。关车门的声音在草地上回荡。草长得很高。这就是莉齐被拐那晚下车的地方。

　　寒风刺疼了他的耳朵。他拉高了羊毛外套的衣领，遮一遮双耳，开始重走莉齐当年走过的路径。莉齐说过，那晚非同寻常地黑暗。没有路灯，连月光都几乎没有。

　　他在埃默街拐弯，就已经能看见街区另一端的柳树了。莉齐家的房子——这么近，又那么远。他停下脚步，静静聆听，观察。

　　那晚蜘蛛侠可能藏在哪儿？

　　风声呜咽，好像要告诉他什么。这条街很静，有很多遮阴树木，还有修剪整齐的草坪。他转过身向前走，直到被一棵巨大的夹竹桃堵住去路。每当一阵风吹过，皮革般油亮厚实的深绿色叶片簌簌抖动。他走到这棵高大的灌木旁，伸出手，拨开了重重枝条。对一个杀手来说，这里是个合适的藏身之处。那个人当时一定在这藏得很好……就算是白天也不会被发现。夹竹桃下的地面上，积满了落叶和烂掉的鞣料树皮①。斑驳的日光从另一边的矮树丛筛下，在地上一闪一闪。蜘蛛侠抓住莉齐之后，有没有带着她穿过这片地方？

杰瑞德扒开枝条，强行开路，留下一地残枝。草坪和夹杂的野草都生得稠密，他每走一步都要把脚抬高。最高的杂草能长到他胸口。他想象凶手带着莉齐走过同一条道路。想到这些，让他心痛不已。

头顶上，一群鸟儿四散惊逃。他走到场地中间，停下四望。远处有一条狗在叫。场地的另一边有一条公路。他想知道这条路通往哪里。他左边坐落着一个城市公园。怪不得那晚一个目击证人都没有。从他现在站的地方来看，只有寥寥几栋房子的视野能达到这片场地，就算那样，如果真的有人想看到什么东西，还得非站上房顶不可。当时附近不会有太多人——到底有没有都难说，如果非要说有的话——在那么接近午夜的时候待在公园里。

他叹了口气。那晚同意莉齐提前下车绝对是不负责任。他早该知道的。至少，最起码，他也该在她走的那条路的一头停下车，目送她走回家门。他那晚上到底在想什么？他和她做了爱，然后在死一样的深夜，在一条黑暗的街道上扔下她。

手机震动。他看了一眼来电号码。是母亲。他现在还不想应付她的事情。他妈的，他不知道该怎么想，他自己的母亲跟另外一个男人乱搞在一起。她向来说话细声细气，娴静端庄。她把他们的父亲当小孩儿一样照顾。他每晚下班回家，迎接他的是她充满爱意与崇拜的笑容，还有一顿家常菜。他跟母亲向来不是特别亲近。但对母亲来说，没有人配得上她唯一的儿子，包括莉齐。

---

① 可以用于将动物皮鞣制成皮革的树皮。

莉齐跟他母亲不一样，莉齐理解他。她是一个绝佳的倾听者。她关心每一个她遇到的人。他一直不能理解他父母为什么对莉齐热情不起来，但事实是，他已经不在乎他们怎么想了。

他的电话不停震动。他置之不理，继续走下去。他跟她没什么要说的。

走动间，一阵寒意刮过他的脸。

多年以前，调查还维持着热度的时候，吉米有没有走过这同一条路？有什么是吉米遗漏了的？什么是他们现在没有看见的？

在高高的杂草间穿行，就像走在及膝的流沙里。他想要找出那条路的名字，就是对面——

一声尖叫让他猛地一震。每一块肌肉都绷紧了。他现在处于警戒状态。

又一声尖利刺耳的尖叫，随后是一阵笑声——原来是孩子们在公园玩。他深深吸了一口气又吐出来。

那时候莉齐尖叫呼救了吗？

如果他那晚听从了自己的直觉，送她回家，该多好。他把手深深地揣进外套口袋里。

他还记得莉齐到他家，他父亲使唤他母亲做这做那的时候，莉齐的动作表情就会变得有多僵。他母亲对于他父亲的行为看起来好像从来都不放在心上，但莉齐会把这往心里去。而且不管莉齐是否知道，这就是那晚她执意要自己走回去的时候，杰瑞德没有坚持送她到家的原因。他不想自己变得像父亲那样。

而现在，他也丧失了对母亲的尊重。这些年来她都和父亲在一起，但是为什么？如果父亲控制欲强的天性让她不舒服，那就早该反抗啊。杰瑞德摇了摇头。现在还是别反抗了。他父亲拿枪对准他母亲的头的时候，到底在想些什么？看在上帝份儿上，啊？

杰瑞德继续走下去，决心把精力集中用在莉齐身上。她说她已经原谅他了。可是他又怎么能原谅他自己？

2010年2月17日　周三　下午6:38

黑蕾·汉森听见汽车往路边开来的声音，抬头看了看。她在最下面一级的楼梯上抱膝坐着，膝盖抵在胸口。她两只鞋上遍布着太多的洞，而且由于今早离家的时候没穿袜子，现在她的脚趾头冰凉。

莉齐·加德纳从汽车里出来，关上车门。"黑蕾！"莉齐一认出她就叫了出来。

黑蕾不敢相信，莉齐·加德纳居然还记得她的名字。以前从来没有人记得她的名字。突然黑蕾觉得有种负罪感，她不该来。她最不想成为的，就是别人的一种负担。但布赖恩和他的朋友"拜访"过她之后，她一直没法说服自己回家去。相反，她逃学，在大街小巷四处游荡。整整几个小时，她在市中心的公园里看来来往往的人群，算是让自己有事情忙。等外面温度已经降到太冷，她就去购物中心。然而在前往购物中心的路上，她在裤子后袋里发现了莉齐的传单。之后，等她回过神来，她已经坐在莉齐·加德纳的房门前了。而且她现在都不知道自己为什么过来。如果连神都救不了她，那就没人可以。

"黑蕾，这么冷的天你在这儿干嘛呢？来吧，咱们进去，你暖和暖和。"

黑蕾知道她不能什么解释都不做就离开这儿，所以她站起来跟着莉齐走完剩下的楼梯。然后她看见了莉齐脸上的肿块。"你的额头怎么了？"她问。

"这也是日常工作的一部分呐。"莉齐回答得挺轻松，说着她把公寓门打开。

不需要拿到班里最高的 GPA①（虽然黑蕾本人的成绩接近班里最高）就能看出面前的这个女人在努力装出一副勇敢的样子。毕竟，莉齐·加德纳平日里都是保护弱小的人。

门打开了，黑蕾注意到莉齐引她进去时犹豫了一下。莉齐进入房间，然后开始闩门，那架势就好像要把人类所知的每一个坏人杜绝在外，这样才能保护自己。黑蕾想知道所有这些锁能不能把布赖恩和他那群狐朋狗友挡在她卧室门外。她感觉够呛。

"喵。"

"这是麦吉。"莉齐说着，弯腰摸了摸她的猫。"我猜她是饿了。跟我来厨房吧，我给你弄点热汤填进肚子里。你的大衣呢？"

"我真的不应该来的，"黑蕾告诉她，"我今天在电视上看见你的照片了。新闻女主播说 FBI 正在监视你。"黑蕾瞪大了双眼，"是真的吗？蜘蛛侠在跟踪你吗？"

"我不觉得。"莉齐说。她打开玄关的壁橱，抓了一件外套，然后用它裹住黑蕾的肩膀。

黑蕾冷得没法跟莉齐争辩，她把两条胳膊伸进加了厚厚内衬的袖子里。提到蜘蛛侠时莉齐的神态变得僵硬，由此可以判断，一定有什么事情在发生。"我在想，FBI 可以设置诱饵来抓这个杀人犯。"

莉齐双手按在黑蕾肩头，说："你不应该为这些事情操心。我也不赞成你晚上在街上逛。不安全。"

灯光下，莉齐脸上的伤口看起来更严重了。"所以你的脸到底怎

---

① Grade-Point Average 的简称，平均分数（美国四分制考试成绩的计算方法）。

么了?"黑蕾问。

莉齐两只手重重落下,拍在大腿上。

"我犯了个错误,去追了一辆车。"

"我还以为只有狗会去追汽车呢。"

她们眼神一碰,都"咯咯"地笑起来。黑蕾喜欢莉齐。从前从来没有人欣赏得了她的幽默感。

"好啦,那个,"莉齐说:"反正我也从来没说过我聪明过人。"

黑蕾看着莉齐在房间里急匆匆走来走去,摆正装饰性的靠垫,打开暖气,然后打开电视。"你想做什么做什么,不用拘束。我去喂麦吉,给你烧点汤。热汤能立刻让你暖和过来,然后咱们能好好谈谈。"

莉齐去了厨房,开开关关抽屉,喂猫,开了一个汤罐头。

看着这个女人,就像看塔斯马尼亚恶魔①在表演。黑蕾意识到自己应该主动帮帮莉齐。她想去,但由于某种原因,她迈不开双腿。

黑蕾回到门边,看着所有的门闩和锁。她要怎么从这儿出去?这种想法让她想起了布赖恩。他能过得去,那她为什么不能?她什么时候丧失了自信?她以前认为只要自己下定了决心就能做成任何事情。她比高中里的一般小孩儿都要聪明。她的成绩是前百分之十,而且那是她不费吹灰之力就拿到的。

坚忍。这是她以前可能用来描述自己的词。魄力,耐力,适应力。是,那当然,所有这些加起来大体就是她相当真实的写照。这些品质她都有,除此之外的优秀品质她也有,这些尤其体现在她把自己

---

① Tasmanian devil,袋獾的别名。现存最大的食肉有袋动物,已于2008年被列入濒危物种名单,现今只分布于澳大利亚的塔斯马尼亚州。身形与一只小狗差不多,但肌肉发达,十分壮硕。其特征包括:黑色的皮毛、遭遇攻击时发出的臭味、刺耳的叫声,以及进食时的神态。

献身给一个彻头彻尾的混蛋的时候。但是,在某些地方,以某种方式,她以"拯救"妈妈为借口丢掉了自己的骨气。而且,她那样做换来了什么?妈妈现在的生活比起从前有任何起色吗?

这个问题的答案让她恶心。

"汤差不多好啦。"莉齐说。

莉齐冲客厅比划几下:"不用客气。我去换下这身衣服,然后咱们就开吃,好吗?"

黑蕾点点头。她看得出莉齐担心她……比一不小心流露出来的还要担心她。这个可怜的女人看上去今天大概过得不好,但由于人太善良,不愿意表现出来。莉齐一走开,黑蕾就又回到门边,她实在不该来。莉齐她还有自己的难题呢。

2010年2月17日 周三 晚7:09

"我不想伤害你,你知道的。"

索菲坐在地板上,上半身被强力胶带绑在床柱上。她眼睛紧闭着。脚踝和手腕都被粗绳捆住,只是因为他喜欢用绳子的一端拖着她把她领到盥洗室,偶尔让她把自己弄干净。

"听话,索菲,睁开眼。看看我给你带了什么。"

什么反应都没有。她没给他带来一点刺激,他的身体什么反应都没有。平日里的万人迷穿得像个卖淫的,骂起人来像个开船的[①],今天在这哆哆嗦嗦,话都说不溜,跟个八岁孩子似的。

"听着,"他往地板上重重地一坐,盘腿面对着她,"如果你睁开

[①] 刻板印象中认为水手素质低、举止粗鲁、满口脏话。

眼，和我聊几分钟，我今晚就不把我的宠物们带过来和你玩了，怎么样？"

她嘴唇抽搐着，眼泪顺着脸颊往下流，然后就没了，这就是他得到的全部反应。

"如果你不睁眼，索菲，我就把你的眼皮割下来，这样咱们就不用一遍一遍重复同样的对话了。"他说。

她猛地睁开眼，嚎啕大哭，吓了他一跳。"好。这才稍微像样一点了。"面具压鼻子压得太厉害，他调整了一下，然后笑了。"有那么一瞬间，你还真是让我措手不及。"

她眨眨眼睛。

他伸出一根手指指着她："继续睁着眼，索菲。"

她双腿剧烈地打战，两个膝盖都磕到了一起。

"对于你为什么会在这儿，你有任何的想法吗，索菲？"

她吸了吸鼻涕，摇着头，语无伦次。

"你觉得你是个好人吗？"

她努力点了下头，不仔细看几乎都看不出是在点头。

不可置信。

世界上的每个人都以为他们是特蕾莎嬷嬷①。不管这些十来岁的姑娘们在更衣室②乱搞过多少男生；不管她们怎么偷东西，说脏话，嗑毒品。她们都以为她们是好的，体面的，值得尊敬的人类。甚至连他姐姐那群朋友以前都还以为她们自己很酷。甚至在更早的时候，在她们把他锁在地下室之前，他就厌恶有些女孩看他的方式：充满好奇

---

① 又称作德兰修女，是世界著名的天主教慈善工作者，主要为印度加尔各答的穷人服务。因其一生致力于消除贫困，于1979年得到诺贝尔和平奖。
② 此处指学校、体育馆等设有锁柜的更衣室。

的大眼睛看着他，就好像在看笼子里的稀奇鸟儿似的。

"你对你父母撒过谎吗？"他问索菲。

索菲摇了摇头，他哈哈大笑。"咱们换个问题。你亲过男孩子吗？"

还是摇头。

但这次他没有笑。她也是个撒谎成性的人。他忍不了这种骗子。他早已烧热了烙铁，就放在附近一个金属架子上。他不用非得站起来，只需要身子往右边一斜，抓住预热过的烙铁的把手，然后把烧热的烙铁尖戳到她胳膊上就行了，她连出声喊"不"都来不及。

索菲尖叫一声猛地把胳膊往后缩，样子就好像他挖了她一颗眼珠子似的。他在她面前挥舞着烙铁，嘲笑她。

"求——求你，别。"

他惊讶地张大了眼。"哟，这人开口说话了。和我聊聊那个男孩的事吧，最近的那个——你先是勾引了他，和他调情，然后又把他一个人晾在那儿站着像个傻瓜。说说他的事，索菲。我要听细节。"

她紧闭双唇。

他面带微笑把热烙铁按在她腿上，膝盖下方。她乱踢，嚎叫，但他身子不断向她逼近，不管她怎么像条年老体衰的大鱼一样到处扭动，他不放过一分一秒地用烙铁触碰她的皮肉。人肉灼烧的气味充斥着他的肺叶，他下身早就硬了。短短几分钟之后，她就放弃了扭动，他的乐趣也随之烟消云散。

"行啊，索菲，你赢了。我要做的做完了。真替你难过啊，你是不能看到我给你准备的惊喜了。不过因为我有那么点喜欢你，索菲，你可以问我一个问题，然后咱们开车跑一段路，我把你放了。"

这么多天来第一次，她开始能把话说成句。希望在她眼中弥漫。

他把烙铁放在一边，抱臂说道："咱们哪儿也不去，直到你想出一个问题为止。"

"你为什么这么对待我？"她问。

他很失望。他站起身，掸掸身上的灰尘。他的面具戴在脸上感觉不舒服。头上的血管突突直跳。"因为你粗鲁，没礼貌，索菲。我知道有那么一群女生，就像你一样。她们真不该做她们做过的那些事。"他举起双手放在脑后，望向天花板，深吸几口腐烂气息的空气，想把眼前喷涌而出的记忆图像抹去，然而没用。他永远都忘不了她们对他做的事……永远。

"我知道你是谁。"索菲说。

这话吸引了他的注意。不管怎么说，他这位怯懦的牺牲品还是有几分胆量的。他歪着头："你不怎么聪明，是吧索菲？"

他急匆匆去餐具橱抓了一卷强力胶带，回到她身边，用牙咬断一段胶带，一只手擦干净她的嘴然后把她嘴唇用胶带封上。他又一次拿起烙铁，并且把她的头摁在床柱上。

是时候再给莉齐留句话了。

第 17 章

2010 年 2 月 17 日　周三　晚 7:33

往镜子里瞥一眼，镜子里展示出一长串伤痕。青青紫紫混在一起，从肋骨一直延伸到大腿上半截。

莉齐胡乱翻着抽屉，想找一件干净衬衫，心里想着黑蕾。她本来想给这个女孩儿围一条毯子，然后让她在沙发上坐下。但黑蕾满脸迷茫，莉齐不想把她吓跑。莉齐想慢慢来，给她喝点汤，然后再问她问题。黑蕾今晚看起来不同往常——筋疲力竭，失去方向——完全不像每个月来上自我保护课的那个意志坚定、像钉子一样顽强不挠的女孩。

麦吉的长尾巴缠绕着莉齐的腿。她俯身抚摸麦吉的皮毛。"怎么啦，小喵？你不喜欢你的新款'海鲜大烩'嘛？"

"喵。"

"抱歉啦，咱们最好的就只有这个。"回厨房的路上，莉齐用橡皮筋重新扎了头发。虽然杰瑞德一会儿就会到，而且他承诺过会做饭，她觉得他应该不会介意多一个人吃饭。在他来之前，她得先烧好汤。

她到了厨房，喊道："我希望你喜欢鸡肉面条汤。"她迅速地搅一下炉子上的汤，然后走进客厅。

房间空无一人。"黑蕾？"

莉齐两只手按在大腿上，四处张望。门闩都被打开了。她开门察看，目光仔细搜索附近的区域。"黑蕾？"黑蕾走了。靠。莉齐跑进厨房，关了炉子，抓过大衣和钥匙。一分钟之后，她已经开着车在社区四处寻找黑蕾，但那姑娘消失不见了。

一小时之后，莉齐探头看着锅里的汤，不知道自己是不是应该先一个人把汤喝了，今晚就先这样。黑蕾没回来，杰瑞德也还没露面。厨房墙上挂着一块过时的钟，"嘀嗒""嘀嗒"地嘲笑她。若是在平常，钟摆的声音能够给她抚慰，但今晚这有节奏的嘀嗒声却像是一种嘲笑，要么是在告诉她她的时间正流逝殆尽，要么是告诉她，她就是个傻子。

杰瑞德迟到了。这本来没什么大不了的。这又不是约会。他们是聚到一起讨论案情。但是莉齐向来不喜欢空空等待一个男人——这么做让她觉得自己弱不禁风，好像极度需要别人似的。

她刚熄掉炉子，门铃就响了。莉齐慢悠悠地走过去，眯着眼睛从门上猫眼儿往外看。杰瑞德站在门外，在等她开门。他浓密的鬈发被风吹得很性感，下巴上的胡茬让他看起来不那么像 FBI 特工，更像是一个普通人。他穿着修身牛仔裤，淡蓝色的纽扣领衬衫没有扎进裤子里，外面一件敞开的羊毛海军大衣，好看。他一只手抱着一袋食品杂货，另一只手里握着一束花：萱草，她最喜欢的。

她心头小鹿乱撞，不由得想入非非。

"傻丫头。"她笑自己。这只是和老朋友一起吃顿晚饭。可她蒙谁呢？向来不施脂粉的她刷了睫毛膏，还有他手里的花束，这画面根本不是"老朋友聚餐"的样子。她看见他凑近了猫眼。

"你还打算让我进去吗,莉齐?"他问。

她心里暗笑,解开门锁,开门。他俯身向前,亲亲她的脸颊,然后把花递给她。"对不起,我来晚了。"

他身上肥皂和檀香油①的味道,比萱草好闻。她想圈住他的脖子,让他知道她看见他是有多高兴。可事实却是,她一本正经地将花捧在胸前,就像举着一面盾牌。

"今下午我跟你分开之后,我见了吉米,还有特别工作组的其他人。"他把杂货袋在半空晃了晃,"然后去了商店。"

她在那儿呆呆地站了一会儿,整个人浸透在他的气息里。她想忘掉他在这儿的实际原因,只好好享受这一刻。

"你是不是不打算让我进去啊?"他说。

"啊,抱歉。"她把门拉得更开,放他进来。她把门闩都落好之后跟着他进了厨房,看着他把棕色纸袋里的一样样吃的拿出来。

"我希望你喜欢三文鱼。"他说。

"我爱吃三文鱼。"

他拿出一盒已经切片的蘑菇和两朵西兰花。"那蘑菇和西兰花呢?"

"我想不起太多种能让我皱眉头的蔬菜。"

"包括豌豆在内?"

"我爱吃豌豆。"

他扮了个丑脸。

她大笑起来。能开怀大笑真好。

---

① 提取自檀香木,用于制作香水。

他从杂货袋里拿出来的最后一样东西是一件围裙。他脱了大衣,她接过,挂进门口壁橱里。她回来的时候,他正在把围裙往头上套,并试着把腰间的带子系好。

"哇哦,是要正儿八经大干一场呀。"她说。她在岛式操作台①周围穿来穿去,从橱柜里翻出一柄煎锅。"用这个行不行?"

"完美。"他四下看了看,"我还需要一块菜板,还有一把刀,然后就可以开工了。"

她给他找来了他要的东西,放在锅旁边。

他指指炉子上的汤。"看起来,你之前打算自己一个人吃啊。"

"我那会儿有个意料之外的客人来。黑蕾,我的自我保护班上的女生,顺路来看我。不过可惜我还没来得及给她吃点东西暖暖身子,她就走了。"

"她还好吧?"

"我不知道。她看上去不太好。我开车四处找她,但是她不见了。"

"你知道她住在哪儿吗?我们可以开车去确认一下她的情况。"

莉齐关切地看了杰瑞德一眼。他永远都那么热情,关心别人。这就是多年前他吸引她的地方。"记录单上没有'汉森'这个名。我一般都在班上发传单,每次发一张签到表给大家签名,除了名字之外没有要求她们留下任何信息。"

他拉过她的手把她带到工作台另一侧的高脚凳那儿。

"先把你喂饱了再说。你看起来该吃点营养品;然后咱们再想想怎么处理黑蕾的事。"

---

① 不与周围相连的独立工作台。

"你不想让我帮厨？"

"我想让你放松一下。"他亲了亲她额头上的包。

"哎哟。"她疼得叫了一声。

"对不起。"他退回炉灶边，从他的袋子里拿出一瓶卡本内红葡萄酒①。当她指给他看放葡萄酒杯的橱柜时，她注意到了自己手指上的黑色污点。是睫毛膏。"我去去就回。"她到卫生间去，镜子里自己的样子让她气馁。杰瑞德出现的时候，就像是从 GQ 杂志②里走出来的人；而现在站在这里的她，则像是电影《黑湖妖谭③》里的女人。她拿湿布把眼睛下面弄干净，然后回厨房。

她拿起他递上来的酒，说："谢谢你让我知道我看起来像火箭浣熊④。"

"我觉得你那样看着挺可爱。"

"可爱。"她摇摇头，"这就是为什么我平常不化妆。费时间，而且画上去的东西永远不待在它该待的地方。"

"但你为我花时间画上去，我深感荣幸。"

"别，这不是约会。"

荧光灯下，他的眼里闪着光。"我发誓你刚让我进门的时候我就注意到了，你擦了口红。"

---

① 原文 Cabernet，酿酒葡萄品种名。可能指 Cabernet Sauvignon 赤霞珠，也可能指 Cabernet Franc 品丽珠。

② 康泰纳仕集团旗下高端男士时尚杂志，中文版名为"智族 GQ"。康泰纳仕集团（Conde Nast）在杂志界领先地位长达百年之久，旗下另有《The New Yorker（纽约客）》、《Vogue（服饰与美容）》、《Vanity Fair（名利场）》等多种国际大刊。

③ Creature from the Black Lagoon，恐怖片，由杰克•阿诺德执导，理查德•卡尔森等人主演。讲述了一支深入亚马逊丛林的地质科考队发现了一头史前鱼怪，而鱼怪爱上并掳走了一名科考队员的女友的故事。

④ 原文作 Rocky Raccoon，出现在美国漫威漫画中虚构超级英雄，一位智能的拟人化浣熊，是射击高手，并精通战术。角色首次出现于《漫威预览》第七期（1976 年夏出版）。在披头士乐队的 1968 年歌曲 Rocky Raccoon 中有提及。

"什么都逃不过你的眼睛,是吧,夏恩?"

"我早就告诉过你了……在你还没意识到的时候,莉齐。"他靠近几步,近到足够她感受到来自他身体的温热。那种来自过去的熟悉的温热,在他们之间呲呲作响。分开了这么多年,可是一旦把他们两个放在同一个房间里,就好像回到了高中时代。他们今天在车里等瓦莱丽·亨特去吃午饭的时候,她就已经感觉到他们之间的化学反应了。而且,她现在依然感觉得到。见鬼了,每当杰瑞德·夏恩站在离她一米半[①]以内的地方,她就能感受到这种同样火花乱迸的热。现在对他们来说并不是产生羁绊的好时机。他们俩最近都超负荷工作,筋疲力尽。他们心里揣着太多的事情。但那也碍不着杰瑞德向她俯下身来,也不能阻止她抬起下巴,直到他的嘴唇轻轻拂过她的。他的唇很暖,让人醉。他尝起来就像上好的红酒,像生命所能给予的最好的一切。

他加深了这个吻。

她将身子贴得更紧。

他拿过她手里的玻璃杯,放到柜台上。他身体的重量迫使她后退了几步,直到她的背抵在了冰箱上。

他的手顺着她的胳膊向上滑,滑过她的肩膀。她的身体随之一阵颤栗。他的嘴从她的双唇蹭到她耳边。"我一直在想你,莉齐。"

她两腿间跳动的火热的物什戳着她,让她知道那种感觉是相互的。她的手穿过他的围裙落在了衬衫上。指尖下柔软的棉质布料和布料之下结实坚硬的肌肉对比鲜明。

他双手握住她的屁股,让她的身子紧紧抵住自己的。她唇间逸出一声欲望的呻吟——那种声音会带他们走向赤裸和火辣的性爱,让她

---

① 原文 5 英尺约等于 1.524 米。

想起了他们的第一次……恰恰发生在黑暗将她整个吞噬之前的第一次。她抽身而出，深深吸了一口气。

"怎么了，莉齐？"

她凝望着他眼眸深处。那双眼睛太容易让人迷失在里面了，还有他的气息，他的吻。"为什么是现在？"她问："已经过去这么久了，为什么现在才……"

"因为我是个傻瓜。"

她刚想笑他的坦白直率，不过突如其来的电话铃声吓了她一跳。她跟着杰瑞德到黑盒子显示来电号码的地方。她浑身泛起一阵寒意。她不想接电话，但她没得选。想想索菲，她接起电话听筒放到耳边。"喂，你好。"

"我多希望你当年没对我说过谎，莉齐。"他的嗓音经由语音合成器过滤之后，机械而冰冷。"现在我不得不给你个教训。"

"索菲·麦迪森和你在一起吗？"她问。

"要由我先问问题，莉齐。如果你告诉我真相，我可能会考虑回答你的问题。"

杰瑞德贴近一些以便监听。

"你男朋友和你在一起吗。莉齐？"

"我没有男朋友。"

电话那头的笑声听上去像是一阵喉咙含着痰的咳嗽。"那我就换个问法。十四年前，我找到你之前，和你鬼混的那个男孩，现在和你在一个房间里吗？"

她感觉到杰瑞德身子一僵。

"这下问得够清楚了吧，莉齐？你见过跟他订过婚的女人吗？那个他为了你而放弃掉的女人？一头金发，玫瑰花一样香甜的嘴唇。她那么漂亮,可他还是离开了她,莉齐。而且到最后,他也会离开你的。他很像他那个婊子妈。爱一个扔一个,这就是杰瑞德·夏恩的座右铭。现在再回答我一次。你的情人现在和你一起吗?"

杰瑞德下巴紧绷。她够到杰瑞德的手,将他的手指攥在手心。她得想办法让蜘蛛侠一直说下去。"是,"她平静地说:"他在这,和我在一起。我说的女孩在你那儿吗?"

"别急,莉齐。刚刚只是一个问题而已。"

吸气,莉齐,呼气。

"你还爱我,比爱你父亲还要爱我吗?我要听实话,只要实话。"

她等待了尽可能长的时间,希望黑盒子上的红色指示灯能开始闪烁,这样他们就捕捉到他的来电信息了。"不,"她说:"不爱。"

"很好,莉齐。你记得我说过如果你敢背叛我,我会做什么吗?"

此刻她除了满怀愤怒,还有阵阵恶心。"我记得。"

"这才是个好姑娘。现在问吧,问我一个问题,莉齐。"

"索菲·麦迪森现在在你手里吗?"

"是,但很快就不是了。她是个很差劲,很差劲的丫头。"

"告诉我你在哪。放了她。换成我,把我抓走好了。我会做任何你——"

咔哒。电话断线了。

她看着杰瑞德,但他们俩谁都没有说一个字。他们什么都不用说。她没能把和蜘蛛侠的通话时间拖到足够长。

2010年2月17日 周三 晚10:13

他在监视着这座房子。风雨猛烈地拍打着房前的一排排树篱和灌木丛。粗壮的枝条从树上掉落，树皮和细弱一些的枝叶则被甩到街对面去。

这场暴风雨来得比气象员预报得早。他怀疑自己干嘛还要不嫌麻烦地看新闻，反正大部分气象员从来都预测不对。但他糊弄谁呢？他看新闻是为了看南希·莫莱诺如何工作的。这位女主持人身上的某样东西激起了他的好奇心……这才是为什么他精心挑选了她来帮他。

莫莱诺不只是受过损伤而已；她是遭受重创的残品。首先，她小时候就被她亲生父亲和叔叔强奸了。但她没让那件事毁了她，她把所有发生在她身上的坏事踩在脚下让自己变强。她自力更生读完了大学，而且成绩名列前茅。据他推断，南希喜欢拔得头筹。她也喜欢拥有掌控权。他不会介意和她上床，但如果那样，他不得不先请她共进晚餐，品品红酒。而他还没决定她是不是值得他费那么大的劲。

虽然莫莱诺的灵魂伤痕累累，心灵支离破碎，但外观上看她还是完好的，头发一丝都不会乱——不过那是今天早上之前，之后就面目全非了。真是不可思议的成就。她那个操自己女儿许多年的父亲都没办到的事，他几通电话就办到了。只有他才有那个能力，把莫莱诺这种人冷静的外壳砸碎。

他的手指捋了捋下巴上的山羊胡子。胡子不是真的。实际上，他急着想回家把下巴上这些假毛扯下来，还有上唇的小胡子也是。躲在骗人的毛发和不舒服的面具后面已经无法让他觉得享受，但同时，他也不想坐在又冷又黑的监狱？所以他不得不做这些自己不愿意做的事。

他的视线仍然落在街对面的房子上。索菲已经死了，在车的后备箱里。她一直没什么用，处理她的时候，感觉就跟玩一条死鱼一样，一点反应都没有。

一切都跟从前不一样了。

他瞥了一眼他崭新的蚝式恒动海使型表。该走了。风雨交加，他看不太清。而且，他需要扔掉这具尸体。他探过身子，一把抓过副驾驶座上的尼康相机，决定走之前拍最后一张照片。他看着取景器，直到望远镜镜头对准布里特妮·瓦纳的卧室，他能看见里面。她的灯还开着。她卧室的灯一般不过11点不会熄。一个少女的轮廓走过，让他一阵气血奔涌。几秒之后，她折回来。这次她正好在窗前停下。

真是个好姑娘。

咔嚓，咔嚓，咔嚓。

莉齐·加德纳的外甥女可能正在看着他，意识到这一点，阵阵颤栗沿着脊柱向上猛蹿。

对，就是这种感觉。

他闭上双眼，细细咂摸着这一刻。说不定事情到头来还没到那么坏。

2010年2月18日　周四　凌晨2:35

"别！"

杰瑞德坐直了身子，望向黑暗里陌生的轮廓和阴影。

他刚才是听到了什么吗？

唯一听到的只有风拍打建筑物的声音。他花了几秒钟的时间才想起来他现在是睡在莉齐家的沙发上。那通电话之后，莉齐没什么欲望——不管是对食物还是性。他不怪她。之后他们花了几个小时的时间搜索资料，记录笔记。

他喝了一瓶红酒，于是莉齐不许他开车回家，但她也没准备把他请到她床上。他不在乎这个。他只是想离她近一点，守护她。

"求你了别这样！"

这绝对不是外面的风声。他翻身跳下沙发，冲过走廊，打开莉齐卧室房门。她在做噩梦。他到她身边把她脸上的头发抹开。

"我永远都不会离开你，"莉齐在睡梦里说道："我保证。你先放开她。只要你不动她，你让我做什么我都做。"

她声音里的绝望让他心痛。"莉齐，是我，杰瑞德。醒醒。"

莉齐伸手，手指死死地抠住他的小臂。"她已经受罪受得可以了，"她哭喊道："她不是故意想哭的。她只是不知道怎么做更好……求你了，我求你停下来。"

杰瑞德伸手够到灯，打开。"莉齐，醒醒。"

她眼睛睁着，哆嗦着舒了一口气。"杰瑞德？谢天谢地，是你。"她急切而疯狂地将他拉近，双臂搂住他的脖子。"你来了。我就知道你会来的。我从来都没有放弃希望。"

杰瑞德感到前所未有的悲痛。她还没醒，但至少她知道他在这里守护着她。

"是我，"他说着，躺到床上，在她身边，"我在。"

莉齐蜷着身子，紧紧依偎着他，头枕在他肘弯里。几分钟之后，她的呼吸渐渐平稳。杰瑞德没有起身关灯，他一动不动地躺着，目光定定地注视着天花板，手指温柔地梳理她的头发。她先前不想让他开车回家，但也不想留他过夜。他知道她那样做是在隐瞒什么，但他做梦也没想到，原来她每次合上双眼进入梦乡，都会重新经历一遍过去的恐怖。

第 18 章

2010 年 2 月 18 日　周四　早 6：38

莉齐走进办公室,惊讶地发现杰西卡已经在卖力工作了。"你今天来这真早。"莉齐说。

"我睡不着,"杰西卡嘴里说着,眼睛没从笔记本电脑拿开,"我忍不住总是想那些姑娘,尤其是索菲。"

莉齐从杰西卡椅子后面挤过去,坐下,打开了她的电脑。一杯热咖啡已经为她备好了。"谢谢你的咖啡。"她抿了一口,"看来你已经完成很多工作了。"

杰西卡在莉齐面前轻轻放下一摞笔记和报纸。"想看看我目前为止取得的成果吗?"

莉齐又呷了一口咖啡,点点头。

"目前已经有四具尸体是在水边找到的。每一位受害者都有被蜘蛛咬伤、灼伤,还有她们被凶手留下的与其他人不同的记号。例如,第一位被找到的受害者是乔丹·马里奥特——棕色眼睛,会跳舞,尸体被发现的时候漂在社区游泳池里。她家人不愿意和我谈,但我找到了她最亲密朋友中的两位。她们都认为乔丹是个好女孩，但她是个大嘴巴，说话冒失。"

莉齐刚要发表意见，杰西卡抬起一只手阻止了她。"你说要找出与这些女孩有关的每一个细节，所以我就是这么做的。也许我们对她们了解越多，我们也能对蜘蛛侠了解更多。"

莉齐颇受触动，便等着杰西卡继续说下去。

"貌似乔丹很容易心里怎么想别人，嘴上就怎么说出来——无所顾忌。她的朋友们说她说话直截了当，有时候会到管不住自己的地步。她偶尔会当众羞辱她妈妈，这事儿挺出名的。不知道你是不是还记得，乔丹被发现的时候，她食道里塞着肥皂，而且她被酸弄瞎了眼睛。"

"下一位受害者是兰妮·门罗，"杰西卡大气不喘地继续说道："唯一一位蓝眼睛的受害人。但你猜怎么着？她戴隐形眼镜。"

"你逗我呢？"莉齐惊呆了。

"你猜她的眼睛本来是什么颜色的？"

"棕色。"

"对。棕色。兰妮在美利坚河边被发现，之前是顺着萨克拉门托河流下来的。我跟兰妮的老师还有她的几个男性朋友谈了谈，他们说兰妮是个无忧无虑的乐天派，会给周围的人带来乐趣。即使是她的邻居，十四年过去了，都还记得她。他们对兰妮也完全只有正面的评价。大家都很喜欢她，她很受欢迎。但是出于某种原因，凶手对她的外阴做了让人说不出口的事。但他并没有强奸她。"

到这里，莉齐已经被杰西卡的发现震撼到了。"那，你觉得这意味着什么？"

"我不确定，但是有几个她的男性朋友暗示，她因为太讨人喜欢，可能有点'开放'。我猜测，蜘蛛侠知道她可能有点'过于亲民'，而且讨厌她那样。"

"好，有意思的想法。继续。"

"第三位受害者是曼迪·罗恰。十六岁。棕色眼睛。班长。学生自治会主席。她是学校四分之一的社团的学生领袖，这是前所未有的。曼迪的尸体是在福尔瑟姆湖发现的。所有的受害者身上都有灼伤，但跟其他人不一样的是，曼迪的双臂双腿上满是香烟的烙印。猜猜她的坏习惯是什么？"

"她是个烟民？"

"对。是香烟。她抽得很凶。每个跟我谈过的跟她很熟的人都说，从他们认识她开始，她就一直在吸烟。被绑架前的那段时间，她一天能抽掉一包。她周末也会偷偷溜出家门见朋友，大部分是男生。"

莉齐看杰西卡的眼神，就好像在她身上发现了一块迷人的新大陆。这个姑娘很聪明，而且她貌似对调查工作很有一套。谁能想得到？

杰西卡眼睛扫过她的笔记。"最后一位受害者，我们所知道的最后一位，是蕾切尔·福斯特。蕾切尔也是在美利坚河附近被发现的，离兰妮·门罗被发现的地方有几英里远。蕾切尔的眼睛上插着几个注射器针头，针尖向外。她家人从她出事之后就搬走了，但我找到了瑞安·阿诺德，一个律师。他是蕾切尔失踪时的男朋友。他说蕾切尔被绑架的那段时间吸毒。她迷恋海洛因。瑞安对这件案子做了自己的调查，他传真了一篇文章给我，是已经退休的 FBI 特工格里高利·奥奎因写的。"

莉齐沉吟着，点点头，等她说完。

杰西卡举起一张纸。"那篇文章我这里有一份。奥奎因先生花了二十年的时间给连环杀手做侧写。他把蜘蛛侠称为'弃儿',是那种缺乏信心的人。蜘蛛侠为了让自己自我感觉更好,需要掌握控制权,这就是为什么他绑架年轻的女孩儿,因为她们自我保护的能力更弱。但让我诧异的是,"杰西卡停了一下,"如果你看看这四个女孩,你会发现某种模式。好像蜘蛛侠觉得自己除掉她们是在为社区做好事:不尊重父母的青少年,吸烟吸毒的小孩,或者年纪轻轻就有性行为的人。"

"那大多数青少年都该在此列。"

"确实,但这就是我昨天晚上失眠的原因。假设我是凶手,除非我了解她们到了某种程度,否则我不会知道哪些女孩真的够'坏'。除非我能定期不定期地见到她们,这意味着——"

"他认识这些女孩儿。"莉齐插话道:"他见她们见得够多,然后判定她们是要除掉的麻烦。那么谁能经常定期见到她们呢?"

"家庭教师,老师,教练,牙医——"

"还有各类医生。"莉齐最后补充道。

杰西卡突然睁大了眼说:"但是还有奇怪的一点是,他专挑棕色眼睛的女孩作案。"

"那可能是个人偏好。"莉齐说。

"对,有棕色眼睛的十来岁的姑娘一定让他想起了谁。"

"可能是他跟棕色眼睛的女孩约会过但是女孩把他甩了,或者也可能是老掉牙的恨母情结在作怪,然后凶手的母亲眼睛是棕色。"

莉齐回忆起杰瑞德说过的话。"把精力集中在'棕色眼睛的女孩'这个点上,不能帮我们找到索菲。"

"嗯,确实不能,"杰西卡赞成她的看法,"但那会让我猜测凶手是不是一个眼科医生。"

莉齐一个手指指着杰西卡："你说的那些里面应该有些是对的。值得一试。我们核实一下给这些受害者看过病的每个眼科医生，不管是在校内的还是校外的。"莉齐赶忙在电脑边的一沓纸上记下了这一点。"还有，他对水体的那种迷恋，你怎么看？为什么每一位受害者都会被扔到水边或者水里？"

"我不确定。他对水明显的兴趣真把我难住了。不过……我确实觉得把尸体扔在水边是符合常理的，如果他不想让他炫耀的杰作顺其自然地烂掉，想让被害者尽快被发现的话。"

"说得好。如果他想毁灭证据，他就会把尸体埋在树林或者山间的某个地方了。"

"还有一件事，"杰西卡说："每个被蜘蛛侠选定的受害者都是受欢迎的类型。我不是说仅仅是'讨人喜欢'。我的意思是说，极其受欢迎，大写的受欢迎。拉拉队长，成绩脱俗的学生，等等。"

"所以说，他偏向于对有棕色眼睛的受欢迎的女生下手，"莉齐说："而且是有坏习惯的女生——不管是性，毒品，还是香烟。"

杰西卡点头："我怀疑，是不是有什么事情发生在了蜘蛛侠身上，刺激他动手。艾德·盖恩[①]会被像他母亲的中年妇女刺激到，泰德·邦迪[②]则袭击有几个特定特点的女性——棕色长发中分的年轻大学生。一定有什么是导火索。蜘蛛侠经历过的某件事，会触发他的行动。如果是这样，蜘蛛侠一直以来是在哪里？什么东西碰巧再次刺激到了他？"

"你对连环杀手们做了很多研究？"

[①] Ed Gein，美国最有名的连环杀手之一。
[②] Ted Bundy，美国最有名的连环杀手之一。

杰西卡点头。"我曾想过将来的某一天成为一名侧写师。但是我学得越多，就越容易理解为什么西格蒙德·弗洛伊德①会承认自己在理解人们做事动机时的挫败感。"

"我觉得你会成为一个很棒的侧写师。"莉齐把手伸进大衣口袋里，拿出杰瑞德昨天给她的笔记本。"我想我们是时候把注意力放在同时期失踪的女生身上了，看看她们身上有没有更多共同点：棕色眼睛，受欢迎，等等。我们得从头开始，把这些案件当成是昨天发生的那样去处理。咱们从这些女孩看过的所有医生开始吧。"

2010年2月18日　周四　上午10:33

接到吉米电话的二十分钟后，黑泽尔路边，杰瑞德把车停到吉米的小轿车前，熄火。数不清的警车闪着警灯。三辆无标识的汽车在离高速路入口大约半英里②远的路边整齐地排成一线。

犯罪现场封锁带从路沿石开始，穿过泥泞的斜坡，直到河岸。杰瑞德下车，沿着封锁带走去。山脚下，吉米正在厉声下达指令，尽快保护现场。到今天，他已经和吉米共事三年了。虽然吉米像块石头一样顽固，他对工作的热忱却是不可否认的。他的热忱总能在他眼里点燃火花，让他昂首大步向前。

吉米已经安排了一位录影师在现场。是一个实习生，带着一台摄像机和一块带夹子的笔记板③，像小狗一样跟在吉米后面。那孩子狂

---

① 西格蒙德·弗洛伊德（Sigmund Freud，1856年5月6日—1939年9月23日），奥地利精神病医师、心理学家、精神分析学派创始人。
② 约合804.7米。
③ 夹子用于在板子上固定纸张。

记笔记的时候，摄像机就捆在他肩膀上。他什么都记，从气候，到现场各位的人名和头衔。

杰瑞德认出了乔伊·瑞通，之前在麦迪森家记录鞋印的也是这位犯罪学家。瑞通的助手在一个沾了泥的鞋印边放了一把尺子，然后给鞋印拍照。随后，瑞通在鞋印周围放置一个金属框架，小心地往鞋的印痕里倒入牙科人造石①。

杰瑞德继续走，沿着封锁带走下通往美利坚河林阴大道②的人造小路。冬天的几个月里，能看见渔民们在水中的倒影，胳膊肘擦着胳膊肘，戴着护腕，穿着马甲，等着三文鱼上钩。

"昨天晚上的雨真是添乱，"吉米看见杰瑞德走来，对他说："这会儿要是能稍有一点儿运气就好了。"

"凶器找到了吗？"杰瑞德问。

"还没。这些脚印可能就是咱们在这儿能找到的最好的证据了，虽然凶手确实又给咱们留了言。"

杰瑞德站在吉米身后几英尺远的地方，看见两个技术员正在用替代光源③检查受害者的尸体，寻找人造纤维和毛发。之后他们会把尸体运到一个犯罪实验室，在那儿再进行一次彻底的检查。

杰瑞德跟着吉米往尸体那边去。一阵风吹来，风冷得刺骨，刺得他耳朵生疼。"留言在哪儿？"他问。

"待会你就看见了。"吉米说。

等到杰瑞德靠得更近，他看见女孩的那一瞬，猛吸了一口冷气。那是索菲。他根据之前看过的照片认出了她。她的前刘海盖住了额

---

① 牙科用硬石膏，石膏是粉末，可遇水凝固，从而塑形。
② 原文 American River Parkway
③ LED 灯。

头,但是其他的头发都被削成了怪异的形状,就像莉齐提到过的那样。从他站的地方,看得见灼伤印记和刺伤的伤口,遍布双臂和双腿。"那是烟头烫伤的吗?"

"我们认为那些伤痕是某种烙铁弄上去的,"其中一位技术员回答,"但是要等验尸官检查完尸体后才能做记录。"

"有很多淤青和创口。"另一位技术员在检查散落的纤维时说。之后她便去准备尸体袋了。

"窒息身亡?"吉米问。

男技术员摇摇头。"咽喉附近没有可见的挫伤。咱们私下说,我觉得受害人死亡时间不超过 24 小时。眼睛还没有浑浊,尸体膨胀也不严重。但我得再说一遍,还得验尸官检查一下胃里的东西再来帮助确定死亡时间。"

"尸体看起来是被刻意摆在这的,不是随便扔的。"吉米对杰瑞德说。

"所以,你的意思是,你不觉得尸体是被冲上岸的。你觉得凶手是沿着这条小道一路走过来,"杰瑞德指指他来时刚刚经过的泥泞的斜坡,"然后把尸体就放在他希望咱们找到她的地方?"

吉米搓搓颈后。"看起来确实是这样。她下半身在水里,上半身被楔进岩石之间。确实,我觉得咱们这位先生清楚地知道他在做什么。蜘蛛侠的 MO① 就是用这种方式抛尸。"

"受害者中有多少是被勒死的?"杰瑞德问。

"这个不算勒死,"女技术员说:"虽然我现在还不能排除这种可能性。根据我们目前了解到的情况,我初步猜测她是死于休克。"

"衣服的检查结果怎么样?"杰瑞德问。受害者的衣服往往是寻找

---

① Modurs operandi[拉丁语],(犯罪的)惯技。

证据最好的突破口。"

两位技术员双双摇头。

"女孩儿一丝不挂。"吉米被录影师叫走之前回答道。"给他看看蜘蛛侠的留言吧。"他对技术员说着,便走开了。

杰瑞德看向索菲。

女技术员拨开索菲前额的刘海。

"操他娘的。"杰瑞德脱口骂道。

"谁说不是,"女技术员说:"我第一次看到的时候也是这么想的。"

索菲的额头烙着大写的粗体字:

错在莉齐

技术员抽回手,刘海又落回原处。她的搭档把尸体装入运输袋,然后从索菲双脚开始,拉上袋子拉链。索菲两只脚踝上的蜘蛛咬伤,和在蜘蛛侠其他受害者身上发现的很像。

杰瑞德蹲下近看。索菲的上唇肿着,中间有两道细小的切口。"嘴是怎么回事?"

技术员已经将拉链拉到了索菲脖子的位置,他停下,拿来他的成套装备,并从一个塑料袋里取出一块舌头压板。他用压板轻轻抬起索菲的上唇,刚好足够露出一排整齐漂亮的牙齿。"牙齿完好,"技术员说:"没有受创的迹象。也很难说。"

"好的,"杰瑞德说:"谢谢。"他沿来时的小道走回去,内心翻腾不止。他以前办过比这更骇人听闻的案子,但以前的案子里从来没有过一个受害人,像索菲这样年幼。

第 19 章

2010 年 2 月 18 日　周四　中午 12：10

　　昨天瓦莱丽·亨特穿了一件粗花呢铅笔裙①，搭配一件夹克，乌黑油亮的头发在脑后紧紧挽成一个发髻。今天她换了一条剪裁合身的针织裤，还有一件黑白方格图案的对襟②外套。

　　莉齐摇下车窗，调整好相机镜头，快速地拍了几张照。瓦莱丽一头波浪卷的中长发，瀑布般倾泻而下，潇洒、飘逸。她冲到街对面车里的时候，一头长发便随风飘舞。

　　莉齐把相机放在副驾驶座上，发动引擎，然后等待。一分钟之后，她就跟在了瓦莱丽的黑色丰田凯美瑞后面，驶上桑莱斯路。

　　之后的十分钟里，莉齐尾随凯美瑞，保持着几辆车的距离。

　　这个女人是谁？更重要的是，维克多是谁？

　　如果瓦莱丽是他妻子，他选择请侦探之前，与她当面对质过吗？

---

　　① Pencil Skirt，也叫弹性窄裙，因其像铅笔一样笔直而得名。裙子紧紧包住下身曲线，长度一般过膝。
　　② 双排纽扣。

他试过先自己解决问题吗?

她的思绪很快转移到了杰瑞德身上。她思索着,自己昨晚为什么感觉非要将他推开。昨晚他们分享的那个吻已经让她感觉重新活了过来,让她猛然有了知觉。可让人难过的是,那个吻也唤回了许多不好的回忆,他们的第一个夜晚快乐到了极点,随即又跌进恐怖的深渊。

她收紧了握在方向盘上的手指。

莉齐,镇定。

即使是在蜘蛛侠还没重现江湖的时候,她的日子也过得像是他一直在她窗外偷窥一样。她每天、每小时都在想跟他有关的事,她就这样让他毁了她的生活。

她受够了躲避。

她需要让过去的事过去,开始新的生活。她反复思量杰瑞德的事,想知道他们还有没有机会在一起。如果她能作为一个更好更强的人,挺过这一劫,如果她能做到一夜安睡,不在冷汗中惊醒,那么或许,仅仅是或许,他们还能有一次机会。杰瑞德·夏恩是个让人惊艳的男人。她所知道的,最善良的男人。虽然她依然不确定他们两个的重逢到底是不是在对的时间,她又该去向谁咨询,如果他们还能再来一次温存而真实的经历。

她做了一个新的决定,并为此热血沸腾。她不会允许蜘蛛侠继续毁坏她的人生。该轮到他终日毛骨悚然,轮到他去尝尝,那种永远不知道自己什么时候被人监视时,流淌在血液中的恐惧是什么滋味。

一辆银色的本田车插在了她前面。妈的。这下她看不见那辆凯美瑞了。她开进左车道,踩下油门,眼角余光瞥见凯美瑞右拐,于是超车到本田车之前,向右急转,拐进福尔瑟姆大道。正好能及时看到凯美瑞左转上了东点①道。莉齐跟上瓦莱丽，随她进了一个旅馆的停车场。

她看着瓦莱丽把车停在旅馆前，下车，把钥匙串递给负责停车的服务生。

莉齐开车经过旅馆，前往公共停车区域。她不打算进入旅馆大厅。步行尾随瓦莱丽，很容易增加她与跟踪对象正面撞上的可能性。私人侦探的入门常识②：永远别让你的目标意识到你的存在。

她一根手指漫不经心地敲打着方向盘。

管它呢，让这些规矩见鬼去吧。

莉齐将车开进第一个空位。脑海里有一个声音告诫她："好奇害死猫。"但她不管。她关了发动机，下车，急匆匆到车后面，打开后备箱，抓出一件长度及膝的外套。这件外套本来就是为了这事专门备在这的。她在头上围了围巾，往旅馆前门走去。现在是12点20分。如果她运气好，瓦莱丽会在旅馆酒吧或者餐厅里。如果运气不好，那她就坐在旅馆大厅，等到了时间就收工。

按照约定，昨天下午有一个送信人把三千美元现金全部送来了。不幸的是，杰瑞德安排监视她家的那个人到得太晚，什么忙都没帮上。根据杰西卡的描述，送信人没穿制服。他穿着蓝色牛仔裤和一件长袖运动衫，骑公路自行车来，把自行车靠在了一栋建筑的外墙上。那栋建筑在沿莉齐办公室门前的路走一个街区远的地方。那个年轻男子把一个信封递给杰西卡之后，不等给小费就跑了，她根本来不及问他，是谁雇他来送包裹。不过杰西卡是个聪明姑娘，那个送信人跑掉

---

① 原文路名为 East Point Drive。其中 east drive 在制图学中称为"东点"，即天体的升起点。与前文桑莱斯路（Sunrise，日出）对应。

② 原文为 Private Eye 101，"101"跟在名词之后，意为该事物的简介、基本准则。

的时候她用手机拍了不止一张照片。她们把照片下载到莉齐的电脑，放大，看到他头盔后面贴着科森尼斯河学院①的贴纸。

莉齐穿过停车场时，一阵狂风差点把围巾从她头上吹走。一辆银色的宝马停在了旅馆前，挡住了她看向大厅的视线。

喂伙计，别挡道。

宝马车里走出一个穿深色西装的男人。他把钥匙递给了服务生。莉齐愣了几秒才认出他。她目瞪口呆，一下子背过脸去，扯扯围巾，将脸遮掩得更严实。她把注意力都放在脚上，极力保持步履平稳，往自己车边走去。

别跑。走着。别招人注意。吸气。

莉齐怕他万一看过来会认出她的车，转而走向另一辆灰色的普锐斯②。借着假装找钥匙，她回头偷偷看了一眼。他走了。服务生爬进宝马车里，驾车消失在了大楼的另一边。她跑回自己车里，把大衣和围巾扔到后座，坐到驾驶座上。

她伏身向前，额头抵着方向盘。他妈的理查德在这搞什么鬼？

可惜她清楚地知道她姐夫在这做什么。昨天她和杰瑞德尾随瓦莱丽到了'西克雷斯特及合伙人律师事务所'，那正是姐夫上班的地方。虽然她依然不排除是巧合的可能性，她可是从来没有怀疑过，理查德和瓦莱丽·亨特会有所瓜葛。这到底在发生什么乱七八糟的？

当时莉齐告诉杰瑞德，瓦莱丽走进了她姐夫上班的地方，杰瑞德直截了当地问她，瓦莱丽和理查德之间会不会有关系。莉齐还对他这种想法嗤之以鼻。理查德·瓦纳，她姐夫，浪漫水平接近 2 * 4 英寸

---

① Cosumnes River College，两年制的综合性社区学院，建立于1970年，属于罗斯瑞欧斯社区学院区的一部分。
② Prius。丰田汽车品牌。

粗细的短棍，友好程度也不过是山妖水准，还会有外遇？

但现在莉齐脑子里的疑虑与不安绞作一团。她抓起手机，闪烁的图标显示她有一条语音信息，她没有理会，而是打电话到姐姐家。电话响到第二声，凯茜接了。

"嗨。是我，莉齐。"

电话那头清楚地传来一声叹息。声音挺大。显然姐姐还没准备好修复关系。

"我道歉，为所有那些事道歉，"莉齐冲口而出，语速很快，正是她往常紧张时的反应，"你这么多年一直那么支持我，鼓励我，还——"

"你还在找那个杀人狂吗？"凯茜问。

"跟你说实话，我没太多时间找他，"莉齐随口扯了个谎，"我在忙我的第一个出轨案子，这活儿把我全部的时间和精力都榨干了。"她姐姐不需要知道她嘴里的"杀人狂"昨晚又给她打了电话。太多事情，姐姐不需要知道。但莉齐需要跟她说话，需要听到她的声音。自从妈妈搬走，爸爸与她断绝关系之后，凯茜就是她全部的家人，她的家只剩下姐姐了。当然，还包括布里特妮。

"我还以为你不会接出轨的活儿。"凯茜说。

"我以前不。直到有个叫维克多的人提出来，给我三千美金去监视一个女人两周。"

凯茜顿了顿，说道："哇哦。我猜如果是我，也会接的。"

莉齐感觉肩膀上的重担稍稍卸掉了一点，脖子也不那么紧绷了。"是吧，对了，我刚刚是坐在我车里等那个女的出来，然后就开始想你和布里特妮。我三天之前看见你了，而且现在挺想你的。"

"我也想你，莉齐。但是在你摆脱对蜘蛛侠的执念之前，我必须最大限度地保护布里特妮。那个男的已经成功把咱们的生活几乎全毁掉了。"

"我理解。布里特妮怎么样啦？"

"我都不敢相信，她很快就到 15 岁了。"

"是啊，以前怎么想象得到。"莉齐紧紧闭上眼。凯茜如果知道她刚刚目睹的那一幕，会崩溃的。她不能那样做。她不能告诉姐姐她看到了什么。

拿到证据之前，应该无罪推定，不是吗？

她抗拒去当那个让凯茜心更痛的罪人。

"布里特妮自己能开车后，我还做什么呢？"凯茜问，"我在游泳训练课上以及在学校聊过的所有其他孩子的妈妈都告诉我，一旦布里特妮自己开车，我就不会经常见到她了。"

莉齐叹了口气。她从蜘蛛侠魔爪底下逃脱之后，被告知姐姐怀了孕，而且即将嫁给理查德，她当时震惊了。她姐姐那时候 18 岁。"在那之前咱们还有段时间呢。但你说得对：看着咱们的小布里特妮长大得这么快，心里不太好受？对吧？"

"何止难受，我讨厌这样。真的。时间都去哪儿了？"

"我也不知道啊。"莉齐说。

静寂片刻，这些年来的事，一切尽在不言中。虽然凯茜还和她们的父亲有联系，但父亲拒绝和莉齐讲话，所以凯茜和莉齐之间从来不提他。

"布里特妮周六中午有游泳运动会，在罗斯维尔①的水上运动中心。如果你想来，我不会把你踢出去的。"

---

① Roseville，美国加利福尼亚州普莱瑟县人口最多的城市，位于萨克拉门托都会区。

莉齐心都要碎了。她知道她应该告诉姐姐她看到的,但她也知道那只会伤害到凯茜。"天塌下来我也不会不去。理查德也会在那儿吗?"

"我说不准。他最近超级忙……晚上上班,周末也加班。他在家的时候,也累到除了在沙发上睡着,别的什么都不干。"凯茜笑起来,掺杂着丝丝苦涩,"说不定我应该雇你跟踪他几周。"

莉齐的脊梁一阵僵硬。

"我逗你呢,你懂的,"凯茜说:"理查德和我挺好的。其实,他今天还替我把车开去修呢。他把他的雷克萨斯①留给我。以前从来没有过这种事儿,想想他之前从来不让我开他的车。"

"你的车怎么了?"

"明显哪儿都有问题。他二十分钟之前打电话念了一长串发动机存在的问题。好消息是,今天结束之前就都能修好。"

"听起来理查德是时候该给你买辆新车了。"

"我看没可能。我们现在一分钱掰成几瓣儿花。但我会告诉他你是这么想的。"她的声音里透着愉快。

莉齐捏捏鼻梁:"我该走了。代我向布里特妮问好。我周六会去见你们俩的。"

"一定转达。你照顾好自己,莉齐。"

"你也是。爱你。"莉齐挂了电话。她祈祷是她误会了理查德。她不想糊里糊涂地离开,所以将车开出停车场,停在街对面,以便获得一个更好的视角,能看见旅馆大门。她准备好相机,拿起双筒望远镜,压低身子躲在座椅上,耐心地严阵以待。

---

① Lexus。日本丰田汽车旗下独立高级轿车品牌。

第 20 章

2010 年 2 月 18 日　周四　下午 2：03

　　KBTV 萨克拉门托的女主播南希·莫莱诺坐在流线型无镶边设计的长靠椅上，耐心地等待着。她的心理治疗师琳达·盖茨医生的诊所在三楼，附带厨房，此刻她正在厨房里为南希冲一杯热绿茶。

　　南希每月到盖茨医生这里两次，已经持续很多年了。但今天她在房间里东张西望，像是初次到访。如果她想让蜘蛛侠给她一个独家猛料，她就得偷莉齐·加德纳的档案。而且要快。

　　盖茨医生的大办公台由硬木制成，漆成黑色，并经过仿古抛光。办公台后面是能俯瞰萨克拉门托市中心的大落地窗。几盆棕榈树立在办公台两侧，遮挡了部分窗外景致。办公台左边有一个书橱，塞满了关于行为健康、精神病学和生理学的著作。右边是一个九层抽屉的法定规格①文件柜，客户的档案就保存在那儿。

　　南希考虑过直接向盖茨医生索要莉齐·加德纳的档案，比方说给

---

　　① Legal size，纸张尺寸的一种，应用于北美，尺寸为：216 * 356 mm。

她一大笔钱作为报酬之类。但盖茨医生嫁了个银行家，而且从她佩戴的珠宝和几次旅行的情况来看，恐怕给她再多的钱她也不愿去冒身败名裂的风险。

盖茨医生从厨房捧出一杯茶，向她走来。"你喜欢的老味道，绿茶不加糖。"

南希探身向前，接过她递上的茶。盖茨医生留着Ａ字头，发梢修齐。一头黑发衬着哔叽色无领夹克，搭配一条及膝短裙。她取出记事本，又从桌上拿了一支笔，然后在南希对面坐下。南希密切地注视着她的一举一动。盖茨医生一条腿搭在另一条腿上，开口问道："今天感觉怎么样？"

南希啜了一口茶："好些了。"

"有挂心的事儿吗？"

"我最近睡得不好，"南希撒谎说："我一直做噩梦。"

盖茨医生的脸上，波澜不兴。"是关于什么的？"

"跟您有关，盖茨医生，而且和我来的时候您记下的所有笔记有关。"

盖茨医生停下笔："继续说。"

"噩梦从一个男人的影子开始，他潜藏在我家和我办公室附近，到处走动，胳膊下面夹着一份档案。他打开档案的那一刻，我看到里面全是您缭乱的字迹。"她一只手按在胸口，极力渲染她的震惊。"我感觉就像自己所有的丑事被曝光在了全世界面前。我丢尽了脸，丢了工作。然后我就醒了。"她叹道："每次都是一样的。"

盖茨医生没有笑，连客套的假笑都没有。客户说的任何事情她都严肃地对待，南希今天坦白的噩梦也一样。

"如果我把你的档案拿给你看，"盖茨医生说："或许能缓解你的忧虑。"

南希喝了一小口茶，等盖茨医生继续说下去。

"你一直在担心的晋升问题可能是导致你焦虑的原因，它让你为本来不会担心的事情焦躁不安。如果我让你看到你的档案都安全地锁起来了，你可能感觉好一些。"

"值得一试。"南希说，她很得意，她的小计策这么容易就得逞了，但她竭力保持冷静。

盖茨医生把笔记本和笔放到一边，站起来，往文件柜走去。南希也站起来，带着她的茶水一起。盖茨医生手腕上带着一只手环，手环上挂着钥匙。南希看着她用一把钥匙打开文件柜。盖茨医生的拇指在文件上划过，迅速地翻找着，而南希则注意到，在较厚的档案之间，莉齐·加德纳的名字就在其他一本上面。她耐心地等待盖茨医生找到她的档案，就在那一瞬间，假装失手掉了茶杯。茶杯砸到硬木地板上，碎了一地。茶水四溅，还溅上了文件柜。"啊！对不起！我真是笨手笨脚的。"

盖茨医生把南希的档案递给她，然后冲进厨房去拿毛巾。南希一秒都不犹豫，将手伸进放文件的抽屉，抓过莉齐的档案，火速回到沙发边迅速把档案悄悄放进皮革公文包里。公文包是她特意为了这事买的。

"档案怎么样了？"

南希猛地打了个激灵。医生回来得这么快，让她吃了一惊。她举起她自己的档案，喉咙有些干，说道："在这儿呢。我能把它带回家吗？"

"不能，不好意思，那样我会觉得有点不太自在。不过在这里看没关系。你继续看下去，就在这儿浏览一遍怎么样？我把这个烂摊子打扫干净。"

南希连忙把档案放在坐垫上，回到盖茨医生身边，接过对方手里的毛巾，擦拭文件柜上的茶水，然后"咔哒"一声关上抽屉，免得这位尽职尽责的好医生发现有任何东西不见了。

等到南希直起身子，她看见盖茨医生的脸上露出迷惑的神情。医生的目光牢牢锁在窗外，好像在担心什么。

南希的心跳"怦怦"加快，小心脏快要从胸腔里跳出来了。"有什么问题吗？"

盖茨医生往后退了一步，直到她的身子一半隐藏在棕榈盆栽的后面。"外面有一个男的……站在公交停车点那儿。我之前见过同一个人站在那儿，不止一次。这事本身并不奇怪，奇怪的是每次公交车到站的时候，他反而走开了。"她摇摇头，"不对劲。"

南希把她收拢的瓷片扔进垃圾桶，凑近窗口。"他在往这边看。"

盖茨医生眉头紧皱："我也这么觉得。"

"他经常来吗？"

"我第一次见到他是上周一。这是我第三次看到他在那儿了。我准备报警。如果警方能问讯他一下，我会感觉好一点。"

盖茨医生打电话的时候，南希站在原地，一动不动，仿若冰雕。

"公交站台那儿的那个男人，有可能是蜘蛛侠吗？"她心想。

那个人看着不像个杀人犯。他站在那，一身干净挺括的黑色单排扣大衣，模样像个商人。黑色的头发，修剪整洁的络腮胡子。一副深色飞行员墨镜遮住了他的眼睛。他身形偏瘦，她猜他身高接近一米八[①]。

---

① 6英尺，约合1.83米。

盖茨医生回到南希身边。"警方的调度员说这附近有一辆巡逻车。他们一分钟以内就能赶到。"她做了个颤抖的动作。"他身上有什么东西让我觉得毛骨悚然。你看他,在盯着咱们。他眼睛移开过吗?"

南希摇摇头。

"如果我们能看见他,他肯定也能看见我们在看他。"

一辆公交车开向路边,挡住了她们的视线。公交车车窗是染过色的。南希无法辨认出是否有人上车或者下车。盖茨医生的诊所在三楼。南希能看见警车从两个街区远的地方逼近。没有鸣笛。没有闪警灯。公交车离开后几秒,警车就赶到,并停在了路边那个男人刚刚在的地方。

没人。

盖茨医生叹了口气:"他走了。"

一次都没有,那个男人一次都没有把视线从她们窗口移开过。他不可能看见正在逼近的警车,然而不知怎的,他还是意识到应该上公交车。南希后脊梁骨窜上阵阵寒意。她不知道自己是不是犯了个错误。她最终决定,眼下应该拿走莉齐·加德纳的档案,之后要多考虑考虑现在的局面,免得做出什么莽撞的事。

2010 年 2 月 18 日　周四　下午 2:56

差不多快要 3 点的时候,莉齐回到办公室。她锁上车门,惊讶地看见杰瑞德在路沿石上等她。

"你到哪儿去了?"他问。

"你谁啊?你是我爸?"

"当然不是。"

在旅馆看到的事让莉齐心灰意冷,同时,她又气自己居然同意把这么一件破工作放在首位。她大步从他身边掠过,回办公室去,靴子踩得柏油路面啪嗒啪嗒响。

此前,她坐在车里,街对面与旅馆相对的位置,等着理查德从旅馆出来,等了两个多小时。

最后二十分钟的场景在她脑海重现,莉齐的双手在身体两侧紧攥成拳。尽管已经在旅馆房间里连续缠绵了几个小时,理查德和瓦莱丽还是难舍难分。他们一起走出旅馆,完全不知道自己正在被一台望远镜盯着,热情似火地吻了两次,然后一边等服务生把各自的车开来,一边深情地凝望彼此。

"莉齐,拜托慢一点。"杰瑞德在她身后说。

莉齐继续大步向前,她怕如果她不这样做,自己会说出什么不该说的话。理查德的背叛,他的连篇谎话,在她的脑海中盘旋,像一群招人烦的飞虫。她拍了几十张他的罪证。

而且现在怎么办?她怎么告诉凯茜,她丈夫是个出轨撒谎的狗杂种?

"索菲死了。"

莉齐猛地停住。慢慢地转过身,面对着杰瑞德。一只手按在胸口,吃惊地问:"什么?"

"我今早上一直给你打电话打不通。她的尸体被发现在离50号高速公路不远的河边。"

"我的上帝啊。不。"

"我很抱歉要告诉你这些。"

"我本应该通过媒体给蜘蛛侠传话的。"她单手扶着额头,"那样就能分散他的注意力了,那样我们就能争取更多时间了。"

杰瑞德牢牢地握住她双肩:"不是你的错,莉齐。你不能把蜘蛛侠犯下的每一件罪行都拿来怪罪自己。"

她紧紧地攥住他的大衣衣袖。"我们什么都没做,我们没做任何事去阻止他。这样不对。"

"有几十个人在处理这件案子。我们把我们能做的事都做了。"

杰瑞德不明白。她之前把时间花在了跟踪理查德和他那个她根本就不认识的情妇上面,而与此同时索菲被绑着,塞住嘴巴,毫无疑问,在祈祷有谁能找到她……救她。莉齐的眼泪如泉水般涌出,恨意在她血管里沸腾,翻滚,即将爆发——哦我的天哪。她抬头凝望着杰瑞德。忽然一切都有了解释。"维克多。"她说。

"他怎么了?"

"你之前说对了,"她说:"是他。维克多就是蜘蛛侠。"

"你怎么知道的?"

"那个便条,"她说:"蜘蛛侠在索菲家留给我的便条里,他说他了解我。可能他比我一开始想得还要了解我。可能他太了解我,所以在我决定把他揪出来之前,他就知道我会那么做。记得咱们在沃克尔家的时候,我觉得咱们被监视了吗?"

他点头。

"我知道蜘蛛侠在监视我。他可能现在也在监视着咱们。"她努力克制住回头看的强烈冲动,"他也在监视我姐姐。他知道凯茜的丈夫有外遇,而且他想让我也知道。"

"慢点,"杰瑞德说:"你从头说,怎么样?"

她深吸了口气。"记得昨天瓦莱丽·亨特去'西克雷斯特及合伙人律师事务所'的时候,我觉得这事有多古怪吗?"

"你姐夫工作的那家法律事务所?"

她点点头。"这不是巧合。今天下午我跟踪瓦莱丽·亨特横穿整个镇子到了一家旅馆，我姐夫开着我姐姐的宝马车出现了。那时候，他给我姐姐的说法和我看到的不一致，所以我把车停在街对面，等他从旅馆出来。"

"然后？"

"然后我就拿到了我需要但不想要的证据。"她拍了拍背包，"都在我包里……几十张能证明他有罪的照片。"她紧紧抓住他的胳膊。"你看不出来吗？是他。雇我去跟踪瓦莱丽的维克多，就是蜘蛛侠。他知道我妈妈搬走了，我爸爸再也不想跟我有任何关系。他也不知道用什么手段知道了凯茜和我之间的关系正处在危险边缘。蜘蛛侠想让我知道理查德外遇的事，想让我告诉我姐姐，然后斩断我和我们家最后的纽带。"她摇着头，"我给凯茜打了电话，但是我说不出口。我不能告诉她真相。"

"咱们必须告诉她。"

"我不能。"

"如果蜘蛛侠知道你姐夫的事，"杰瑞德说："说明他正在监视他们家……也就意味着，他也在盯着你外甥女。"

莉齐的心一下子跌入谷底。直到这一刻，她才真正意识到，她此前以为的恐怖，与现在她感受到的相比，根本算不上真正的恐怖。布里特妮有危险。寒意如同电流，瞬间传遍全身。"他快要赢了，是吗？"她问。

杰瑞德伸出胳膊揽住她的肩，"咱们到你办公室去。我打几个电话让人去盯着你姐姐家。"

"什么时候？"

"现在。"

她注意到杰瑞德下巴上有一块肌肉在颤抖。他双眼凹陷，眼神空洞。显然他已经去过犯罪现场了。她心疼他，也同情索菲和她的家人。她不敢相信索菲死了。可怜的索菲。

"昨天帮维克多送报酬来的那个送信人，"她试图驱赶沉默，"好像是个大学生。杰西卡还没来得及问他他就离开了。不过杰西卡用手机拍了照。我们放大之后能看出他头盔上有一个科森尼斯河学院的贴纸。虽然他比蜘蛛侠年轻太多，不可能是蜘蛛侠，但他可能能辨认维克多。所以咱们要找到他。"

2010 年 2 月 18 日 周四 下午 4：12

他考虑开车经过他在奥本的家，他和他的妻子，辛西娅，一起住了十四年的家。他预料她旅行结束之后会回到那。辛西娅去东部见朋友了。他想象着她穿浅粉色毛衣和哔叽色宽松长裤的样子。辛西娅是个心思简单的女人，很容易取悦。她把他照顾得很好。

她不该死。

一想到辛西娅永远地离开了，他的心脏便急促跳动，一下下撞击着胸膛。他打开录音机，按下按钮，播放一张 CD。听着莫扎特《第 21 号钢琴协奏曲》第二乐章的行板，他感觉好多了。

辛西娅还活着，还活蹦乱跳呢，他跟自己说。十有八九，她和朋友们出去狂欢，把整个镇子都搞得热闹非凡了。他把音乐音量调大，希望能用这旋律赶走自己的忧伤。

他的笑容消失了。

他要拿到档案，否则理不出清晰的思路。他考虑过，如果把莉齐抓来，一次彻底结果了她，事情会有多简单。但是然后呢？他需要继续这场游戏。要想看到这场游戏的结局如他所料，唯有耐心、专注才行。

按计划执行，做个好猎人。

让莉齐继续冷汗涔涔，让她继续悬在半空心神不宁。拼图的最后几块会在盖茨医生的一页页档案里找到，那儿藏着莉齐·加德纳所有隐秘阴暗的秘密。等他将拼图拼好，到那时，游戏才真正开始有趣呢。

沃尔夫冈·阿马德乌斯·莫扎特①的管弦乐章浪漫抒情，热烈而欢乐。音乐让他内心洋溢着一种喜悦。一切都会变好的。他只需要把还没完成的事小心处理好。然后他就能回到他的房子，祈祷辛西娅能够原谅他，再度接受他。

2010年2月18日　周四　下午4:14

莉齐把车停在姐姐的私家车道上，关掉引擎，下车，四处看看，直到一眼瞥见一辆政府牌照的车停在路对面。

杰瑞德关上副驾驶车门，在人行道上迎上她。

"那个也是你们的人？"她边说边冲着路对面那辆深色小轿车点头示意。

杰瑞德点点头："罗纳德·霍尔特。"

她看向姐姐的房子。她不想这么做，不想告诉姐姐她的丈夫在出轨。但她和杰瑞德已经达成了共识，她别无选择。布里特妮和凯茜的安全是第一位的。她必须提醒姐姐警惕，让她知道有一个变态狂可能

---

① 欧洲著名古典主义音乐作曲家。

正在盯着他们。

"我多希望我不用做这种事啊。"她对杰瑞德说。他们俩正沿着人行通道往房子那儿走。

"你想让我来告诉她吗？"

"不。那只会让事情更糟。"她按响门铃，等待着。时间在钟表一下一下的嘀嗒中流逝，几分钟过后，前门打开了。凯茜面带疲惫，似乎他们吵醒了她的午觉。"发生什么事了？"凯茜问。

莉齐的目光越过凯茜落在楼梯间。"布里特妮在家吗？"

"她还在游泳训练。"凯茜看见了杰瑞德，她眯起眼睛。"你为什么在这儿？"

"我们可以进去吗？"莉齐问。

凯茜不情愿地让他们进来，关上门，跟着莉齐到客厅。"什么事儿？"凯茜又问了一遍，"发生什么了？看在上帝面上，在我心脏病发作之前告诉我行吗。"

莉齐握住她的手："布里特妮没事。但是我们聊完之后，咱们要去她训练的地方接她，带她回家。"

"她一小时之后才结束。"凯茜抽回她的手，"告诉我这他妈的到底发生了什么，莉齐。别拐弯抹角的。"

杰瑞德依然站在靠近客厅入口的地方，双手塞在大衣口袋里。

"我不知道从哪儿开始。"莉齐说。

"哪儿都行，该死的。哪儿都行你快说！"

"行，听你的。"莉齐叹了口气，索性脱口一鼓作气都说了，"理查德出轨了。"

凯茜抬手扇了莉齐一记耳光。

杰瑞德上前一步，但莉齐抬手制止了他。"没关系。"她说，她指尖轻轻擦了擦脸颊，姐姐的手掌刚刚打到的地方。"是真的，"她告诉凯茜："我有证据，但这不是我们来这儿的唯一原因。"

凯茜的脸气得涨红，双手紧攥成拳头，垂在身体两侧。"这就是你今天早些时候为什么给我打电话是吗？你以为你知道了理查德的什么事情，但是因为某种原因你不告诉我。"

"我是不知道怎，么，告诉你。你得听下去，我有话必须说。"

愤怒，伤痛，几年来，紧绷的沉默和内疚……所有这些都在她们脑海中盘旋，就像随时会猛然裂开的沉重的乌云，大雨即将倾盆，将任何连结她们的仅存的纽带冲刷得一干二净。

凯茜双唇紧紧抿成一线。

"蜘蛛侠在索菲·麦迪森家留给我的便条里说，他比任何人都了解我。如果真是这样，凯茜，那他就知道你和我一直以来都在艰难地努力建立一种亲情关系。他知道理查德的事，并且试图利用这一点在我们之间再打入一根楔子，挑拨我们之间的关系。这就是为什么我认为是他雇用我去监视瓦莱丽·亨特的。瓦莱丽就是我今天跟踪的那个女人，我今天看见她和理查德在一起。"

凯茜扬起下巴："他们当时在哪儿？"

"在一个旅馆。叫'海厄特'。"

"待了多久？"

"待会我会告诉你细节的，我保证。但是你先要听我说完。如果蜘蛛侠知道理查德的事，那就意味着他在监视理查德。"

凯茜渐渐明白了事情的真相，她惊恐地睁大了双眼。"那个丧心病狂知道我们住在哪儿？"

"我觉得是的。可能你们三个都一直被他盯着。"

凯茜捂住嘴巴，脸色苍白。瞬间过后，凯茜说："那我该怎么办?"

"有一个调查局的特工,车停在街对面,"杰瑞德插话道:"他叫罗纳德·霍尔特。他会一周七天、一天二十四小时停在你家外面。除非有人来替换他,他哪儿都不去。"

"但我觉得这不够,"莉齐补充说:"我觉得你应该带布里特妮到爸爸那儿,在那儿待到调查局把蜘蛛侠抓进监狱为止。"

凯茜的脸色更加苍白。"你不知道。布里特妮最近才刚开始交朋友。这是她长这么大第一次觉得自己好像开始合群了。我知道在学校里不知所措、格格不入是什么样的滋味。我不能现在把她连根拨起,剥夺她好不容易挣到的一点点自信。我不会那么做的。"

"但把她留在学校或者送她去训练游泳会带来的额外风险,你此时此刻也承担不起啊。"

"她不能为此就停止正常的生活,"凯茜伸出一只手指指着她,"这是你自己说过的。你说过这些年来连自己的影子都要躲的感觉是有多痛苦悲惨。"

"但是你说的才对啊,你不也说了吗,躲自己的影子也比我选的另外那条路要强。"

这句话莉齐自己从来都不听,但布里特妮面前还有那么长的人生路要走,只要能让凯茜明白他们需要不惜一切代价地保护布里特妮,莉齐什么话都愿意说。

凯茜摇头。"我不能对布里特妮这么做,她还太小,她不会懂的。我不能让她的生活因为那个杀人狂就完全颠倒乱套,我不会允许他再次对我做这种事的。"

"你必须这么做。"莉齐伸出一只手想安慰她。

凯茜避开她的手,双眼像野兽一样凶狠地瞪着她:"别碰我。我要你从这儿出去。离我们远点,你听明白我说的了吗?"她指着门,"滚出去。你们两个都滚!"

"别这样,"莉齐说:"我从来没想过伤害任何人。你知道的,我永远也不会有意让你和布里特妮卷入到这件事中来的。"

"看看你当年对爸爸妈妈撒过的那些谎,还有现在骗我的这些。我不会让你把我的家庭也毁了的。我不会的。别让我说第二遍,莉齐,求你了行吗,你走吧。"

第 21 章

2010 年 2 月 18 日　周四　晚 7：53

杰瑞德站在莉齐家的厨房里。他啪地一声扣掉手机，然后搓搓鼻梁。他姐姐刚刚打电话告诉他，母亲已经搬去旅馆住了。父亲又开始喝酒，姐姐很担心。"谁又能指责他这样呢？"杰瑞德心想。他告诉姐姐，这个男人需要时间发泄怒火。他的答案惹恼了她，于是对话刚刚开始就被她终止了。

"一切都还好吗？"莉齐在另外一个房间问。

杰瑞德往她那边走去。莉齐坐在客厅地板中间，周围都是纸张。笔记本和文件排成整齐一排，从房间一头摆到另外一头。电视开着，但是静音。猫在咖啡桌的木质桌腿间穿来穿去，走着"8"字形。

"我爸妈之间遇到点困难。"他对她说。

"啊，听到这个挺替你难过的。"

"他们都是成年人，自己会解决的。"杰瑞德走到炉灶边，把汤倒进一个杯子，然后走进客厅。过会儿吉米会来拜访，给他们带来案件最新的进展。

莉齐在地板上手脚并用爬来爬去，用一支黑色马克笔在纸张留白处做笔记。

杰瑞德今天的大部分时间都跟莉齐在一起，他还没看她吃过一口东西。她洗了个澡，换上一条灰色运动裤和一件V字领T恤，从那之后直到现在，她一直在工作。她光着脚，头发拢到后面扎了个马尾辫。

"你还什么都没吃呢。"他说着，把盛汤的杯子递给她。

"谢了，你介意把它放到那边咖啡桌上吗？"

"除非你先尝一下。"他俯下身，迅速往她嘴里送进一勺汤。

她睁大了眼睛。"味道不错。那种香味是……是刺山柑花蕾①吗？"

"这是祖传秘方。"

她闻言撅起嘴。

"如果你把它喝得一滴不剩，我就把食谱写下来给你。"

"你真是好说话，夏恩。"

他想伸出双臂一把捞起她，紧紧地抱着她，让她所有的苦恼都烟消云散。但他只能先用勺子又喂了她一口汤，然后把杯子放到咖啡桌上。

"谢谢你今天和我一起去我姐姐家。"她说着，又埋头记笔记了。

"别客气。"他望着她，在那儿站了一会儿。她眼睛周围一圈黑眼圈。头上的肿块今天小了些，但颜色更深了。他知道她不喜欢任何人看见她放下戒备的样子，他太了解她了。她不想让任何人看见她的痛苦——在一瞬间，所有的希望和梦想都被剥夺。对于莉齐来说，放下过去、继续新的生活，就好像每天早上醒来，都试着从头重新再学习

---

① Capers，刺山柑花蕾，产于地中海，腌泡于醋中用作调味料。

走路。

八点整,吉米·马丁到了,面容憔悴。他脸消瘦苍白,弯腰驼背,西装乱蓬蓬的。杰瑞德刚要引他进来把门关上,莉齐的助理抱着一大桶肯德基炸鸡到了。

"快进来吧。"莉齐坐在地板上没动。

吉米跨进房间,杰西卡从他身后挤进来。她说声"你好",然后把炸鸡桶递给杰瑞德。"我很快回来。"说着她打开门,消失不见了。

吉米面露疑惑。

杰瑞德耸耸肩,示意吉米——莉齐怎么安排他们就怎么跟着做,这样事情就简单多了。他把炸鸡拿到厨房。

"我真应该带甜点过来,"吉米说:"要是我早知道你们俩打算搞派对的话。"

杰瑞德和莉齐都没理他。

吉米脱掉他皱巴巴的西装外套,在莉齐面朝沙发放的两把椅子中间挑了一把坐下。椅子是莉齐为了他们的临时会议特别备好放在那的。

杰西卡带着笔记本电脑和一摞文件回来了。"如果谁饿了,"她说:"请自己拿炸鸡,不用客气。"

莉齐感激地冲她笑笑。

"好啊,"他们刚全部坐好,吉米就开口道:"怎么回事?你是谁?"

杰西卡向吉米伸出一只手。"杰西卡·普莱斯,加州州立大学萨克拉门托校区心理学专业学生,也是伊丽莎白·加德纳的助手。"

莉齐转了转眼珠,说:"她是我的实习生。她将来有意攻读犯罪学,成为一名侧写师。"

"行吧,"吉米说,说这话的时候他看着杰瑞德,"提醒一下我,我为什么在这儿?"

"你答应告诉莉齐在沃克尔家房子的最新进展。"

吉米抓抓下巴:"他们今早开始发掘,但至今什么都没发现。要想得到一份完整的报告,可能还要一到两天的时间。"

"那关于蜘蛛侠可能是个医生的那个想法怎么样?"莉齐问。

"怎么样?"吉米松松领带,"你没有任何看过他笔迹的有关记忆。麦迪森家和便条上都没找到任何指纹。房子外面没有任何轮胎印或脚印。到目前为止我们没找到任何东西能把索菲的绑架案和蜘蛛侠联系起来,结果你想让我发一张全国通告①,把任何一个看起来可疑的医生都通缉一遍?"

莉齐气愤道:"这可以作为一个开始。"

"虽然我们在讨论连环杀手的时候不能一概而论,"杰西卡插话说:"大多数连环杀手都很聪明,智商高于常人。大部分是白人男性,他们要么曾经被抛弃过,要么来自一个缺陷家庭。高智商,白人男性,这些符合医生的特征。这个人可能是个医生,这完完全全讲得通。"

吉米一言不发。

"总比什么都不做强吧,"其他人还来不及插话,杰西卡就补充道:"最最起码,我们应该从索菲·麦迪森以前看过的所有医生开始查起,比方说,从两年前看过的开始查。"

这女孩有头脑,杰瑞德心想。

---

① All-points bulletin。(美国、加拿大警方为追捕嫌疑犯用无线电发出的),告示全境的通告。略作 APB。

"这算什么?"吉米摊开手,问杰瑞德:"你手下的特别行动小组?"

杰瑞德笑了:"是啊,你可以这么说。过去十年里莉齐一直潜心研究全国各地的绑架案。她在'失踪与受虐儿童服务组织'担任了三年董事,听说杰西卡在这是为了将来成为一个侧写师,所以,对,你可以说这是我的特别行动组。多两个人帮忙,咱们又不会亏。"

吉米手指插进头发里:"是,可以。行啊。"

由于莉齐从前尽可能地回避了与自己那起绑架案相关的事,所以十四年来 FBI 的很多发现虽然她按道理应该知道,但实际上并不知情。所以当她问"在弗兰克·赖尔被捕之前,还有其他任何的嫌疑人吗"时,杰瑞德一点都不吃惊。

"有几个,"吉米冷淡地说:"没有一个是医生。而且我也没那么多人手,不能把我的人派到八竿子打不着的地方去。"

"莉齐有经验,"杰瑞德说:"她是个私家侦探,而且她想帮忙。你之前也请过外援。靠,史密斯的案子里你还用过一个灵媒①。收了你的臭脾气,和我们一起干正事吧。"

房间里弥漫着浓厚的紧张气氛,直到杰西卡用"死猪不怕开水烫"的态度轻轻松松将它打破。

"1998 年,发现了四具尸体,"杰西卡说:"这四具都被认为是蜘蛛侠作的恶。"

吉米看上去完全不受触动。

"同时,"杰西卡继续说:"同一区域,至少有与四名受害者年纪

---

① 指具有招魂术、心灵感应、天眼通、意念致动、先知先觉等特异功能,能够和神明、幽灵对话见面的人。

相仿的另外三个女孩失踪了。她们现在在哪儿？所有人都把这些姑娘忘了吗？"她有点动情地眯起了眼睛，"毫无踪影，她们难道就这样轻易地被遗弃了吗？"

杰瑞德看着莉齐，想知道是怎么回事。看起来杰西卡对失踪女孩儿们的困境抱有一种强烈的情绪。

"我想知道那些女孩身上发生了什么，所以我做了一点调查。"杰西卡继续说。

莉齐身子前倾，仔细聆听。

"她们中的两个是游泳运动员，"杰西卡说："就像兰妮·门罗，你们的第二位受害人一样。所有的女孩上的都是不同的高中，但你们猜怎么着？虽然具体情况各不相同，但她们都参加过校外游泳队。我还不能找到跟这三位女孩都有关系的特定某位教练，但这绝对可以在嫌疑人名单上再加上几个人。你们不觉得吗？我把那几位失踪但还没找到尸体的女孩加到名单里的时候，还发现她们之间存在一种联系，一位叫'布鲁斯·迪克森'的家庭医生。还不止这样。总的来看，失踪女孩里的三个和蜘蛛侠受害者里的两个都是带牙套的。总共有五个女孩带牙套。我已经开始列半径 30 英里①之内的矫形牙医的名单。我还有更多的工作需要做，但一有进展会及时通知你们所有人的。"

莉齐看着吉米："既然你现在知道了我和我的助理在做什么，我也希望了解一下，关于蜘蛛侠可能是一个医生的可能性，调查局在做什么。"

"咱们先把一件事情说清楚，"吉米说："调查局认为，在索菲·麦迪森的案子上，我们还没有百分百确定这就是蜘蛛侠干的。"

"他给我留言了。"莉齐提醒他。

---

① 约合 48 公里

"但两次留言都没有确凿的证据表明是出自蜘蛛侠之手。那有可能是跟风学样的人干的。"

"你说的'两次都'是什么意思?"

吉米看向杰瑞德:"你还没跟她说?"

莉齐瞥了杰瑞德一眼:"你没跟我说什么?"

"咱们待会再谈。"杰瑞德说。

"不,不行。"她直起身子,"麻烦你现在告诉我第二次留言说的是什么。"

"罪在莉齐。"杰瑞德希望这个话题到此为止,但莉齐站起身来,注视着他的眼睛说:"留言在哪儿?"

他找不到合适的话语去描述他在索菲额头上看到的潦草字迹,所以他沉默不语。

莉齐几乎一动不动。她在那呆呆站了一会儿,然后走出房间。

杰西卡看着杰瑞德,想知道自己是不是应该做点什么。

"我来跟她谈,你们两个吃点鸡肉吧。"

2010年2月19日　周五　早6:21

他给她的双手松了绑。然后又取下蒙眼的绷带。"去吧,莉齐。我相信你。"

莉齐抬头看着他,想要看穿他面具上两个洞里的眼睛。身材上,他看起来,比一般人高大,魁梧,肩膀宽阔。她上一次看到他的时候,他留着厚厚的胡子,胡须像金属丝一样粗硬。现在好像已经刮得干干净净。他下巴线条方而平。

"我让你去你就去,莉齐。"

她撑着硬地面爬起来，往盥洗室走去。两个膝盖太久不用，走起路来"格格"打战。但即使那样她也不会停下。她颤颤巍巍地向前，当心不撞到他养的那些宝贝蜘蛛的箱子。她走出房间，迅速穿过走廊到盥洗室去。她迅速地往身后瞥了一眼，发现他没有跟着她，甚至没有看她。

他此前只放她用过一次盥洗室。她已经把自己饿了整整一个月。她知道如果她还能再被允许用一次盥洗室的话，自己要够瘦才能从浴缸上面的窗子挤出去。她已经瘦了多少斤，自己也不知道，但她的胳膊和腿看上去都只剩下骨头了。她感觉自己虚弱到了不敢相信的地步。虽然胃里空空如也，可她感觉想吐。

她转动球形门把，进入盥洗室，然后立刻锁了门。他不喜欢这样，但她别无选择。洗手池上方镜子里自己的模样把她吓了一跳。皮包骨头。她只能看到皮和骨头。她的头发油塌塌的，一缕一缕松松垮垮地耷拉在耳朵边。她用骨瘦如柴的手指擦擦洗手池周围奶油色的瓷砖，忽然留意到墙壁是温柔舒缓的蓝。这里的一切都那么干净，跟他囚禁她的房间太不一样了。几个镀铬的毛巾挂环，几面未经装饰的镜子，还有一个插着鲜花的花瓶。这个房间没法用道理解释，不合常理。干净，又简洁，和这所房子其他部分的混乱截然不同。

她刚要踏上浴缸沿去够窗子，忽然注意到一块手表……他的手表。蜘蛛侠很爱那块表。她看得出来，因为他经常把表戴在腕上，充满怜爱地抚摸，就像在抚摸一只心爱的宠物。她抄起手表套在自己手臂上，一直撸到手肘上面，之后抓起洗手液，站在浴缸沿上，够到了12英寸[①]见方的窗子。她为这次逃跑已经计划了几周。她把洗手液喷到窗框上，来减少摩擦产生的噪音；然后一寸一寸地，将窗户推开。

---

① 约合30.48厘米

缺水挨饿使她身子虚弱。她试图两手撑住窗台把身子拉上去，但是肩膀火辣辣地疼。她拼尽全力把自己往上提，提到足够高的位置，好从窗子开口穿过。每一块肌肉都痛。她不敢用腿，怕踢到墙壁，被蜘蛛侠发现。

"莉齐！"

他喊她的名字。她像被瞬间冻住，浑身僵掉。

"莉齐！"他又喊了一遍。

就是现在。这是她最后的机会，她唯一的机会了。

时间不多了。他是个有脾气的人。他体格强壮。他脚上穿了靴子，可能会飞起一脚把厕所门踹开。

"不管用什么，什么都行，莉齐。"她对自己说。管他娘的出不出噪音！这次她跳起来，然后踢腾着，嘴里忍不住出声，使劲向上攀，直到她终于能把两个肩膀挤进窗子的开口。

门咔咔响。他来了。

她的心跳快得要爆炸。她不去浪费时间看自己会落到什么地方，就头朝下从窗户一跃而下，掉到了茂密的灌木丛上。锋利的枝条扎进她的皮肤。她害怕得喉咙像被堵住一样喘不过气，疯狂地把自己从灌木丛里解脱出来。等她成功让双脚站上坚实的地面，感觉好像过了一辈子那么长。

蜘蛛侠在怒吼，"梆梆"地砸门。

"别慌，莉齐，不管做什么，做了就别停下。"

她穿着一件T恤，两腿虚软，浑身酸痛，但还是撒腿就跑，能跑多快跑多快。就在这时候，太阳即将升起。她看见了深蓝的天空，和滚滚白云。她看见了自由。她不知道她在哪，也不知道她在往哪儿去。她只知道自己必须快跑，如果她还想再见到家人。

"跑啊，莉齐，快跑。"

莉齐惊醒，猛地从床上坐起来。

又做噩梦了。

她环顾四周，眼睛迅速从壁橱扫到遮掩窗户的帘子。她的目光落到放在床头柜顶的钟表上。清晨六点半。通常，她的噩梦里会有一个蜘蛛侠的受害者被折磨。这是她第一次在梦中回忆起逃跑时的情景。

她往后一仰，落回枕头间，听着自己的呼吸声慢慢归于均匀，慢慢变浅。

窗子传来"哧啦"一阵划玻璃的声音，她想起来窗外的红枫该修剪了。她已经打过两次电话请房东修理房子周围的树木。显然没管用。

莉齐穿着运动裤和一件T恤，滑下床，想不起昨晚最后是几点迷迷糊糊睡着的。她几乎记不得自己锁门之前是否对杰瑞德说过晚安。她依然为他不告诉她索菲和那个留言的事而感到心烦意乱，但她也知道她找错了发火的对象，杰瑞德只是在努力保护她。

她动身去厨房，叫麦吉，却惊讶地意识到麦吉到现在都没露面。

"这儿，猫猫，猫猫。快来，麦吉。到早饭时间了。"麦吉不喜欢暴风天气。外面狂风呼啸，吹得墙壁哗哗响，也难怪麦吉躲到什么地方去了。

莉齐在客厅到处找。"麦吉。快来，猫猫。没事啦。"

麦吉不在沙发上，也不在咖啡桌下面，这两个可是它最喜欢呆的地方。莉齐瞥了一眼起居室地板上铺得到处都是的纸张，想起了所有她还需要做的工作。不知道是第多少次，她又感觉自己漏掉了什么关键的东西……它就在她面前，但她还没能悟出来：运动、舞蹈、学校、游泳、青少年、棕色的眼睛……那会是什么呢？她没有看到的是

ABDUCTED 205

什么？他杀了索菲。他还会再杀人的。

杰西卡昨晚再次让她刮目相看，短短的时间里她就做了那么多的工作。显然，她用的是书里最老土的办法让失踪女孩们的亲朋好友回答她的问题：把真相告诉他们，她在和一个私人侦探一起工作，她们在努力发掘真相，找出他们孩子的失踪与蜘蛛侠受害者之间是否存在任何联系。失踪者的家人和朋友们都很急切地回答问题。这些失踪女孩的父母已经厌倦了被忽视的感觉，受够了被蒙在鼓里。他们想要答案，不在乎答案到底是谁给的。

莉齐把纸张归拢成堆，放在咖啡桌上。电话铃响，她不等它响第二声就接了。"喂，你好。"

"莉齐，"他用熟悉的机器人一样的声音说："是你吗？"

她注视着盒子上的红色指示灯，保持沉默。吉米告诉她，要让来电人保持在线至少六十秒才行。上次她以为拖他拖得时间够长了，但实际不够。这次她数到十，咽了咽唾沫，然后开口说："当然是我。我还以为你比任何人都了解我呢。"

他的嘴贴得离话筒很近，因为她能听见他的呼吸。"你又变瘦了，太瘦了，莉齐。那样可不招人喜欢。我起初把你弄走的时候，你骨头上还是包着点肉的。发生什么事了呀？"

她紧咬牙关。保持冷静。她现在最想做的，莫过于告诉他"去死吧"然后摔了电话，但她克制住了。

"怎么不说话了？猫把你的舌头吃了吗，莉齐？①"

"我在呢，"她最终开口道："你为什么给我打电话？你想要什

---

① 原文 Cat got your tongue? 是一句俗语，用于询问"怎么不说话了"。此处"cat（猫）"一语双关。

么?"她看着红色指示灯,盼着它开始闪烁。

"这才像你嘛,这才是我记得的那个固执又果断的莉齐。我只是想听听你的声音,莉齐。记得我们之前怎么唱'一闪一闪亮晶晶'吗?"

她闭上双眼,努力压制喉咙里即将喷涌而出的怒火。她已经把唱歌的事忘了。她刻意地忘掉了很多事情。她最不想做的事就是闲着没事去重温回忆。

红灯开始闪了。"感谢上帝。"她心里默默道。

"是啊,我记得呢,"她说:"你想让我现在唱给你听吗?"

他笑了。"不用。我想把这个留到晚些时候,你知道的,咱们最后又在一块儿的时候。"

她深吸一口气。

"我喜欢你一直以来写在日记里的那些东西,虽然我有点惊讶,我没我想象中那么经常地被提到。"

"吸气,莉齐。就吸一口气。他不可能读到你的日记。他只是在捉弄你。但是说到底,他怎么会知道我写日记?"她对自己说。

"你还在吗,莉齐?"他问。

她等待着。红灯的光平稳地亮着。"我在啊。"FBI 他们一定已经锁定了蜘蛛侠的电话。小小的红色指示灯让她感觉底气充足了一些——她从来没有这么坚决地,决心在他的棺材上敲下第一颗钉子,送他去死。

"蜘蛛侠,你的真名叫什么?为什么你就不能不当骗子、胆小鬼呢?顶着个傻了吧唧的超级英雄的名字,躲在各种搞笑的面具后头,别这样了行不行?告诉我你的真名。看在老天面子上,像个男人。你叫什么名字?汉克?吉姆?弗莱德?你害怕告诉我你的真——"

"你才是那个骗子,"他打断她,声音恶狠狠地说:"你对父母撒了谎。你才是那个胆小鬼、小偷,莉齐,满嘴胡话的婊子,娼妇。你放弃一切只想留住你男朋友,但那永远不会有用的,莉齐。你放弃了一切,却竹篮打水一场空。你的女生朋友们背后都喊你婊子。至少我当年带走了你,让你不用听见那些话。咱们很快就会再见到彼此了。你肯定知道的,对吧?"

沉默。

"我给你留了件礼物,莉齐。"他顿了顿,呼吸声变得沉重。

她不打算挂电话。只要他想,她可以让他讲一整天。

"回你的卧室去,莉齐,看看你的窗外,如果你想看见我留给你的东西的话。回见,莉齐。"

"咔哒。"电话挂断了。

她双手掌心出了汗。听筒从她手里掉下。她缓慢地往卧室走去。一个遥远的声音告诉她,别看,冲她喊着:"回到厨房去,打电话给杰瑞德。给凯茜。打电话报警。"

"给谁打电话都行,但是不管你做什么,莉齐,别看窗外。"那个声音说。

这个声音与十四年前她置之不理的那个声音一模一样。十四年前,它说:"别听里屋的尖叫声。别为了那个女孩回去,莉齐。别当傻瓜。"

她走进她的房间,然后慢慢地,跟跟跄跄地向窗户走去。"哧哧啦啦"的噪音越来越响。她一把攥起苔藓绿的窗帘。

"别这样,莉齐!"那个声音声嘶力竭地呼喊。

她手腕一抖,将窗帘拉到一边。它就在那儿。蜘蛛侠送给她的礼物。她膝盖失去力气,瘫倒到地板上,抽抽嗒嗒地哭起来。

第22章

2010年2月19日 周五 上午9：10

凯茜对着后视镜检查了下自己的妆容，才下车跟着布里特妮往矫形牙医的诊所走去。她跟前台的女人打声招呼，然后在写字板上签了女儿的名字。诊所整洁有序，这儿的员工友善高效。

她心里七上八下，四处张望着，希望能看见麦克马伦医生。诊所里有三位矫形牙医；他们都很和善，但麦克马伦医生显然是最英俊的那个。他礼节周到，又有魅力，这两点正是她不介意带布里特妮多来看一次牙的原因。

凯茜看见麦克马伦医生从他的诊室走出来的时候，布里特妮已经在等待区翻《人物》杂志[①]了。他目光往她这边一带，微不可察地向她使了个眼色。之后护士递给他一个文件，带他去一个病人那儿。紧贴墙边放着一排五把椅子，那个病人便坐在其中一把上面。

---

① 美国《人物》（*People*）杂志于1974年创刊，专注于美国的名人和流行文化，是时代华纳媒体集团旗下杂志。

理查德昨晚回来之后，凯茜说了一大通虚伪的感谢，谢谢他处理她的宝马车。然后又端上一盘烤三文鱼和西兰花。杰瑞德吃完之后在沙发上倒头就睡，问都没问她这一天过得怎么样。他不知道家里正在发生什么。显然，他忙着呢，忙着和情妇厮混。事实上，他今天早上早早离开家，凯茜根本没机会告诉他莉齐昨天来过，以及停车在街对面的那个 FBI 特工的事。她耸耸肩。操他妈的。

凯茜这周体重掉了 2 磅①。真有意思，看看，一点小小的压力就能对一个人的食欲造成多大的影响。今早她翻出了她最好的宽松长裤，和她最喜欢的 V 字领毛衣。那件毛衣穿上显瘦，能让她看起来比实际瘦 10 磅②。毛衣能露出一点乳沟，这是她最引以为傲的资本。她也花时间烫了头发。她今天早些时候从家里出来的时候，就连停在街对面的调查局特工都从车座上直起身子看她。

"喂，妈，"布里特妮说："你给我的数学辅导老师打电话预约了吗？"

"我没告诉你吗？你今晚要见吉尔曼老师。他只在这个时间开课。不过，他听起来像是个老男人，你确定你找对人了吗？"

布里特妮点点头："他以前是卡门初中的数学老师。詹妮说他真的很好。而且詹妮开始得 A 了。"

"那就好，但我想见见他。我带你去的时候会和你一起进门见他。或者他可能有一个给家长提供的等待区。"

"妈，那样有点烦。你就不能开车回家，过一个小时之后再回来吗？"

---

① 约合 1.81 斤。
② 约合 9 斤。

"从那儿到家要开车 20 分钟,太远了。我会在车里等,然后看我的书。"凯茜没有漏掉女儿眼睛里的小算盘。虽然她不想让女儿焦虑,但她也不能冒险把女儿一个人扔在那儿。

"莉齐怎么样啦?"布里特妮问:"我放学之后能见到她吗?"

"恐怕够呛,她这周很忙。"凯茜没心情和女儿讨论莉齐。她需要时间好好考虑一些事。"说不定你下周五就能见到她了,咱们等等看吧。"

"布里特妮·瓦纳,"一位护士说:"麦克马伦先生现在可以为你看病了。"

凯茜用手将裤子皱褶抹平,挺直了背,忍不住有些紧张。她跟着女儿进入房间。麦克马伦医生为现在的这位病人的看诊即将结束。医生的助手向她们指指一排椅子的末尾。凯茜注意到,她跟着布里特妮到椅子那边时,医生在看她。她冲他微微一笑,然后羞涩地看向别处。

没过多久麦克马伦医生就亲切地同凯茜握手问好。"那么,咱们今天有什么问题呢?没想到不到一个月就又见到你们两位了。"

凯茜脸红了:"我——我也没想到我们这么快又要来见你。布里特妮牙套的金属线恐怕是断了一根。"

他喉咙里低低地逸出一声温柔的笑,让她疑心他是不是在笑她做得太明显了。这头发,这一身漂亮衣服……她是不是出丑了?

麦克马伦医生在她女儿椅子旁边的高脚凳上坐下。他用装了镜子的工具察看布里特妮嘴巴里面,并且检查了所有的金属线。"是呀,确实有一根线不太对。"

凯茜脸又红了。多可笑。她觉得自己像个小女生。"我们需要等到下次预约再处理吗?"

"当然不用。你们来得及时,所以要优先处理。像你这样的好家长,让我的工作轻松多了。"他伸手握住了她的手,"你做得对。"

凯茜看着她的手被紧紧扣在他手里。等她意识到布里特妮正带着一种奇怪的表情看着他们,她连忙将手抽回。她充满了负罪感——不是因为麦克马伦医生,而是因为就在刚刚,她决定离开理查德。或许不是今天,但是快了。很快。

2010年2月19日　周五　上午9:15

她的高跟鞋"嗒嗒"地踩在柏油地面上,激起一阵回声,声波撞上停车库的一面面墙壁,又弹回来。南希·莫莱诺一手握着钥匙,另一只手握着梅斯喷雾①瓶。她神经衰弱。见过治疗师之后,她总是毛骨悚然地疑心自己正在被监视。

她眼睛从一辆车扫到另一辆,检查周围的动静,还有各种陌生的影子。停车库的照明很好。保安人员每30分钟巡逻一次,但她还是感觉自己被暴露在了危险之下。她想把这件事告诉什么人——关于她接到的电话,以及她和魔鬼达成的协议——可是,告诉谁呢?她还没准备好把这事公之于众。如果她告诉坎涅姆,他一定想都不想就把她和杀人狂的对话当成新闻播送,每小时播一次。

她昨晚熬夜阅读莉齐·加德纳的档案——琳达·盖茨记下的无数笔记,揭示了一段长达两月的恐怖经历,有些可怕的事已经坏到了人类想象力的极限。而蜘蛛侠的残忍似乎是没有极限的。

只有一个人是她应该谈一谈的——南希意识到——那就是莉齐·

---

① 用于制暴防身的催泪剂。

加德纳本人。

沉闷的脚步声"扑通"、"扑通",在周围回荡,她不由得回头看去。

没有人。

她已经在这个车库停了几年车,从来没感觉到不安全过。直到现在。她加快了脚步。她绝对不该偷莉齐·加德纳的档案。

她手里有那个怪物想要的东西。

如果加德纳的档案内容里有任何蜘蛛侠想要的东西,那什么都不能阻止蜘蛛侠追来的脚步。她头顶的几盏荧光灯闪了几下。

靠。她的心都要跳到嗓子眼了。

更多的脚步声。越来越近,越来越快。

"去死啊。"她铆足了全力,拼命地跑起来。

2010 年 2 月 19 日 周五 上午 9:26

杰瑞德一个劲地用拳头砸莉齐家的门。

她在哪儿?

他已经给她办公室打了三次电话。第三次才被杰西卡接起,说她也在担心莉齐,因为她们本来计划今天一大早见面。莉齐一直不接家里的电话,也不开公寓的门。

杰瑞德退下台阶,试图从她厨房窗户往里窥探。他需要一把该死的梯子。他走回门边,再次敲门。"莉齐,让我进去。"

风吹得树木微微摇晃,枝条刮擦着建筑物,喧闹不止。他额前的头发被吹得来回摆动。"莉齐,"他大喊:"是我。让我进去。所有人都在担心你。"

一根树枝"咔嚓"从中间折断,在风中翻滚到街的另一边。

"杰瑞德,是你吗?"

谢天谢地。

"莉齐,"他跑回门前,又说了一遍,努力让自己听上去镇静:"是我,杰瑞德。你从门上的猫眼儿里看看,莉齐。"

他站得离门足够远,以保证她能看到他。"你能看见我吗?"他问。

"麦吉死了。"她说。

他身子前倾,额头抵在门上,为这消息感到难过,但同时又如释重负——他总算确定,她还活着。过去的二十分钟里,他不是没有怀疑过。"麦吉在哪儿?"

"在我卧室窗户外面。我不知道该怎么办。"

"你待在原地别动。我会处理麦吉的事,然后我会回到门这里并且敲门。在此之前别开门也别开锁。好吗,莉齐?"

他不等她回答就一步两台阶地下楼。他在人行道上看着高处的树枝,向莉齐卧室窗外高高的枫树快走了几步。这棵树有将近 60 英尺[①]高,而且粗壮的光秃秃的树枝彼此缠绕。用绳子挂在上面的,是一个黑白相间的毛球。麦吉。他娘的。

他要赶在莉齐再次看向窗外之前把麦吉从那儿弄下来。他慢跑穿过街道到他的 Denali 那儿,然后把车开上路沿石,停在树下方。他从车里取出一双手套,决心将对证据的破坏降到尽可能低。吉米会不高兴他擅自行事,但是管他娘的呢。杰瑞德爬到车顶,解开绳索的结。几分钟过后,他就将麦吉抱在了怀里。他腾空了车里的一个盒子,小

[①] 约合 18.3 米。

心地把麦吉放进去，然后打了一通电话。

二十分钟后，吉米·马丁和另外两个行动组成员开始在莉齐公寓里里外外巡查。杰瑞德给莉齐倒了一杯热茶。她坐在沙发上，一条毯子松松地搭在她肩上。她调查用的名单散落一地。谁过来想要动一动她的文件，她都让对方退后，别弄乱。

"看来你把蜘蛛侠的通话时间拖到足够长了，我们捕捉到了他的位置。"吉米告诉她："电话是从萨克拉门托市中心主路附近的一家加油站打来的。我们现在已经有人在那检查指纹了。"

"那莉齐的办公室呢？"杰瑞德问。

吉米的鞋尖踢皱了莉齐某页纸质材料的一角。"名单比以前更多了？"

"是啊，而且我要二次检查。"她冷冷地答道。

"这最后一个女孩，"他指着一张便条上用订书针钉住的一张照片说："这个可以确定是个离家出走的。"

莉齐拉下脸来瞪着他："这不是你的名单，是我的。有没有你的合作，我都会找到蜘蛛侠。"

吉米用下巴跟杰瑞德示意，让杰瑞德知道他想跟他私下谈谈。

"想说什么你就说。"莉齐说。

"那家加油站的街对面，"吉米说："是一家当地新闻台。有两通电话从新闻演播室打到这里。"他看着莉齐，"你认识的人里，有任何可能从十套频道新闻台打电话过来的人吗？"

"不知道。"莉齐看都不看他。

"在我批准之前，离媒体远一点。"

莉齐行了个举手礼："是，警官。"

"如果门都锁上了，猫是怎么出去的？"吉米百思不得其解。

"麦吉可能是我昨晚离开时悄悄溜出去的,"杰瑞德说:"蜘蛛侠要捉到它只有这一个办法。"

吉米在他的笔记本里匆匆记下什么。他看着莉齐说:"你今天没打算到别的地方去,对吧?"

"我打算一等你和你的手下从我这儿撤得干干净净,就去办公室。今晚七点我会在格拉尼特贝高中面向几十个年轻女孩做演讲,向她们展示如何在我们居住的这个疯了的世界确保自身安全。"

"这可不是什么好主意。"

"你这么想,我深感遗憾。那个婊子养的,杀了索菲,现在又杀了麦吉。我不会让他阻止我过我自己的生活。"

吉米"哼"了一声。

"我需要强调一点,"莉齐补充一句:"如果那个丧心病狂的敢出现在我附近的任何地方,我就一枪打穿他的头,把他犯下的蠢事来个了结。"

吉米看了杰瑞德一眼,然后高举双手。"跟她谈谈。"说完他就离开,去技术员们正在搜索证据的地方。

"麦吉的尸体在哪儿?"莉齐问杰瑞德。

"它在我车里。我会料理它后事的。"

"我不想它被扔进垃圾桶或者随便倒到哪里去。"

"技术员们需要仔细检查它一下。他们弄完之后,我想我会把它带回家,埋在我后院里。还记得吧,我的寻回犬[①],萨迪?"

她点头。

"它埋在一棵樱桃树下面。"

[①] Retriever,猎犬的一类,智商较高,善于为主人寻回猎物。

她一言不发。

杰瑞德在她身边的沙发上坐下，凑近她，嘴唇轻轻印在她额头："萨迪喜欢猫，它还没遇到过不喜欢的呢。"

莉齐看向一边。

"麦吉的事，我向你道歉。我应该看好它的。"他说。

"是我的错。它一直都想偷偷溜出去，但我昨晚没留心它。我只顾着担心蜘蛛侠的下一步行动了。我不知道这样的事我还能再承受多少。"

"我们会把他找出来的，莉齐。"

她依向他，脸颊贴在他肩膀："别许下这些你不能兑现的承诺。"

他当特工，是因为他想保护那些他爱的人。但直到这时候他才明白，"想要保护"你爱的某人和"保护"，根本不是一回事。

第23章

2010年2月19日　周五　下午1：30

　　连续上网几个小时搜集失踪女孩的信息之后，莉齐开始烦躁得坐立不安。几个小时之前，杰瑞德开车送她到办公室，六点之后他才能回来。莉齐需要努力让自己不去想可怜的麦吉。她转向杰西卡："你今天是开车来的还是你哥哥送你来的？"

　　"我自己开车。"

　　莉齐站起来，看着她，向着门的方向挥挥手："那就快出发吧。汽油钱我付。"

　　杰西卡抓起手提包："咱们去哪儿？"

　　莉齐举起她的笔记本："咱们还有至少十二个医生在嫌疑人名单上。忙起来吧。"

　　杰西卡跟着莉齐出门。"我印象里，你好像答应了你男朋友，他回来之前你哪儿也不去。"

　　"他不是我男朋友。"

　　"那真是太可惜了。"

莉齐锁上门。"为什么这么说?"

"他性感,而且,怎么说,看起来还特别护着你,我觉得真的很棒。"

"我已经自力更生太久了,久到不想让任何人围着我转,告诉我该干什么。"

"你才多大?"

"这不是重点。"

杰西卡和莉齐离开格里芬医生的诊所时已经接近四点钟。她们往杰西卡的大众面包车走去,很多二十世纪七十年代的小孩做梦都想坐上这款复古风格的车。

莉齐顶着强风向前走。街对面的树在风中来回摇曳。今晚八点之前,狂风所及之处,风速均可达 60 到 80 迈[①]。

莉齐坐上副驾驶座,关上车门。杰西卡转到车前部,跳进车,坐在方向盘后。她们俩都一个字没说。他们拜访了五位医生,到目前为止五位都已从名单中剔除了。其中两位已经六十多岁。仅凭这个原因他们就不再属于嫌疑人之列。另一位医生身高只有一米六出头[②],而且太年轻了。第四位医生在最初三起杀人案案发期间,人在非洲。不过,耐心是一种美德。这只是一个排除嫌疑人的过程。

就像其他几间诊所一样,她们刚刚拜访的这家诊所,墙面全部涂成白色,一股强烈的消毒剂味道,还有一个装满废弃针头的医疗垃圾处理箱。但和其他几位医生不同的是,格里芬医生正处在她们寻找目

[①] 约合 96.56 到 128.75 公里/时。
[②] 原文 5.3 英尺,约合 1.62 米。

标的可能的年龄范围内。而且他也是高个子，宽肩膀，穿着一件挺括的蓝色套装，衣冠楚楚。挺直的鼻梁上架着一副金属框眼镜，脸上挂着可达眼底的友善笑容。

杰西卡将车开上主干道，问她："格里芬医生身上有任何你觉得眼熟的地方吗？"

"没有，"莉齐说："他的年龄、身高、体重都符合，但他下巴有个凹口①。蜘蛛侠的下巴上没有。"

杰西卡叹了口气："唯一让我觉得格里芬医生这个人危险的，是他脸上杀人犯通常会有的那种微笑。"

杰西卡的直率，让莉齐吃惊之余，不由得冲这个女孩笑了。

"咱们得把这家伙查个究竟。"杰西卡说。

"我有些事情需要跟你谈谈。"莉齐前几夜曾有过不好的预感，仿佛看见杰西卡躺在血泊之中。如果蜘蛛侠在跟踪她，那他完全有可能撞上杰西卡。"我不想伤害你的感情，杰西卡，但我不确定这么近距离地跟着我一起工作对你来说好不好。别错会我的意思。你值得我付你的每一分钱，但是——"

"你一毛钱都还没付过我呢。"

莉齐皱皱鼻子："你确定？"

"绝对肯定。"

"是我做的不好。你把到现在为止工作的小时数记录好，我会尽快处理这件事。"

"你这是要炒我鱿鱼？"

---

① 下巴中间有一道下凹（cleft），看上去如同下巴被分成左右两半，多见于白种人。国内整容业称其为"元宝下巴"，不喜欢这种面相的人则称其为"屁股下巴"。

"当然不是。"莉齐挠挠头,"只是我实在太喜欢你,不想把你置于任何危险之下,更何况,现在的处境比我之前经历过的还要危险。杀索菲的那个人只是做了'热身运动'而已。谁知道他下一个要杀谁。"

"你不能炒我,莉齐。我从没告诉过你任何关于我自己的事,因为……唉,因为很明显你不想知道我的个人问题。"

"我可从来没么说过。"

杰西卡鼻子"哼"了一声:"你不用对我撒谎。我又不是你男朋友。"

这姑娘搞得她神经紧张心烦意乱:"他不是我男朋友。"

"随便你。我是心理学专业的,记得吧?"

莉齐保持沉默,心想让杰西卡发泄一下又不会死掉。

"我没去新泽西的原因,是我妈妈最近酒瘾复发了,而且她拒绝再参加 AA① 的集会。就在我妈重新开始酗酒前不久,我男朋友去了海军陆战队。我还没有告诉过任何人,但是我周围的一切都四分五裂了,我在心理学专业课上还第一次拿到了 D②。学院院长通知我,我现在处于留校察看期。"

"我挺为你难过的。"

"这还不是全部。我哥哥受不了继续看着我妈堕落,所以他打算搬去和一个在新泽西的朋友一起住,留我一个人处理妈妈的事。不幸的是,你给我的这份又可怕又危险又没钱的工作是我眼下能得到的最好的东西了,我非常喜欢这份工作。你不能解雇我,我不会让你解雇

---

① Alcoholics Anonymous,匿名戒酒会。
② 美国大学成绩等级,由 A 往下,至 F 为不及格,故 D 为刚过及格线。

我的。"

"这是全部了吗?"

前方红灯,杰西卡停下车,看向她:"对,如果不算上一个剁下来的脚趾头和一道剃须刀划的口子的话。"

"你把脚趾剁下来了?那可就吓人了。"

杰西卡用一种看疯子的眼神看着她,然后看见莉齐脸上憋不住绽出一个笑。杰西卡不由得大笑起来。

莉齐也大笑着指了指转绿的交通信号灯。

片刻沉默过后,杰西卡往后视镜看去。"我们还不知道蜘蛛侠开什么车,对吧?"

刚刚和杰西卡放声大笑,让莉齐感觉不错。但这随后的问题立刻把所有的乐趣从她身上抽走了大半。"你为什么这么问?"

"因为我敢发誓这辆蓝色 SUV,跟 45 分钟前我在咱们去格里芬医生诊所路上看到的是同一辆。"

莉齐解开保险带,好扭过身子,把身后的情况看得更清楚。她转身拉开背包拉链,四处乱翻,想找她的双筒望远镜。该死的。她把望远镜落在自己车里了。她们与后面那辆蓝色的 SUV 之间还隔着同车道的三辆车。"开到另一条车道去。"莉齐说。

杰西卡按莉齐说的做了。几秒之后,SUV 也跟过来。对方车牌上的数字和字母莉齐一个都看不清。"回到原来那条车道。"她说。

SUV 很快就开到了她们的车道。"我要你下次有机会的时候靠向路边停车。如果 SUV 超过了咱们,我要你开回街道然后跟踪它。"

杰西卡的双手稳稳地握住方向盘。她一脸坚定,嘴唇抿成一条直线,双眼密切注视前方。

杰西卡驶离路面,停靠在一个公园旁边。莉齐则留心盯着 SUV。

SUV飞驰而过。"咱们去追上他。司机是个男的。他故意戴上了一副飞行员墨镜和一抹小胡子。"

杰西卡将车开到路上,加大油门去跟SUV。在距离它一辆小汽车的距离时,SUV加大了油门,飞驰离去。

莉齐抓过一支钢笔,在杰西卡放在她们俩之间的笔记本第一页匆匆记下"4L"。

"我想他发现咱们了。"杰西卡急转弯拐进另一条车道,加速前进。面包车的车身"咔啦咔啦"响。四个轮子给人感觉都要脱落了。

杰西卡在车流中飞快地变道穿梭,莉齐则系紧了安全带,目不转睛地盯着SUV。每次拐弯的时候,莉齐都以为车一定要翻了。大风天气把情况搞得更糟。前面的信号灯变成黄色。SUV急速通过十字路口。杰西卡猛踩油门,强闯红灯,周围的汽车狂按喇叭。"我不会让他逃脱的。玛丽可能在他手里。"杰西卡说。

莉齐不太懂杰西卡到底在说什么,但她没时间问。她掏出手机给杰瑞德打电话。电话响了一声他就接了。"我是莉齐。我需要帮助,但我没时间解释。我正在跟踪一辆深蓝色SUV,中型GMC①——"

杰西卡猛地一打方向盘。莉齐的手机从手里甩飞出去。杰西卡连超几辆车之后成功加塞进入右车道。面包车左边的两个车轮腾空而起,脱离地面。莉齐向前抓住操作台,稳住自己。她能听见杰瑞德的声音,但对他的指示无能为力了。她身子紧绷以对抗车辆摇晃的冲击力。几个轮子撞上人行道发出沉闷的金属声,而杰西卡又猛地把脚踩到了油门踏板上。这姑娘是个疯子。

莉齐身子向前凑。她就快能看清那辆GMC Terrain,但随后它从

---

① 通用汽车公司旗下的商用车部门。

一个加油站抄近道穿过，莉齐心想她们一定是跟丢了，但杰西卡灵活地绕过一栋建筑，然后她们再次跟在了 SUV 的后面。

这姑娘把戴通纳 500 汽车赛[①]比得像是小孩子过家家。

手机在车厢底板上往莉齐的方向滑回来，她连忙一把抄起，对着手机说道："我们没事儿。"

"到底他妈的发生什么事儿了啊？"杰瑞德问。

"我们之前被一个身份不明的男人跟踪了，不过现在我们正在尾随他。我觉得那是蜘蛛侠。在我们跟丢之前找个人盯上他吧。我们在桑赛特路[②]上，正在过普莱森特街的路口。他开着一辆深蓝色的 GMC Terrain。"

杰瑞德·夏恩是一个行事稳重，有耐性，理解力强，火烧眉毛都不急不躁的人。有时候显得完全不近人情。莉齐还挺想看他难得发一次火的。"我报过警了，"他说："他们现在已经接入了咱们的通话，能听到咱们在说什么。你看到过那个司机吗？"

"他戴着飞行员墨镜。还有小胡子。透过有色玻璃窗很难看的真切。"

SUV 的轮胎发出刺耳的噪音，接着车硬穿过了道路分隔栏，驶入只有两条车道的逆行车道内。一辆红色本田车见状急转弯拐进自行车道，被它后面的一辆车撞上了保险杠。

"哎哟，妈的！"手机又从莉齐手里掉了下来。杰西卡跟在那辆车后，也横穿分隔栏，撞坏了一排新栽的小树苗。莉齐只能紧紧抓住操

[①] Daytona 500，是 NARSCAR 比赛的其中一站。Daytona 指比赛所在地 Daytona Beach（美国佛罗里达州的一座城市），"500"指赛程为 500 英里。NARSCAR 是 National Association for Stock Car Auto Racing（全国运动汽车竞赛）的简称。

[②] Sunset 意为日落，与第 19 章出现过的桑莱斯路（Sunrise 意为日出）相对。

作台,来稳住身体。

面包车的右前轮撞上了什么硬东西,她们俩猛地向前一倾。一阵尖锐刺耳的声音后,车停到了一个长满草的小土堆上。短短片刻,莉齐肺里的空气都被甩出来了。两个车后轮其中一个越过两条行车道,从路另一边的一道围栏上方飞了过去。

汽车鸣笛声此起彼伏,愤怒的司机们从她们身边经过时挥舞着拳头。最后一个男司机冲杰西卡竖起中指,杰西卡猛按一下喇叭,向窗外大骂:"操你们全家!我们要抓一个杀人犯,你们这群蠢货。"

莉齐感到无语,同时庆幸自己还活着。

自己身边这姑娘有胆有识,更何况还有身负"精彩绝伦"的语言艺术。

杰西卡死死地攥住方向盘。她看上去好像随时准备着把方向盘连根拔起,同时嘴里能喷出火来。

"我不敢相信,咱们曾经离他那么近!他就在我们伸手抓得到的地方!"杰西卡伸出一个手指对着 GMC 消失的方向猛戳。"我没法相信我们居然把他跟丢了,我居然让他跑了。"她气恼地摇摇头。

"发生什么事了?"莉齐脉搏跳得有平常三倍快,问道:"玛丽是谁?"

杰西卡伸手,一下按开莉齐大腿上方的小储备箱,取出一张照片。她把这张 7 寸[①]照片递给她。照片上是两个女孩在一个后院摆拍的。"这是我和我姐姐,玛丽·克劳福德。她是坐在秋千上的那个。"

"玛丽·克劳福德。"莉齐心里默念。失踪女孩名单上的一个。

"同母异父,"杰西卡解释两个人姓氏的不同,"十四年前,玛丽

---

① 5 英寸 * 7 英寸的照片(约合 12.7 厘米 * 17.78 厘米)。

失踪了。我相信她还活着。我想找到她。而且我想看见,将她掳走的那个人为他对我和我家人做的事付出代价。"

莉齐接过照片。一个女孩坐在秋千上。年纪看着大些的女孩儿站在她后面,双手抓着秋千绳。她们都笑着。都有棕色的大眼睛,还有比眼睛更夺目的大大笑容。莉齐的心一沉。秋千上的那个女孩儿,杰西卡的姐姐。她认出来了,绝对不会弄错,"是她",那个没有舌头的哑巴女孩儿,原来她就是杰西卡的姐姐。

2010 年 2 月 19 日   周五   下午 6:15

高中体育馆里聚集了七八十位观众。路易斯先生站在他们面前。他个子很高,头发白得让人触目惊心。

路易斯先生向一大群学生和家长讲话的时候,莉齐站在一侧,幻灯机的旁边,与他们保持一段距离。

"我最小的两个女儿现在一个十六岁,一个十五岁。你们中很多人都知道的,她们现在在格拉尼特贝高中读书,"路易斯先生开了个头,"我最大的女儿,达娜,如果没在上大学的第二周被从校园劫走的话,下周应该满二十岁了。那是两年前的事了。"

莉齐按下按钮,让路易斯先生背后大屏幕上的图片配合演讲内容不停变化。第一张照片上的达娜是个婴儿;下一张是在医院,达娜在母亲怀里;之后是第一天上幼儿园的达娜;小学时穿得像个小公主,田野旅行时在南瓜上的达娜;以此类推。

一道微光挤过体育馆的门,杰瑞德进来,在后排坐下。今天早些时候,杰瑞德到事故现场接莉齐和杰西卡。他已经跟警方谈过,确认杰西卡不会因鲁莽驾驶而被开罚单——虽然她已经被不止一位警官批评教训过了。不幸的是,警方还没追踪到那辆 SUV。等拖车①来把面包车拖走之后,杰瑞德送她们去科森尼斯河学院分发照片,是送现金去莉齐办公室的那个送信人的 8 寸②照。由于校园里空荡荡的几乎没人,所以他们把照片贴在行政楼里,旁边附上一张纸条,请任何了解相关信息的人致电。

"他们找到了达娜的尸体,"路易斯先生的话音将莉齐的思绪拉回现场,"在她失踪两天之后。她的尸体被丢弃在马路边上,就好像她的生命无关紧要。"

他停下来,收拾好自己的情绪:"我今晚来到这里,是想告诉你们,她的生命,非常重要。她的生命对很多人来说,都很重要。我和我的妻子为了能继续生活下去,用尽了浑身每一点每一滴的力气。那时候,我们家里还有两个女儿,她们需要我们。安葬达娜几个月之后,我们给两个小女儿报了自我防护课程。"

他停顿片刻,环视全场,与观众眼神相触。"这些年来有很多家庭联系我,因为他们担心孩子的生命安全,但又承担不起空手道课程或者拳击装备带来的财务负担。没有哪个孩子是活该被毫无准备地暴露在危险之下的。这就是我为什么制作了这个自我保护视频,你们可以免费下载。伊丽莎白·加德纳这里有所有的相关信息,如果你们当中有谁感兴趣的话可以提问。"

掌声渐渐平息,路易斯先生坐下,莉齐出现在灯光下。"感谢路易斯先生。"

"大喊'着火了'管用吗?"一个年轻女人问:"那样的话足够吓

---

① Tow truck,(故障车的)牵引车,拖运车。
② 8 英寸 * 10 英寸,约合 20.3 厘米 * 25.4 厘米。

跑绑匪吗？"

"如果这事是要想逃走就非做不可，不管是什么，做，"莉齐说："大喊，尖叫，踢，打。别让任何人把你弄到他们的车里去。"

"外面有很多免费的项目，"莉齐补充说："还有很多像路易斯先生这样的人，他们想要帮助年轻女性增强自身的力量。但现在大部分人依然意识不到，有四分之一的青少年面临着性侵犯的风险。单看美国，每年就有接近十万起绑架案。现在，还有五十万记录在案的性侵犯者在我们的大街小巷畅行无阻。"

"怪不得他们还没抓到蜘蛛侠。"有人大声说道。

虽然莉齐不想谈蜘蛛侠，但她不会让这次教育民众的机会白白浪费。"说得对。要想找到这些家伙，就像在干草堆里找一根针。他们额头上没文着'绑匪'的字样。"

有一个小伙子举手，莉齐伸手指向他。

"你怎么知道他们长什么样？"那人问："我在报纸上看到，你根本不记得当时绑架你的人长什么样，即使是在你跟那个家伙一块待了两个月的情况下。"

莉齐并不打算让这个愣头青把她气得怒发冲冠。

有时候外面很黑，而且绑架她的人穿着黑衣服，还戴着面具——她刚要解释这些，另有一个学生站起来，抢在她前面代她反击。

"你什么毛病？"那个女生问道："她是来这儿帮我们的，你脑子里装的是屎吗。"

是黑蕾·汉森。感谢老天，她没出事。自从黑蕾离开她家、消失不见，莉齐一直在担心她。

男孩大笑："你怎么在这？你肯定是这个世界上最不可能被绑架的了，谁会稀罕费劲去绑架你。"

杰瑞德和路易斯先生闻言同时站起来。但他俩都还没来得及走到那年轻人身边将他带出体育馆，房间后面的双扇门四敞大开，媒体，裹挟着冷空气，一股脑涌进来。

相机咔嚓作响，闪光灯不停地闪。

杰瑞德把那个小屁孩留给路易斯先生处理，拦住了一个往主干道上莉齐站的地方一路冲上来的女记者。那个女人越过杰瑞德的胳膊，伸出她的麦克风："蜘蛛侠在索菲·麦迪森卧室里给你留了针对你个人的便条，是真的吗？"

莉齐望着摄像师手里耀眼的灯。她几乎不能分辨那张脸到底是那个女人的，还是杰瑞德的。"我在上课。请带着你们的相机离开体育馆，等我讲完再说。我愿意把这儿的事情处理完之后跟你谈。"

另一个女人进入了体育馆。她大步流星从记者身边掠过，直奔莉齐。女人的脸上红得一块一块的，看上去好像刚哭过。她脂粉未施，鼻子红亮，眼睛浮肿，还有重重的黑眼圈。"是真的吗？"那个女人问："他是因为你，才带走我的索菲的吗？"

莉齐咽了咽唾沫。这是索菲的妈妈。"我不知道，"她说："我无法形容我有多为您女儿感到难过。"

"你全部要说的就只有这个吗？"女人紧紧攥起拳头："我的女儿死了，而你以为一句'我很难过'就行了吗？"女人的下唇颤抖着："我的索菲不应该死。你和那个杀人犯在一起待了两个月，却到现在都不肯告诉当局任何关于他的事。你为什么没告诉FBI他长什么样？你怎么就不记得他住在哪儿？你到底是什么人啊，居然会眼睁睁看着别人死掉，就因为你对那个男的产生了某种让人恶心的、错位的感情？"

莉齐胸腔发紧，呼吸困难："你以为我是在保护一个杀人犯吗？"

"新闻里到处都这么说。"

莉齐迎面看向那束耀眼的光,她知道杰瑞德就站在那里。"她在说什么?"她问。

先前那个记者挣扎着想摆脱杰瑞德上前来,但却不能撼动他分毫。"你没听说吗?"记者问:"蜘蛛侠给新闻十套电视台寄了一封信。他想要全世界知道他回来了,而且,全都是因为你。"

"你只需要配合警方就够了,"索菲的母亲说:"你只需要这么做,就能让我女儿活下来的。"

"你不理解……我曾经努力试着帮忙。"莉齐向她伸出手,但索菲的母亲倒退一步,好像莉齐要打她似的。

"我一直试着把所有发生的事记起来,"莉齐告诉她:"这世界上我最想做的事就是让索菲安全回来。"她想让她们都安全回来,包括玛丽。她还是狠不下心告诉杰西卡她姐姐已经死了。

路易斯先生伸出手臂温柔地揽过麦迪森太太的肩膀,引着她走到房间后面。莉齐无意间听到路易斯先生对麦迪森太太说不是莉齐的错,她也是个受害者。但麦迪森太太先前的话早已一语击中莉齐的要害,在她心里种下了更多的疑惑不解。可能这个女人说得对。可能他们说得都对。她妈妈搬走了,搬得离家人朋友都远远地……就是因为她的一系列不负责任的举动。如果她当初听从爸爸的话,没有对爸妈撒谎,爸爸妈妈还能在一起。爸爸会跟她讲话,她和姐姐会是亲密的朋友。如果她是个好女孩,好人,该多好。

灯光暗淡下来。杰瑞德最终成功把记者和摄影师都"请"到了外面。

莉齐远远地望向人海之中——所有人都等着看她要为自己说些什么。房间里挤满了人,塞得密不透风。

他们都是从哪儿来的?

她伸出一只手,像是要伸向任何一个愿意听她讲的人。"我只是想试着帮忙。我从来没想过伤害任何人。对不起。真的很对不起。"

第 24 章

2010 年 2 月 19 日　周五　下午 6:26

　　凯茜听着家庭教师解释他打算怎样帮助布里特妮提高数学成绩。吉尔曼先生喜欢教学生们专攻解题技巧，比方说将整数和分数一起处理——他是这么跟她说的。比起按着学生在同一类问题上钻，他相信"概念理解"——管他妈的这到底是什么意思——的效果。他给布里特妮他们学校的几十个孩子上课，所以他很了解学校的课程安排。

　　凯茜保持着跟吉尔曼先生的目光接触，虽然那不是件容易的事。因为他长着一个鹰钩鼻，还有一双大耳朵，都像在苦苦哀求着吸引她全部的注意力。这个男人说话速度飞快，而且谈话内容听起来莫名其妙。但，话再说回来，她自己从来不是数学能手，确实也根本就听不懂他到底在说些什么。他在漫无边际地瞎扯"计算流畅性"的时候，她的注意力转向了他房子的内部——古色古香，但安静得诡异。她有两次发现了屋内有发霉的迹象，但是房子又明明是新粉刷过的。除了前院里旗子在风中拍打旗杆的"扑扑"声之外，什么声音都没有。他俩谈话时，听不到洗碗机运转或者电视开着的声音，也没有远处洗衣机或者烘干机的嗡鸣声。但有一种特殊的响声——从后院或者是从地下室传来了一阵空洞的"砰砰"声，极有可能是风引起的——很难说。

吉尔曼先生最后总算把注意力转向了布里特妮。她女儿唰唰翻开数学书，给他看他们班的课上到哪里。

除了有股气味之外，客厅干净整洁。

凯茜看向布里特妮的时候，女儿挑起一根眉毛——这是凯茜该"出去在车上等"的信号。

"见到您挺好的，"凯茜对吉尔曼先生说："我最好还是留你们俩着手去忙吧"

吉尔曼先生这人看起来是够好。但是他身上总有什么不对劲东西让她感觉不自在。"我在车里等。"凯茜说着，指指外面。

他瞪大了双眼："外面太冷了。如果你不是要回家的话，去那边找本杂志，然后在家庭活动室①待会儿吧，不用拘束。"

"没事的，"她向他保证，"我车里有本书，而且我随时可以开空调。"既然他主动提出来让她留下，她更放心在外面等了。

一只蜘蛛飞快地从她面前的地板上掠过。她吓得一跳，然后笑自己嘴里刚刚冒出的一声高音调尖叫。

布里特妮摇摇头，明显很尴尬。"妈，一只虫子而已。"

蜘蛛惊惶逃窜，消失在某处看不见的缝隙里。"看来，该打电话请害虫防治的人来了。"吉尔曼先生说。

凯茜勉强挤出一个笑，然后出了门。一小股冷空气扑在她脸上。她沿过道走回车边，清楚地感知周围一丝一毫的动静。她深深吸气，

---

① 特别为与孩子玩耍活动而准备的房间。

新修剪过的青草的气息充满了她的肺，多少让她感觉正常了一些。今晚的月亮又大又圆，照亮了回车上的路。

当年绑走莉齐的那个疯子，现在在监视着她的一举一动吗？

她想冲他破口大骂，但她管住了自己的舌头。这些年来，第一次，她意识到莉齐当年所经历的事，自己现在可能正在体验其中的冰山一角。

她全身打了个寒战。

这就是被自己的影子吓怕的感觉吗？

凯茜看着街对面的房子。客厅里电视屏幕的光闪闪烁烁。她手放在车门把手上，回头看去，欣慰地发现吉尔曼先生家厨房的灯正好映出女儿的侧影。她拉开车门，坐在方向盘后，然后锁上车门，等待着。

2010年2月19日　周五　晚7:48

黑蕾·汉森看着莉齐被一个男人带离体育馆，那个男人跟刚刚在媒体面前保护她的是同一个。她还没来得及跟莉齐说话，他们俩就坐上他的车离开了。她想告诉莉齐，那晚她突然离开，她很抱歉，而且她想感谢莉齐花时间帮助像她这样的孩子。世界上好人不剩多少了。这一点她自己有亲身体会。

黑蕾不喜欢那个粗鲁无知的男孩儿对莉齐说的话。就算是那个记者也不应该那么说，但至少，记者的工作本身就是要问一些缺心眼的蠢问题。今晚在体育馆的人，没有一个了解莉齐·加德纳经历过什么。黑蕾也不清楚所有的细节，但她知道莉齐的灵魂深受困扰，因为她自己也是这样。同类更容易看清彼此。

她坐在马路边，胳膊肘支在膝盖上，看着媒体人员把他们的照相机和闪光灯打包，将贵重的设备塞满几辆货车和面包车。他们对他们刚刚惹的麻烦完全不在乎。今晚，有些学生本来能学到一些东西的，如果他们哪怕能有半点机会听到莉齐要说的事。同样的内容黑蕾以前都听过，但没有人能讲得像莉齐那样触动她的心。因为莉齐是用平等的态度对孩子们说话，而且她是一个亲身经历过绑架的人——莉齐曾经有段时间跟魔鬼本人待在一起，她活了下来，活到了能讲述那些事的今天。

黑蕾不需要被绑架就知道，与狼共舞是一种什么样的体验。她点燃一支万宝路①，长长地吸了一口，吸了满肺的甲醛、氨，还有硫化氢②。

最后一批汽车驶离停车场，新闻采访车也发动起引擎，这时，副驾驶座上那位身量娇小的记者摇下车窗，探出头来。

黑蕾喷出肺里的烟雾，看着那个女人心形的脸庞，富有光泽的棕发在她脸颊周围狂舞。

今晚风太大了，烟刚从黑蕾嘴唇间吐出来，下一秒就消失不见。在这种天气里吐不出烟圈。

"需要载你去哪儿吗？"记者问。

这是周五的晚上。她要到哪儿去？回家去给妈妈的哪个醉汉朋友口交吗？

"不用了，谢谢你。我挺好的。"黑蕾又抽了一口烟。

"你确定？有人来接你吗？"

---

① 美国香烟品牌。
② 三种皆为香烟内有毒有害物质。

"嗯。他们应该很快，随时会到。"多撒或者少撒一个谎，反正她都免不了下地狱。

"好吧，你要是确定的话。"

黑蕾看着记者摇上车窗。这款卡车车型绝对已经比较老了，因为那个记者其实需要费些力气摇动手柄才能把窗子上紧。黑蕾怀疑她一周七天的主要工作是否就是这个。黑蕾为自己之前在心里对那个记者评头论足而感到一阵愧疚。她的亲身体会告诉她，人真的不可貌相。她八岁时，刚被送去和外祖父住在一起，生活就给她上了这一课。她外祖父看上去真的是个慈祥的老头儿。

谁想得到呢？

即使货车渐渐走远，记者还在担心地望着她。黑蕾挥挥手，希望能让她稍稍宽慰。精致的珠宝、完美的头发、整齐洁白的牙齿……她希望那个女人不是坏人，只是因为，生活发到这个女人手里的牌，已经比给大多数人的好多了。

黑蕾吸了最后一口，然后将烟丢在柏油路面上。她用靴子的跟把烟头踩灭。在这种风里，很容易酿成火灾。但她不是纵火狂。她永远不能理解那些喜欢破坏别人财产的人，他们无缘无故，就为了寻求刺激。

她向四周看了看。这块场地是空的。头顶的乌云如波涛翻滚，聚集到一起，夜幕迅速降临。比起她一小时之前到这儿的时候，温度已经大幅度下降。

她刚想走，但随后感觉到，他的目光正落在她身上。对，他绝对在这儿。他会来的。她知道他会的。他在监视莉齐。根据媒体的说法，他留了话，让莉齐·加德纳知道，他回来了，他要继续他的"事业"。

索菲·麦迪森参加过不止一堂莉齐的自卫课程，于是黑蕾明白，蜘蛛侠的目标是与莉齐·加德纳有任何往来的任何人。媒体提到过莉齐今晚会在这所学校演讲，这就意味着，他在这儿……某个地方……虎视眈眈。

没错，那个没屁眼的傻逼疯子想带走的是莉齐，但今晚，她希望他会将就一下，勉强带走某个稍微年幼一点的，稍微强悍一点的人。她了解他，知道他原本并不想对她做什么。但现在她坐在这儿，黑暗里，孤身一人；他怎么能拒绝？

诱饵。

条子们[①]一直用钓鱼执法的手段抓毒贩子和妓女。诱饵对鱼有效，对没办法拒绝一点诱惑的人类同样有效。

她阅读了所有跟蜘蛛侠有关的信息。他了解莉齐，而她现在了解他的程度恐怕比他了解莉齐还要深。他会偷偷接近他的猎物，了解所有她们害怕的东西——她们喜欢的，还有不喜欢的。

但他对黑蕾·汉森一无所知。他完全不知道，最能吓到她的，就是把她带回家。她心下暗笑，将手深深插进大衣口袋，确认她三英寸[②]长的带肠钩[③]的小刀在那儿。她靴子里还别着一把双刃靴刀[④]，一种基本的求生工具。最后一样也很重要，她牛仔裤下面还穿着一条尼龙运动短裤，里面藏着一把圆润的战术折叠刀[⑤]，以防万一。

[①] 某些地方口语中有时用以指代警察。原文 Cops 为俚语，故此处翻译作"条子"，以追求文体对应。

[②] 约合 7.62 厘米。

[③] Gut hook，刀尖背后的倒钩，钩尖方向与刀尖相反。常出现在猎刀上。

[④] Boot knife，一种置于靴中的短刀。

[⑤] Tactical folding knife，一种多用途的且能够担任各种战术任务的刀具，小巧且方便携带。刀柄内常附带野外生存工具，同时具备可安全锁定的刀刃，折起时可以放入口袋。军用，同时也是也广受野外运动爱好者喜爱。

她预料到了他会来。然而，让她困惑不解的是，如果她知道他在监视莉齐，为什么 FBI 还没看出来？当你需要那些穿的酷酷地黑衣制服的家伙时，他们在哪儿？

她几天前想到了这个计划。这是她想见莉齐的真正原因——讨论一下怎样把蜘蛛侠从藏身之处引出来。但莉齐脸上筋疲力尽的神色促使她改变了主意……至少在她看见莉齐的脸今晚被登在每一个新闻台上的时候。就在那个时候，黑蕾决定自己抓蜘蛛侠。显然黑蕾和莉齐还有别的相似点。她们都把本不属于自己的负罪感当营养品一样往自己肚子里塞。如果不是这样，为什么蜘蛛侠会给十套频道寄信，把他一系列举动的所有罪责都强加到莉齐身上？因为他心知肚明，知道她会觉得有负罪感，而且他把害莉齐处境凄惨当成一种享受。蜘蛛侠不想看到莉齐一天天变强。

为了防止事情脱离计划的走向，黑蕾取出她写给莉齐的信，塞进湿漉漉的草坪和水泥路沿石间的缝隙。她不想让蜘蛛侠看见她在做什么，也不想让风把纸张刮走。如果他来抓她，她就计划杀了他。但万一事情搞砸，她想留下一些证据。很多小孩儿就是日复一日在这一块路沿石上等家长的。迟早会有人发现这封信。

电闪雷鸣，狂风呼啸，都盖不住他渐渐逼近的脚步声。

她想再点一根烟。但她没点，反而把手伸到下面，解下靴子里藏的刀。杀了这个万恶的杀人狂，然后在他身上发泄她的挫败失意，听起来比回家被她妈妈的毒贩男友之一强奸要好得多。

他就在她身后。她能闻到他身上须后水[①]的味道——一个杀人犯，每天定时冲澡。

---

① Aftershave，男人剃须后抹的润肤液。

谁能想到呢？

她在感觉到他的胳膊环绕上她脖子的一刹那，噌地站起，迅速将刀往身后全力捅去。刀片深深刺入。她将刀拔出，听见一声咕哝呻吟，伴随着令人作呕的吸气声。血往四面八方喷溅，大部分喷到了她脸和脖子的一侧，但他还没倒下。

娘的，怎么回事？

他再次伸手去抓她。

她又一次带着刀冲向他，但他侧身一避，伸手钳制住了她的脸。他把一块潮湿的布按在了她的口鼻上。她扭来扭去，试图看到他，但他钳制得她一寸都动弹不得。

他很强壮。而且他快要把她掐死了。

她一下又一下地想扬起刀子刺他，但她两条胳膊几乎不能动。他龇着牙笑了，跟布赖恩每次解开裤子拉链时脸上堆着的下流笑容如出一辙。

蜘蛛侠与布赖恩唯一的区别，就是他不会看起来因为吸毒喝酒而精神恍惚。他清楚地知道他在做什么。他大睁着眼睛，充满警惕。他不秃头，方下巴肌肉发达，看上去可能是个老师或者律师。他看起来像是个遵纪守法的好公民，天啊。

黑蕾的身体渐渐不听使唤，四肢虚软无力。他怎么都不放开她的脸，他的手紧紧地扣住她的嘴和鼻子。

怎么搞得？她要死了吗？

她的肌肉松弛了，身体也动弹不得。她集聚起剩下的最后一点点力气，像比特犬①一样张开大嘴狠狠地一口咬下去。她尝到了他血的

---

① 比特犬（American Pit Bull Terrier）是一种集优美的体型、发达的肌肉、绝顶聪明的头脑、顽强的意志、惊人的耐力、良好的卫生习惯于一身的凶猛犬种。

味道，享受着他甩开她时凄厉的尖叫声。

趁他还没看见她脚下是什么，她把混着他血的唾沫吐到藏信的人行道上，希望有人能赶在下雨之前看见它。蜘蛛侠恼羞成怒，一把揪住她的头发，把她整个人拖过草坪。他步履飞快，她的大腿从路沿石砸到人行道上又弹起来。她失去了知觉。身体麻木，思维却依然清楚。她按莉齐·加德纳说的扯着喉咙放声大喊，却发不出一丝声音。

第25章

2010年2月19日　周五　晚8:24

　　莉齐穿着超大号T恤和运动裤，站在浴室镜子前。她一边用毛巾擦干头发，一边望着镜子里自己的倒影。左眼皮跳了一下。她指着自己镜子里的倒影："快点，你可以的。哭，他妈的哭！你听不见我说话吗？你必须得感觉到什么东西。哭，全部哭出来。所有人都在把世界上所有坏事都怪罪到你头上，你居然还是哭不出来？"

　　她从抽屉顶层抓过牙刷，使劲挤牙膏，几乎是把牙膏喷到了牙刷毛上。然后用力地刷牙，牙龈都刷的生疼。漱净口，她又硬拽着梳子把头发梳完。

　　在镜子前仔仔细细打扮一番之后，她在厨房找到了正在泡茶的杰瑞德。他穿着宽松的长裤，还有一件白色纽扣领衬衫，两条袖子刚好卷到手肘处。他领带搭在了门口边的一个帆布包上。因为昨晚关于麦吉的小插曲，他已经通知她，他要住进来一段时间。

　　她看向原本放麦吉的盘子的地方，发现杰瑞德已经把所有的东西收走了。他们目光相触。"浴室现在归你了。"她说。

"多谢。"

她快速地翻看手机短信，想假装一切相安无事。她努力把精力集中到细小的事情上，比方说，呼吸。又一个能解释她为什么不能和任何人住在一起的好例子。她努力戴上一副勇敢的面具，努力不让自己一听到外面汽车喇叭响或者树枝在风里咔咔响就吓得跳起来。

她是一具行尸走肉。她是残缺不全的商品。她哭不出来。她感觉不到。但是，更糟糕的是，有人打个响指都能让她吓得跳起来。

"你有两通南希·莫莱诺打来的电话，就是十套频道的那个新闻主持人。"杰瑞德说着，把热水浇到茶包上，一个难看的棕色马克杯里。

"她大概是想做一次采访。"莉齐说。她绝对不会给莫莱诺打回去的。她烦躁不安，于是决定看杰瑞德冲茶。她想知道，他是否还记得，多年以前他们做爱。她现在正处在某种情绪之中。筋疲力竭，心神不宁。她早就知道，这一切发生之后，她不会睡得着。

杰瑞德看上去正经得要命，一副完美绅士的模样。不知怎么的，他那副样子让她恼火。她想弄乱他的头发，撕掉他的衬衫，看看他冷静帅气的外壳下面到底藏着什么，看看他会是什么样的反应。她想咬他的耳朵，品尝他的味道，感觉到他坚硬结实的肉体抵着她的身子。她想在上面干他。

她走到冰箱，从最里边抽出一瓶啤酒。"你要来一杯吗？"她问。

"你居然一直瞒着我不让我知道有酒。"他把他的茶弃之身后，把两瓶酒都开了，递回一瓶给她。

她痛饮一口，冰冷的液体滑下喉咙，她什么味道都没尝出来。她去客厅重重往沙发上一坐，又吞了一口。什么感觉都没有。她不能哭，还他妈连啤酒的味道都尝不出来。

杰瑞德过来和她一起。

"跟我说说你之前订婚的那个女人吧。"她说。

"佩吉?"

"这是她的名字?"

"你想知道佩吉的事?"

想,也不想。"嗯。"

他坐在沙发的另一边,太远了,够不到,摸不着,除非她伸直一条腿,把脚放在他大腿上。如果她用脚趾摩擦他胯下,他会怎么反应?

他往后一坐,把啤酒瓶放在了两条大腿之间。"佩吉是个温柔的姑娘。我们是在大学遇见的。她学法律,我学心理学。"

"你最近见过她吗?"

他喝了一大口啤酒,咽下。"没。"

"你想她吗?"

"我有的时候会想起跟她有关的事。"

妈的。他就不能撒个小小的善意的谎言?"你想起她的时候都想些什么?"

杰瑞德看着她,他光彩夺目的双眼让她想跳进那一片蔚蓝中,尽情畅泳一会儿。

"我想起她的时候,只是祝她一切都好。"

莉齐又喝了一口酒,希望能捕捉到强烈的情绪。

"发生的所有事,都不是你的错,"他显然感觉到了她的痛苦,"你知道的,对吧?"

"从逻辑上讲,是的。从情感上讲,不是。"她叹道:"所以,佩吉长什么样子?"

"对佩吉那么好奇?"

她耸耸肩。"权当哄我开心呗。"

"她幸福地结了婚,生了两个孩子。"

"啊哈哈哈,这么说来她现在是大屁股,顶着两个黑眼圈了咯"

他促狭地笑了。

她又喝了一大口啤酒。

丫的,管它呢。

她把啤酒瓶往咖啡桌上一放,然后迅速探过身子逼近他,把他的啤酒也拿到桌上。然后她跨在他身上,和他面面相对,胸膛紧贴着。她屈着腿,膝盖陷进他大腿两旁的沙发里。"我失去感觉了,"她弯下身子靠近他,嘴唇拂过他的耳朵,说道:"我记不起我上次觉得不冷、不麻木是什么时候了。帮我,重新找回感觉。"

她感觉到他留着胡子茬的下巴轻轻抽动了一下

她吻上他的脖子。他闻起来像是肥皂、啤酒和檀香油。"你爸妈还讨厌我吗?"她问。

"他们从来都不讨厌你。没有人讨厌你。"

"我有时候讨厌我自己。"她亲着他的下巴,"我晚上做噩梦。"她吻他的耳朵,"我总看见一些恐怖的事情。每天早上我醒来的时候都怀疑我到底会不会摆脱他。"

"我想要你摆脱他,"他说:"你已经受苦太久了。"

他在说话,但他没在抚摸,也没有在做。她吻了他的下巴,然后嘴唇上行到他嘴上。他的嘴唇温热。"你记得咱们第一次在一起吗?"她问。

他动了,终于。他双手捧住她的脸,目光锁定她的眼睛。他看她的眼神让她心跳漏了一拍。她有感觉了,终于。

"我永远都不会忘记我们的第一次。"他说。

她抓住她T恤的下摆，往上拉过头顶，脱下来，然后甩到一边。她想把他的嘴按在自己乳房上，感受他的舌头滑过她的肌肤，但他一副只要看着她就满足了的样子。

她的手指插进他头发里，抚摸着："我记不起上次哭是什么时候了。摸我，杰瑞德。亲我，就像你以前干得那样，就像咱们以前除了下一场考试什么都不用担心的那个时候。"她想要他的双手和嘴唇快点带她前往另一个世界，切换到另一段鸟儿歌唱、阳光普照的时间，让阳光由内而外地温暖她。

她去解他的衬衫，手一路向下，一粒粒纽扣地解开。他的胸膛光滑又结实，胳膊肌肉发达，线条健美。

"莉齐，"他说："现在可能还没到合适的时候。"

"可能永远都等不到一个合适的时候。我需要你。别让我求你。"

他把她脸上湿漉漉的头发抚开，把她拥进怀里亲吻她的嘴。这个热辣的吻，他吻得深而久。她紧紧地将两人揉在一起，意识到他原来一直在忍耐，因为他早已经硬了。汹涌而来的欲望将她裹挟，迫切地推着她向前。她麻利地剥掉了他的衬衫，又去松他的腰带，急得就好像时间要用光了一样。她拉开了他的裤子拉链，这时他抓住她的手，拿开，把她整个人放到他身体一边，然后站起来，把她捞进臂弯里，抱着她去卧室。"我们有一整晚的时间，"他说："我等这个已经等了很久了，一个环节我也不要错过。"

他轻松穿过走廊，走进她卧室，把她温柔地平放在床上，干净利落地一把扯掉了她的运动裤。他从长裤和内裤里钻出来，站在她面前。她看着他完美的肉体，不由得沉醉。他久久地注视着她，看得她都着急。但他热烈的目光让她内心充满了一种渴望，她已经很久没有感觉到过那种渴望了。她的胸口一紧,两腿间嘣嘣直跳地渴望着。

他慢慢爬到她身上,在她脖子和锁骨上留下一串轻柔的吻。她向上拱起身子,直到他的嘴含住了她的乳房。她的手指插进了他的头发里,不停地用力地抓着,把他的嘴拉得更近,享受他带胡茬的下巴压在她的皮肤上。

种种模糊的影像在她脑海中闪烁。她开始慌了,她怕她会看见她不想看见的东西。但杰瑞德的嘴又游移到她耳边,跟她说,她很美,又把她拉回到此刻。

"我一直在想你。"他说。就好像他能感觉到,他现在需要把她的思绪留在他身上。他又吻上她,温暖的身体覆盖着她的,小心地支持着自己的体重以免压得她难受。"你不知道我有多想。"

"我也想你。"她呼吸着周围萦绕着的须后水的味道,然后又找到了他的嘴巴。她感觉到他的欲望已经被唤醒,正顶在她大腿上。

2010年2月19日 周五 晚8:53

凯伦·克劳利在宾馆房间踱来踱去,又一次拨出电话号码。响到第五声的时候,她母亲接了电话。谢天谢地。"妈,我哪儿都找不到他,你确定他是在萨克拉门托上班吗?"

"凯伦,现在很晚了。为什么过了那么久,现在找你弟弟这件事变得对你这么重要了?"

凯伦叹了口气。她把时差①给忘了,但她不在乎。自从到了美国,

---

① 凯伦所在的加州为西八区,凯伦母亲所在的阿肯色州位于西六区,凯伦所在的时刻比母亲晚两小时。

她几乎没睡过觉。她需要找到弟弟，在内疚将她活活吞噬之前，把她要说的话全部说出来。"妈，你记得你和爸爸去欧洲旅行，留下我来管萨姆的时候吗？"

"你还在为那件事生气？看在上帝面子上，我只是想过自己的生活，你要让我为了这个付出多少次代价，凯伦？我已经告诉过你了，我很抱歉。那时候你已经将近十七岁了。我们以为你能承担起责任。当时你都等不及我们打包行李出门了。"

凯伦闭上眼睛。确实，她和她的朋友们确实订了个大计划。在琼斯家的房子办一个派对，所有人都来参加！烈酒，毒品，焰火。"你说得对，"凯伦说："我是想让你们离开。但这不是我现在在这儿的原因或者我现在给你打电话的原因。这不是关于你和我的事。是和萨姆有关的。与你和爸爸那个夏天不在的时候发生的某件事有关。"

"不管它是什么，凯伦，你必须让这事儿过去。像这样纠结于过去是不健康的。萨姆已经高高兴兴地结婚了。他事业成功。他现在住在一个漂亮的房子里，和他漂亮的老婆一起。我告诉过你如果不是我他永远不会遇见辛西娅吗？她是我的邻居，也是——"

"妈！别说了！求你了。这个故事你已经跟我讲了一千遍了。我知道——如果不是因为你，萨姆永远都不会遇见辛西娅。萨姆哪儿都好。萨姆那么聪明！萨姆这，萨姆那。"什么都是老样子。这让她想起了当初那样对待弟弟的原因。妈妈溺爱萨姆，把他抬到了高得荒唐的宝座上，但是这并不是萨姆的错。

"我不知道你想从我这得到什么，凯伦。"

"我想让你帮我找到他，我去了他家，那儿没人。我每隔一小时就给他打电话，没人接。今天我敲开了他邻居们的门。没有一个人知道萨姆和辛西娅是靠什么赚钱过日子的。这说不通呀，妈。他们现在在哪儿？"

"那可能他们出去度假了吧。"

凯伦不敢相信自己的耳朵。妈妈要么是知道某种不好的事实而拒绝透漏，要么就只是单纯地不关心。就这么简单。一直以来，她都觉得母亲过分宠爱萨姆而不是她，但现在看来恐怕根本不是那样。她妈妈对谁都不关心，除了她自己。她的父母是她见过最自私最冷漠无情的两个人。她阖上双眼，深吸一口气，然后慢慢呼出来。"我需要你想起他在哪儿工作，妈。你只需要为我做这个，然后我就不会再烦你了。"

"我告诉过你了，他是个医生。"

"你知道单是萨克拉门托地区就有多少个'琼斯医生'吗？几百个，可能是几千个。"

"你知道的……我确实记得辛西娅给我寄过一张明信片，几年之前萨姆搬到新办公室大楼的时候。"

凯伦的心跳砰砰加速。"什么时候？在哪儿？"

"不对，这才对……他没搬，他是和另一个医生合伙。"

凯伦任母亲翻来覆去想了一会儿。如果她催促，只会让她妈心生沮丧，然后她俩又会吵架。

"我不记得那个合伙人的名字了……嗯……我可能还有那张明信片，但得花一点时间才找得到。我车库里有那么多箱子……我不知道。"

"一旦你找到任何相关的东西，就给我打电话。你有我的号码。"

"好，亲爱的。你休息下吧。你听起来挺累的。"

"晚安，妈妈。"凯伦关了手机，扔到了宾馆的床边。"杀手在逃——莉齐·加德纳再次'跌入蛛网'"。今早新闻的大字标题嘲弄着她的无能。

"萨姆,"她想:"你在哪儿?"

弟弟上次联系她是十四年前,他打电话问她,父母不在的那个夏天待在他们家的三个女生的名字。她撒谎,跟他说不记得了。一个月之后,她从一位老朋友那里听说,其中一个女孩死于一场反常的车祸,她的车从一座桥上掉下去了。一座她日常生活中每天都要经过的桥。又过了几个月,萨姆问过名字的三位朋友中的另一个,房子被大火烧毁。相关的最后一个女生有一个小妹妹……乔丹·马里奥特,是蜘蛛侠的第一个受害者。

凯伦当时住在意大利,她现在还住在那儿。如果不是弟弟给她寄了一个信封,她永远都不会听说蜘蛛侠。信封里塞满了剪报,关于那起交通事故、火灾,还有一系列杀人案。在信封的背面,他写着:魔鬼潜伏在这个地方的每一个角落,死亡等待着那些最该死的人。你搬得远远的,干得不错。

她还没告诉她丈夫这些剪报的事。相反,她把信封塞进一个鞋盒,放进她的壁橱里,并且试图忘了它。他弟弟向来是个怪人。但最近,那些剪报和那句奇怪的留言在召唤着她,她需要做点什么。

凯伦深深地爱着她的孩子们,她看着他们长大,逐渐明白她不能再刻意忽略她一直以来的感觉。她需要和弟弟谈谈。不只是告诉他她对不起他并且恳求原谅,更是要找出他当初一开始给她寄剪报的原因。她需要了解真相,彻底地了结此事。

第 26 章

2010年2月20日　周日　早8:30

　　他们就要到达马可尼①的联邦大楼②了，杰瑞德将目光从路面转移到莉齐身上，久久地注视着她，她整个早上都很安静。"是煎蛋卷有问题吗？"他逗她道。

　　"煎蛋卷挺好的。"

　　"那，是我说错话了？"

　　"不是。"

　　"自从我说我爱你之后，你就一直很安静。"

　　她一下子冲他板起脸。看来猜对了。

　　"你已经不再了解我了，怎么还能爱我？我已经不健全了。我的脑子完全一团糟。也不是因为我没有努力尝试过，不是的……我在努力试图忘记发生过的事，能继续正常生活下去。在很长一段时间里

---

① Marconi，尔湾市（Irvine）地名，位于加州。
② Federal Building，指当地政府大楼。

面，我一直努力恢复正常。我永远不会放弃。但我现在还没康复，也不适合恋爱。"

他向左转，将车开进了停车场。关掉引擎，握住她的手："我爱你，莉齐。我一直都爱你。如果这让你困扰，真是糟糕透了，我道歉。"

她眯起眼睛。"那你当初为什么离开我？"

她的话在他心上深深地捅了一刀。"因为那个时候我知道，如果我一直留在你身边，你会花大把的时间担心我，可能永远没机会从那件事恢复过来。你从来都不把自己放在第一位，莉齐。过去从来没有，将来也不可能。但你其实应该对自己好一些。这就是为什么你跟自己心里的魔鬼斗争了那么久。你总是更在意别人，而不是自己。你把父母的离婚、姐姐的各种问题，还有爸爸无法面对的窘境，统统都算作自己的责任。现在你又在试着想办法用自己的肩膀去摆平外面的世界。"

"荒谬。"

"你试图从你逃避的洞穴里慢慢爬出来时，做的第一件事是什么？"

他不给她机会回答。"你把全副精力都拿来帮助别人。你加入了'失踪与受虐儿童服务组织'，开始不图回报地花时间帮助女孩们学习怎样保护自己。你让自己参与进这件事，莉齐，不管你有没有看到蜘蛛侠复出的坏苗头，你都为改善现状发挥了作用。你没有伤害任何人。你只是在帮忙。这只是我爱你的小小的理由。这就是我为什么一直爱着你的理由。这也是我永远都不会停止爱你的理由。如果这让你烦心了我很抱歉，但是我不打算对自己说谎，也不打算再遏制这份感情了。而且你说得对，我当初不该留下你一个人。一天，一分钟都不应该的。"

她把手抽回，抱紧双臂，再次扭头看向窗外。她还没准备好接受爱的告白。她明显不觉得自己值得被任何人爱，甚至包括被她自己爱，但他显然对此毫不在意。她可以无视他，随她愿意，他不会买账。这次不管她怎么用力推开他，他哪儿都不去。

2010年2月20日 周六 早8:52

莉齐和杰瑞德进入吉米·马丁办公室时，他的门大开着。

"真会挑时候，"吉米指指他桌子前的几把椅子，"我刚跟贝特西·莱伯恩的弟弟谈完。"

杰瑞德给莉齐拉了一把椅子，然后自己坐在她旁边一把上。"他知道贝特西在哪儿吗？"

"她其实就在附近，"吉米说："她在一年之内犯了三次 DUI[①] 罪，现在被关在萨克拉门托县的主监狱。"

"有人跟她聊过了吗？"

"我觉得你们俩离开这儿之后可以过去一趟。"吉米唰唰地翻着桌上的纸质材料。"肖恩·戴维斯不怎么喜欢他这个姐姐。他跟我聊起来的时候简直不能更兴奋，他说自从他有记忆开始，她姐姐就醉酒驾驶——包括她发现莉齐的那天。"

莉齐的目光落在吉米的手表上，那是块劳力士，海使型。

"肖恩·戴维斯告诉我，贝特西承认她其实不记得她接莉齐上车时的准确位置了。"吉米最后说。

---

① Driving under the influence，在受药物（包括正常药物和毒品）和酒精影响时驾驶。

"莉齐?"杰瑞德伸手碰了下她胳膊。"这就意味着,你是对的,那栋房子确实不在他们一直在调查的区域里。"

莉齐没有意识到杰瑞德的举动。她的注意力全部在吉米的手表上面……那很不寻常,而且她确定她以前见过它。但是,是哪儿?答案毫无疑问。"我可以近距离看一下你的手表吗?"

吉米将表从手腕摘下,递给她。

"这就是他一直在说的,"她说:"他指责我是小偷,说我拿走了本不属于我的东西,说的就是这个。"

"谁?"吉米问道。

"那个杀手,"杰瑞德说:"蜘蛛侠。"

"他给我打电话的时候,"莉齐一边帮吉米回忆,一边把手中的手表翻过来,"他说我绝对不该逃跑,也绝对不该拿走不属于我的东西。他喊我'小偷',但直到这一刻,我才明白他到底在说什么。"

两个男人一言不发。

"他说的是这块表,"她说,"在我逃走之前,我看见这块招人眼红的表放在卫生间柜台上。我一把把它捞起来,踩着浴缸,从窗子挤出去了。"

"那块表,现在在哪儿?"吉米想知道。

"那块表是劳力士,跟这块非常像,"她重复说了一遍,回忆自己逃跑之后是怎样处理这块表的,"我从没见过蜘蛛侠不戴这块表。他会时不时地抚摸它,就好像那是他的宠物一样。"她闭上眼睛。"我前天晚上做过一个梦,梦见我在逃跑。我跳出窗户,被灌木丛挡了一下,没有直接摔到地上,然后挣扎着爬出灌木丛。我被枝条扎伤了,在流血,但我管不了那么多了,我想……我需要的是逃跑,能跑多快就跑多快。我记得当时感觉到手表在我胳膊上咣里咣当地跳。"她揉揉太阳穴，努力地回忆着。"我怕我把表弄掉了，因为我当时太瘦了。"她内心也有些疑惑她到底为什么会担心把表弄丢，然后她想起抄走手表时得意的感觉——她知道她拿走了对他来说重要的东西，她知道他很心爱的东西。

"慢慢想，别急。"杰瑞德对她说。

她回忆起自己跑过街道，看见一辆干洗货车停在一家房子前面。她看见贝特西·莱伯恩把装在塑料袋里的衣服挂在前门上。莉齐向贝特西放声大喊，在她要走回货车的路上，紧紧地将她的大衣一把攥住。贝特西态度友善，试图让莉齐冷静下来。之后莉齐坐在了卡车里，贝特西取走了手表。

莉齐不由得心跳加速。她睁开眼睛："贝特西告诉我，她先帮我拿着手表。然后就放进了自己的口袋，并向我保证会保管好的。"

"看来咱们又有一个理由去探望一下贝特西·莱伯恩了。"吉米说。

杰瑞德电话响了。他翻开手机盖，把手机放到耳边。三十秒过后，他"啪"地一声将手机合上。"有人认出了我们留在科森尼斯河学院的照片里的人。他们已经联系到了那个学生，而且他愿意谈一谈。"

杰瑞德站起来："快出发吧。那个送钱的孩子会在市中心学校旁边的星巴克跟咱们见面。之后咱们去学校。再然后，去监狱，跟贝特西·莱伯恩谈一谈。"

吉米也站起来。"很有可能那块表已经被弄丢很久了。我到沃克尔家的房子去一趟，看看他们发掘到什么程度了。"

莉齐的身影消失在门外之后，吉米从背后拉住杰瑞德，说："ME① 在索菲·麦迪森的大腿和右臂上发现了蜘蛛咬伤的痕迹。我们也对在猫脖子上发现的金属线跟索菲手腕上的几道勒痕进行比较，发现二者可以匹配。"

"莉齐提到过蜘蛛侠对塔兰托毒蛛的喜爱。"杰瑞德说："塔兰托毒蛛不轻易咬人，除非在被刺激之后。如果我们能确定蜘蛛的种类，就可以调查一下这些特定种类的蜘蛛是从哪儿卖出去的。"

"有一位田野生物学家在检查咬伤的伤口，"吉米说："我也请了一位工具痕迹检测师来确定用在猫和女孩身上的金属线种类。"

杰瑞德点头："如果我们要见的这个学生清楚地看见了那个雇他送钱给莉齐办公室的男人，我得请求叫一位刑事速写画像员来支援。"

"没错。"吉米抿紧了嘴唇，"如果贝特西送货的时候是处于喝醉的状态，那看样子我可能欠你女朋友一个道歉。"

"我不是他女朋友，"莉齐在门外说："但我接受你的道歉。"

吉米走回办公桌边，边走边摇头。

杰瑞德走出办公室，一只胳膊揽过莉齐的肩，护送她穿过小隔间组成的迷宫，走出大厦正门。楼外，虽然南方的天空乌云仍在翻滚，但风已经平息。昨晚的暴风雨摧毁了几棵树。根据早间新闻报道，暴雨过后，今早不止一个社区停电了。

他们沉默着，步行穿过停车场。杰瑞德将遥控钥匙对准车，按下解锁键。他的车响了一声。先让莉齐坐好后，杰瑞德绕过车前来到驾驶座的位置，钻进了车里，坐好后，再看看她。

"干嘛？"莉齐问。

---

① 编按：Medical examiner，法医。

"你不是我女朋友？"

她翻个白眼："之前那么多年没来往，直到周一晚上才见面。昨晚感觉挺棒，但是滚一次床单可不代表我就是你女朋友。"

"你还真是很懂得怎么戳男人的痛处。"

"那是几年的历练结果。"她叹道："再说了，你是因为那个便条才给我打最初的那个电话。"

"我给你打电话是因为我们需要你的帮助，但我在此之前也一直都想打。"他发动引擎，"所以要过多久，或者说我还必须要做什么，才能叫你'我的女孩'？"

"开你的车。"她说。

2010 年 2 月 20 日　周六　上午 9:08

"所以，你是谁？"那个男人往卧室门里偷窥的时候，黑蕾开口问道："只不过是个性变态？靠蜘蛛吓唬年轻小姑娘来找乐子？"她的两只胳膊被吊起来，高过头顶，两个手腕被强力胶布绑在了身后的一根床柱上。那个傻逼还额外用金属线把她手腕又捆了一遍。

她肩膀酸疼。

他关上门。"真是那样的话可就可怜死了！"她在他身后大喊。

因为某种原因，那个变态狗杂种把她的鞋袜和长裤都脱了，但她身上还留着紧身尼龙短衬裤和印着"死亡天使收割者[①]"的 T 恤。她做好了万一不幸死掉的准备，特意穿了这件最喜欢的 T 恤，上面印着一张精细的图片，冷酷无情的收割者把人的骨头当长笛吹。

[①] Death angel reaper，西方死神的形象多手持镰刀，寓意收割生命。

黑蕾今早第一次醒来时恶心想吐。让她惊讶的是，她偷偷塞在尼龙短裤里的小折叠刀居然还在原处。

他给她下了什么东西，让她睡了这么久？

模糊的图像在她脑海中团团转：跟他搏斗，踢，尖叫……她当时一定把他吓坏了。眼下她两条胳膊被迫高高举过头顶，她不知道自己怎样才能够得到短裤里藏着的刀。她用力抬了抬小臂，好让两个胳膊尽量的分开些，以把胶带和金属线弄松。但是金属线深深的嵌入了她的肌肤，血嘀嗒嘀嗒的沿着小臂流了下来，流到了胳膊肘上，满是血。

那个怪胎带着小号蝙蝠侠面具的时候，看着像个痴呆儿。他还使用某种稀奇古怪的声音设备，让他听起来像个傻叉机器人。这间卧室不比她在家睡的那间大。

房间里好像一股樟脑球的味道。她闻过比这更难闻的呢。

她往后仰，靠近床，闻了一下。好吧，可能不是樟脑球的味道。她仔细听听动静。又来了，他就在门外，在走廊上来回踱步，还时不时地探进头来，好像要确定她是不是还在这儿。今早早些时候，他一路走进来，被她吐了一脸唾沫，正好吐进眼睛里。她还放声大笑了呢。他对这事儿很生气。滑稽的是，他看起来似乎还有点怕她。显然，他没打算绑她来，而她现在已经把他搞得紧张兮兮的啦。没错，是这样的。

不过，她故意让他绑架的他妈的那么容易，他又怎么能拒绝呢？

门吱嘎一声开了，那个怪胎身子歪进来，又在地板上离她光着的脚大概几英尺的地方放了一只丑八怪蜘蛛。他上一次释放的蜘蛛消失在床底了。透过面具上两个给眼睛开的小孔，她能看见他的双眼使劲睁大，睁大，射出兴奋的光。

这傻不拉几的傻逼。一个高尔夫球大小的蜘蛛。

除了这个他就没别的了吗？

她的双腿，从脚踝到膝盖下方都缠了强力胶布和金属线，就像她两条胳膊一样。和胳膊不同的是，不用忍受太多痛苦或者费太大力气，膝盖就能弯，腿也能伸开，只要她想。

她看着那只蜘蛛。这只虫子够大，它向她走来的时候，她能听见它小小的脚啪嗒啪嗒地打在木地板上。她凑近了看它。

再近一点就行。快过来，蜘蛛，你可以的。

蜘蛛长满毛的腿拂过她大脚趾那一刻，蜘蛛侠的喉咙里逸出带了一丝兴奋的喘息。

黑蕾假装吓得瑟瑟发抖。对，他现在绝对很兴奋。

她咬紧了牙关，双脚往空中一抬，再往地上一砸，用足了力气，光着的脚跟向下，接触到蜘蛛圆润的，半硬半软的身体。这只虫子，准确地说，是被踩爆了。地板上洒满了黏糊糊、乱糟糟、恶心兮兮的一摊。

"哎哟哟，"说着，她抬起脚，好让他看清她脚跟上的一片狼藉。"你能给我一块湿抹布，把这堆乱七八糟打扫干净吗？"

他打开了那个小小的声音键，开始用他那操蛋的机器人声音说话，"你会为这事后悔的。"

"对呀，对呀。他们都那么说。所以你的问题出在哪儿，糟老头子？你是冒牌货，还是那个真家伙？"

他不理她，径直离开房间，几分钟之后回来，带着一把扫帚和一个畚箕。他将残局收拾干净，第二次回来的时候，手里拿着一块湿布。他穿着干净平整的哔叽色宽松长裤，跪下，开始擦她的脚。

她缩回脚。"痒痒。"

因为面具的原因,很难看出他到底是生气,还是被逗乐了,还是什么表情都没有。她根本不觉得痒,但她想把他引上前来,这样就可以一脚踹在他脸上。但显然他没有他看起来的那么蠢。

直到他把她两个脚跟都擦干净,他都一直保持着距离。她一想把脚抽走,他就紧紧将她的脚趾并拢,攥住。他也比他看上去得要强壮得多。她以为她昨晚捅他的时候伤到他了。显然没有。

"所以,你的问题出在哪儿?"她问:"你小时候你爹妈玩你的私密部位了?还是你爸的孪生兄弟喜欢和你玩医生角色扮演游戏?"

"闭嘴。"他借助声音合成器说道。

"你为啥就不能把面具摘了呢?如果你打算用什么法子杀了我,把我的皮做成枕套或者什么玩意儿,那你最好现在就交代清楚。来啊,让我看看一个真正的恶棍是副什么德性。"

他置若罔闻,站起来,走到门边的时候,回头看着她,一动不动。虽然她从来没有承认过,但不得不说,那个面具有点儿瘆人。"你有没有仇母情结……你懂的,因为你妈曾对你做的那些糟心和恶心的事,所以你就只能靠折磨女人来发泄——"

她还没能说完,门就被狠狠地摔上了。

她把头往后靠在床柱上,带着丝丝颤栗,长长地舒出一口气。然后她开始继续解救她的胳膊。金属线深深地勒进了她皮肉里,割得她疼,直皱眉头。

第 27 章

2010 年 2 月 20 日　周六　上午 9：32

　　杰瑞德和莉齐坐在咖啡店的一张桌子旁，等那个大学生来。杰瑞德抿了一口他点的咖啡，一脸苦相。"你什么都没点就对了，不好喝。"

　　"你一直都这么挑三拣四的吗？"

　　他选择忽略她的问题。

　　莉齐瞥了一眼手机："咱们要等的人迟到两分钟了。说起这个，咱们知道他的名字吗？"

　　杰瑞德摇摇头："打电话来的人说，那个学生被吓坏了，而且目前还不想透露姓名。"

　　莉齐越来越沉默，为布里特妮担心，希望她的外甥女是安全的。

　　杰瑞德身子前倾，越过桌子，望着她的眼睛。"我们离他越来越近了，莉齐。我们会抓到他的。"

　　她祈祷他说的是对的。"看，"她冲门边扬扬下巴，"他来了。"单从他的卷发，她就能认出走进咖啡店的年轻男子正是杰西卡用手机拍照的那个送信人。

莉齐向他招手请他到他们这桌来。他高而瘦,近看大概是十七岁小孩的样子。杰瑞德站起来为他拉开一张椅子。"我是杰瑞德·夏恩,这位是莉齐·加德纳。"

年轻男子瞥了莉齐一眼,他冷漠的表情明摆着告诉他们,这不是一次友好的会面。

他坐下,眼睛在咖啡店迅速扫了一圈,然后又往身后的停车场看了看。"我没多少时间。"

"我们给你点了杯拿铁。"杰瑞德把冒着热气的咖啡向他轻轻推了推。

"谢谢。"他喝了一小口。

莉齐注意到,他把杯子凑近唇边时,他的手在抖。

"你们俩想知道什么?"他问。

杰瑞德先开口:"两天之前,是谁掏钱让你给加德纳小姐的办公室送包裹的?"

"我不知道他的名字,是一个我猜有四十五岁上下的男人。"

"他怎么找到你的?"

"前天早上他在操场转悠,当时我刚停下自行车,人还在车子上。他问我认不认识对赚快钱感兴趣的人,跑一趟三百块。他说这个活儿要么就别做,要么就立刻。"

"你为什么这么紧张?"

"那个家伙身上有什么东西让人心里不踏实。他跟我说如果我跟任何人提起的话,他会找到我,然后让我付出代价。"

莉齐看向杰瑞德,然后又看回那个年轻男孩。他们可能真的在和一个见过蜘蛛侠、与蜘蛛侠讲过话的人交谈,一想到这里,莉齐浑身上下都兴奋起来。他们需要这个男孩的帮助。她身子前倾，问道："他什么样儿？那个男的瘦吗？还是壮实？有任何伤疤或者文身吗？"

男孩叹了口气："是个白人。他胡子很浓密，白得厉害。那副胡子看起来很奇怪，特别假，但我看不见任何胶水的痕迹。那个人体型中等。"

"多高？"

"不确定。"他仔细看看杰瑞德，"大概是你的体型和身高，我估计是这样。"

"眼睛什么样？"莉齐的声音透露出极度渴望的心情。"大眼睛？还是眯成两条缝？"

"我只记得那么多了。"他脸色转为苍白，像是感受到了压力。

"给你三百美元现金，"杰瑞德说："如果你愿意和一位画像员见一面的话。"

"为什么？"

"我们需要你向那位画像员描述花钱雇你的那个人的长相。细节越多越好。画像员会根据你的描述为他画一幅速写，这样我们就能把他的画像向社会公布了。"

"不管怎么说，先让我知道那个人是谁吧？"

"他是个冷血杀手。"莉齐说。她希望这样能让他理解，他的配合有多么重要。

"他已经杀了一个我们认识的小女孩，"杰瑞德说："我们需要在他伤害其他任何人之前找到他。"

"那我怎么办？"那孩子眼睛瞪得溜圆，手抚着胸口，"他会跟在我后面报复的。"

杰瑞德把自己的名片递给他："你块头不小。他不会蠢到去跟你纠缠。"

那个男孩儿看上去吓得要死,他往后撤开椅子站起来。"我得考虑一下这件事。如果我同意见那位画像员,你至少得给我一千块。"

"一旦你决定了,就随时给我打电话。"杰瑞德说。

莉齐也站起来。她无法相信杰瑞德居然打算这么放他走。他们总共只找到了他这一个见过蜘蛛侠的人,而他们连他的名字都还不知道。"你有姐妹吗?"她问。

他转身,犹豫了一会儿,点点头。

"你做决定的时候可以想想她们。如果我们要找的那个变态杀人狂将他的手伸向了你在乎的人,你会希望别人做什么?"

"我会考虑的。"男孩说完转身大步走出店门。

2010年2月20日 周六 下午1:42

扩音器高声宣读布里特妮·瓦纳的名字时,莉齐为她鼓掌。她自豪地看着布里特妮的脖子挂上金牌。她八天没有见到外甥女了,感觉像是过去了几个月那么久。

莉齐冲她挥手,但在裹着毛巾的小孩儿汇成的人海中,布里特妮没看见她。莉齐坐在露天看台上,扭头对旁边的杰瑞德说:"咱们离开之前,我想去跟布里特妮打声招呼。你想跟我一块儿过来吗?"

"我在这儿等吧。你姐的眼神已经快要吃了我了。"

布里特妮发现莉齐往她这边来的时候,脸上洋溢着喜悦。她把毛巾和防水帆布袋丢下,冲过来迎接。她们拥抱了好久,莉齐才后退一步好好看看她的外甥女。"你的表现让我大吃一惊!"

布里特妮咧嘴笑了:"谢谢夸奖。"

"哇喔!"莉齐说:"你什么时候戴上牙套了?"

"不到一周之前。麦克马伦医生说我只需要戴一年。"

莉齐把布里特妮一缕散落的黑发别到耳后。虽然她大多数时候保持着一周见布里特妮至少一次的频率,还是很难相信她长得这么快。

布里特妮四处看看:"你自己一个人来的吗?"

"我和一个朋友来的。"她指指站台。杰瑞德冲她们挥手,她笑了。

"他真可爱。他是谁?"

"我们这阵子在一起做一个项目,不过,我们高中的时候约会过。"

"棒哎。我能见见他吗?"

莉齐还没来得及回答,凯茜喊了布里特妮的名字。

莉齐冲姐姐招手,但凯茜避开了她的目光接触,只打手势让布里特妮过来跟她私下说几句话。

"我不过去了,妈。"布里特妮回头对莉齐说:"我猜,你们俩又闹别扭了?"

"她生我气了,"莉齐说:"但她会消气的,我们会没事的,我们一直就这样。你学校那边怎么样呀?"

布里特妮耸耸肩:"挺好的。虽然我昨晚花了一个半小时跟我的数学辅导老师补习功课,今天觉得很累。"

"我可怜的宝贝,"莉齐逗她,"数学也从来不是我最喜欢的科目。你的辅导老师管用吗?"

"现在还不好说。我本来应该只上一个小时课,但吉尔曼先生解等式太专心了,把时间都忘了。他是个数学呆子。"

"那肯定很烦,"莉齐说,而且她是认真的,"那你的新游泳教练呢?"

布里特妮顺着莉齐的目光望去,一群女孩儿穿着一样的红色泳衣,挤在一个男人周围。莉齐目测他大概四十出头。他穿得挺浮夸,一条哔叽色便裤,一件白色 Polo 衫①,还有一顶印着海豚图案的棒球帽。

"我没跟你说起过他吗?"布里特妮问。

莉齐听了一阵头皮发麻:"没。怎么了,发生什么事了?"

"你别告诉我妈,不然她要吓坏了。不过话说回来,那个人让我有点瘆得慌,就是这样。"

"是怎么个'瘆得慌'法?"

"他有时候盯着我和其他几个女孩儿看。"她做了个发抖的动作,"让我起鸡皮疙瘩。"

莉齐蹙起眉头:"他对你有不合适的肢体接触吗?"

"没有。我答应我妈,如果有任何教练或者老师碰我一下,我就告诉她。"

莉齐密切地注视着教练的一举一动。她在脑海中试着给他安上一副假胡子。"他叫什么名字?"

"亨利·沙利文。"

"他是这儿附近的人吗?"

"不确定。"

这次女孩儿堆里有一个姑娘喊布里特妮。她们显然是想拍一张队里的集体照。

"我该走了,"莉齐抱了抱她的外甥女:"我爱你。你的数学补习

---

① 开领短袖式的马球衬衫,也称网球衫。

一有进展就告诉我……还有关于你那个教练的事。"

"我会的。谢谢你能来。"布里特妮说着，往队友那边走去。"还有，下次我想见见你的男朋友。"

"他不是我男朋友。"莉齐刚要说这句话，布里特妮又转身向着她，说道："哦，莉齐，还有一件事。"

莉齐等她开口。

"你喜欢你的新手机铃声吗？"

"不错啊。非常不错。"她目送布里特妮唱着"路易，路易"走远了。她想过试试跟凯茜谈一谈，但她姐姐僵硬的肢体动作告诉她，现在时机不对。

莉齐长长地深吸一口气，把注意力又放到那个教练的身上。"亨利·沙利文。"她在心里默念这个名字。这个人身上看不出什么熟悉的地方，但这也不妨碍她把他列进嫌疑人名单的头几位。

2010年2月20日　周六　下午3：10

"我信不过沙利文教练。"他们离开水上运动中心之后，莉齐已经是第二遍跟杰瑞德说这句话了。杰瑞德在开车，莉齐在旁边忧心忡忡。"咱们得弄一张许可证搜查他家，"她说："你爸是个法官，你能很快弄到一张搜查证的，对吧？"

"莉齐，放松点。咱们得按正确的套路来。在咱们有机会彻底检查他之前，不能打草惊蛇。你自己也说了，他看起来不面熟。"

"已经过去十四年了。蜘蛛侠现在的模样可能跟以前完全不一样。万一他做了整形手术呢？"她一想到这种事，越发坐立不安。在过去的十四年里，他可能已经做了很多改变。"杰西卡之前说，蜘蛛侠的受害者里有多少个是游泳运动员？三个还是四个来着？"

"我会给吉米打电话，让他派人跟踪沙利文的。在这段时间里，咱们还是去县监狱跟贝特西谈谈她答应替你保管的那块手表吧。"

"如果她当时喝醉了，那她看到什么都是没用的。"她说。

杰瑞德叹了口气。

"万一有什么事发生在布里特妮身上怎么办？"莉齐问。蜘蛛侠完全可能是任何一个人，这个事实让她总放心不下。"如果她出了什么事，我永远都不会原谅我自己的，因为我没有在沙利文面前做任何事保护她。"

"如果我们亲自核实他的情况的话，你会不会感觉好一点？跟踪他，看看他住在哪儿？"

"我会稍微安心点的。"

他把车开到一边，掉头返回。"那咱们就在他回家路上跟踪他吧，看看他都究竟干些什么。"

"谢谢。如果我们能留心盯着他的话，我会感觉好很多。虽然我觉得咱们在游泳运动会结束之后还不走还留下来跟他说话，凯茜看了可能不会太开心。"

"你担心布里特妮，而且还照看她，你姐姐知道了会开心的。"

"是，嗯，大概在理想世界里会是这样吧。"

"你姐姐从来就不是一个开心的人。"

"你认真的吗？我怎么从来不知道。"

杰瑞德专注地看着眼前路面。"从高中开始，凯茜就一直嫉妒你。"

"凯茜？嫉妒？"她恼了，"你说什么呢？我姐姐骨子里就没有一点儿叫'嫉妒'的东西。"

"我们说的是同一个凯茜·加德纳吗？跟我毕业班同学的那个？"

"你倒是给我举个例子，什么时候她嫉妒我了。"

"咱们从你的第一辆车开始。"

莉齐冷哼一声："你是说凯茜眼红'老黄狗'？"

"不是，你的第一辆车。当时凯茜开的是一辆本田，你父母给她的礼物，但她借了你的红色小跑车——"

"'小红帽'都老掉渣了，"她提醒他："那辆车当时已经跑了十万英里①了。"

"那也无妨，"杰瑞德说："当时所有人都大惊小怪，说'莉齐坐在她那辆耀眼的红色敞篷车里真性感'，我至今都记得当时凯茜脸上的表情。"

莉齐的脑袋乱得像是一团浆糊。她完全不知道杰瑞德说的这个离奇的赛车故事后续的发展走向是什么。"发生了什么？"

"凯茜把'小红帽'还回来的时候，车已经毁了，再也不能开了。"

"那不是她的错，"莉齐反驳道："她的一个男性朋友倒车的时候撞到他的货车上了。"

"安妮·史密斯说，她看见了事情全程。凯茜眼睁睁地看着他的朋友把'小红帽'倒车撞了，却完全不制止他。"

"安妮·史密斯讲的很多故事都是瞎扯的。"

"凡事一跟你姐姐有关，你就盲目。"杰瑞德说。

---

① 约合16万公里。

"才没有。"

"那你攒钱买的那条白色蕾丝边裙子呢?一开始找不到,到最后意外发现在你壁橱里,被墨水弄脏了。"

莉齐绞尽脑汁试图记起这件事。"蕾丝边裙子?墨水渍?"

"我还以为女人会记得这种事呢。"

"你误会凯茜了。她从来没有嫉妒我。那不是她的风格。而且,虽然大部分女人可能会记得一条最喜欢的裙子,我跟大多数女人不一样,记得吧?"

这下轮到杰瑞德困惑了。

"你告诉过我,你最喜欢我的地方——就是我跟其他所有女孩儿都不一样。"她说。

"啊,所以你还是记得一些事的。"他调侃道。

"我记得很多事呢。比方说,我看见你在冬季舞会上亲阿曼达·罗恰的时候,肚子疼得打结,心碎成了两半。"

"你当时已经和我分手了。"他辩解。

她举起七个手指:"一周。我们总共分手了七天,总共那么点时间里,你不但请了阿曼达去舞会,你还亲了她,就在舞池里当着所有人的面。"

他的笑容蔓延到眼底。"我亲她只是为了让你吃醋。"

"哦,那样没用。"

他大笑起来。

她喜欢他笑的声音。"咱们那时候有好多计划呢,对吧?"

"是啊。"他轻轻说。

那些日子比现在美好。莉齐的手机铃声打断了她的思绪。她按下"接听"键,很快就后悔了——她意识到电话是南希·莫莱诺打来的,那个十套频道的新闻主持人。

"我不感兴趣,"那个女人刚说了不超过两个字,莉齐便答道。媒体从来都把"大"新闻凌驾于其他一切之上,这让她恶心。

"请别挂电话。"

莉齐刚要那么做,南希立刻跟上了一句:"我打这个电话是跟蜘蛛侠有关。"

"废话。"莉齐说。

"他在跟踪我。"

"你怎么知道?"

"我手里有他要的东西。"

莉齐简直不敢相信,莫莱诺为了做成一个新闻报道,居然会做到这种程度。"你可能有什么他会需要的东西?"她问。

"我有你的档案。"南希说。

"我的档案?"

"你的档案,从琳达·盖茨的诊所拿到的。"南希说。

"你怎么可能——"随后她恍然大悟,"你从我的咨询师那里偷了我的档案?"她很久前听说过南希·莫莱诺是琳达·盖茨的客户之一。她也知道琳达如果没有跟她事先谈妥,永远都不会愿意把档案给任何人。

"我从琳达的诊所拿走你的档案之后,我以为我可以跟凶手对话,扒出尽可能多的关于他的信息,从而帮到 FBI。"

这个女人说的完全不符合逻辑。"你扒到了什么?"

"我只知道,凡是他想要的东西,没有什么能阻止他。"

南希·莫莱诺听上去很害怕。

"你现在在哪儿?"莉齐问。

"我在家。他现在在我家外面。我知道他在。"

"你报警了吗?"

"我需要先跟你谈谈。"

莉齐明白了,这就是为什么南希一直打电话来的原因。

"我本来应该今天早上见他,把你的档案给他。"南希说:"但是我改了主意。我刚准备好出去上班,结果听到我家前门外面一阵噪音。我一直都听得见许多噪音,但是什么都看不见。又来了。求你了,来吧。我住在罗灵希尔斯,天景区 3516 号。"

莉齐瞥了一眼手表。到那儿需要 10 到 15 分钟。"南希,我要你挂了电话拨打 911①。你听见我说的了吗?"

"我不能打。打了我就会变成全美国的笑话。他们发现我偷过你的档案之后,会把我打给 911 的电话录音一遍一遍播送。"

莉齐盖住电话听筒,把南希·莫莱诺告诉她的话说给杰瑞德听。他们需要去罗灵希尔斯的天景区 3516 号,萨克拉门托以外,郊区最高档的地段。

"你得快点。"南希一遍一遍地催促。

"我们在路上了。"

杰瑞德从他座位下面取出一个泪滴形状的警灯,打开窗子,把闪光灯放在车顶。

"我该做什么?"南希问。

"现在立刻打电话给警察,然后找一个安全的地方藏起来,直到我们赶到那儿。"

听起来,南希好像正在满房间地乱窜。莉齐能听见柔软的啪嗒啪

---

① 美国报警电话。

嗒的阵阵脚步声,然后是一阵咔啦咔啦的盘子撞击声。接下来是一声"咔哒",再然后就……一片死寂。

"南希,你在吗?你能听见我说话吗?该死!"

第28章

2010年2月20日　周六　下午3:22

在莉齐和杰西卡的嫌疑人名单上，只有两名医生周六上班。杰西卡见到第一个医生的那一刻就把他从名单上划掉了。他脖子修长，一张瘦脸，而且是个印度人。第二位医生，哈罗德·朗，是眼科医生，有嫌疑。他的身高和年龄都大致符合。他的耳朵不算特别大，但在有些人眼里可能属于"大"之列。然而他没有方下巴或者高额头——这两点是莉齐说要特别留意的另外两个特征。

杰西卡往她的车那儿走。"别担心，玛丽，"她无声地说："就算必须拜访北加州的每一个医生，我也会做的。我会找到他的，然后我会找到你。我们又会是一家人了。"

杰西卡原本那辆破旧的大众牌载客面包车被拖走之后，她把她妈妈的本田思域①借来开。坐在车里，她听着手机里的语音信息，然后又重新检查了一遍嫌疑人名单。有一条信息是莉齐发来的，告诉她再

---

① Honda Civic，本田旗下的一款中高端轿车。

在她们的名单上添两个名字。一个被称为吉尔曼先生的数学家教,还有亨利·沙利文,一个游泳教练。

她大声重复他名字的一瞬间,一阵冰冻刺骨的寒意顺着她的脊梁奔涌而下。她为什么之前没想到他呢?她立刻拨出莉齐的号码。

叮铃铃。叮铃铃。

"莉齐,接电话。"她暗暗祈祷。

杰西卡发动引擎。她需要回办公室。她等着接通莉齐的答录机。"莉齐,我是杰西卡。我想我们可能终于找到了咱们一直要找的那个连结点。尽快回电。"

2010 年 2 月 20 日　周六　下午 3:23

莉齐第三次敲响南希·莫莱诺家的前门。"南希,"她大喊:"我们是莉齐·加德纳和 FBI 的杰瑞德·夏恩。开门,一切都会没事的。"

"骗子,骗子,马上报应。"这一句在她脑海中浮现。

没有人应门,莉齐走到前窗往里面瞧。主卧室格调优雅,外观别具一格。看上去舒适、温暖,没有搏斗的迹象……但……她使劲往里看,试图隔着家具看到用餐区里面。桌子是摆好的,铺着桌布,放着银餐具。桌布歪了,一部分被往一条边的方向拉得太远。一个玻璃红酒杯打翻了。"杰瑞德,"她说:"咱们得绕到后面去。"

庭院的侧门开着。她跟着杰瑞德穿过门,映入眼帘的是一个花生形状的水池,周围环绕着喷泉和修剪美观的草坪。水流从美人鱼雕像尾巴静静倾泻而下,而她的心正怦怦狂跳不已,对比好不鲜明。通往房内的法式门大开着。

杰瑞德拔出枪,示意她留在那儿别动。

莉齐一点儿也不想独自站在外面……苦等。她每步都踩着杰瑞德的脚印，跟他进去，小心翼翼不碰响任何东西。房间里不止打翻了一个玻璃红酒杯，还有一个瓷碗跌到地板上摔成了碎片。

厨房在左边。不锈钢洗碗池闪闪发光，里面空无一物。花岗岩材质的柜台被擦得干干净净。所有东西都各归其位。

杰瑞德沿走廊前进时，莉齐选择走楼梯，一步两台阶。她双手握着格洛克手枪，手心都是汗。她一下子打开她遇上的第一扇门。窗帘还拢着，她连忙按开灯。没有任何混乱的迹象。她慢而平稳地穿过房间，步步迈向壁橱，然后将嵌了镜子的玻璃橱门划开。里面整整齐齐地码着几个塑料箱，几件冬天穿的大衣平平整整地挂着，没有坏人，没有死尸。

她脉搏跳动加速，已经不自觉地屏住呼吸。走出房间时她松了口气，然后慢慢地沿走廊排查下去。"南希？你在吗？是我，莉齐·加德纳。你现在可以出来了。"

没有应答。她痛恨这种死寂，接近她痛恨黑暗的程度。他们只花了十一分钟到这。南希及时藏起来了吗？她现在是不是正缩在一个黑漆漆的壁橱里等着被救？他不可能那么快弄到她的。但是开着的一扇扇院门，摔碎的碗……它们讲述的故事与她所希望的截然不同。

地毯很厚，洁白如珍珠，任何东西落在上面都会显形。包括通向主卧室的一长串血迹。该死的。

"莉齐！下来，在这！"杰瑞德大喊。

她举起枪，枪口笔直向前，她想把杰瑞德喊来问他发现了什么。如果他找到了南希，那她发现的又是他妈的什么鬼东西？

他又唤了一遍莉齐的名字，这次声音更大。

她没法回应他。长毛绒地毯消去了她每一步发出的声音。现在她在主卧室里。血迹穿过宽敞的地板，通往主浴里面。凶手可能就站在几英尺远的地方，可能他受伤了，还想着逃脱。她从来没在靶场之外的地方开过枪。但如果她不得不开枪，她一定会毫不犹豫地扣下扳机。

冷静。准备好。

他看见她了吗？他知道她来了吗？他知道她就站在浴室门外吗？

现在，莉齐，现在！不管了，做吧！

她迈出最后一步，提起枪，两个手指扣在扳机上，然后发现自己正望着的，是南希·莫莱诺的眼睛。"妈的！"

2010 年 2 月 20 日　周六　下午 4：21

杰西卡走进母亲家里，发现哥哥在厨房。她在野餐桌边坐下。那张野餐桌被拿来当正式的餐桌用了。她哥哥，斯科特，正在埋头搜刮冰箱里的食物。过了一会儿，他放弃了。"我得出去弄点食儿，要一起去吗？"

"妈妈在哪儿？"

"还在她一直呆的地方——另外那间房的沙发上，醉成一摊烂泥。"

杰西卡没想到能在家碰见哥哥。他和妈妈最近一直吵个不停，所以他过去几个晚上都是在朋友家过夜。下周他就要打包行李动身前往泽西了。

杰西卡是来拿枪的，洗衣机上方的碗橱里有一个空的汰渍洗衣粉盒子，母亲的枪就存放在那里面。她原本没打算告诉任何人，但当她望进哥哥的眼睛深处时，嘴巴还是忍不住透露一二："我想我知道是谁带走玛丽了。"

他将手指插进头发里，嘴边浮现两道冷硬的法令纹[1]。"哇哦。"他转身面向厨房洗碗池，望向窗外，俯视一片已经死掉的草坪。他们安静了一会儿，杰西卡开始猜测他在想什么。不用她猜太久，他便开口道："你什么时候能从找玛丽的妄想里头恢复正常？"

"大概等我找到她的时候吧。"

"这么长的时间过去了，你还不肯接受事实。我真的理解不了。"

"以前发生过的。"杰西卡说。

"发生过什么？"

"失踪的人被找到。活着，而且活蹦乱跳，实际上可以这么说。"

"你倒是说出一个来啊。"

"伊丽莎白·斯玛特，肖恩·霍恩贝克——"

她哥哥走到野餐桌旁，在她对面坐下。他看着很高，宽肩膀。这一路走来，在某个时刻，他一下子长大了。他看起来成熟了，聪明了，让她不由得想，他有没有任何地方长得像爸爸。自从玛丽消失之后他们就再也没见过爸爸。妈妈把家里他所有的照片都撕掉了，相册里的，相框里的。关于爸爸的记忆，丝毫没剩。哥哥伸出一只胳膊，把手放在她交叠的双手上。"该放下了，杰西[2]。"

"我不能。"

"我也爱她，但是玛丽不可能逃掉的。"

"万一带走她的人把她洗脑了呢？你知道的，那个人让她相信咱们不爱她。几年过后，她可能就开始相信她一直听到的东西。或许他改掉

---

[1] 位于鼻翼边延伸而下的两道纹路。
[2] Jess，Jessica 的昵称。

了她的名字。我最近一直在做这方面的阅读，那是完全有可能发生的。"

他收回他的手。"我想——嗯，没关系，我怎么想无关紧要。你说这话的时候，听起来跟妈真像。"他站起来。

她眨了一下眼睛。"你这话什么意思？"

他身子前倾，双手手掌落在桌面上。"如果你不当心点，杰西，你的结局就跟她一样。玛丽失踪之后，她就丧失心智了。她放弃了她自己，也放弃了我们。"他用下巴冲另外那个房间抬一抬，"去看看她吧。这么多年来，直到现在，她一直处在情绪不稳定的状态，没法继续把日子过下去。现在她把自己泡在酒缸里了。如果你放不下，那就是未来的你。"他直起身子。杰西卡还没来得及告诉他故事剩下的部分——和莉齐·加德纳一起工作，寻找受害者之间的联系，找到姐姐下落的关键——他就走了，门在他身后轰然关闭。

杰西卡已经回过一趟莉齐的办公室，打了几通电话。她足够肯定，那个人罪行累累，犯罪记录能有一英里长。他曾经因为露阴癖和销售青少年主演的色情录像带而服刑。

杰西卡踏进房门看见哥哥的那一刻，她还希望他能开车送她来着。她叹了口气。莉齐还没回她的电话，这让她忧心忡忡。莉齐已经去过他的房子了吗？由于是莉齐让她把他的名字加进名单里，莉齐完全有可能已经去过那里了。

杰西卡绝对不会打电话给警方的，他们需要一张搜查许可证，而她意识到，自己已经浪费了太多时间。杰西卡走去洗衣房。枪就在她上次看到的地方。她捡起枪，把挡她道的清洁剂和织物柔软剂推开，然后抓起那个装满子弹的特百惠①碗。

---

① Tupperware，储存食物用的、带很紧的盖的一套塑料容器。

妈妈的声音突然响起，吓得她措手不及。"玛丽。"妈妈唤道。

妈妈躺在沙发上，就像哥哥说得那样。她的眼睛半睁着，伸出一只苍白的手。地板上躺着一个杜松子酒瓶，空的。"玛丽，是你吗？"

杰西卡拉起妈妈的手，没想到那么冰凉，让她吃了一惊。"是，是我。玛丽。"

妈妈的嘴角微微向上勾起。"你回家啦。"

杰西卡紧紧攥住她瘦骨嶙峋的手，努力在脑海中勾勒她从前的样子……明艳的，充满了生命力——像是活着的唐娜·里德[①]。"我得走了，妈妈，但我很快就会回来的。一切都会好起来的。"

---

① Donna Reed，美国女演员，奥斯卡最佳女配角得主。

第 29 章

2010 年 2 月 20 日　周六　下午 4：33

　　杰瑞德、吉米和莉齐站在南希·莫莱诺房子外面水池边的后院里。他们看着两个分开的尸体袋被运到犯罪取证实验室。每个袋子里的东西都会得到细致的检查，以获取血液、毛发、各种纤维和各类的印记——除了莫莱诺之外其他人的。

　　杰瑞德在楼下洗衣间放脏衣服的大篮子里发现了莫莱诺的身子。而莉齐则在楼上洗手间水池里找到了她的头。如果南希·莫莱诺比起担心名誉能多担心一下自己的性命，莉齐心想，她或许还能活命。

　　刚过去的五分钟里，莉齐一直把电话贴在耳边。她最终放弃，"啪嗒"一声把手机合上。"杰西卡还是不接电话。"

　　"咱们把这里的事处理完之后顺便去你办公室看看。"杰瑞德主动提出来说。

　　吉米站在杰瑞德旁边。还是老样子，一件深色西装，一双擦得锃亮的鞋，还有一张怀疑一切的脸，满脸的怒气。几秒钟之前，一位犯罪现场技术员递给吉米一个塑料袋。袋子里装着塞进莫莱诺嘴里的纸,是一张血迹斑斑的笔记,来自莉齐和琳达·盖茨的一次心理治疗。

"南希·莫莱诺怎么进到琳达·盖茨的诊所里去的?"吉米问。

"南希是琳达多年的老客户之一。"莉齐答道。

"有人跟盖茨医生谈过了吗?"

"我给她家打了电话,"莉齐说:"听说发生了什么事之后她很震惊。十分钟之前她回电说,她去了诊所,而且我的档案,确实,不见了。"

"莫莱诺最初为什么会偷档案?"

"盖茨医生认为南希顺走档案就是几天前的事,在最后那次问诊的时候。盖茨医生还提到说,看见一个奇怪的男人在巴士停车点附近晃悠。南希在她诊所里的时候,那个男的很明显正在街角监视她们。当时琳达看见他的时候就报了警,但是警察来之前那个男人就消失了。"

"我们需要有人过去,收集一份完整的报告。"

"已经派人了,"杰瑞德说:"汉克在路上了。"

吉米又问道:"你们今早在咖啡店见的那个小孩儿怎么样?"

"他很害怕。"杰瑞德说。

"怕什么?"

"雇他送钱去莉齐办公室的那个男人威胁他,如果他敢跟人讲,那个男的就要跟在他后面报复。"杰瑞德说:"不过,我已经派人在那个孩子离开咖啡店之后跟着他了。"

莉齐挑起一条眉毛。她居然完全不知情。

"他住在离科森尼斯河学院很近的一座公寓楼里,他名叫罗素·帕克尔。"杰瑞德说。

"他说见刑事画像员的事他必须要先考虑一下。"莉齐对吉米说。

"他意识到我们是在对付一个连环杀手了吗?"

莉齐点头:"我们告诉他了。"

"他吓坏了,"杰瑞德又说了一遍:"他没在正常思考。不过,我相信他会改变主意的。"

吉米拦下一名从他身边路过的警探:"你从邻居们那里弄到什么信息了吗?"

"目前,什么都没有,没人看见可疑的事,房子附近也没有陌生车辆停靠。街对面的女人是一个全职妈妈,她说从她家厨房窗户能直接看到莫莱诺家的房子。差不多就在莫莱诺可能在打电话的时候,那个全职妈妈正在洗碗,她没看到任何东西不正常。"说完他说声"失陪"就走开了。

吉米挠挠后背。"这个家伙从来都不留痕迹。他妈的他到底怎么做到的?看看咱们周围。没有能让凶手藏进去的场地或者公园。那他是怎么进进出出还不被任何人发现的?"吉米搓搓两眼之间的位置:"还有,这杀手狗日的干嘛要盯住一个新闻主播?"

"莫莱诺有他想要的东西,"杰瑞德说:"一旦他从莫莱诺那里拿到了莉齐的档案,莫莱诺对他来说就没用了。"

"那现在又是怎么回事"

他们都一字不差地知道那用鲜血涂在盥洗室镜子上的留言,但莉齐还是又说了一遍,"黑暗将至"。

"你觉得这是什么意思?"吉米问。

"他手里有我的档案,"莉齐说:"他在发动袭击之前,喜欢先把受害者的一切了如指掌。他迷恋这个过程。"

"那套用到'黑暗将至'上面,应该怎么来解释呢?"

"我怕黑。"她没有细说。

然后吉米就懂了。他们都懂了。蜘蛛侠差不多已经准备好了。

吉米的手机响起。他走开接电话。

莉齐懒得告诉吉米,她不仅仅是怕黑,而是怕到在黑暗里根本动弹不得。蜘蛛侠读她的档案时也会知道,她自从逃跑之后就再也哭不出来了,现在仅仅是看到一只蜘蛛就能让她呼吸困难,还有她每晚都不能安睡,必然会在脑海中重演一遍他曾对那些女孩做过什么恐怖的事。想到这里,莉齐不由得紧紧抱住了自己的腰。

"走吧,"杰瑞德说:"咱们从这儿出去。"

2010 年 2 月 20 日　周六　下午 5:05

莉齐被要求把她的手机、枪和背包都留在了加州惩治局[①]安检处的前台。下一步,接受检查的是看是否携带胡椒喷雾、催泪瓦斯、酒精和爆炸物。最后她和杰瑞德被带到仅限预约进入的非接触式房间,而且被提醒了不止一次,给犯人提供协助是一种犯罪。他们也被问到身上有没有带任何摄影摄像或录音设备,他俩都回答"没有"。

他们通过一个金属探测器,然后进入 CDCR[②] 的非接触式探视间,在这儿,他们有二十分钟的时间和贝特西·莱伯恩谈。

房间里安静无声,设置了四块区域给犯人与来访者见面,犯人每次最多可以见两位来访者。

负责安全的警官指指一个小间里最靠前的两把椅子。小间用玻璃

[①] Department of Corrections,某州惩治局即某州的监狱系统。
[②] The California Department of Corrections and Rehabilitation,同上注。

隔开,他们将通过可视对讲机来完成对话。

杰瑞德还没在莉齐身边坐下,贝特西·莱伯恩被带到了玻璃另一侧的小间里。

这个女人个子高挑,肌肉发达。棕色的头发向后别住,丰满圆润的脸上,两只距离疏远的淡褐色眼睛,一张长在哭丧脸上正合适的嘴。

贝特西坐下。看守后退几步,设置好腕表上的定时器。

"莱伯恩女士,"杰瑞德说:"我是杰瑞德·夏恩,这位是莉齐·加德纳。"

女人身子向前凑了凑,直到她的脸离玻璃只有一英寸。"你不是莉齐。"

"我是莉齐,我记得你。"预料之外的情绪堵在喉咙,莉齐说:"对于你做过的事情,我怎么谢你都不算多。"

"我什么都没做。"贝特西说。

"我最需要一个人帮我的时候,你是那张友善的面孔。你帮我坐上了你的货车。你帮我逃跑了。"

"哦,我很高兴你现在没事。"

随后是尴尬的沉默。杰瑞德说:"我们来这儿是为了几个原因,贝特西。我们需要知道你救莉齐的那天有没有看到什么不寻常的人或事。"

"没有,"她摇摇头,"同一个问题联邦调查局的人问过我一百遍了,答案还是一样的。"

"你接莉齐上车的那天早上,她带在身上的手表后来怎么样了?"

贝特西脸红了。"我不知道关于旧手表的任何事,"她说:"你那时候没有戴表,对吧,莉齐小甜甜?"

显然贝特西采取了防御戒备的姿态。莉齐一只手按在玻璃上："没关系的，贝特西。你没有惹上麻烦。实际上，不管你说什么、做什么，都不会改变我对你的感激之情——我感激你那天为我做的事。但我们需要问你关于那块表的事，因为有个狗娘养的疯子变态狂回来继续作案了。"

贝特西睁大了双眼："妈的，不要啊。"

"妈的，不要啊。"莉齐重复道："我们需要知道你当时是怎么处理那块手表的。我们不在乎你是把它卖了，当掉了，还是扔进车库里，但我们需要知道的是，它可能到了哪儿。因为那块表上可能有一个序列号……某些能给我们带来线索的东西，关于杀手身份的线索。"

贝特西咬着下唇。很难看出她是在纠结到底要不要说她怎样处理了那块手表，还是根本不记得它的存在。她再次凑近了玻璃，好像要向他们讲出一个秘密。

莉齐也向前凑近了。

"你们身上有没有刚巧给我带了几根烟？"

莉齐扭头看向杰瑞德。

"我刚刚看到大厅里有一个自动贩卖机。"杰瑞德说着站起来，"你抽什么样的？"

"我要两包万宝路。"

"犯人只允许隔着玻璃得到一包。"看守说。

"得了吧，哥们儿，"贝特西扭头对身后说："对老婆子高抬贵手。"

看守没理她。

杰瑞德不到五分钟就回来了。他把一包万宝路放在金属托盘里，贝特西拉动一个装置，把香烟拉到玻璃靠她的这一边。除去塑料包装前,她不紧不慢地在手掌上摆弄着香烟盒。后来取出了一支香烟,叼到嘴里,然后回头望向看守。

看守掏出打火机给她点上烟。

贝特西吸了满满一肺的尼古丁又吐了出来,"谢了。"

杰瑞德点点头。

莉齐瞥了一眼钟。"我们需要你的帮助,贝特西。"

贝特西又抽了一口。"我最没必要做的事就是再给这些傻逼一个把我关起来的理由。"

"你什么错事都没做,"莉齐竭力强调:"我把手表送你了,记得吗?"

贝特西双眼一亮:"你说得对,我记得的,你把它给我了,对吧?我什么都不用担心?"

"没错儿。"莉齐说:"你没什么好担心的。你什么都没做错,贝特西。"

贝特西深深吸了一口,回味许久。"我愿意帮你,"她说:"我真的想帮你,不过,当时的情况是,我试图卖掉那块表,但是不会卖到超过两百美元,因为上面刻着的字。我当时真的气炸了,因为我兄弟告诉我那是块劳力士,值几千块。"

杰瑞德不动声色。他真够专业,莉齐心想。他有耐性,不仅仅是耐性。莉齐则相反,她想把手伸进那个女人的喉咙把她要说的话拽出来。但现在贝特西抽着烟,不慌不忙,也急不得。反正她哪儿也跑不了。

"你不会是碰巧记得刻字的内容吧,会吗?"莉齐问。

贝特西又吸了一口,尼古丁再次充满了她的肺叶。烟雾模糊了隔在他们之间的玻璃。"如果我告诉你,你会再给我寄来一包这个吗?"

她举起那包万宝路。

莉齐点头。"如果你告诉我,一等邮局开门我就给你寄,寄一条。"

贝特西一笑,露出一排扭扭曲曲的黄牙。"就像我之前说的,我被上面的刻字惹恼了。我的意思是,为什么有人会那样去毁了一块完美的好手表?刻字是姓名的首字母 SJ,然后是一个小的心形符号,后面是首字母 SW。"

阵阵战栗沿着脊柱向上急速奔涌。莉齐不知道这点零碎信息能将他们带往哪里,但单是意识到他们可能拿到了什么东西,即使只是几个首字母,都让她兴奋得眩晕,毕竟聊胜于无。"你确定是 SJ 和 SW 吗?"

"对啊,"贝特西窃窃一笑,"就是这个。我记得这事是因为我告诉我兄弟,这些字母代表的是'傻屌爱傻逼①'。"她的笑声在墙壁间弹来弹去。"如果那个婊子养的没把那块该死的手表毁了,我本来能真正赚一笔。说到这儿,"烟吸到一半,她添了一句:"你们俩谁身上有现金吗?"

莉齐看了一眼看守。

"一块钱一块钱地给,最多给 50 块。"他说。

杰瑞德从钱包里摸出 16 个一块钱,莉齐又找到了 9 个,皱巴巴的,满是折痕。他们把这些一块钱的纸币放进托盘里。

贝特西把那个装置拉过去,像中了彩票一样疯癫大笑。看守走上前来,说是时候让贝特西回她的牢房单间去了。

杰瑞德站起来,莉齐也跟着起立。"谢谢你为我做的一切。"莉

---

① 原文 Stupid Jackass loves Stupid Whore,首字母恰好也是 SJ 和 SW。

齐说。

"嗯,你什么时候再来都行啊。就是别忘了,你答应的那条烟。"

"我不会忘的。"莉齐看着贝特西站起来,跟着看守回她的牢房。贝特西的身影消失之后,莉齐跟着杰瑞德离开隔间,穿过安检装置,到达正门大厅,取回他们的物品。

他们刚走出正门,杰瑞德的手机响了。杰瑞德一边听,一边深深蹙起眉毛。最后他点点头,挂掉电话。

"发生什么了?"

"咱们得到你做过演讲的那所高中去。"

"为什么?"她问。

"他们觉得他可能又做了一起案子。"

她的心猛地一沉。

"他们在那所学校发现了一封信和血迹。"杰瑞德说。

"这不可能。"莉齐攥住他的外套袖子,望进他眼睛里,随后慢慢明白了。"那封信……那封信是给我的吗?"

"是,但这一封的署名是黑蕾·汉森。"

第 30 章

2010 年 2 月 20 日　周六　晚 6:00

"你现在在这儿都是莉齐·加德纳的错。你知道的，对吧？"

黑蕾的肚子咕咕响。她已经至少有二十四小时什么都没吃。窗帘拉得严严实实。蜘蛛侠拖了一把细腿木椅子进来。到现在为止，他已经坐在那个角落里盯着她看了至少一个小时了。

"你打算干嘛？"她问："就坐那儿没日没夜地瞅着我看？"

他不回答。他的面具还戴在原来的地方，但人好像有什么地方不一样了。首先，他看上去情况不妙，穿着他平日常穿的立领衬衫和哔叽色的裤子，但衣服皱了，人也蔫了。他的游戏肯定玩不下去了。他扭头向右看时，她看见纱布从他的领子下露了出来。她都快忘了她昨晚拿刀捅过他。他去过医院了吗？当时刀捅得挺深的。而且他进房间之前，房子里安静了几个钟头。

他戴的面具遮住了脸的中间部分：双眼，鼻子，脸颊的上半部分。露在外面的额头、下颌和下巴颏，看起来都苍白，是失血的症状。

他怪得瘆人。就连布赖恩都从来没有一次是进了她的房间，干坐在那儿盯着她看。布赖恩直接立刻开始"干正事"。

但蜘蛛侠不是这样。

他透过他那个面具看人的方式让人心里不安。"你看什么呢，傻逼？"黑蕾问。

"你。"

"我在这唯一的原因，"她一想起他现在处于痛苦之中，就聚拢起自信，"是因为，我让你带我走。"她重重地强调了"让"这个字。

他的头往右边一歪。"怎么会？"

他没有用变声设备，这对她可不是个好兆头。说不定，他把她先前说的话走了心，并且意识到她说得对。如果他打算到最后杀了她，那他干嘛还要掩饰隐藏呢？不过他现在还不嫌麻烦地戴着个面具。

"我不用非要当爱因斯坦，"她告诉他，"就能看出，你问题的症结在莉齐·加德纳身上。"她同样不太用费脑子就能知道，能让她有机会逃跑的唯一出路就是和他交朋友，让他把她两条胳膊从床柱上解下来。虽然她很清楚，她的这个主意只是在她自己看来有希望而已。

"看过新闻之后，我发现你在监视她，"他没有回应，她继续说道："而且如果你确实在监视莉齐的话，那就意味着你可能会出现在那所高中。所以我昨晚上等其他所有人都走了，找了个舒服的地方，然后等。"

"你为什么会这么做？"

"因为我觉得腻歪了。"

他干巴巴地大笑，笑得无力，但却一直笑着，声音不变。"你本来可以把时间用在再刺一个文身上的，"他极其憎恶地说："看起来，你很享受把自己的身体当画布用啊。你会死在这上头的。"

她笑起来："那可就有趣了。你是个杀手，对吧？"

"一位正义的维护者。"他纠正道。

他的嗓音深沉而舒缓，她想，他口齿清楚，完全不像她妈妈跟着混的那群渣渣，他们最简单的字都吐不清。"一位正义的维护者。嗯——为什么这么说？"

"我尽我最大努力帮助这个世界摆脱那些没用处、不中用的青少年——那些勾引挑逗男孩儿的，对年长者口出不敬的，拿香烟填满肺的，还有不尊重她们自己和自己的身体、在四肢上刻一堆愚蠢设计的。"他看了一眼她的文身。"你知不知道 MRI① 扫描期间，文身里的金属盐能导致皮肤燃烧，就像人肉正在被烧烤一样？"

她抬起腿，弯起膝盖，让蜘蛛侠更清楚地看见胶布上方她脚踝上的文身。她还有一个天使文身，在锁骨上。还有一个带刺铁丝网形状的文身，在她小拇指上。她耸耸肩。"我喜欢我的这些文身。"

他冷笑了一下。

她用下巴冲着脚踝比划了比划。"那就是我的第一个文身。现在远看已经看不出来了，但是在我脚踝上的字写的是'布赖恩'。布赖恩说服了我做第一个文身……很多年以前，我还信任他的时候。布赖恩是卖给我妈毒品的毒贩子。他一开始是我妈的男朋友，后来他引诱她'溜冰②'成瘾。几年之后我妈付不起欠他的钱，就让他和我上床。那时候我十四岁。在那之后，我猜我就成了他们可以理所当然地享用的猎物。布赖恩和他所有的毒贩子朋友从那以后都想怎么和我发生关系就怎么来……有时候在夜里，但大多数时候是在早上，"她补充道，

---

① Magnetic resonance imaging，核磁共振成像。
② "冰"指冰毒。一种毒品，外观像冰，毒性极强。原文用词 meth 为俚语，故此处也使用"溜冰"这一"黑话"。

就像在谈论天气那样,"如果你真的是一个正义的维护者,那你为什么不去追杀那些家伙,而是杀女孩子们,像我这样从来都没机会出人头地的女孩子?"

他看上去像是沉思了一会儿,然后说:"我确定,你不是完美的。"

她懒得告诉他,她是个全 A 的优等生,或者她花大部分的周末和晚上时间在一家饮品店工作,然后把她挣的每一分钱交给妈妈来替她付房租。业余时间,她就读书。读了很多的书。她喜欢经典作品,也爱看一部好的爱情故事或者推理小说。没有什么能像一个可读性强的故事那样能让她忘掉所有烦心事了。"你说的没错,"她最后答道:"我确实有瑕疵。"

面具之下,她看见他的眼睛亮了。

"你犯下了什么过错?"他问。

"有时候那些男的让我吸他们下边的玩意的时候,"她说:"我就呕。他们可一点都不喜欢那样。"

"那他们怎么办?"

虽然她说的是实话,但这个丧心病狂很明显没有察觉她话里的讽刺。无所谓。如果她想让他成为她的"朋友",她需要一直说下去……哄他高兴,直到她想出怎么逃出这次的困境。"大多数毒鬼不在乎我呕不呕,"她说:"有一个贩毒的,一个浑身是毛的肥猪,每次我噎住的时候他会使劲掐我。被掐比干呕还难受,所以我宁愿打开喉咙,那样舒服很多。就好像杂技里面吞剑的人做的那样。"

他点点头,好像听懂了。

狗杂种,有病。

黑蕾继续说:"有一两个家伙会等,等到射完,才把我揍一顿。"

"嗯……"

"看见我的鼻子了吗?"她轻微偏过头,让他更清楚地看到她的侧脸。

"怎么了?"

"鼻梁歪了。我鼻子被各种傻逼打断过三次。"

她的肚子咕噜噜叫了,这次更响。

"听起来你好像饿了。"

她在身上的束缚允许的情况下尽最大幅度地耸了耸肩。

"明天我们要打一通电话,"他站起来,身体僵直,"如果你按我说的做,你就能有东西吃,作为奖赏。"

黑蕾看着他往门口走去。从他脸上痛苦的表情判断,他肯定是感到了某种痛楚。真棒。他应该去死,她长长地叹了口气,心里这么想着。

他通常会在离开时把门关上,但这次没有。她希望他去睡觉。他早些时候进来之前,她感觉手腕上绑着的东西总算开始松了。被胶带勒住的部位发麻,但与此同时疼痛也被削弱了,变成一种麻麻的跳动。

她饿了,但她最需要的是上厕所。她已经禁不住尿过了一次,但短裤现在已经干了。她怕如果她把自己弄脏了,他会试图把这些污秽打扫干净,然后就会发现她的刀。短裤里的折叠式小刀让她很不舒服,但那也是她最后的希望。

她脑海中有一百万种念头奔腾而过,包括她之前有过的自杀的想法。在家里,她床上方有一架风扇。伤痕累累的木制扇叶会一圈又一圈地转,她经常想象自己的死尸吊在上面:眼球突出,脸色苍白,舌头软塌塌地从嘴里伸出来,挂在那。自杀的种种念头在最近几个月里强烈增长,这是她不怕这个杀人狂抓住她的另一个原因。

虽然她以前的动机是杀掉这个怪物,她也考虑过自己在期间死掉的可能性。她不傻。可惜发生了屎一样的倒霉事。而现在,她动手钓到这个杂种二十四小时之后,她半裸着,肚子饿着,还被绑到一根床柱上,屁股下面塞着一把折叠刀。

即使是这样,她还是意识到,她最想要的……她想要活下去。

2010年2月20日　周六　晚6: 17

杰瑞德尽了最大努力为莉齐遮挡学校外面记者们的狂轰滥炸,还是抵不过各种灯光在她脸上狂闪。

"莉齐,"人群当中一位记者叫道:"蜘蛛侠真的一直有给你打电话吗?"

莉齐目光紧紧锁定正前方。杰瑞德为她抬起犯罪现场封锁带,领她过去。

"他是为了抓你才杀南希·莫莱诺的吗?"有人问:"那么索菲呢?他真的又给你留言了吗?"

"你认识昨晚被绑架的女孩吗?"

"你现在做得很好,"杰瑞德在她耳边低语:"忽略掉他们。咱们快到了。"

莉齐努力不去注意,但还是感受到了内心的刺痛。像有隐隐作痛的手指握住了她的心脏,然后紧紧地攥着。

吉米·马丁,她注意到,正弯腰站着,他下方是一位犯罪现场技术员。技术员正在用一把外科手术刀刮下干掉的血样,装进几个无菌容器里。他们安装了几盏便携泛光灯①，以便侦查员和技术员们能快速工作，更有希望抢在下雨之前完工。根据天气预报，再过几个小时这一带就要落雨了。离体育馆越来越近，莉齐注意到前天晚上见过的一位记者正在和一位特工讲话。就是那个闯进体育馆，打断她上课的女人。她穿着牛仔裤和Ｔ恤衫。"她是在接受采访吗？"莉齐问。

吉米从技术员身边走开。"据说，那个记者昨晚上看到黑蕾·汉森一个人坐着，问她需不需要搭顺风车。当时天色已经渐渐暗下来了。那个女孩儿跟她说有人在来接她的路上。"他回头看看那位记者，又加了一句，"她现在正在比较艰难地消化现在的情况。"

"信是在哪儿找到的？"杰瑞德问。

"就在那儿，"吉米说："就在记者看见女孩儿等人来接的那个地方。"

莉齐四下看看："信呢？"

"他们正在采取措施确保血液装袋之前是干的。要想好好看一眼那封信，我们至少要再等一个小时。"

"你有任何的理论能解释这事儿吗？"杰瑞德问。

"有一种，"莉齐说："黑蕾是决定拿她自己当诱饵。她前天晚上在我那儿露面的时候恰恰提到过这种做法，她只需要看看新闻就能知道蜘蛛侠一直在盯着我。她知道我会在这所学校，所以她来，等讲座结束之后，坐在这等蜘蛛侠出现。她知道如果她为他创造足够简单的条件，她成功的几率会比较大。"

"搞笑。"吉米说："故意让自己被绑架，那得是什么样的小孩儿？"

---

① 泛光照明灯，运动场、舞台和建筑物外墙等用，亮度较强。

"孤独又迷茫的小孩儿。"莉齐说。她多希望前天夜里她能有机会坐下来和黑蕾谈谈,可能那样的话她就能给黑蕾一些忠告,将她说服,不要做傻事。

"有人联系过她父母了吗?"杰瑞德问。

"埃瑞克·霍尔登现在在黑蕾的母亲那儿。她完全不知道自家闺女不见了。实际上,她说黑蕾一次消失个几天没什么反常的。"

莉齐不敢相信她听到的话。什么样的母亲会放任自己的孩子一次失踪几天?

"如果这跟砍掉莫莱诺脑袋的是同一个人,"吉米说:"我想知道他妈的他是怎么从A点到达B点却没被任何人发现的。"

技术员收集完血样,开始打包收拾工具。吉米冲他摇一摇手指:"尽快让我看到结果。而且我要这个地点的每一份血样与在莫莱诺家收集的所有血样比对过。"

技术员点点头,提起他的金属箱和防水帆布袋,走开了。

"照这么下去,"吉米说:"我手下技术员都快不够用了。他娘的这家伙到底是谁?他怎么又不坚持他的MO了?"

"他已经不再有MO了。"杰瑞德说。

吉米皱眉:"你说什么呢?"

"现在是私人恩怨了,"杰瑞德说:"在这方面,媒体说得对。蜘蛛侠是在戏弄我们所有人,看着咱们从一个犯罪现场奔波到下一个。他现在怒不可遏,他的怒气把他拉上了一条陌生的轨道。连环杀手喜欢幻想,喜欢布局。蜘蛛侠习惯于那种支配全世界的感觉。但现在情况已经变了。"

吉米眉头皱得更紧:"谁是他愤怒的对象?"

"我。"莉齐说。

杰瑞德没有反对："在我看来，弗兰克·赖尔向全世界供认说自己是杀了四个小女孩的杀手蜘蛛侠之后，蜘蛛侠就准备回来再干一场。这件事激怒了咱们这位杀手。一般连环杀手们都喜欢得到自己应有的声誉。后来莉齐的爸爸同意在全国性电视台上做了几个访谈……"

吉米并没有被说服："蜘蛛侠在乎那个干嘛？"

"我觉得与其说他是在乎，不如说他是对听莉齐爸爸说的话感兴趣。我觉得，毕竟，莉齐曾经是他停止杀戮——至少一开始的时候停止杀戮的原因。他肯定害怕她会认出他，或者，至少指出他的藏身之处。"

"然后我爸说了太多，"莉齐补充道："蜘蛛侠肯定气疯了。"

杰瑞德点点头："极有可能，他知道自己被背叛、被撒谎和哄骗之后，钻进牛角尖，把自己逼疯了。"

吉米跟不上他们的思路，便问："被谁背叛？"

"我，"莉齐说："我让他相信我关心他，甚至爱他，就像任何小女孩爱自己的父亲、尊敬自己的父亲一样。没多久我就意识到，他很了解他的受害者们。但是他不了解我。他把'消灭'他认为不好的十来岁的女孩儿，当成是在给这个世界帮大忙。所以我明白，如果我想得到活下去的机会，就必须让他相信，我属于好女孩之列。"

"这就是他的 MO，"杰瑞德说："找到一个符合他'坏女孩'定义的女生，然后等待，观察，了解。但现在他被莉齐的背叛气坏了，做事越来越仓促草率。"

"黑蕾·汉森真有种。"吉米嘟囔道。

莉齐看着吉米。从她认识他以来，头一回觉得，他们好像是站在同一边了。

"你想的跟我想的一样吗?"她问。

"我不会让你那么做的。"杰瑞德说。

"你没得选。"

"蜘蛛侠越来越不耐烦了,"吉米说:"他正在失去耐心,那样就可能给到我们机会。"

"咱们得快点行动了。"莉齐也赞同。

"他会知道你实际上在做什么的,"杰瑞德说:"他是越来越莽撞了,但他还没傻。设诱饵这种手段黑蕾用起来可能奏效——虽然我敢肯定她的计划里并不包括被这个人拖走。我想知道血迹是谁的,是蜘蛛侠还是黑蕾的?蜘蛛侠不会在同一个地方摔倒两次的。"

吉米握住杰瑞德的肩膀:"我们会一直全方位盯着莉齐的情况的。连在她身上的电缆会比有线公司还多。"

杰瑞德摇摇头。

莉齐拉过他的手,握紧。"我必须这么做。"

2010年2月20日 周六 晚 7:02

"啪"的一声巨响,小轿车猛地往前一窜。杰西卡死死地抓住方向盘,想方设法把本田车开到了路边。她下车之后看到了问题所在。左后方的轮胎瘪了。

她抬头仰望,头顶的天空渐渐被黄昏吞没,然后毫无征兆地,她放声大哭。她的双手重重落在腰间,眼泪怎么都止不住。她的视线紧紧锁住一颗星不放,夜空中那一颗,那么孤独。她记不起上次哭是什么时候了,但她知道,这次泪水决堤不是因为那个讨厌的破轮胎。一个没气的轮胎,她应付得来。

玛丽失踪之后，她的家庭分崩离析。爸爸每一次看向他们的眸中，都饱受内疚折磨，他受不了，就收拾东西离开了。没过多久妈妈开始酗酒，哥哥开始拿毒品在自己身上做实验。杰西卡做了一切她能做的事来维持她支离破碎的家。她开始在商场工作，帮家里维持生计。在家她四处做家务。不上班也不做家务的时候，就学习。甚至早在那时候，她就知道自己将来要研究人类行为，弄明白为什么有的人能献出自己的生命去救素昧平生的陌生人，而有的人则会去杀戮。她想知道是什么能让人愤怒到做出难以置信的事。她最想弄明白的是，什么样的人会绑架儿童，因为她确定玛丽是被绑架了。玛丽永远都不会离家出走的。但负责这起案件的条子们却断定她就是离家出走。他们说家庭成员总是争吵不断的时候，经常会有小孩离家出走的情况。

玛丽从未离开过，杰西卡抹去脸颊上的泪，心里这么想着。她和玛丽不止是姐妹，她们是闺蜜。她们发誓守护彼此。小时候，每次父母大打出手，她们就在那个她们一起住、一起玩过家家的房间里用毯子搭两个帐篷。

玛丽当时可能越来越厌烦家里的大吵大闹，甚至可能晚上睡觉的时候梦见他们父母感情恩爱的美好时光，但是玛丽永远都不会背着她私自离开。

2010年2月20日 周六 晚7:22

回到公寓之后，杰瑞德和莉齐查看电话记录。电话总线没有来电信息。莉齐又一次拨出杰西卡的号码。"杰西卡还不接电话，"莉齐对杰瑞德说："她今下午三点三十分的时候给我留了一条信息。她听起来对我让她添进嫌疑人名单里的两个名字很激动。她让我尽快给她回电话。这是四个小时之前的事了。"

莉齐抱走咖啡桌上放着的笔记本电脑，启动。

杰瑞德走进厨房。"你有她家的电话号码吗？"

"我也打过了。没人接。"莉齐听见厨房碗柜开了又关，水龙头出水水又停。然后他问："你认识杰西卡多久了？"

"有几个月了。"

"你不是说过你缺钱，雇不起助理吗？"

"她一意孤行，不达目的不罢休。我一直不能为她的坚持找到合理的解释，直到昨天我发现她姐姐是十四年前失踪的女孩之一。"

杰瑞德从隔开厨房和大厅的墙后面探出头来："什么？"

莉齐的手指噼里啪啦敲着键盘。她越过电脑屏幕看向他，叹了口气。"我昨天才发现的。之前一直没花时间仔细想过这回事。我们一直都有点忙。"她在笔记本上草草记下一个地址，然后站起来。"杰西卡认为她姐姐还活着。"

"如果她是离家出走，那有可能。"

莉齐摇摇头。"杰西卡给我看了一张照片。是她，玛丽，那个我差一点就救了的女孩儿。"

"你告诉杰西卡了吗？"

"我办不到。"莉齐穿上大衣，走到门边，回头看他，"你一起吗？"

"去哪儿？"

"我得去找杰西卡。我得确定她没事。我希望我去瞅一眼沙利文教练的时候，你能开车去吉尔曼家看看。"

"吉尔曼住在哪儿？"

"离这儿不算远。"

"我不想这样。咱们一起,别分头行动。"

"你想保护我,我真的很高兴,杰瑞德,但我不是小孩子了。我们时间不多了。我到那儿的时候给你打电话,你也是。"

他叹了口气,然后看了一眼手表。"我会去核实沙利文的情况,我有他的地址,你处理吉尔曼。杰西卡开什么车?"

"他妈妈的本田思域,银色的。"

"如果你看到她的车,给我打电话。如果我看到也会给你打。"

她点点头。

"别做傻事。"他说。

他们出门,杰瑞德等她锁完门,亲了她一下。那是一个很浅但温暖的吻,拂过她的嘴唇,让她吃了一惊。她还没空去想昨晚他们之间发生了什么、那意味着什么——如果那确实有它的意义的话。"这个是为了什么?"她问。

"告诉我如果你看到了你不喜欢的什么东西,你不会去敲任何一扇门或者直接闯进去。"他说。

她点点头。

他没动,还在等着。

"你怎么了嘛?"他不回答。她挑挑眉毛。"好吧,"她说:"我会做个乖女孩,一旦看到任何可疑的事就给你打电话。"

2010年2月20日　周六　晚7:36

杰西卡把车开到吉尔曼家门外的路边,熄灭引擎。她看了一眼座位上放着的手机。要不是手机没电,她本来能打电话叫拖救服务的。结果她不得不自己动手换轮胎。怪不得莉齐没给她回电话——一块没电的电池会给人们打通电话造成多大的困难啊。

杰西卡关了车门，手插进口袋，往那个瘆人的家伙住的房子走去。风在树林间穿梭呼啸。乌云缭绕在月亮周围，她的手指绕上了她妈妈的 Kel-tec P3AT①。枪在前口袋放久了，枪身已经温热。一年半前，她意外地发现了这把枪，后来根本没在意，……直到今天。

通向前门的走道已经开了裂。几排树篱都该剪了。树枝刮擦着房屋外墙，落叶在她脚边飞舞。风吹得一面旗帜啪啪地拍在旗杆上。她刚摸到门边，忽然意识到，或许她本应该去莉齐的公寓，而不是独自来这儿。然而她从来都不是有耐心的那一类。脑子里一有主意冒出来，她就不可能坐在那儿等。她是"不快做不行，做了就后悔"的那种人。

她往身后看去，仔细扫视街道。一片安静。街对面的房子亮着一盏灯。她不知道如果有人应门之后她会说什么或者做什么。但她还是抬起一只手，指关节轻轻叩响门板。几秒之后，她又敲门。然后她把手伸进口袋，手指握住了枪。她从来没开过枪。

那能有多难？

---

① 手枪的一种，由美国凯尔科技数控工业公司研制，在美国颇受大众欢迎。

第31章

2010年2月20日　周六　晚7:55

莉齐透过本田车的前窗往车厢里看去。她认出副驾驶座上的包是杰西卡的。她也发现了那部手机。上面镶满了亮晶晶水钻，是杰西卡的手机。靠。她小跑着穿过草坪，从厨房窗户看进房内。除了有一道狭长的光从走廊尽头的一扇门投射进来之外，整栋房子一片漆黑。但她听见了音乐声。

这儿没有杰西卡的影子。莉齐把手伸进口袋，猛然想起匆匆忙忙间，把手机落在车里了。她刚要转身回去，房子里忽然传出一声巨响。几声呼号过后，是一阵重重的撞击声。

"杰西卡！"莉齐大叫一声，跑回窗边。房间里，她看见走廊上的那扇门开着，门里出现了一个没穿衣服的男人。他看上去像是要往房子前门走，但随后消失在另一个房间里。然后莉齐看见了杰西卡。

"杰西卡！"她喊道。丫的她在那干嘛？响声震天的音乐之下，没人能听见莉齐的声音。靠！她迅速从皮套里拔出枪，冲回门口，重重地擂门，然后按响门铃。但是没人注意到她。她跑去侧门，迅速打开门闩，跑过一排垃圾桶，直奔后院。一扇通往房子内部的玻璃滑动门已经被大大地拉开了。

2010 年 2 月 20 日　周六　晚 8：01

买的蛇昨天送到了，一共六条。两条东部菱背响尾蛇①，三条莫哈维响尾蛇②，还有一条他向来最爱的，鼓腹巨蝰③，这一条的脾气还相当差。他把脸凑近玻璃缸，立刻本能地往后弹开。那条蛇隔着玻璃想攻击他，力道惊人。

他一只手抚着胸口，竟发现自己需要坐下来休息下。又气又恼的情绪在他体内翻腾。他很想把所有的蛇扔进绑着婊子的那间卧室里，然后看着她慢慢死掉。这种冲动极其强烈，但随后有一个声音告诉他，要保持理智，坚持按计划执行。他的怒气这才消退。在这次的游戏里，他本不打算那么早就把索菲杀了，但那个女的实在是让他无聊到死。

目前他还需要留着黑蕾的命。他一想到莉齐被迫眼睁睁看着他折磨这个丫头，他就说不出地兴奋。他闭上眼，让这幅极乐的画面给他的肌肉重新注入力量，他需要这种力量来撑着他坚持到底。

莉齐该接受一次教训，一次就够。一阵剧痛啮咬着他的肩膀和身体一侧，让他没法享受此刻。他昨晚把那个丫头片子绑到床柱上之

---

① Eastern diamondback rattlesnake，北美洲最大最重的毒蛇，名称来自于背上明显的菱形背斑。
② Mohave rattler，又称"小盾响尾蛇"，主要分布在美国中南部和墨西哥北部，以莫哈维沙漠居多。有资料称小盾响尾蛇是所有响尾蛇中毒性最强的，这一点虽然还缺乏考证。
③ Puff adder，是一种有新月形黄色斑纹的剧毒非洲蝰蛇。并不是非洲毒性最强的蛇，但被认为导致人类死亡数最多。

后，清洗了伤口，自己用缝纫线、酒精和一根锋利的针把伤口缝合。但他的抗生素用光了，还不想病恹恹地在诊所露面，顶着一张苍白的脸。护士们打听起别人的闲事，鼻子灵得要命，而且她们什么都不会漏掉——或者说她们自己是这么以为的。实际上，就连他的合伙人都不知道，一起并肩工作的这个人是一位正义的追求者，一个现实世界中的英雄。大多数人的观察力都弱得可怜。这些年来，他们丝毫没有长进。这很令人遗憾，不过这是事实。

他站在镜子前，解开衬衫扣子，看了看他的伤。创口长且深。太深了。当时可能就已经达到了应该进医院的程度。他本可以告诉急诊医生他是遇上了拦路行凶的歹徒。伤口周围红肿，一股恶臭，还有脓水流出来。

看看那个婊子对他做了什么，他怒火中烧，站起来走到养菱背响尾蛇的地方。他戴上一只操作手套，伸进玻璃缸，抓起最大的那一条。被蛇咬一口不会让她死掉，但是绝对能让他自己心里痛快不少。

2010年2月20日　周六　晚8:03

杰西卡没有浪费力气去追那个光着身子的男人。相反，她进入卧室看着那张特大号的床。房间里香烟缭绕，散发着大麻的臭味。音乐震耳欲聋，面前的景象则离奇得让她感觉不真实。她顿了几秒才消化这一切，尤其是被绑在床上的那个人，手腕和脚踝都被分别捆在床柱上。尽管她高颧骨周围有一层一层飘逸的红发，睫毛长得惊人，可"她"其实是个男的。猎豹速比涛[①]内裤周围有浓密的黑色阴毛露出

[①] 速比涛（Speedo）是世界著名的泳衣制造商 SPEEDO 公司的运动品牌

来，这就说明了一切。他的嘴被塞住了，眼睛吓得溜圆。

她不知道自己到底是坏了别人的什么事，但不管是什么事，肯定不是正经事。喧闹的音乐让人很难集中精力。那个男人努力想说什么，但他的话被塞在嘴里的东西堵住了。

她开门的时候这里有三个男人。第三个人在哪儿？

她举起枪，向壁橱移动，持枪的手战战发抖。壁橱底层放着一个6英尺①高的扩音器，重金属音乐就是从那儿轰出来的。橱里还支着一个三脚架，上面顶着一台摄像机。摄像机仍然在拍摄，红色指示灯闪着光。

这里面究竟正在发生什么？

离得近了些，她能看见被绑在床上的男人身上有淤青，而且还在流血。她弯腰把音乐关掉，就在这时她看见了第三个男人——裸着上身，趴在地上，像蛇一样在地板上曲折前进，往半开的窗子那里挪去。"站住！"她喊道。

他转身开火。

哗嘶。

枪击声听起来像是一个橡胶密封圈在哧哧地漏气。如果她知道他身上有枪，她会先开枪再问话的。

杰西卡身子往后倒在墙上，枪从手里落下。一阵令她头脑发麻的刺痛先是席卷了她的左侧身子，然后很快转化为火辣辣的烧灼感。"玛丽在哪儿？"她问床上的那个男人。

男人摇摇头，眼睛瞪得比之前还大——像硕大的满月，中间点了一记黑色的污渍。他的头发那么红，衬得脸像鬼一样白。杰西卡想救

---

① 约合1.83米。

他,想把塞在他嘴里的东西拽出来,但她的两条腿不听使唤。他的模样开始扭曲,轮廓慢慢模糊。开枪的人从窗户逃跑了。而她现在对此无计可施。她吃力地伸出手,看见鲜血弄脏了她的指尖。玛丽的形象不停地涌入脑海。

她这是要死了吗?

整个房间在她眼中不可控制地天旋地转。杰西卡腿先软了,然后身体的其他部分也跟着瘫软在地。

2010年2月20日 周六 夜10:30

布里特妮从iTunes下载一首歌,正下载到一半,看见屏幕上弹出一条i2Hotti发来的信息。

总算来了。

她一直在想他是不是把她给忘了。不管了,她大着胆子打字回他。

  Brit35:你干嘛去了那么久?

  i2Hotti:你什么意思呀?

  Brit35:我已经有一百万年没跟你聊天了

  i2Hotti:三天

  Brit35:太长了

  i2Hotti:不好意思,忙

  Brit35:在忙什么?

  i2Hotti:一些事情

  Brit35:出什么事儿了?感觉你今天不太一样

i2Hotti：我需要见你

布里特妮的心怦怦直跳，然后她如释重负地笑了。

Brit35：我之前还担心你再也不喜欢我了
i2Hotti：你开什么玩笑？我想我已经疯狂地爱↑你了
Brit35：别逗我了
i2Hotti：认真的
Brit35：我也需要见你
i2Hotti：我还以为你永远不会提呢
Brit35：怎么可能？只是我妈一周七天一天二十四小时盯着我，就因为一个二逼杀手
i2Hotti：告诉她你牙套金属线断了，需要去看整形牙医
Brit35：好主意……然后呢？
i2Hotti：周一早点从学校出来，我会来接你。
Brit35：什么车？
i2Hotti：黑色宝马

哇哦，布里特妮心想，他父母一定很有钱，或者他一定有一份非常好的工作。她觉得自己是世界上最幸运的女孩儿了。

i2Hotti：你还在吗？
Brit35：嗯。我很兴奋，咱们终于能面对面了
i2Hotti：你肯定不如我兴奋
Brit35：我妈来了我得撤

i2Hotti：回头见

Brit35：要是真的回头就能见该多好

i2Hotti：♥你

2010 年 2 月 21 日　周日　中午 12:55

莉齐在医院等候室来来回回地踱步，盼着医生出现，让她知道杰西卡会没事。主门打开了。一股冷空气跟在杰瑞德身后冲进来。

"你没事。"他松了口气。

"我之前本来想打电话的，"她说，"但是一切都变得像疯了一样，太快了。我不知道我手机在哪，而且——"

"你没事就好。"他双臂环绕着她，紧紧地拥抱着，"其他什么都不重要。"

杰瑞德松开她，说："据我判断，沙利文教练是清白的。他经历了一次痛苦的离婚之后搬到这。他不介意让我在他家四处看。吉尔曼家发生了什么？"

"吉尔曼，原来不只是布里特妮的数学家教，还在做色情片生意。据说他的每一部片子都不同寻常，因为他会请陌生男人到家里。等他把他的新客人在床上绑好，他的同伙就从壁橱里出来，他们一起打扮受害人，把落进他们手里的男人打扮得漂漂亮亮像个异装癖[①]，然后开始在他们的身体上摆弄出各种姿势。他们管他们拍的视频叫做'放

[①] 是恋物症的一种特殊形式，表现对异性衣着特别喜爱，有反复出现穿戴异性服饰的强烈欲望并付诸行动，由此可引起性兴奋和达到性满足。

荡人妖①'。杰西卡出现的时候,正在被他们折腾的那个男人快要被吓死了。他现在还在医院五楼,仍处于惊恐状态。"

"杰西卡呢?"

"吉尔曼的同伙从窗子逃跑之前打了她一枪。"

医生从门里出来。"你现在可以看看她,"他说:"但是只能几分钟。我们想让她休息一会儿。"

"伤得重吗?"杰瑞德问。

"她左侧有一处低弹速②枪伤。她福大命大,被打中的地方没有主动脉。子弹取出来了,也给她用了镇痛剂。"

莉齐肩膀一松。"她大概要住院多久?"

"至少几天。我们今晚观察一下她情况怎么样,明天会得到更多信息,那样才好判断。"

他们进入杰西卡的病房。一位护士正在调整 IV③。莉齐走到床边,把杰西卡柔软的手握在手心。可怜的女孩儿面无血色,鼻子里插着管子。

"对不起,"杰西卡虚弱地说:"我手机没电了。"

"那种事完全不用放心上,"莉齐对她说:"你需要专心养好身体。"

"我猜吉尔曼不是咱们要找的人?"

莉齐摇摇头:"不是。但他也绝对不是什么良民。"她现在最想做的就是狠狠地教训杰西卡,当初她绝对不应该自己一个人进到那所房子里。还有那把枪,她是从哪儿弄到枪的?杰西卡脑子里想的都是些

---

① Shameless Shemales,可以看出这个命名选用的两个词拼写很相似,在表达含义之外也在玩文字游戏。
② 低于音速。空气中音速接近 340 米/秒。
③ 静脉滴注器。

什么鬼？她当时完全有可能被杀掉。

门开了，一个年轻男人走进房间。他双眼充血，布满了血丝。

"我哥哥，斯科特。"年轻男人走到她床边时，杰西卡介绍道。

斯科特皱着眉："你在那个男的家里到底干了什么？我告诉过你他是个变态了，我不是告诉过你了吗？"

杰西卡嘴唇发干，她轻轻舔了一下。"他在我们的嫌疑人名单上。而我要找到玛丽。"

斯科特的脸涨得通红。"玛丽死了。如果她还活着她以前就会回来找我们了。我们到底要经历多少次这种事情？你看看你。"他抬起双手，万分沮丧地慢慢捂住了脸。"我不敢相信你会这样对我。玛丽失踪了。爸爸抛弃了我们。妈妈又喝的烂醉。而你，现在又带枪闯进陌生人的家里，自己找死。"

莉齐刚要插话，杰西卡抬手阻止她，让她一个字都没说出口。

"我们给你们两个一点私人的空间。"莉齐对杰西卡说："我明天早上回来看你，好不好？"

杰西卡点点头。

斯科特摇着头，肩膀垮了。莉齐想告诉杰西卡和斯科特他们姐姐的事，给他们的争执画上一个句号，但杰西卡看上去太脆弱了，她今晚没法承受第二次打击。所以那件事必须要等。

2010年2月21日　周日　凌晨3：03

有什么湿漉漉、沉甸甸的东西在她的双腿上滑行。

黑蕾的头猛地往上一抬。她刚刚睡着了。显然那个狗杂种就是要等她睡着，这样他才好放出他的另外一只怪宠。

她的心扑通扑通狂跳。房间里很暗。一片漆黑。两天以来，她一直挣扎着想把手腕上绑着的东西挣松，然而并不走运。但这次她猛地向下拽胳膊的时候，她的右手解脱了。

蛇在她大腿上缓慢行进，它块头很大。黑蕾伸手去够它。"嘶"地一声，蛇发动攻击，毒牙没进她腿里。黑蕾疼得五官纠结成一团，痛苦地倒吸一口冷气。与此同时，她紧紧地掐住蛇周身的要害，把它举高，扔到房间对面去。重重的蛇身划过地板，"砰"地撞到墙上。

黑蕾像疯了一样抬起松了绑的那只胳膊，开始解放另一只手。她手忙脚乱地去找金属线的线头，这样她就可以从另一个手腕上把它一圈一圈解下来，但那线好像永远没有到头的时候。等金属线解开，她屈膝用嘴去撕咬胶布。胳膊终于自由了，但疼痛难忍。支撑着她继续移动的，是肾上腺素，和活下去的决心。她用右手在她自己制造的一片恶臭里到处摸索，找她的刀。她已经在那把刀上坐了超过四十八小时了。她坐在地板上展开刀，露出刀片，然后迅速把膝盖收到胸口，这样就能将脚踝周围的金属线和胶布切断了。

最后一点残留的胶布撕掉之后，她把刀放在床上，用没受伤的那只胳膊撑着自己站起来。她抓过刀，往门口走去，两条腿摇摇晃晃，随时都可能支撑不住身体。她向前伸长了胳膊探路，还差点滑倒在地板上。她什么都看不见。

但至少现在身体是自由的。

她以前把太多东西都视作理所当然。现在她可以动胳膊，可以走路。她永远不会回家去再被妈妈的毒鬼朋友虐待。她要离开妈妈的家，绝不回头看一眼。绝对不会再有任何人，未经她允许就碰她。

黑蕾又走了三步，指尖碰到了墙。她四处摸索，往侧面挪动，摸到门把才停下。她蜷起手指,握住这块冰冷的金属。她心都快从胸膛里蹦出来了。转动把手。没用。锁了。狗娘养的。

窗子。她要找到窗子。

她沿着墙,以墙为向导,慢慢移动,一步一寸,竭力避免在走动间发出任何响声。如果窗户也被锁了,她会找什么东西把玻璃砸碎。

她以前砸过玻璃。她要抽走床上的床单,绕在她没有受伤的手上,然后一拳把窗户捅穿。然后她就可以追逐自己崭新的人生了。

她可以做到的。

她能逃掉。就像莉齐·加德纳那样。

她生命里的第一次,觉得自己好像有了目标。她必须逃出去。她想上大学。她想要活下去。

她的膝盖撞到了一把椅子。靠。她定住不动几秒钟,祈祷他没听见。然后敏捷地绕过椅子,继续一点一点小心前进。光着的脚碰到了蛇的尸体。一脚踢开。恶心。

她用右手摸索着前进。

保持冷静。别出声。别把那个怪物吵醒了。

如果他知道她已经挣脱了绳子,会让她付出代价的。她还不能理解她和其他女孩到底是哪里激怒了他,但显然他希望她按他的规矩办事。逃跑可不是守规矩的行为。如果他发现她试图逃离他,那只会给他一个进一步折磨她的借口。这个房间没那么大。他娘的窗子到底在哪?她知道窗子边的桌上有一盏灯。她必须小心些忽然——

"哒。"

灯开了。

她猛地扭头。

那个禽兽就坐在床沿上。没戴面具。没有胡子。妈的,他回了房间，她却完全注意不到，他到底怎么办到的？她只小小地打过一个盹，当时她盼着他也能去睡一觉。

"你真的以为我有那么蠢吗？"他问。

她抓过她的刀，"啪"地一声弹出刀刃，指着他。

"我必须承认，我从来没想到你居然身上还有武器。你是个聪明的丫头。"

"我不想把它用在你身上，但如果你逼我的话，我就不得不动手了。"她说："你看起来很虚弱。你当初真该去医院看看刀伤。"

"看看你把这个房间弄得，"他四下看看，好像她利刃上闪着的寒光与他无关，反而更像是被地板上的凌乱搞得心烦。

她看着他的胸口。如果她还想活着看到明天，她需要狠狠地刺他，刺得又深又重。她需要把刀深深地扎中他的心脏，要知道，就算是魔鬼，也需要一颗跳动、搏动的心脏。

"这儿有股恶臭，"他说："啧啧。"

"放我走，"她对他说："我也会放过你。我不会告诉任何人你干了些什么。我会一走了之。你现在把你做下的所有龌龊事放到身后还不晚。如果你在为时太晚之前收手，他们不可能抓得到你。"

他脸上的笑阴森森的。

他绝对不可能放她走。

他抬起双手。他的手指又粗又短，左手无名指上戴着一个婚戒。她之前没注意到它。

"我坚信正义，还有美国道路①，"他说："平等和尊重高于一切。

---

① American way，没有明确的定义，文中蜘蛛侠给出了自己的解释，但更为普遍接受的一种是"life, liberty and the pursuit of happiness（生活，自由，追求幸福）"感兴趣的读者可以参考"American way"的维基百科词条。

如果你不尊重你的同伴和年长者，那你就对社会没有价值。"他穿着一条宽松长裤和一件运动夹克。他把手伸进夹克口袋里的时候，她猛扑向他，但他离得太远了，她扑了空。刀没有插近他的心脏，而是插进了床垫里。

她还没来得及再次向他扬起手中的刀，他将一个金属制成的设备刺进她身体一侧。

"嚓。"

她猛地往前一歪。那种感觉就像被闪电劈中。她的身体僵住，抽搐了一下，随即动弹不得，用力喘气才能呼吸。每一块肌肉都萎缩起来。她疼得受不了，倒在地板上。

他站在她一旁。

她想告诉他滚他妈的远点，但是没用。她一个字也吐不出，一寸都挪不了。

两只空洞、没有生命的眼睛居高临下看着她。他从她手里抠出刀，然后毫无征兆地，弯腰用刀刃剁下了她的右手小指。她看不见他在做什么，但她能感觉到。

他完事之后，举起那个血淋淋的手指。"我不喜欢文身。它们能要了你的命，你知道的。"

她能感觉到肌肉慢慢松弛。血从她的手里渗出来。她看着他把她被切下的手指放在床边桌子上。然后他再次将手伸进口袋，这次，他掏出了一个注射器。他走回她躺着的地方，将针头用力扎进她胳膊。

第 32 章

2010 年 2 月 21 日　周日　早 9：02

　　第二天早上九点，莉齐和杰瑞德再次来到萨克拉门托的 FBI 总部。十分钟前，他们被带到了一间会议室，会议室里已经坐了三个男人。

　　莉齐坐在杰瑞德桌对面。她认出了坐在他身边的罗纳德·霍尔特。但另外两个特工没见过。

　　吉米站在走廊上跟一个女人谈了一会儿才进会议室。他关了门，在桌子上首坐下。讲话之前，他先把两张八寸相片大小的速写放在桌子上往莉齐方向一送。

　　莉齐拿起画。一张是铅笔画的一个戴面具的男人。另一张是同一个人，故意蓄着大胡子。画里男人的眼睛反射着浅色的光。在她的睡梦中，蜘蛛侠的眼睛从来都是深色的。画里的那双眼好像要将她看穿。画这两幅画的人对这种工作有让人难以置信的艺术天才。那双眼睛目露寒光，令人胆寒。

　　"这张看着像他，"莉齐凝视着这张准确得瘆人的速写说。高额头,方下巴,大过寻常的耳朵。她两条胳膊一阵发凉。

"画像员花了过去两天的时间一直在和那个科森尼斯河学院的学生还有你的治疗师琳达·盖茨通力合作。"吉米告诉她:"他们两个都赞同,这一张很像他们看到的那个男的。"

"除了眼睛,"莉齐说:"他们不是都说他戴太阳镜吗?那样的话,他们应该没见过他的眼睛。"

"所以画里的眼睛被画得不大不小。"

杰瑞德伸手隔着桌子拿过两张画像中的一幅,看了好久。"这些速写被分发出去了吗?"

吉米看看手表:"今早六点开始,全美的新闻台都播送了这两幅图。"

杰瑞德脸上露出欣慰。

莉齐此刻也不知道该做何感想。但是即便画像不是那么百分之百的准确,能让公众知情,她还是很高兴的。

房间里的每一个人都面露疲倦,劳累过度。吉米环视一圈,开口道:"好啦,伙计们,我想听见你们聒噪几声。弄到了什么?给我来点料,来点惊喜,什么都行。"他远远地一指坐在桌子另一头的大块头男人。"马特,电话窃听得怎么样了?目前你得到了什么进展?"

马特清了清喉咙。"嫌犯①一直用的是一次性手机,而且显然用过一次就扔掉了。"

"他买手机的时候难道不是必须签合同吗?"莉齐问。

马特摇摇头:"他付的是现金。"

"预付手机提供匿名服务,"杰瑞德解释说:"没有名字,没有合

---

① 原文 Unsub,Unknown Subject of an Investigation,不明嫌疑犯。

同,他电话用完就扔了。"

"你呢,霍尔特?"吉米随意点名: "监视瓦纳家的房子有进展吗?"

"今天卡梅伦值班。自从我在那儿停车以来,我还没看到过任何异常。那条街很安静。"

听了这话莉齐放下心来。过去的几天她担心布里特妮和凯茜,晚上总是一身冷汗从梦里惊醒。

"我们现在手头有两张便条了。"吉米环顾众人,说:"指纹有吗?任何的收获?"

马特摇摇头:"嫌犯双手戴手套,而且极其注意细节,每一件他碰过的东西都会注意。在莫莱诺案发现场没有留下任何指纹,在便条上也没有。"

会议室的门开了。一个年轻女人探进头来跟吉米说,7号线有他一个重要电话。吉米接起听筒,按下按钮。他挂电话之前眼神里一直萦绕着浓浓的忧虑,如同收到了某种死亡判决。

他整理了一会思绪,重新开口道:"我要抓到那个杂种。我今天就要逮住他。黑蕾已经失踪两晚上了。我们时间不多了。"吉米绞着手指,望向那张墨镜男的肖像。

"弗兰克·赖尔那边怎么样了?"杰瑞德问调查队:"他改口了吗?"

马特再次发言:"弗兰克·赖尔坚持他最初的说法,坚决不松口。说他杀了十四年前所有那几个女孩,包括尸体没找到的那些。但他没有任何证据。说不出尸体都被埋在哪里。大多数审讯他的人都认为他在撒谎。他喜欢被人关注。"

"那栋'恐怖屋'呢?"吉米的声音里夹杂了一丝沮丧,"发掘工作,劳力士表,蜘蛛,还有咬伤的痕迹?"

"发掘没有发现什么不干净的东西。"一个叫汤姆的男人答道:"除了灰土和石头,什么都没有。"汤姆摘下眼镜,从大衣口袋里摸出一块布,边擦镜片边说:"我能定位到贝特西·莱伯恩典当手表的那间当铺,问题在于店老板没有记录购入手表之后它的下落。当铺的销售记录跟收购凭证不一样,最早只保留到七年前,而不是十四年前。"

"把劳力士手表的情况公开怎么样?包括描述一下上面刻的字,SJ 爱 SW,"莉齐说:"说不定有人能认出这些首字母缩写。"

"这个主意不坏。"吉米说。

罗纳德在笔记本上匆匆写了些什么。

"如果这是我们正在对付的蜘蛛侠,"马特说:"他为什么随意地杀害记者和路边的小姑娘?我所知道的他,向来布局都谨小慎微,实施计划也从不露马脚,他身上发生什么事了?"

"蜘蛛侠已经不是从前的蜘蛛侠了。他现在狗急跳墙。"杰瑞德说:"蜘蛛侠已经把他的 MO 从连环杀手切换到了肆意杀人。这种情况不常见,但是我的猜测是,蜘蛛侠在过去的十四年里找到了一种能不杀人、好好过日子的方式。那种方式管用了一段时间……至少知道弗兰克·赖尔出现之前是这样。连环杀手把他们做下的事当成荣誉。如果能逍遥法外,那么日复一日,年复一年,他们会越发有一种优越感。但随后弗兰克·赖尔用和蜘蛛侠一样的手法杀了一个年轻姑娘,被捕之后又向全世界宣告他就是我们要找的蜘蛛侠,另外至少还有六起杀人案都是他干的。这就惹火了蜘蛛侠,导致他忍不住要从藏身之处冒出来。他被赖尔激怒,心里不平衡。这么多年过去,他现在比从前年纪大了,但却不一定会比从前理智。他极度渴望让世界知道他回来了。他看电视新闻,读报纸,知道莉齐并不是他以前想得那样。然后心里积压的怒火，就从被关进铁窗之后的赖尔，转到了当年逃脱的女孩身上。"

莉齐双手抱臂，搓了搓胳膊。

"好吧，"吉米说："咱们开始动手干吧。今天莉齐也在这的原因，是她主动要求把自己作为抓捕行动的诱饵。"

所有人的眼睛都看向杰瑞德。杰瑞德连连摇头。"我不愿意这样，而且我也不觉得蜘蛛侠会上当，尤其是被黑蕾坑过一次之后。但莉齐有自己的想法，而且她倔得像头驴。"

莉齐点点头，佐证杰瑞德所言无误。

"好了，"吉米说："我想现在我们只剩下这几个问题：什么时候下套？在哪儿？怎么下？"

2010年2月21日　周日　下午5：07

"嘿，"莉齐看见杰西卡睁开眼睛，跟她打招呼。

"嘿。"

"感觉怎么样？"

"挺好的。"

莉齐笑了。因为她的问题比杰西卡的回答还要蠢。这姑娘身上进进出出插着好几根管子，看上去糟糕透了。

"我不知道那个男的有枪。"杰西卡声音嘶哑。

"是什么让你觉得吉尔曼是我们要找的人？"

"他以前是我哥哥的数学老师，同时也是家教。我哥哥斯科特有一天晚上在他家待到很晚，因为吉尔曼主动提出帮他为一场考试做准备。"杰西卡嘴唇干裂，咽了咽唾沫。"我还记得我哥哥做完辅导回家的那个晚上,就跟平常不一样了。我开玩笑逗他——这没什么不对的,因为我们经常相互开玩笑。但那次他火了,我也开始哭。没想到我哥哥也哭了,他突然间告诉爸爸妈妈,他的数学老师摸了他。那段时间对我们家来说真的是很可怕。爸爸第二天就去了学校大闹了一番。"

"吉尔曼被抓起来了吗?"

"我不记得之后发生什么了。因为几天之后玛丽就失踪了,吉尔曼和我哥哥的事就完全被大家忘到了一边。"

莉齐的手伸过床边的围栏,握住杰西卡的手:"我很为你难过。"

"我听到你的留言的时候,"杰西卡说:"你告诉我把吉尔曼和沙利文的名字加进嫌疑人名单里,我就断定吉尔曼是蜘蛛侠。至少至少,我觉得他是把玛丽拐走的人。那完全解释得通,你懂的,我爸爸向有关部门投诉之后两天,玛丽就失踪了。我当时不敢相信自己居然几年之前没把这两件事联系起来。而我现在都不敢相信我当时的判断是错的。"

莉齐找到一管凡士林①,递给杰西卡,让她能在干巴巴的嘴唇上涂点凝胶。

"你知道关于玛丽的什么事,对吧?"杰西卡在嘴唇上擦完油膏之后问道。

虽然莉齐对她的表态有些惊讶,她还是不由得点了点头。

"我就觉得是。我给你看那张照片之后,你脸上露出的表情很奇怪。你见过她,对吧?"

---

① Vaseline,一种胶状物的通用商标。该胶状物本身也叫"矿脂",一种最早从石油中提取出的副产品。在医疗卫生领域可用于皮肤的滋润保湿。

莉齐艰难地咽了咽口水。"我真的很抱歉。"

"你得告诉我。我需要知道。她也像其他人那样被折磨了吗？"

莉齐不知道该说什么，她没法告诉杰西卡她看到了什么，她受不了，但她知道她必须试一试。"我被绑架之后，过了两个晚上，在一个陌生的房间里醒来，房子看起来样子普通。我那时被捆绑住了，但我成功从绳子里解脱了出来。我一条腿受了伤。走到后门，快要逃掉的时候，听见有人在房子里面叫唤。我不记得自己给她松绑，但是记得把她抱在了怀里。"回忆起玛丽那时有多么虚弱无力，莉齐声音沙哑，手指紧紧地攥住围栏。"我们只差一点点就逃跑了，"她叹道："玛丽和我差点就逃跑了。"

杰西卡的手慢慢覆上莉齐的手。"没关系。不是你的错，莉齐。你为了我姐姐折回去，还为此付出了可怕的代价。你已经试过了，换作是其他任何人，最多也只能做到那样。"

"我想救她。"回忆将莉齐的眼睛刺得火辣辣地疼。"当时，在这个世上我最想做的就是把玛丽带回家，带回她的家人身边。那是我唯一想要的。"

2010 年 2 月 21 日　周日　夜 11:23

日子拖拖拉拉地过去，慢得就像当你还是个小孩子的时候，你等待着平安夜圣诞老人从烟囱里下来，可是平安夜却总是来得太慢。莉齐想让明天快点到来。她盼着明天，是因为她有一种预感，他们的计划有可能成功，就是那样。而一旦她与蜘蛛侠面对面，她就能告诉他她一直想要告诉他的话：下地狱吧，滚到你该去的地方。

莉齐一动不动地坐在电视机前，想着明天的事。杰瑞德坐在她旁边,做着笔头工作。霍尔特探员对莉齐的讯问早已引爆了当地的新闻台,它们当中有许多都把这条新闻每小时一次循环播送。公众得到警告,留神盯着自家的孩子,注意锁门。FBI引着大多数新闻台相信,问讯录像是被FBI的一位内部人士泄露出来的。而媒体主管们对于自己上当受骗毫不知情。即使他们已经知道,莉齐心想,他们也不会在乎。对他们来说,新闻报道也无非就是个故事而已。

早上的会议过后,莉齐被带到一个屋子,接受霍尔特探员的问讯。莉齐要故意用一种能激怒蜘蛛侠的方式回答问题,霍尔特则在问问题时特意给她提供这种方便。失去索菲之后,吉米决定莉齐刺激蜘蛛侠的想法值得一赌。他们会努力让蜘蛛侠分心,好给黑蕾增添一点多活一天的机会。

莉齐看着电视,祈祷自己这一步走对了。

"根据你的了解,蜘蛛侠是什么样的?"霍尔特高大魁梧,声如洪钟,让人望而生畏。

整场讯问,莉齐从头到尾保持着冷静。"他是个懦夫,"她按照事先排练的说道:"没胆量的懦夫,哭哭啼啼的。"莉齐想要刺伤蜘蛛侠的自尊心,那是最能让他受伤的地方。

"你觉得蜘蛛侠现在在哪儿?"霍尔特探员问。

"他躲起来了,"她说:"缩头乌龟。"

"你觉得他会对你报复吗?"

"不觉得。"

"为什么不?"

"因为他怕我。"

"怎么会呢?"

"因为我是逃跑的那个。我比他聪明,而且他知道这一点。"

"他曾经告诉过你关于他自己的任何事,或者跟你谈起过他为什么要做这些恐怖的事吗?"

"他和他爸之间存在问题。"

"怎么回事?"

"他想要得到父亲的爱,而他显然从来没得到过。蜘蛛侠戴一块劳力士表,恒动海使型,跟他爸爸以前戴的那块一模一样。蜘蛛侠很爱他的劳力士。他喜欢充满爱意地摸它,就像摸一只宠物。这就是为什么我逃跑之前带走了他的手表。"

"你把这块表怎么样了?"

她满不在乎地耸耸肩:"我把它送人了。"

"为什么?"

"它对我来说什么都不是。我不想跟他的表有任何关系。我带走它是因为我不想让蜘蛛侠继续拥有它。我想从蜘蛛侠那儿拿走什么他在意的东西。"

"你知道蜘蛛侠的名字吗?"

"不知道。但是手表上面刻了'SJ 爱 SW',所以他的名字可能是肖恩,塞巴斯蒂安,西蒙,斯科特①……谁知道呢?"

莉齐把遥控器对准电视,按下"关机"键。她看够了。

杰瑞德停下笔,把纸张放到一边。"你应该去睡会儿,"他说:"明天会是漫长的一天。"

她依向他,头靠在他肩膀。公寓里很安静。太安静了。她想念麦吉。过了一会儿,她说:"如果那晚上我没被抓走,你觉得我们会一直在一起吗?"

---

① Shawn, Sebastian, Simon, Scott, 以上人名均以 S 开头。

"在我心里，毫无疑问。"

"真的吗？"

"真的。"

"我们会结婚吗？"

"肯定呀。"

"那孩子呢？"

"两个女孩儿，一个男孩儿吧。你这时候肯定还在抱怨个不停，生完最后一个孩子之后多长了几斤肉。"

她心里暗笑，希望能沉浸在他们这场幻想游戏里。"那他们叫什么名字呀？"

"咱们的第一个孩子起名叫凯瑟琳·伊丽莎白，小名凯特①。"

"我喜欢，"她伸手握住他的手，与他十指紧扣。

"那其他的孩子呢？"

"咱们第二个孩子叫萨万娜·露丝，然后儿子叫阿多尼斯，因为我觉得这个名字比较稀罕。"

她咯咯笑起来："凯特，萨万娜，阿多尼斯。那我们跟这些孩子们做什么呢？"

"咱们去优胜美地②远足，沿着纳托马湖湖岸骑车，时不时地，我和阿多尼斯就去钓鱼，你和姑娘们在长满草的湖岸上读书，从高处看着那片湖。"

莉齐抬起一条眉毛："怎么？女孩子不能钓鱼？"

---

① Kate，Katherine 的昵称。
② 优胜美地，也称约塞米蒂国家公园（Yosemite National Park），位于美国西部加利福尼亚州，是美国首个国家公园。占地面积约 1 100 平方英里。1984 年被列入联合国教科文组织世界自然遗产名录。

"女孩儿太吵了。鱼不喜欢吵。"

莉齐玩闹地拿胳膊肘捅他身子一侧。开玩笑，大笑，微笑，感觉真好。"那你怎么应付女儿们呢，"她问，"如果我和阿多尼斯出去亲子郊游时？"

"好问题。"他一只手抚着她的背，"我会带女儿们出去吃午饭，然后……嗯……我们会去逛街买衣服，那是肯定的。肯定不是按这个顺序来，因为女的嘛都不喜欢肚子饱饱的去试衣服。一顿饭吃完，什么衣服都穿得不对了。"

"你是个逛街专家嘛？"

"我觉得你可以这么说，我确实在这方面有天赋。"

她的拇指轻轻擦着他的指关节，带着心事笑了，思路又转到另一个方向："我没想到我还能再见到你。而且我最终逃跑成功的那个时候，我为其他女孩儿遭的罪而有那么多的负罪感，我觉得我不配得到幸福。那是最煎熬的地方。"

他什么都没说，只是安抚她后背。

"我今天跟杰西卡说起玛丽了。"

"她什么反应？"

"比我想象得要好，我应该早点告诉她的。尽管找不到玛丽的尸体，她还不会善罢甘休。但这也是个新的开始。"

他点点头。

"对受害者具体处境的不知情是最折磨她们的家庭的，这就像在一口一口地吞噬他们，把家庭搞得支离破碎。"她说。

"莉齐——"

她的手指点在他唇上。她知道他担心明天的事。他不想她被用作抓捕凶犯的诱饵。"别说出来，杰瑞德。我必须这么做。我知道我害得你和我的家人都过得糟透了，但这么长时间以来这是我第一次觉得无所畏惧。我在做的，就是我需要做的事。"

2010年2月22日　周一　凌晨2:45

莉齐努力想睡，但是忍不住总想起黑蕾。时间一分钟一分钟慢动作溜走。什么都没发生。

杰瑞德睡在她旁边，呼吸深沉而平稳。不真实。这就是她早些时候和杰瑞德聊天时她一直在找的那个词。他们聊天的时候，好像无忧又无虑，太不真实了。很难相信，杰瑞德又回到了她的生命里，睡在她的床上，保护着她，就好像他是为此而活着。莉齐伸出手，手指搭在他臂膀。然后她意识到，从她还是个小孩子的时候开始，第一次，她觉得自己很安全。

莉齐注视着天花板。她需要睡眠，但她也清楚，如果她允许自己闭上眼睛，她就会被带回到另一个时间，那段度分钟如小时的时间，死亡变成了生命的同义词。她以前从不相信魔鬼的存在，直到那天晚上，她被一把抓走，像一只落入利爪的老鼠。眨眼之间，所有天真无邪的岁月，一去不复返了。这是件令人悲伤的事。这个世上，没有人能到死都不受伤。没有人。

莉齐想打电话给姐姐，问问布里特妮过得怎么样，但凯茜还是不愿意和她讲话。

莉齐闭上眼。刚闭上眼，电话就响了。她并不觉得惊讶。

她走到卧室门边时，杰瑞德也起床到她身边。他跟着她到厨房。莉齐接起电话，对杰瑞德点了下头。是他。她就知道他会打来的。她只是不知道什么时候会打来而已。

"我看见讯问的新闻了。"

"他们把好看的地方都剪掉了呢。"她说。

他的笑声透过那台古怪的设备传出,重复单调,像一遍遍回声。他还真是很爱用那台机器呢。

她一直期待着这通电话,因为她知道,那意味着他按照他们的预期掉进了他们的陷阱。但她实在是疲惫不堪,提不起多大的热情。

"我觉得,你这次的访谈是爆炸性的。"

"怎么说?"

"我不能准确说出问题所在。看见你出现在电视上,莉齐,我走近去看,就像在和你面对面的相视,让我很向往咱们过去分享的东西。"

"我们从来都没有分享过任何东西。过去没有,将来也不会。"

"你错了。即使是现在,我们也分享同一种渴望,对一个完美世界的渴望。"

"你的死期才能让我的世界完美。"她说。

"看见了吧?咱们的想法很相似。"

"我累了。"她想利用逆反心理让他保持电话在线。"我得挂了。"

"你不打算问问黑蕾的事吗?"

她是在他的声音里听到了迫不及待吗?

莉齐咬紧了牙关。黑蕾是她现在唯一想谈论的,而且他知道这一点。她已经厌倦了这个疯子,厌倦了游戏按他的规则进行。她说:"你越来越不行了,傻逼。我们现在离你已经近到能闻见你那些肮脏的秘密了。我们很清楚你过去的十四年里都在干什么,而且我们现在就要来抓你了。"

莉齐突然改变策略,把杰瑞德搞懵了。如果蜘蛛侠打电话来,无论什么时候,莉齐都应该保持冷静。她把事情搞砸了。如果要说哪一件事情是蜘蛛侠讨厌的,那就是口无遮拦和说脏话。

"现在世界上所有的心理咨询师都救不了你了,莉齐,"蜘蛛侠镇静地说,好像没有被她突然的爆发激起任何波澜。

"这话伤害不了我的。"她激动地说。

"恕我不能赞同。"

"为什么这么说?"

"没有理由,"他说:"我期待明天见到你。"

"正有此意。"

"挂电话之前,"他补充了一句:"我想告诉你男朋友,我很享受和他妈聊天。她的笑容很美。"

杰瑞德从莉齐手中抓过话筒,但已经太晚了。电话已经被挂断了。

第33章

2010年2月22日 周一 下午1:00

杰瑞德用一副双筒望远镜观察街对面的建筑。莉齐和她的心理咨询师琳达·盖茨在会面。杰瑞德的视野很清晰。

过去的一小时里,两个女人谈天,做记录,小口地喝着茶。杰瑞德的视线落在莉齐嘴上。她的嘴角向上弯着。在此之前,她的表情都很严肃,近乎严厉。

目前为止,还没有蜘蛛侠出现的迹象。

莉齐每隔一周的周一拜访琳达·盖茨,做一小时的心理治疗。蜘蛛侠手里有莉齐的档案。他知道莉齐每周一的下午在哪里度过。而且如果蜘蛛侠和琳达·盖茨上周、上上周看见站在巴士停车站的是同一人,那他就熟悉这一带的情况。

莉齐很固执,完全是老样子。她一旦有吉米站在她那边,杰瑞德就不能让她翘掉这次的心理咨询。为什么不等等看,看有没有人能认出速写里的人,确定那个男人的身份?莉齐一分钟都拒绝等,更别说一天了。她确定他们能把蜘蛛侠从黑蕾身边引开。而这就是对她来说最重要的。黑蕾,莉齐说,需要时间,猎人不在她头顶盘旋的时间。

宾馆隔壁的房间有音乐传来。西纳特拉①,杰瑞德母亲最喜欢的歌手。自从昨晚蜘蛛侠提到和她聊天之后,母亲就在他的脑海中挥之不去。他今早试着给母亲打电话,但她没接。他又打给姐姐,姐姐转而打给母亲住的酒店。据说,杰奎琳·夏恩夫人住进去的当晚就退了房。他和姐姐都不知道应该怎么理解这一条信息。

杰瑞德的生活其实正在走向四分五裂。规则、秩序、条理,这三大部分贯穿着他的成长历程。哪里有问题,他的父亲教他,那里就有解决之道。然后莉齐的失踪把他爸爸的教诲全部扔去见了鬼。杰瑞德感觉他从那以后一直在试着把碎片拾起来,拼成规整的样子。奇怪,他心想,一个男人,一个疯子精神病,能给那么多生命带来灾难。不只是毁了受害者们的生活,还有受害者的家人和朋友们的生活。而现在,十四年之后,那个疯子回来了,像一个幽魂,看不见,摸不着,重操旧业……制造祸害,带来痛苦。而且,没人能阻止他。

自从蜘蛛侠的画像被广为传播之后,调查局收到了成百条线索。他们只是需要人力把来电分类整理。杰瑞德从空荡荡的街看到停车场,到公交车站台,再到街角的咖啡店,一阵失意沮丧沿着血管流遍四肢百骸。有一个特工在街对面的屋顶上,一个把车停在了莉齐停车的那个场地,楼里还有两名便衣。主要的部分都覆盖到了。那么,为什么他总有一种感觉,他们忽视了什么?

如果蜘蛛侠在附近的某个地方,到现在他们应该会看见他。蜘蛛侠在戏弄他们。就是这么简单。他们已经掉进了他的陷阱;每个人都

---

① Francis Albert Sinatra,弗朗西斯·阿尔伯特·西纳特拉,昵称弗兰克·西纳特拉,绰号瘦皮猴,著名美国男歌手和奥斯卡奖得奖演员。常被公认为20世纪最优秀的美国流行男歌手之一。

刚好在他希望他们在的地方。

杰瑞德透过平板玻璃看着莉齐，她在三层。

一辆运货卡车停靠在楼前。正是莉齐在的那栋楼。

司机下车，绕到车尾。杰瑞德直起身子，视线定在他身上。

"马特，"杰瑞德冲对讲机说道："出来，检查一下货车司机，刚刚在楼外停车的那个。"

"收到，立即执行。"马特回答。

吉米也待在莉齐和琳达谈话的那栋楼里。他在顶层，所以能以一个鸟瞰的视角看到楼的背面。他的大嗓门在杰瑞德耳机里隆隆响："发生什么了？"

"楼前发现了一辆快递卡车。马特在检查。"

2010年2月22日 周一 下午1:06

凯伦目视前方路面，把车窗打开一条缝，放进来一些新鲜空气。再过五分钟多点，她就能到机场旁边的租车处，然后再过十二个小时，她就能张开双臂拥抱丈夫和孩子们了。

是时候回家了。

她来美国是为了找到弟弟，但他就像从地球表面消失了一样。而且，貌似并没有人在意。

可怜的萨姆啊。

她深吸一口气，缓解自己的神经焦虑。妈妈没能打电话告诉她弟弟合伙人的名字，于是她决定打包行李回家去。她丈夫担心她，孩子们需要她。

但总有什么事情感觉不对，心底总有一丝疑惑挥之不去。她能从骨子里感觉到。有什么东西很不对。

音乐也不能将她的思绪从弟弟身上拉开,于是她不停地按键切换广播频道,直到听见一个令人内心安定的嗓音。是塔米·斯潘瑟,一位入门书作者,她写的书从抚养小孩到种植药草,无所不包。今天斯潘瑟女士向听众传授的是如何手脚并用地打扫厨房地板。在家的时候,每当凯伦觉得压力山大,她就打扫卫生。清洁剂的气味里有某种东西能抚慰人心。或许她是想用力擦洗就把她的烦恼都洗掉吧……要是能有这么简单就好了。

"如果用那种老法子,拖把和扫帚没法进到角落和缝隙里去。"斯潘瑟女士告诉听众。

凯伦点头表示同意。随后,斯潘瑟给出了指导建议,关于如何彻底清扫食品储藏室,还有如何去除各种恶心人的气味。一些东西发出的气味很容易累积起来,比方说烂土豆。"你不想让来做客的人以为你把什么人埋在储藏室了,对吧?"

不想。凯伦把租来的车停下时心想,没有人想让他们的房子闻起来那样。但她弟弟的厨房闻起来确实就是那种味道。

没人来帮忙,凯伦从汽车后备箱里取出她的东西,走进大楼。她排队等在一位读报纸的绅士后面时,被报纸的标题吸引住了眼球。

"蜘蛛侠回来了吗?

一名少女和一位新闻主播死亡。另有一少女失踪。你见过这个男人吗?"

标题下面有两张被认为是蜘蛛侠的速写肖像。凯伦从一张看到另一张。"啊我的天哪,"她说,一只手捂住自己的嘴巴,"不。"

2010年2月22日 周一 下午1：21

司机的嫌疑排除之后，被放入大楼运送包裹。

"刚接到一个办公室打来的电话，"杰瑞德向吉米汇报最新情况："他们刚刚接到一个自称凯伦的女人打来的电话。那个女人觉得她弟弟可能是我们要找的那个人。她还没准备给出名字，除非有人能向她保证她弟弟不会受到伤害。"

"这些人都疯了？一个连环杀手流窜在外，结果他们还不想让这个杀手受伤害？"

"谁知道呢，"杰瑞德说。他注视着大楼，安静了一会儿。一种不好的预感袭来，他每个神经末梢都在颤动。"咱们都被耍了，吉米。"

"你为什么这么说？"

"今天，不只有莉齐是咱们用的诱饵。咱们都是诱饵。蜘蛛侠正在竭尽全力地分散咱们的注意力。"

"理由是？"

"这一切对他来说都是一个游戏。"杰瑞德注视着办公室里的动静。莉齐已经在那儿坐了将近一小时。"有什么事情在发生。我待会再跟你说。"他举起双筒望远镜，把琳达·盖茨的诊所里的情况看得更清楚些。"马特，"他对着对讲机说："包裹是送给谁的？"

"一个叫琳达什么什么的。"

"琳达·盖茨？"杰瑞德问。

"啊对，琳达·盖茨。"

"你讯问时的每一个字都是爆炸性的，莉齐……世界上所有的治疗师都救不了你。"杰瑞德脑海中冒出这一句。

"马特！到大楼里去，确认没人打开那个该死的包裹！"

"那个包裹是从一家有名的店里发出的。司机带了身份证，他没犯过事儿。"

"你要是敢把你的命赌在上头，那就抬起你的腚站起来去那儿自己把那该死的包裹打开！"

"明白了。"

"发生什么了？"吉米在对讲机里大叫。

杰瑞德一边透过取景器观察，一边咆哮着答道："货车司机刚好是给琳达·盖茨送一个包裹。我不相信这是巧合。"

杰瑞德从望远镜里看见，两个女人同时看向门边。琳达站起来，指着诊所的另一块区域。莉齐看上去犹豫了一下，然后往窗边看了一眼，随后消失在杰瑞德的视线里。

杰瑞德心跳加速。别开门。操。马特他娘的死哪儿去了？

琳达打开门，签收包裹，然后拿到桌子上。

杰瑞德的望远镜扫遍整个房间，从一边到另一边。他体内肾上腺素暴涨。

"莉齐你在哪儿？"他在心里大喊。

司机走了。莉齐不见了。琳达诊所的门大开着。

杰瑞德将望远镜对准琳达，拉近镜头。琳达的全副注意都在包裹上，她彻底地检查着盒子，表情平静，波澜不惊。

"马特。"杰瑞德冲着对讲机叫。

没有应答。

杰瑞德把设备丢在原地，跑着跨过一道水泥围栏，飞下楼梯。不到一分钟，他就出现在了街对面，狂奔穿过大楼入口。升降电梯有人在用。

他奔向楼梯间,两步一阶冲到三楼,猛地推开通向走廊的门,就听见几声尖叫。

杰瑞德冲过走廊,气恼自己居然让这种事情发生。人们从各自的办公室出来看是何事喧哗。杰瑞德闯进琳达·盖茨的诊所,看见了莉齐。活着,她还活着。

他的视线落到开着的盒子上,还有琳达脚上的一摊血迹。靠近些看,他清楚地看到了从包裹里掉出来的东西——一个血淋淋的手指。是黑蕾·汉森的,毫无疑问。

2010年2月22日 周一 下午2:48

凯茜看了一眼手表。她已经在旅馆大厅等了接近三个小时。她和丈夫做爱一般都不会超过五分钟,顶多也就十分钟而已。然而现在理查德和那个女人在旅馆房间里已经关了几个小时了。她把手伸进提包,想找手机,却忽然意识到她把手机落在车里了。

差不多该到接布里特妮放学的时间了。她看看手表,又看看电梯门。她不想错过理查德和情妇从电梯里出来的那一刻。她想当面和丈夫在旅馆对质,在这里,他赖不掉和那个女人有染的事实。

她又看了一眼手表。

她该怎么办?

布里特妮放学之后还另有安排,要去找麦克马伦医生。牙套又有一根金属线断了。

没过多久,凯茜知道自己需要做什么了——她得打电话给莉齐。她曾经发誓再也不跟妹妹讲话,现在打电话让她很不情愿。尤其是,她先在自己家里那样对待莉齐,后来又在游泳运动会上那样。但她知道莉齐会为她救急的。莉齐有时候会很幼稚，但她的初衷从来都是高尚的。正是出于这个原因，凯茜担心她，并且有时不把她当成妹妹而是当成小孩子。凯茜一直心知肚明，自己不可能生莉齐的气太久。莉齐是她的亲人。不管她对妹妹多生气，不管她怎么使劲把自己生活的全部不幸都怪罪在莉齐头上，她知道那样是不对的。莉齐有一副好心肠。莉齐不应该被她或者爸爸排斥。但莉齐这些年来一直遭受的就是这样的对待。

每当凯茜发现自己身处危难之中，她就会想起莉齐。每次她需要肩膀依靠的时候，是莉齐让她振作起来。不是爸爸，不是丈夫，从来都是莉齐。但凯茜一次都不曾告诉莉齐，她对自己意味着什么，或者自己担心她，因为自己不能想象失去妹妹的人生会是什么样子。

凯茜走到前台，问能不能用他们的电话打给当地某个人。前台的女人点点头，让她拨号之前先按9。

凯茜艰难地咽了咽口水，拨打了莉齐的电话，希望她能接。

2010年2月22日　周一　下午2:49

杰瑞德跟着莉齐上楼梯回到公寓。他先进门，彻底地检查一番，然后告诉她一切正常。他和莉齐把带血的手指留给了吉米和他的手下们处理，然后和莉齐把琳达带到急救室，医生诊断说琳达经历了一次严重的惊恐发作[①]。

杰瑞德刚把莉齐在沙发上舒服地安顿好，他的手机就响了。几分

---

① Panic attack，亦称为急性焦虑发作。患者突然发生强烈不适，可有胸闷、气透不过来的感觉、心悸、出汗、胃不适、颤抖、手足发麻、濒死感、要发疯感或失去控制感，每次发作约一刻钟左右。不是心脏病。

钟之后他挂掉电话，告诉莉齐他需要离开一到两个小时。"要我走之前给你泡点茶吗？"

"我很好，不用了。电话里怎么说？"

"我们得到了一点线索。住在柑橘高地①的丹·温特斯和勒妮·温特斯夫妇今天打了电话来。他们认出了速写里的男人。他们觉得那就是高中的时候跟踪他们女儿的男孩儿。他们女儿的名字叫莎侬·温特斯。莎侬放学回家的路上死于糖果卡喉引发的窒息。显然那个男孩的姓名首字母缩写跟手表上的相匹配。温特斯家的人一直坚信是那个男孩把他们女儿害死了。"

"吃糖噎死的人怎么会是别人害死的？"

"他们认为他眼睁睁看着她死掉，完全不救她。"

"他叫什么名字？"

"塞缪尔·琼斯。大多数人那时候叫他萨姆②。"

"SJ 爱 SW③。"

杰瑞德点点头。他站在那儿，多看了她一会儿。"你做得很好，莉齐。因为你，我们要抓到那个混账东西了。"

她没有回应。

他弯下身子亲了亲她额头："我很快回来。"

---

① Citrus Heights，美国加利福尼亚州萨克拉门托县下属的一座城市。
② Sam 是 Samuel 的昵称。
③ 塞缪尔·琼斯英文为 Samuel Jones，莎侬·温特斯则为 Shannon Winters，符合首字母缩写为 SJ 和 SW。

第 34 章

2010 年 2 月 22 日　周一　下午 2:53

　　杰瑞德离开之后,莉齐在他身后锁了门。她刚要开始调查塞缪尔·琼斯这个名字,电话响了。"喂?"

　　"是我,凯茜。"

　　莉齐知道如果不是有急事,姐姐不会打电话来。"出什么事了?"

　　"一切都好。我得请你帮个忙,莉齐。我需要你帮我接布里特妮放学,然后带她去看矫形牙医。你忙吗?"

　　"我可以去接。"

　　"对不起这么晚才通知你,但你得在三点半到学校。"

　　莉齐不会自找麻烦去提起那个血淋淋的手指头,那只会让姐姐慌乱不安。实际上,莉齐很高兴凯茜托她去接布里特妮。莉齐想见见布里特妮,确定她没事。莉齐回头看看表。快三点了。从这儿到学校花不了多久。

"牙医诊所在罗斯维尔的尤利卡①路旁边。我身上没有带具体的地址。"凯茜说。

凯茜的声音里有明显的失落。姐姐如今疲惫不堪。可能是在解决理查德的事吧。"没关系，"莉齐说："我带布里特妮去看牙，我知道怎么去麦克马伦医生的诊所，你一点儿都不用担心。"

2010年2月22日　周一　下午3:07

凯茜看着理查德走出电梯，胳膊上挎着一个艳光四射的女郎。他情妇的头发是艳丽的深巧克力色，一双杏眼也是棕色，颧骨高高，嘴唇丰满。看模样绝对不超过25岁。

凯茜一步踏到这对羡煞旁人的情侣面前，手指戳着理查德胸膛。"你害我怨恨我自己的妹妹。你把我们所有的事都怪在莉齐身上。你自己却从头到尾都在和另一个女人鬼混。"

理查德淡定地帮身边的女人穿好外套，并且告诉她他待会给她打电话。这个杂种玩意儿甚至毫不掩饰他的外遇，连假装没有这件事都懒得假装。

那个女人看上去也丝毫没受到影响，看都不看她一眼。真他妈的是个婊子。

"你破坏了别人的家庭，"凯茜眼看着那个女人就要毫发无伤地逃离捉奸现场，冲她大吼道："你个滥娼妓，我要让你周围所有人都知道你是个淫妇！"

---

① 原文 Eureka，意为"我发现了，我找到了"，表达因找到某物（尤指问题的答案）而高兴的心情。

"你最好谁也别告诉，"理查德说："如果你敢说一句瓦莱丽的坏话，我向你保证我离开你之后你名下不会有一分钱。"

凯茜鼻子哼了一声："想不到我居然让你毁了我的一辈子。"

"是你自己毁了你自己的一辈子。你一次都没为自己的行为负过责任。就连现在也是。看看你自己。从我遇见你之后，你胖了 50 磅[①]。你出去散步或者去过体育馆哪怕一次吗？没有。你怨你自己的女儿让你长胖了。我以前从来没介意过你胖了多少。我依然觉得你很美；你多长多少肉，我就可以多爱你多少，我以前是这么跟你说的。但是当有人一遍又一遍地跟你说'她很胖'的时候，你猜怎么着？你就开始信了，然后甚至眼睛开始看到。"

"这话从一个眼睛什么都看不到的人嘴里说出来，还真是一个完美的解释。家里最近在发生的事，你看出一点迹象了吗？"

"你倒是说来听听啊。"

"我敢打赌你不知道你被一个连环杀手盯上了，他雇了我妹妹跟踪你和你的小三。"

理查德站在那没说话。

"显然那个杀手想让莉齐看见你在搞什么勾当，那样等到莉齐来告诉我你的破事的时候我就会归咎于莉齐而不是你。他的诡计已经完美地得逞了。"

"你在说什么呢你？"

"要不是你把你所有的时间用来跟瓦莱丽·亨特鬼混，你可能就听说了，弗兰克·赖尔不是十四年前劫走莉齐的那个人。他是个替罪羊儿的。真正的凶手一直在拿跟踪你这件事找乐子。而且，就是因为

---

① 约合 45.36 斤。

你，FBI担心凶手可能现在把目光落在咱们女儿身上了。"

理查德几步逼上前来。他们近在咫尺。他紧紧掐住她双肩摇晃，脸上因愤怒而拧出错综复杂的纹路。"这最好只是你白日做梦编出的瞎话，因为如果这是真的，凯茜，而你之前一直都没告诉我，那从这一刻开始，你在我心里就死了。"

她突然畏缩了。她是生气，但她还不确定她有没有准备好放弃他们的婚姻。站在这儿，站在大厅里的时候，她原本幻想着理查德膝盖一软，跪在她面前乞求他原谅。但现在这……这种情况完全出乎她的计划。

"告诉我这些都是你编的，凯茜。告诉我咱们的女儿没有任何危险！"

她想撒谎，但做不到。她可能不是一个完美的妻子，但她从来没对他撒过谎。

"她在哪？"理查德脸色惨白，问道："布里特妮在哪？"

"莉齐去学校接她了。"

他从腰带上的手机套里拨出手机："我有两个布里特妮打来的未接电话。"

"她为什么会给你打电话？"

"她只有，"他回答："联系不到你的时候才会打给我。"

恐惧铺天盖地而来，凯茜疯狂地将提包里的东西翻找一通，才想起她的手机在车里。她看向理查德："你当时为什么不接电话？"

理查德一动不动，一块肌肉都没有动，一丝颤动都没有。

他们都知道女儿打电话来的时候他到底在做什么。那一刻，他的脸在她眼前变了模样。理查德与她十五年前嫁的那个英俊小伙子已经没有一处相似之处了。她不想要他求她原谅了。她现在一点儿都不想要他了。

2010年2月22日　周一　下午3:25

　　进入学校停车场的车辆排成长龙，用蜗牛的速度慢慢往里挪，莉齐也在长龙之中排着队。看着小孩儿们到处跑，把她带回了过去的日子，那时她和杰瑞德常和朋友相聚，共进午餐。他们那时候有很多朋友，也有很多很多的乐趣。

　　她和杰瑞德从一开始就彼此深深地吸引住了。她爸爸，当然，不喜欢莉齐和比她大的男孩约会，而且很乐于看见杰瑞德离开本地去上大学。他一停不停地提醒莉齐，"海里还有的是鱼"。但从她遇见杰瑞德的那一刻起，她就再也不想要其他任何人了。杰瑞德是特别的。他为人体贴又富有同情心。他应该得到幸福。

　　莉齐目光扫视着停车的区域，手指轻轻敲打着方向盘。她把车停进一个停车位，然后给布里特妮的手机打电话。电话响过三声之后，收到了布里特妮的语音邮件。

　　"我是布里特妮·瓦纳。请留言，我会给您回电。"

　　"我是你莉齐姨妈。我不知道你妈妈有没有告诉过你，但今天是我来接你。我现在在学校。"莉齐看看手表。三点三十一分。孩子们六分钟之前就已经下课出来了。她不可能漏看了她。"我会在你们学校前面的小熊雕像旁边等你。"

　　五分钟之后她再次拨出布里特妮的号码。"你在哪，小丫头？为什么不接电话呀？"她看看时间。"我必须得在十分钟以内把你送去赴矫形牙医的约。给我回电话。"

　　莉齐按键挂断电话，努力让自己不慌。

"布里特妮没事的,她和她小伙伴们在一起呢,十来岁的小孩儿都出了名地爱迟到。"莉齐安慰自己说。

她环顾停车场,试图放松一下肩膀。她还没准备好去想那个送到盖茨医生诊所的盒子里装着的东西。

"黑蕾,"她低声说,说完,深深吸了一口气。她现在还不能去想那些。她还应付不来。琳达·盖茨没有大恙,可以想想她,琳达·盖茨已经出现在她生命中十四年了,琳达是帮助她看见隧道尽头那道光的人,琳达没事。

可是黑蕾呢?

莉齐听见一阵笑声,她再也不能忍了。她从车里出来,步履飞快地往体育馆走去。

"请问有什么能帮到您的吗?"一个女人问道。

"我在找我外甥女,布里特妮·瓦纳。"

"她不在队里,但您或许会想去接待室看看她是不是在那儿等您。"

"好主意。"莉齐谢过她之后离开。她去找接待室核实,那儿没人。她从一栋楼跑到另一栋楼,从一个房间跑到另一个房间。哪儿都找不到布里特妮。强烈的恐惧感来袭,她的每一块肌肉都绷得紧紧的。凡是还在走廊里走来走去的人,不管是谁她每一个都问了。她给凯茜的手机打电话留言,接下来又给布里特妮的手机留了第三条信息,然后打电话给杰瑞德。电话铃响一声他就接了。

"感谢上帝。"她说。

"怎么了?"

"你离开公寓之后凯茜打来了电话。她需要我去学校接布里特妮。我在这待了至少二十分钟,她不在这儿。我哪儿都找不到她。我该怎么办?"

"冷静,莉齐。深呼吸。你本来就应该接她放学回家的吗?"

"不是。凯茜让我接布里特妮到牙医那儿。预约时间是三点四十五分。已经过去五分钟了。"

"你觉得布里特妮有没有可能已经搭顺风车去了牙医那儿?"

"我不知道;我什么都不知道。"

"莉齐,"他的声音坚定,"不管你做什么,都别慌。越慌越糟。"

她的两只手都在抖。她没法呼吸。

"要不要我给牙医的诊所打个电话?"

莉齐吸了一口气,然后吐出来。"我到诊所有五分钟的车程。我现在正往那儿赶,"她说着冲往她的停车位。"帮我找找她,然后保持你的电话畅通。"

"一定的。如果你找到她了就给我打电话。"

莉齐跑着穿过停车场。

吸气,莉齐,呼气。

她跳进车里,发动引擎,驾车离开。布里特妮会搭谁的车?她想象不出布里特妮会爬进一个陌生人的车里。她已经教育过她的外甥女了,教得远比"不要上陌生人的车"多。布里特妮知道如果有陌生人接近她她该做什么。可能是有朋友主动载她一程吧,可能她把和牙医的约会给忘了。

莉齐飞速赶在黄灯穿过十字路口,之后才强迫自己把速度放慢,稳定到40迈①。她双手颤抖着,右拐弯,然后又拐一次。过了一会儿,她把车停进矫形牙医诊所前面的残疾人车位,跳下车,推开诊所

---

① 约合 64.37 千米/时。

大门进去。

前台的一个女人对她微笑着说:"您需要什么帮助吗?"

"我是布里特妮·瓦纳的姨妈。她有没有可能在这儿?"

"我们一直没见到她。黛安刚刚还问起布里特妮。"

"医生在里面吗?"

"麦克马伦医生一周里面有三天在这个诊所,两天在奥本的诊所。他不在这儿的时候由黛安·吉文斯临时补缺。她在里面。"

吉文斯医生正在主诊室为一位病人诊治,莉齐走进房间,想亲眼看看布里特妮在不在。接待员到处跟着她,脸上一副忧心忡忡的表情,离开主诊室之后先是陪她走到诊所出口,又随她到外面。那个女人指着停车场的另一边:"看到那边的咖啡店了吗?"

莉齐点头。

"那所学校里的很多孩子在那儿闲逛。你或许想去核实——"

莉齐不给她机会说完就小跑着穿过停车场。冷空气把她的鼻子冻得冰冰凉。她推开咖啡厅的门,一眼瞧见一个棕色头发的女孩和两个十来岁的男孩坐在一张桌子边,顿时大大地松了一口气。"布里特妮,"她拍拍女孩的肩膀说:"你快让我心脏病——"

布里特妮转过身,眉头紧皱。根本不是布里特妮。莉齐迅速绕过桌子仔细看了看。"对不起。我把你当成了我外甥女。你们当中有谁认识布里特妮·瓦纳吗?"

他们都摇头。显然他们以为她疯了。她知道她额头上带着擦伤,一副精疲力尽的状态,看起来像个精神受刺激的人,但她不在乎。她必须找到布里特妮。她检查了咖啡店里的每一张桌子,跟经理谈过,回医生的诊所之前还检查了卫生间。她的身体要罢工了,头上血管突突直跳,每一缕思绪都搅作一团,膝盖格格打战。

现在别停下，莉齐。冷静点。

戴面具男人的几个形象在她眼前一闪而过。眼睛冰冷，嗓音机械。过去一周发生的一切都在带她走向此时此刻。她现在看明白了。似曾相识的感觉。

"布里特妮不在咖啡店，"莉齐对刚刚帮过她的女人说。

"你姐姐刚刚来电话了，她让你等等她，她现在在来这儿的路上了。"

莉齐点点头："如果你听说了什么的话，我就在外面。"一阵尖锐的电钻声音伴随着人的哼哼唧唧从另一个房间传来。莉齐顿住脚步听。"这是什么噪音？"

女人看起来对她很戒备，但还是答道："是一种高速钻头，医生用它来植入矫形辅助线。"

莉齐继续听她讲。

"矫形医生需要一个好的锚来固定金属线或者弹簧的时候，就会用到它们。"

电钻声只持续了几秒钟，但那种噪音让莉齐坐立不安，脑袋发胀。莉齐勉强说出一句"多谢"就出去等凯茜了。她重重地坐在路沿石上，盯着她的手机，盼着它响起。

2010年2月22日　周一　下午4:11

莉齐跟杰瑞德讲完最新情况，刚要挂电话，凯茜把车停靠到路边。莉齐爬上副驾驶座。

"你的额头怎么了？"

"说来话长，"莉齐说："咱们去你家找布里特妮吧。"

凯茜把车开出停车场，驶上主干道。"布里特妮不接电话，"凯茜说："她从来不会不接电话的。"

"杰瑞德会在你家跟咱们见面。"

"是他，对不对？蜘蛛侠。他把布里特妮抓走了，是吗？"

莉齐无法思考。她的脑袋里空白一片。他不可能绑走布里特妮。这没道理呀，讲不通的。

"这是我的错，"凯茜踩下油门，说道。

"不是。不是你的错，"莉齐拔高了音量说："这不是任何人的错，真他妈的该死。"

凯茜攥着方向盘，手指关节绷得发白。"我实在不该让她离开我的视线。我当初应该搬去和爸爸一起住。我当初应该听你的。理查德的事你也说对了。我收到一个电话，告诉我能在哪找到理查德和那个淫妇，我就开车去了海厄特旅馆等着他们。果然，理查德胳膊挎着那个女的从电梯里出来了。"

莉齐脉搏加速："谁给你打电话的？"

信号灯已经转红，但凯茜没有立刻意识到。等她意识到时猛地踩下刹车，轮胎发出尖利的声音，凯茜的头猛地往前一冲。

莉齐双手撑住身子才没有撞上前面的操纵台。车一停住，凯茜看着她："你还好吗？"

"我没事。你想让我来开车吗？"

"不用，快到了。"信号灯变绿。凯茜用力踩下油门。

莉齐上紧了安全带。

"你觉得是给我打电话的是谁？"凯茜问。

"和雇我跟踪瓦莱丽·亨特的是同一个人。他想让你离开家，偏离你的日常路线。"

凯茜将车加速。

"慢点。如果咱们进了医院就不能救布里特妮了。"

凯茜减速,但也比莉齐想要的速度快得多。窗外树木房屋一闪而过,眼花缭乱。

"如果他拐走了布里特妮怎么办,莉齐?我们要怎么办?"

"她会在家的,"莉齐说:"她必须在家里。"

凯茜在停车指示牌前向右急转,一路加速驶过住宅区的街道,最后在看见一个向狗抛球的小孩时才放慢了速度。她把车开进停车道,只听刺耳的一声,车停住了。莉齐还没解开安全带,凯茜已经从车里冲进家门。

莉齐下车,四处打量一圈。空气干冷,比往常要冷。这片街区里不止有一个烟囱里正冒着袅袅炊烟。政府牌照的小轿车停在街对面。她想去和值班的特工谈一谈,问他是否看到房子里有任何人。罗纳德·霍尔特正坐在前排座位上读报纸。

近些再看,她注意到他的头歪向一边的角度有些古怪。然后她看见了血。她脑子里唯一的念头就是,完了。他赢了。蜘蛛侠已经得到他想要的了。他确实了解她。他知道唯一能摧毁她的方法,就是摧毁离她最近的人。

罗纳德·霍尔特的皮肤一片灰白。他的脖子被干净利落地划破。血从他的伤口渗出,滴到报纸上。她打开副驾驶座那侧的车门,身子探向他,手指握住他手腕,检查他的脉搏。什么都没有。他死了。她关上车门迅速靠近房子,边走边从口袋里掏出了手机,她努力保持步伐平稳,迅速跨过了大街。但她的手禁不住的在抖,身子也是。她刚要打给杰瑞德,手机响了。

"莉齐——"

"布里特妮！谢天谢地！我们一直在到处找你。"她一只手按在胸口，"你在哪儿？"

"我很怕，莉齐。"

前门大大地敞开了。莉齐能看见姐姐穿过房子狂奔而来。

布里特妮的声音微弱，听上去吓坏了。莉齐膝盖一软，跪在了人行道上。"他把你抓走了吗？"

"求求你救救我，莉齐。"

"他现在和你在一起吗？"

"是。"

她得快点动脑子："你在哪儿？"

"我在——"

布里特妮的声音被打断了。但还有人在线上。他能听见每一个字。"布里特妮。"莉齐唤道。

"嗯，"一个小小的声音回答。

莉齐飞快地说："跟他讲话，布里特妮。你必须和他讲话。分散他的注意力。什么都说，讲什么都行。别停下说话，直到我找到——"

"咔哒。"

什么声音都没了。

不！

凯茜围在她上方，眼睛睁大，脸色苍白。她去拿莉齐的手机。"是布里特妮吗？我能跟她说话吗？"

手机从莉齐手里掉到草坪上。"他把她绑架了。老天啊，凯茜，他把我们的布里特妮抓走了。"

第 35 章

2010 年 2 月 22 日　周一　晚 6：14

犯罪现场被用封锁带围住。凯茜·瓦纳和理查德·瓦纳夫妇家的房子外，六七名执法人员正四处搜查四面。有人在检查罗纳德·霍尔特车上的指纹。他的尸体被装进袋子里，送到实验室进行分析。

吉米·马丁在房子里问凯茜关于布里特妮朋友和兴趣爱好的问题。搜查布里特妮房间没多久，就发现布里特妮最近花了很多时间在互联网上。

"我完全不知道 i2Hotti 可能是谁，"凯茜说。她眼睛和鼻子都哭红了，一片一片的。她坐在沙发上身子前后晃动。这时理查德冲进房门，坚决要求知道发生了什么。

他大步走向莉齐，一根手指冲着她的脸挥舞着："你他娘的对我女儿做了什么？"

"别那么激动，"杰瑞德警告他。

"你谁啊？"

杰瑞德亮出工作证。

"蜘蛛侠拐走了布里特妮。"凯茜在房子另一端答道。

理查德扬起一只拳头,作势要给莉齐一拳。杰瑞德一把抓住理查德的手腕,把他的手臂扭到背后。"你是打算冷静下来,还是让我把你铐起来?"

"对不起。"理查德说。

过了一会儿,杰瑞德松开他。落败的理查德走向沙发,坐在凯茜旁边。"能拜托谁告诉我发生了什么吗?"

2010年2月23日　周二　凌晨1:15

布里特妮睁开双眼。房间里的一切看上去都陌生而模糊。她眨眨眼,希望晕眩和恶心的感觉能消失。

"你醒了?"有人问。

布里特妮的心脏狂跳不已,她试图把精力集中到那个声音和声音来源上。

"我在下面,这里。"那个人说。

布里特妮迷迷糊糊,花了一会儿才断断续续回想起今天的零星片段。今天早上,她让妈妈写了请假条,告知学校她要提前十分钟离开,去看牙医。然后她改掉了纸条上的时间,提前一小时离校,这样她就有时间和i2Hotti见面了。她的计划是给妈妈留一条信息,告诉她自己的牙套最后发现没坏,然后她们就可以取消和牙医的预约了。神不知,鬼不觉。

但一切都没按计划进行。

布里特妮没有见到自己的白马王子,而是惊讶地看见麦克马伦医生把车停到了路边。他摇下车窗,让她上车。布里特妮正在犹豫间,他说她妈妈给他诊所打电话说会晚来一会儿，所以麦克马伦医生主动提出亲自来接她。那时，他的话没有一句说得通。就算妈妈给他打过电话，他为什么来得这么早？但她怎么跟牙医说她正在等一个男孩？所以她唯一的选择就是跟他走。

但她还是很不情愿地上了他的车。他到底是个陌生人，不是吗？但如果她不跟他走，妈妈会生气，很可能会罚她一辈子不准出门。然后她的电脑会被收走，她再也不能见到 i2Hotti 了。

麦克马伦医生注意到她不愿意上他的车，就让她给她妈妈打电话，她打了，但是没人接。她又给爸爸打，但还是没人接。于是布里特妮爬进他的 SUV 里，系上了安全带。

再说，他不完全是陌生人。而且她妈妈喜欢她。相当喜欢。

她没有太过担心，直到……直到麦克马伦医生开过了他们要到诊所的必经之路，开向其他地方时。就在那个时候，她意识到事情开始不寻常了。她记得的最后一件事情是车最终停下，她看见了他手里的一块白布，随后立刻就被胡乱蒙住了口鼻，紧紧地捂住。

"你能听见我说话吗？"那个人又问。

布里特妮抬起下巴。她刚刚又打瞌睡了。"能，"她说："但我看不太清。全都是糊的。"布里特妮想动动胳膊，但是手腕都被铐住了，金属手铐则被固定在墙上。她试图挣松，但是没用。她看见面前的地板上有东西在动。"你在地板上吗？"她问。

"你小点声。那个抓你来的男的是个疯子。我觉得我刚刚是听到前门开了，但我不确定。如果他知道你醒了，他会进来这儿察看的。"

"你在流血吗？"布里特妮问那个女孩。

"那还用问？熊会不会在树林里大便，我就有没有流血。"

"啊。"

"是，我在流血。如果他回来，"她小声说："闭上你的眼，头向前栽，这样他会觉得你还昏迷着。"

"为什么？他会做什么？"

"谁知道啊？他是个恶心的狗杂种，这个是肯定的。你不怕蜘蛛的吧，怕吗？"

"有点。"

"那就坏了。我不想当传坏消息的人，但是如果你表现出害怕的样子，他就会继续吓唬你，你怕什么他做什么。他靠别人的恐惧活着。"

布里特妮使劲扭动双臂想重获自由，但是没用。金属手铐被用粗链子钉到了墙上，一只在左，一只在右。她视力稍好一点之后，她注意到墙上其中一个固定链子的地方松动了。她更用力地拽动链子。墙皮上石膏灰胶纸夹板的碎渣掉到地上。

"你在干嘛？"女孩儿问。

"努力从这儿出去。"布里特妮看了一眼那个女孩，倒吸了一口凉气。那女孩被扒光了。她的胳膊和腿都用绳子捆住，绳子扣在了地上的金属钩上。两条腿被大大地分开，双手绑在头上方，成Y字形。到处都是血。

布里特妮闭紧眼睛，用力憋住才没吐。女孩的肚子，双腿，双臂上布满了红色的一块一块。眼泪顺着布里特妮的脸颊滚下来。

他对那个女孩做了什么？是麦克马伦医生做的吗？还是别人？她的目光聚焦在她手上。"他切掉了你的手指？"

"是啊。他不喜欢我的文身。"黑蕾指指墙面，石膏灰胶纸夹板崩裂的地方。"那个螺丝松了吗？"

布里特妮又扭动胳膊。夹板开裂得更多了。

"你觉得你能把它从墙上强行挣下来吗?"

"我不知道,"布里特妮说:"可能吧。我担心如果我拉得太用力,会发出太多响声。"她不想看见做下这些可怕事情的那个人。

她怎么就那么蠢?她为什么上了他的车?

"那就一直做你现在做的事吧,能做多久做多久,"那个女孩说:"你另一只胳膊情况怎么样?"

布里特妮努力动动另一条胳膊。没用。什么都没发生。

"一条胳膊可能就够了。如果你能挣脱,你就能用铁链勒死他。"

"我觉得我没那么大力气做到那样。"

"你下定决心要做的时候,你能做到的会是惊人的。他是个丧心病狂狗杂种,而且如果你做不到,他就要杀我们。你记住这个就够了。而且,他受伤了。你能做到的。我知道你可以。"

2010年2月23日 周二 凌晨1:31

电话刚响杰瑞德就接了。

电话另一头的女人说了声"你好"。她说她名叫凯伦,是之前给FBI打电话说觉得弟弟是凶手的那个举报人。

"你是杰瑞德·夏恩吗?"

"是我。"

"我需要你五点四十分的时候来奥本的明智路16号见我。从80号洲际公路到奥弗①,然后左拐就能上明智路了。"

---

① Ophir,加州地名。

杰瑞德咽下了内心的沮丧。"现在有两个女孩失踪了。我们需要一个名字,凯伦。"

"请快点来。"

她挂了电话,杰瑞德别无选择,只能亲自去察看一番。睡不着的时候,他就开车到处转。在他常用的几个思考场所中,车是其中之一。他把车停到路边,翻遍了汽车仪表板上的贮物箱找他的便携导航仪。一些照片从一个信封里洒落,落在副驾驶座上。照片是姐姐几个月之前给他的。他瞥了一眼其中几张几年前家庭聚会时拍的,然后抓起导航仪,输入凯伦给他的地址,开往奥本。

寒夜漫漫;街道空洞。杰瑞德抓起最上面的一张照片,拿近了仔细看看,才重新望向面前的道路。照片里,父母高高地站在他和姐姐背后。每个人看上去都很快乐,除了他母亲。

他的手机又响了。这次是杰西卡,莉齐的助理。呵,凌晨两点钟,突然每个人都想讲话了。"怎么了?"

"你知道莉齐在哪儿吗?我一直在试着联系她。"

"她待在她姐姐家。现在这个点儿打电话有点早,或者说有点晚,看你怎么算它咯。你在哪儿?"

"我还在医院。医生们还不肯签出院许可。我想跟莉齐谈谈,但是她不接电话。这很奇怪,你不觉得吗?"

"杰西卡。"

"嗯?"

"去睡觉。我再过几个小时会见到莉齐。我保证她会打给你。"

杰西卡没回应,但他能听见她的呼吸声。"杰西卡,拜托呆在那别乱跑。我不需要再多来几个失踪的人了,好吗?"

"好吧,"她最后说:"但是你一旦听说什么的话请第一时间打电话告诉我。"

十五分钟之后,杰瑞德在凯伦说的地址,把车开进停车道。这是个高档社区:每一栋房子都色彩协调,配着几条石板人行道和几处静美的庭园水景。他下车,走进寒风中。月光明亮,足以照见几个垃圾筒周围堆着几摞没读过的报纸。草坪青翠,修剪美观。房子前门开着。一个女人站在那儿,拿一块布掩着鼻子。

"我是凯伦,"说着她把布拿下一些,伸出手,"谢谢你能来。"

杰瑞德同她握握手,跟她走进房子。他忽然就明白她拿来遮脸的布意义何在。房间里臭不可闻。

"这是你的房子吗?"

她摇头。"据我所知,这是我弟弟以前住的地方。"

"你不能确定?"

"我二十多年前离开这儿去上大学之后就再也没见过他。"

"那时间可很久了。"

"是的。"

"你弟弟现在在哪儿?"

"我不知道。我住在意大利,和我丈夫还有孩子们在一起。我来美国就是要找他的。"

"为什么?"

她眼神耷拉到地板上。"我想要向他道歉,为很久以前发生的某件事……那时候萨姆才十岁。"

"那是你弟弟的名字?萨姆?"

她点头。"塞缪尔·琼斯。他的妻子叫辛西娅。"

他听见了远处的警笛声。

"我给你打过电话之后,报了警。"她说。

"介意我四处看看吗?"

"看吧,"她手腕轻轻呼扇了一下,说道:"我几天前到了这,四下看了看但什么都没发现。我还以为臭味是从一只死耗子身上发出来的。至少,直到我看见《萨克拉门托蜜蜂报①》头版上的凶手画像之前都是这么以为的。"

"之后你的想法有哪些改变?"

"我认出了画里的男人。那时我明白凶手就是我弟弟,他房子里的味道也绝对不是因为一只死耗子。"

"是什么导致了那种气味,凯伦?"

"辛西娅。我现在的猜测是,他杀了他的妻子,但我不知道他把尸体放到哪儿了。"

她跟着杰瑞德一间房一间房地搜查床底和壁橱里面。走到走廊尽头时,臭味前所未有地强烈。杰瑞德抬头看见了一扇通往阁楼的检修门的轮廓,就在那时,他确切地知道辛西娅的尸体被藏在哪里了。

2010年2月23日 周二 凌晨2:14

"莉齐!让我进去!"

是时候了。要么现在,要么就再也没机会。

莉齐的心脏剧烈地跳动,撞击着胸腔。她的时间快要用光了。如果她想逃跑,要么现在,要么就再没机会。

她从浴缸沿跳到窗台上。这不是轻轻巧巧的一跳而已。因为她那

---

① *The Sacramento Bee*,发行于萨克拉门托的日报。加州第五大报纸。

时瘦小、羸弱。但她做到了。双臂疼得像火烧，腿也疼的怦怦跳，她双脚使劲踢，好让身子慢慢滑过、穿过瓷砖墙面，她竭尽所能地要把身体从那扇小得可怜的窗子里挤出去。

门咔啦咔啦响。不。还不行。他来了。

她心跳如雷，在胸膛里乱撞。她永远不可能做到了。砸门的声音越来越响，越来越重。她就快出去了，身子已经有一半在窗子外面了，但，什么铃声在响？

莉齐惊醒，找了一会儿才在被子下面找出手机，翻盖接听。她刚刚在布里特妮的床上睡着了，把手机放到耳边时，脑子还一片迷蒙混沌，残留的梦境碎片挥之不去。

"我们找到他的房子了，莉齐。塞缪尔·琼斯的房子。"

"感谢上帝。"

"据说他结过婚。他把他妻子杀了，心脏上一击毙命，然后他把妻子扔在阁楼里任她烂掉。我现在就在那所房子里。"

"黑蕾和布里特妮呢？她们在那儿吗？"

"我很遗憾，莉齐。这儿没人，而且我们不能追踪到塞缪尔·琼斯工作的地点或者其他任何地址。我正在处理这个，"杰瑞德说："我得走了。我这边处理完之后给你打电话。"

莉齐挂断电话。她必须做点什么。她睡着时没脱衣服。她从布里特妮书桌前的椅子上，一把抓起了外套，手机振动，意味着有短信来了。

"十分钟之后到格拉尼特路和第三大街的路口见我。不要开车。不准让其他任何人知道你离开这栋房子。一个人来，否则你外甥女死定了。"

蜘蛛侠在给她发短信。

她姐姐家离第三大街有多远？莉齐走到窗边。两辆无标识的车停在房前。她抓起铅笔和纸飞快地写了一张便条。时间在匆匆流逝。她快步走下楼梯。有人在厨房里。她设法在不到两分钟里从后门出去。还有八分钟。

第 36 章

2010 年 2 月 23 日　周二　凌晨 2:27

莉齐站在第三大街的拐角,双手撑住膝盖,大口地喘着气。透过雾气,她看见有车灯逼近。她看不出车的颜色或型号,但她知道那是他。他在她面前停下车。她毫不犹豫的拉开车门爬进去。为了救她的外甥女,她没什么不能做的,而他知道这一点。

"好久不见了,莉齐。"

"还不够久。"她看向后座,没人。"布里特妮呢?"

"耐心点,我亲爱的。咱们先稍微开一段路……确认咱们没被跟踪。"

"没人看见我离开。"

"有没有那要由我说了算。"他把 SUV 的速度稳定在 35 迈[①]。

她掏出枪,解开保险,手指搭在扳机上。然后她把枪口对准了他的脑袋。

---

① 约合 56.33 公里/时。

他笑了。"把枪给我,莉齐,不然你就再也见不到布里特妮了。"

"把我送去她那儿,然后我要——"

他往右猛打方向盘,导致莉齐被甩到他这边。然后他脚踩刹车,手则将她的枪一把抢走,整个动作如流水般连贯。

奶奶的,刚刚发生了什么?他看着她,就像一位父亲看一个拒绝听话的孩子。"系好你的安全带,莉齐。"

"如果你伤害了她,我会杀了你"

他笑。今晚,是莉齐第一次看见他没有任何伪装的样子——如果不算十四年前那短暂的一瞥的话。没有胡子,没有假发,没有面具。

莉齐气自己居然干了他妈的那么蠢的蠢事。她浪费了控制局面的机会。她应该在他打开车门的那一刻就给他一枪,但然后呢?她就再不会在寻找布里特妮的路上前进一步了。他们知道他的名字,但却完全不知道他把姑娘们关在了哪里。

"萨姆·琼斯。"她叫出了他的名字。

他付之一笑。就好像萨姆·琼斯这个名字对他没有任何意义,就好像这个名字让他恶心。

"莎侬·温特斯的父母说得对。你杀了他们的女儿,对吧?"

"我可没做那种事。那个蠢货被自己最爱吃的糖噎死了。那可不是我的错。"

"但你是眼睁睁看着她死的。你怎么能站在一边看着心爱的人去死?"

"我没有爱过她。"

"你当然爱过。"

他的身体僵住了。

"那时候你疯狂地爱着她,但由于某种原因你明明可以救她的命却站在那看着她死掉。当时发生什么事了?"

"莎侬死的时候,"他说:"她的脸变成红蓝色的时候,我眼里看到的只有翠西的脸。"他叹了口气。"不,不完全是。我还看到了茱莉亚的、丽萨的,还有凯伦的。"

"都是你女朋友?"

"我姐姐和她的朋友们。"他不带任何情感地说道。

"你为什么那么恨她们?"

"简单说来,就是她们该死。她们需要去死。"

"你把她们都杀了?"

"没有都杀。除了我姐姐。她住得太远了,所以我只好把报纸新闻之类的剪下来寄给她,让她知道她的朋友们要死了,在我周围像死苍蝇一样一只只掉到地上。"

"没有人是活该去死的。"

"相信我,莉齐。所有那些女生,每一个,得到的都是她们应得的。"

车厢里安静了一会儿。随后他摇晃几下脑袋,好像要摆脱萦绕在脑海中的景象。"你们就是不该对一个十岁的男孩做那些事。"

"她们对你做了什么,萨姆?"

"我说得够多了,不想再说了。"

"她们的眼睛有什么是刺激你做那些事的?"

"这么说吧,我不喜欢她们看着我的眼神。我配得上尊重。实际上,我需要得到尊重。"

几分钟过后,他驶下高速公路。

她认出了这块社区。他们现在离沃克尔家的房子不远。她以前把沃克尔家那栋错认成"恐怖屋"了。

"把事情说出来会好受些。"她说。

他笑着按下身边的遥控器,好像知道她正打算通过谈话让他放下戒备。他们没有走多远,就开进了一个车库。莉齐伸手去握车门把手。使劲摇晃过后才意识到它已经从里面被锁住了。车库大门在他们身后关闭。他熄灭发动机,在她还在想下一步该怎么办的时候,将一根针扎进她胳膊。

2010 年 2 月 23 日　周二　凌晨 4:16

凯茜·瓦纳打电话告诉杰瑞德莉齐失踪之后,他立刻离开了奥本的犯罪现场。

塞缪尔·琼斯是他们要找的人,但目前为止那个人都像从未存在过一样。他的驾照信息被输入了每一个可能的数据库,但搜索结果都是空白。凯伦·克劳利坚持说她弟弟从事医药行业,但国家记录里显示没有塞缪尔·琼斯的执照信息。这意味着,他还有第二个身份。

凯伦·克劳利不知道她弟弟可能在哪。愧疚和羞耻把她带回美国,让她试图修复关系。十多年前,父母把弟弟萨姆托给她照顾,父母离开之后发生了可怕的事,但除此之外凯伦不肯再多说。她要求先为她请一位律师,否则不肯再说一个字。

辛西娅,萨姆·琼斯的妻子,是唯一能稍微说明一下萨姆十四年来在做什么的人,已经被杀害,丢在阁楼里自行腐烂。邻居们知道她叫辛迪①,但没人跟塞缪尔·琼斯说话超过两个字。显然,辛迪和萨姆不怎么跟别人来往。

---

① Cindi,辛西娅 Cynthia 的昵称。

杰瑞德刚把车开出停车道，打开耳机，手机响了。

"还是我……杰西卡。"

杰瑞德的注意力集中在路面，他急着赶去莉齐的公寓，希望能在那儿找到她。她一定是睡不着所以去办公室或者公寓自己做调查了。

"对不起又来打扰你，"杰西卡说："但我越想越觉得我至少应该告诉你当初我为什么想找到莉齐。"

"好啊，说吧。"

"我先前那次给你打电话之前，接到索菲·麦迪森妈妈打来的一个电话。我本来想等早上再告诉莉齐，但如果我不把麦迪森太太说过的话告诉谁的话，我睡不着。"

"麦迪森太太今天一大早给你打电话了？"

"她这几天基本没睡。"

可以理解。他想。

"我告诉过她，只要她想跟我谈，什么时候都可以给我打电话。她希望我能让她一直跟进了解这起案件的进展。所以那是我努力在做的。"

"说说你在担心什么吧，杰西卡。"

"记得你前天提到，他们发现索菲·麦迪森尸体的时候她没有带牙套吗？"

"我记得。"

"嗯，我和索菲的妈妈聊的时候，碰巧提到失踪的女孩里有多少人带牙套。她接话说，索菲被绑架前两周也刚配了副牙套。我没告诉麦迪森太太你说的索菲尸体上没有牙套的事，因为我不想让她难过，但我觉得应该让你知道。"

他绷紧了下巴。"你问过她索菲的医生是谁了吗？"

"没用我问她就告诉我了。"

"杰西卡,是谁?"

"我以为我告诉过你了呢。索菲的牙齿矫形医生是麦克马伦,和布里特妮·瓦纳是同一个。"

2010年2月23日　周二　凌晨4:21

门吱呀一声开了,激得黑蕾连忙冲布里特妮摇头,让她知道该装睡了。

布里特妮紧紧地闭上眼,低低得垂下头,下巴抵在胸口。

蜘蛛侠往里看去,目光落在布里特妮身上。随着他走进房间,黑蕾不由得屏住了呼吸。她祈祷布里特妮不会哆嗦,或者自己漏了馅儿。布里特妮左腕上的铁镣铐还是用铁链拴在墙上,但挂钩就快要松了。她们只需要再多一点点时间。

他转而看着黑蕾。"你还活着。"他说。

"这都被你发现了啊,福尔摩斯[①]。"

"你觉得自己很幽默风趣是吧?"

"你知道大家都怎么说。笑得越多,活得越长。"

他的视线转向床边桌子上放着的刀。他把它留在那儿,故意刺激她。他明知她现在别的不想,只想拿刀割断他的喉咙。

"等我们新来的小伙伴醒了,"他说:"我打算让她见识一下,笨

[①] 原文 Sherlock,指 Sherlock Holmes(夏洛克·福尔摩斯)。由19世纪末的英国侦探小说家阿瑟·柯南·道尔虚构的大侦探,才智过人,善于通过观察与演绎推理破案。

蛋身上会发生什么事。看着我把你像感恩节①火鸡②一样切得一片一片的,她就会变成镇上品行最好的姑娘啦。"

"别忘了加蔓越莓酱③。"

"你是野丫头,对吧?"

"那你就是个傻逼。"

他两个嘴角向下一耷拉,十指在身体两侧紧攥成拳头,大步穿过房间。虽然他走路的姿势有点跛,而且比先前更虚弱了,但他离死还远。靠。她做过头了。他拾起前天从她那儿收走的刀,按下按钮。刀片弹出来,仅此一次,锋利的刀刃让她真希望自己当初能闭嘴。平常他会嘲笑她自以为很屌的言论,但今晚他看起来不一样了——濒临崩溃,怒气冲冲,狂躁不安。

通常他每一步都谨慎而有目的性,但今晚不是。他没有像她以为的那样拿她当出气筒,而是走去布里特妮身边站着。

"你在干什么?"她想让他冷静下来。

他把锋利的刀刃抵在布里特妮脸颊上,刀尖刺透了她的皮肤。

黑蕾祈祷布里特妮能一声不吭,但布里特妮大叫起来。她怎么能不叫?血从伤口里汩汩地渗出来。

"你以为你能蒙我,是吧?"他指着黑蕾说:"那个丫头告诉你的东西一个字都别听,想活命,就别听。"

黑蕾看布里特妮嘴唇发抖,想告诉布里特妮冷静点,深呼吸,或许数到十会管用,但她忍住了没说。她已经告诉过这姑娘不要表现出

---

① Thanksgiving Day,每年11月第4个星期四。感恩节是美国人民独创的一个古老节日,也是美国人合家欢聚的节日。
② 庆祝感恩节必备佳肴。
③ 蔓越莓酱(cranberry sauce)是美国感恩节主菜火鸡的传统配料。

任何的恐惧。他靠别人的恐惧活着。

他攥起一把布里特妮的头发，然后剪掉。布里特妮那么努力地逼迫自己勇敢，看得黑蕾咬住自己的舌头，阻止自己求他住手。如果她求了，只会添倒忙。

他把刀横在布里特妮的喉咙。"你怎么看，黑蕾？你想看着她今天死掉，还是宁愿再失去一根手指头？"

"我看你应该去操你自己。"

他将刀片从布里特妮的喉咙缓缓下移到胸膛。他不打算用刀伤她。他只是想同时吓唬她们俩。泪水从布里特妮脸上滚落。

"看看她的皮肤，像瓷器一样，黑蕾。"他继续拿刀片比划着，从她的鼻子，到下巴。每当她倒抽气或啜泣，他眼里就流露出兴奋。"她过的是好日子，"他说："她不知道饿着肚子上床是什么滋味。我敢打赌她从来没被她妈的男朋友强奸过。说这些不会让你心烦吧，黑蕾？"

黑蕾咬紧牙关，一言不发。

刀尖一路划到布里特妮的脸颊。"你妈想要我。天哪，她那么想要我，对吧？你看见她把你带到我诊所的时候那副眼神了吧？"

布里特妮啐了一口，喷了他满脸口水，还喷进他眼里去。

他转身用袖子擦脸。

黑蕾哈哈大笑，不是因为她觉得好笑，而是她想把他从女孩儿身边引开。

他的脸上拧出愤怒的皱纹。"闭嘴！"

黑蕾没有闭嘴。她笑得更大声，更卖力，直到他离开布里特妮走到她旁边，抓起她的左手，把刀放在她中指上。"我想这个手指是下一个该去掉的，你觉得呢？"

布里特妮一声尖叫。

2010 年 2 月 23 日　周二　凌晨 4：26

　　杰瑞德开车狂飙横穿城镇，时间一分一秒过得缓慢而煎熬。他发出了通缉塞缪尔·麦克马伦医生的全境通告。不幸的是，唯一与麦克马伦医生有关的地址指向在奥本的那栋房子，辛迪的葬身之处。

　　那个人是个矫形牙医。莉齐提到过听见电钻的声音。而且被害人中很多都戴过牙套，但她们的尸体被发现的时候牙套却统统不见了。凶手是用电钻去除了指向麦克马伦医生的证据吗？

　　杰瑞德把车停在莉齐家外面，下车跑上楼梯。公寓里空空如也，一片漆黑。想到莉齐和蜘蛛侠在一起，他就每一块肌肉都紧张。杰瑞德穿过客厅，走进厨房，寻找线索，便条之类，什么都行。他走到她卧室，捡起床中间那个毛发稀稀拉拉、只有一只眼的填充动物玩具。他一想到失去莉齐就受不了。他不能再失去她，他再也不能失去她。

　　他的手机响了，是他母亲打来的，她一定看见新闻了。又或者，到头来她终于回了他之前六七通电话里的其中一通。这就是他母亲，在他需要她的时候，她从没在他身边过，他一次都不记得她在，一次也没有。但那已经无所谓了。除了找到莉齐，什么都无所谓了。

　　他抵达瓦纳夫妇家的房子时已经接近凌晨五点钟。那儿人仰马翻，乱哄哄的——莉齐在他们鼻子底下消失了。理查德坐在沙发上，手里捧着一个装着咖啡的马克杯。凯茜在门口迎上杰瑞德，把他拖到她女儿的房间。莉齐昨晚就是在那儿睡的。她给他看了一张莉齐留在床上的纸条，半掩在枕头下面。

　　纸条上写道："他说如果我跟他走，他会放了布里特妮。我不会让他伤害布里特妮。"

蜘蛛侠给莉齐打过电话,而且达成了交易。杰瑞德明白了。用莉齐换布里特妮。莉齐当然会同意这种交换。按照莉齐的思维方式来看,她别无选择。但莉齐和布里特妮都没回家,这意味着莉齐被耍了。她竟然以为蜘蛛侠会信守诺言?

杰瑞德没法站在那只看着凯茜眼里的哀求什么都不做。他告诉她,他会竭尽全力找到布里特妮和莉齐,然后就离开了那座房子。

他还没意识到自己要去哪,就已经驾车飞奔在了高速公路上。他想过一旦速度计读数达到 80,就用上 LED 警示灯,但随后决定不要给自己招来不必要的注意。不到六分钟杰瑞德就跑完了高速,前往萨克拉门托河流域。他不得不追随自己的直觉。他只剩下直觉了。蜘蛛侠的姐姐完全不知道他们能在哪儿找到她弟弟。她和她的朋友们那么多年之前对一个小男孩做了什么?

他把车停在沃克尔家房前,那儿的发掘工作从上周开始。现在天还早,很冷。今晚连蟋蟀都不待在外面。

他下了车,在房子前停下脚步,四下环顾。他站在当时和莉齐一起等增援时站的那块路沿石上。莉齐不止在一个场合告诉过他,她很确定蜘蛛侠那天一直在盯着她。杰瑞德看向街对面,当时有一个年长的女人在那儿从她的厨房窗户看着他们。

这个社区和其他社区别无两样:一排又一排的独户家庭房屋,大多数修建于二十世纪七八十年代。很多都是夫妻带着孩子住。房子保护的完好程度各不相同。

他的目光慢慢从一座房子游移到另一座。莉齐说过,她逃出来之后,向右边看去,努力想看清自己逃离的房子,但被升起的太阳眩花了眼睛。

杰瑞德走到街道中央，转一转方向，让自己的右侧朝向东方。如果她那时向右看能看见自己逃脱的房子，而且是被升起的太阳照花了眼，那就意味着，沃克尔家的房子是在街道错误的一侧。

外面很黑。杰瑞德走在街道中间。远处有一只狗在叫。月光在他的路上投下阴影。街道的另一边有超过一打的房屋，其中有六到七座能在看沃克尔家房子时拥有很好的视角。如果莉齐那天的感觉是对的，他们当时确实被盯上了，那他离蜘蛛侠的老巢就近了。不过今晚，离得近是一件再好不过的事。蜘蛛侠可能已经看到他们找到他死去妻子的新闻了。全国通缉令是按照塞缪尔·琼斯和萨姆·麦克马伦医生这两个名字发出的。他的时间快要用光了。他们都是。

杰瑞德手机振动，他看都不看来电姓名就接了。

"杰瑞德，我需要跟你谈谈。"

他继续走着。"妈，别现在行吗。"

"杰瑞德，别挂。"

他准备好了枪。

他再也不想听她哭哭啼啼，咬紧了牙关，准备把手机扔进灌木丛里。"你想跟我说什么？这个世界不是围着你和你那堆问题转的。"愧疚感可能会蹑手蹑脚地靠近他，过会儿就跟在他屁股后面刺痛他，但现在，此时此刻，他才懒得理呢。他受够了父母层出不穷的洋相了。拜托你们理性点，好好生活吧。

他刚要挂电话，他母亲开口道："我想我知道你能到哪儿找到麦克马伦医生。"

"为什么？你怎么知道？"

"他就是我跟你爸爸说过的那个男人，一直跟我见面的。最近他不回我电话了。所以我前天的时候等他离开诊所，跟踪了他。"

第 37 章

2010 年 2 月 23 日　周二　凌晨 4:32

莉齐睁开双眼。

黑暗。漆黑的黑暗。她什么都看不见。他的作业做完了,他已经准备就绪。如果这儿有任何窗户,那它们一定都被封住了。她能感觉到喉咙在收紧,让她呼吸艰难。

别慌,莉齐。

如果她想救布里特妮和黑蕾,那她就需要保持冷静。

死亡。

这间房间里有死亡的气息。她的胳膊被捆到背后,就像过去的老样子。那个婊子养的。她跟绳索较劲,气得发狂,但随后渐渐意识到,他以为他非常了解她,但他还不知道她能让肩膀脱臼,就像其他一些人能把一节手指从指关节拔出来一样。如果他知道,他肯定不会用现在这种方式绑她。如果她能把肩膀错位,她就能出其不意。

她听了一会儿。头很痛。剧烈的痛楚要把她头盖骨撕碎了。蜘蛛侠往她血管里注射的东西短短几秒之内就让她不省人事。虽然她眼睛渐渐习惯了黑暗，但她的视力顶多称得上是"模模糊糊能看见"。她四下看看房间。白墙，哔叽色的毯子，成堆的纸板箱。

什么都没变？

蜘蛛和蜈蚣相互踩踏，努力想从它们的玻璃箱里逃出来。她眨了下眼睛，虫子们消失不见了。

刀和针，电钻声，无休无止的折磨，威胁着她要让她不能保持专注。他都让她经历了什么？

她咽了咽口水，闭上眼睛，把精力集中在解绳索上。肩膀脱臼需要她专心。她还能做到吗？她还没来得及回答这个问题，门开了。

他站在那儿……看着她。

她想向他大吼那么多话：他要下地狱；他是个魔鬼；他造下这种孽，永远不会逍遥法外。然而，她什么都没说。他走进房间，一句话不说就把她拎起来，让她站着。由于她双脚脚踝都被捆住了，他拖着她在屋子里走的时候，她一路在他旁边跟跟跄跄。他在走廊尽头的房间停下，是很久很久以前，她找到玛丽的那个房间。

他打开了门。

莉齐咬住了舌尖才没叫出来。布里特妮被铐着，手铐用链子拴在了墙上。黑蕾被捆了，绑到地面的钩子上。可怜的黑蕾——她赤裸着身子，浑身是血，一只手上的小拇指被整整齐齐地切掉了。"黑蕾，"莉齐叫了一声，不知道她是否还活着。

他强迫她坐在他特意为她安排的木头椅子上。真是绅士风度。她知道他用过电钻了。布里特妮的脸上伤痕累累，嘴唇和右脸被割伤，流着血。

这个男人必须去死。"把她们放了，"莉齐声音平静地说："你想让我做什么我都做。"

蜘蛛侠站在布里特妮和黑蕾之间。他笑着摇摇头。没有面具。没有机器人一样的声音。"莉齐，莉齐。这句话我以前听过多少次了？"

"只要你把她们放了。"

"从前那个时候，你哪怕有一瞬间真的想过，我会放你走吗？每个人都必须为他们的谎言付出代价，莉齐。你这个骗子。"他从口袋里掏出一把弹簧小折刀，在布里特妮的面前挥舞着。

莉齐声嘶力竭地呼喊，带得椅子上下晃动，用尽了全力制造声响，想引他向她这边来。他手背掴在她侧脸。

布里特妮啜泣着，眼泪混着血往下流，血从脸颊上深而长的刀口往外冒。

"你为什么这么做？"莉齐问："你为什么就不能别来打扰我们？"

他从心底里发出一声大笑："你不知道？"

黑蕾的胳膊动了一下。她还活着。

莉齐需要占据他的注意，让他一直说下去。让他离布里特妮和黑蕾远一点。

他把刀移向莉齐的额头，差不多每动一寸都停一下，好用刀尖刺透她的皮。"你答应过我会永远和我在一起，"他说："我相信了你，莉齐。我爱你就像爱我自己的女儿一样。"

"放了她们我现在就会跟你走。我们重新开始。我真的很不应该离开你，我一直在想你——"

他的笑声被四面的墙反弹回来，不等她一句话说完就打断了她。他眼神晦暗而空洞，用刀片轻轻拍着她鼻尖，好像在决定要不要先把这里切掉。血从额头上缓缓流下，流进了她右眼的眼角。

"我有个惊喜给你。"他兴奋地说完，从房间里消失了。

"布里特妮，"莉齐飞快地说道："你必须勇敢点。"她有比这多得多的话想说，但是没时间。

"黑蕾。"

黑蕾睁开了眼睛。"我耳朵竖着呢。"

听见黑蕾讲话，莉齐心里宽慰许多。"如果我能把肩膀卸下来，就能把绳子松开。我需要你们两个在我卸肩膀的时候制造噪音，他回来的时候不会知道我在做什么。他会以为我们是在试图吸引邻居们的注意。快！"

她们不需要被吩咐第二遍。布里特妮扯开了喉咙大喊，黑蕾则大骂下流的脏话，盖过了莉齐借助地板撞开关节时发出的所有动静。莉齐自己也疼得大喊。她已经有好多年没有让手臂错位了。这种疼痛跟她记得那种感觉没一点相像。这次痛得多了。

莉齐刚扭着身子坐回木椅上，蜘蛛侠就冲进了房间。他立刻随手关掉了房间的门，显然是被她们制造的喧闹声惹毛了。"别出声，"他说："不然我就把你们的舌头都割掉。你知道我会的，莉齐。"

他戴着一只手套，展示一只他喜爱的蜘蛛。"既然咱们现在有了一个观众，我愿意给布里特妮看看我心目中最重要的财产里的其中一件。"

"别碰她。"

"这不只是随便什么蜘蛛而已，莉齐。这是珍贵的澳大利亚漏斗网蜘蛛，世界上最毒的蜘蛛。"他把蜘蛛拎在黑蕾的脸上方晃悠着，同时往布里特妮走去。

这些年来莉齐一直以为最坏的事情已经过去了。但她错了。她这辈子从来没有感觉这么无助过。她来见蜘蛛侠的路上应该给杰瑞德打电话的，他会做正确的事，他不会召来警察害布里特妮生命受到威胁的，他是个好人。但当时没有足够的时间让她透彻地思考这些事。

蜘蛛侠把蜘蛛举在离布里特妮的脸几英寸远的地方。那是个油亮、没有毛的黑东西。莉齐紧咬着嘴唇拼命摇头，让布里特妮知道她需要保持冷静，什么都别说。但她从蜘蛛侠眼里看到的疯狂眼神让她明白，他就像毒瘾发作的人在寻找能让他过瘾的毒品，没有什么能阻止他。

"你不应该遭受你姐姐和她朋友们那样的对待，"莉齐绝望地说："翠西和茱莉亚和——她叫什么来着？对了，丽萨。她们活该因为对你做过的事烂在地狱里。我知道她们做过什么，萨姆。我知道你父母的情况，知道你爸爸从来都注意不到你。你不该被那么对待。"

管用了。他转过脸，面向莉齐。

"把那个蜘蛛拿开，"莉齐说："让她们走。每个人都知道你为什么做了那些事。他们理解你。他们会原谅你，就像我已经原谅你的那样。"

他嘴唇弯起一个嘲讽的弧度。

"快，布里特妮！"黑蕾大喊："现在快点！"

布里特妮从墙上扬起胳膊。粗粗的铁链从铁环上断开，劈在了蜘蛛侠脸上。蜘蛛从他手里掉落。他双手捂住脸，极度痛苦地尖声嘶吼。

莉齐挣脱了绳索。她需要多一点时间。她看见布里特妮挣扎着想把另一条胳膊从手铐抽出来，但意识到没有用。

蜘蛛侠跪倒在地。他把两手从鲜血淋漓的脸上拿开，一根手指指着莉齐发难："她差点要了我的命，是不是？你们猜猜谁先去死？"

莉齐用那只挣脱了的胳膊解开一个又一个结。没完没了，解不完的结。蜘蛛侠正在从神志不清的状态恢复，而且她注意到他的脸并不是他身上唯一受伤的地方。就算当时在车里，他看上去也很虚弱。他显然失血不少，也就意味着，黑蕾之前肯定打了漂亮的一仗。

他站起来，然后跌跌撞撞走到床边桌子，在抽屉里到处翻找，直到他意识到他要找的刀放在了床尾。

又有一个结打开了。

那个男人无人能挡。

就像莉齐一样。

她挣脱了。

她用尽自己每盎司①的体重，积攒起每一丝一毫的力气，向他扑过去。他们一起撞到了地板上，差点撞上一动不动的黑蕾。莉齐在上面。蜘蛛侠先从地上站起来，突然，就像绿巨人浩克②一样，把莉齐捡起来扔到一边。

蜘蛛侠向布里特妮逼近，布里特妮又踢又叫。显然她的冷静已经耗光了。她已经做了她所能应付的极限。

莉齐没时间把肩膀复位。她的胳膊在身体一侧松松垮垮地挂着，痛得钻心。如果她能有多点时间，她会把胳膊肘弯成九十度角，然后用另一只胳膊把肩膀轻轻弄回原状。但这里不是美梦成真的迪士尼乐园。她攥起拳头，用没有受伤的手攥住脱离肩膀的那条胳膊，猛地把自己脱臼的肩膀砸到地板上。白热化的疼痛传遍了每一根神经的末梢。

莉齐转身面向布里特妮时，正好蜘蛛侠带着刀向布里特妮冲过去。莉齐大声尖叫，却阻止不了他。

---

① 重量单位，1盎司等于28.35克。
② 浩克（Hulk）是美国漫威漫画旗下超级英雄，初次登场于《不可思议的浩克》（The Incredible Hulk）第1部第1期（1962年5月）。

近距离一声枪响。

杰瑞德站在门框里，枪口对准了蜘蛛侠，准备再补一枪。

蜘蛛侠向前一倒。布里特妮弯起膝盖，双腿把他踢开，踢得他摇摇晃晃倒退着跌倒在地板上。

"布里特妮！"莉齐大喊。

杰瑞德检查完蜘蛛侠身上是否还留有武器，把处在昏迷中的他拖过房间，两个手腕铐在他背后的一根床柱上。

杰瑞德走向布里特妮，莉齐则解开脚踝上的绳子，从床上剥下床罩包裹住黑蕾的身体。她跪在黑蕾身边，深深地感谢她还有呼吸。"黑蕾，"莉齐说："你敢离开我们试试。"

"我哪儿都不去。"黑蕾声音虚弱。

莉齐松了口气，给她松绑。

"告诉你男朋友，手铐的钥匙在梳妆台抽屉里。"

杰瑞德给布里特妮松绑之后，又帮莉齐切断捆绑黑蕾的胶带和金属线。

他弯腰把黑蕾连同毯子还有所有其他的东西抱进臂弯，莉齐和布里特妮紧紧地抓住彼此。

莉齐抚开布里特妮脸上沾的头发，好好地看看她。虽然脸颊有几道比较严重的伤口，她的外甥女即将活着从这里逃出去了。

布里特妮在门口挡住杰瑞德。她看着黑蕾，努力忍住没哭出来，"你救了我的命。谢谢你。"

"你救了你自己的命。"黑蕾说。

警车的声音越来越近。杰瑞德用下巴示意莉齐去拿他皮套里的枪。"留神盯着他，我照顾黑蕾。她失血很多。"

"跟着杰瑞德走，"莉齐对布里特妮说。她不想让布里特妮和蜘蛛侠共处一室。他还活着呢。

布里特妮看看塞缪尔·琼斯，又看看莉齐，犹豫着。

"现在就走，"莉齐说："给你妈妈打个电话。她需要听见你的声音。"

布里特妮点点头，消失在杰瑞德刚刚走出去的门口。

莉齐的枪一直指着塞缪尔·琼斯。他不配被叫做蜘蛛侠。他绝对不是什么超级英雄。他是个杀人犯，没有半点良知的杀人犯。

塞缪尔·琼斯抬起了头。

她还来不及看明白他在做什么，他就轻易地拉着木头床柱站了起来。

"呆在那别动，"她说。她枪口对准他胸口，持枪的手在抖。

虽然他双手被铐到了背后，他现在能自在地到处移动。杰瑞德开枪打他之前他就已经伤得很重，但他还是成功地站起来了。

"你永远都是这么心软。"他说道。她没能开枪。

"呆在那别动，不然我就开枪了。"

"你当初为什么撒谎？"他问。

"因为我要活下去。"她向着门边往后退了一步，"你为什么要杀那些女孩？"

"我告诉过你了。她们是社会的祸害。"

"她们都还是孩子。作为一个青少年活着，并不是一件容易的事。你没有帮到社会任何的忙。你才不算什么英雄，萨姆。"

他又向她迈近一步。这时她看见他深爱的蜘蛛从硬挺的衣领外爬进了他敞开着的血迹斑斑的衬衫里。这只蛛形纲动物一定是他倒在地上，和床柱铐在一起的时候爬到他身上的。

"我警告你。再往前一步，我就开枪了。"

"我知道你最怕哪些东西。我知道你的所有一切。我为你准备了那么多的计划。你都不知道。"

"你这个变态、恶心的人。还有,你根本不了解我。"

"我比任何人都了解你,莉齐。而且我知道你不会对我开枪,"他说:"他们会把我关进监狱,但这不是结束。我能向你保证。"

他走得更近了。蜘蛛消失在他的衬衫里。"把枪给我,莉齐。"

"我可能根本不用对你开枪了,"她对他说:"如果你的澳洲朋友快我一步先解决掉你的话。"

他明白她话里的含义后,四下张望,不确定她说的到底是不是实话。他焦虑不安,脑袋转来转去,然后突然不动了。他们目光相碰,那一刻莉齐明白,他被咬了。他龇牙咧嘴,然后眼睛瞪圆,满是震惊和恐慌,或许,还有痛苦。

有一件事他弄对了,莉齐想。她不确定她会不会对他开枪。她曾经想要这么做。她曾经手指摸在扳机上,冰冷、能致死的扳机,但她没能扣下去。她想知道对于她的事,他一直以来说得是不是都是对的。

莉齐看着他挣扎扭动着找那只蜘蛛,找得艰难,因为双手被绑在背后了。她希望她这是最后一次看见塞缪尔·琼斯。他看起来不像连环杀手。完全不像。他看起来很正常,像你在街上擦肩而过不会注意到的普通人。偶然的机会,一个人会变成魔鬼。一个生活、工作在他们社区的人,一个一手夺去那么多女孩生命的人……那些女孩们值得拥有一次机会去成长,成熟……她们本可以从她们的错误中改过自新,然后给世界带来一点改变,只要她们活在这个世界中。

塞缪尔·琼斯身体的每一个部分都开始痉挛抽搐,包括他的舌头在内。不是一幅好看的画面。口水流满了他的下嘴唇，眉毛上结了厚厚的一层汗。"救我，"他跪倒在地，哀求着。

但莉齐已经离开了房间。

第 38 章

加利福尼亚州，萨克拉门托
2010 年 3 月 21 日　周日　下午 2：00

"玛丽是我的姐姐，也是我最好的朋友。"杰西卡对人群说道。人群中有家人和朋友，但大多数是陌生人，几十年来住在这个社区的人们。他们想看着玛丽入土为安，这样他们就可以继续正常的生活。现在塞缪尔·琼斯死了，他们知道他们的孩子们比从前安全了。

"她是那种每个人应该都会有的朋友。玛丽以前经常和我在公园荡秋千，为未来制定各种宏伟的计划。我们计划去旅行，学几门外语，一起探索这个世界。没有我们不能做的事。我们面前有一整个人生。"她停下，拭去一滴眼泪，"不幸的是，玛丽被从我和我的家人身边夺走得太早了。但我们不要难过。不要在今天难过。玛丽不想要我们难过。她是我见过的最愉快的人。看看你们四周，"杰西卡大大地张开双臂，"这是一个美丽的三月的日子，我们在这纪念玛丽的生命。我会记得她的笑容，她的笑声，还有她的那些梦。我会回校学习，学一门外语，拿到我的学位。之后，我会旅行，探索世界。无论我走到哪里,玛丽就在我身边,因为我会把她装在我心里一起带走,我永远都不会忘记她。永远不会。"

莉齐站在人群的前面。杰西卡的目光锁住她,莉齐冲她的新朋友笑了一下。多亏吉米和他的团队,找到了玛丽的尸体,连同另外三个被埋在塞缪尔·琼斯后院的女孩一起。

上周,杰瑞德与加州州立大学负责本科生课业的副院长谈过了。解释过杰西卡的情况后,院长同意再给她一次机会,她今年秋天就能重回校园了。

今天的追悼会在萨克拉门托举行,格林巴克大道上的希尔拉山纪念公园里。到了每年的这个时候,空气是暖的。瓦蓝的天空,几道象牙色的白云拂过。成熟的橡树和 18 米①高的悬铃木散布在占地 400 多亩②蜿蜒起伏的山峦间。

为了这次纪念,莉齐想,萨克拉门托的社会各界团结在了一起。人们展示出了他们的同情心,对玛丽·克劳福德基金慷慨捐赠,让杰西卡和她的家人得以给玛丽一个像样的葬礼。

塞缪尔·琼斯的名字今天不会被提到。他死后两天,他姐姐,凯伦·克劳利终于说出了她的故事。年幼的塞缪尔·琼斯曾经惨遭她姐姐朋友们的摧残,其中的两人如今已经在诡异的情境中死去。凯伦的父母离开去度假之后,把凯伦留下来照管弟弟。但她和朋友们纵酒、抽大麻,还用鼻子吸强效可卡因③。萨姆威胁要告诉父母,凯伦的朋友们就把他带到地下室,用胶带捆在一把椅子上,用强力胶带蒙上双

---

① 60 英尺,约合 18 米。
② 70 英亩,约合 425 米。
③ 可卡因,又称古柯碱,化学名称为苯甲基芽子碱,多呈白色晶体状,无臭,味苦而麻。在医疗中,它被用作局部麻醉药或血管收缩剂。世界主要毒品之一。

眼和嘴巴，用点着的香烟戳他。但凯伦一直都不知情。她以为弟弟藏在朋友那儿，等到三天后她拾起电话听筒给弟弟的朋友们打电话的时候，她才意识到她自己的朋友们做了什么。凯伦最终找到萨姆的时候，他已经被玩坏了。她在地板上找到了他，还被绑在椅子上。他被一只黑寡妇蜘蛛①咬了。凯伦知道这事，是因为她找到他的时候，发现他拳头里紧紧地攥着那只死蜘蛛。虽然凯伦·克劳利流露出了深深的自责，但她坚称自己没有恶意。她获释后已经回到欧洲的家人身边。

莉齐远远地认出了黑蕾。黑蕾举起扎了绷带的那只手跟她打招呼。莉齐往她这边走来。从杰瑞德来救她们算起，已经过去四周了。黑蕾双臂、双腿、脖子和脸上都有烫伤。像布里特妮一样，她的头发也被剪成了奇怪的形状，所以莉齐花钱请造型师给黑蕾剪了个斜短发，留了个长长的斜刘海（sweeping）。虽然黑蕾不是那种喜欢别人对她表现出过度热情的孩子，但莉齐不管。她一只胳膊揽过黑蕾，紧紧地搂着她，搂了好久。

凯茜对黑蕾为了保护布里特妮而做的一切深表感激，主动提出接黑蕾到她家。软磨硬泡之后，黑蕾答应了。"你怎么过去？"莉齐问。

"你姐姐让我坐她的车。"

"哇哦，那她一定真的很喜欢你。"

黑蕾笑了，但她说话时听起来很沮丧："我猜我算是被抓走了，对吧？被那个疯子抓走，然后被他占了上风。我本来真的以为能除掉他呢。"

---

① 黑寡妇蜘蛛是一种具有强烈神经毒素的蜘蛛。目前已知所有蜘蛛种类中，毒性最大的。一般来说，被黑寡妇咬伤并不会致命，但它的毒素对儿童和体弱者威胁较大。

"你实在不该把自己放在那么危险的处境,黑蕾,但是你做得很好。你真的做得很好。"

"你外甥女也是。她是个强悍的小孩——你知道的——对一个拉拉队队长来说。"

莉齐点点头,忍不住想起,她把布里特妮在学校和拉拉队的表现告诉凯茜的时候,凯茜有多自豪。布里特妮的侧脸一共需要缝19针,但她的伤口愈合得很好,医生们说到了年底的时候伤疤就很难看出来了。

凯茜也带布里特妮去和琳达·盖茨谈过了,于是布里特妮能和琳达谈谈最近发生的事,以及她对父母最近分居的感受。在所有人的帮助下,莉齐对布里特妮有信心,相信她能将继续走下去,过上正常、健康的生活。

黑蕾指指杰瑞德,杰瑞德刚把车停好。他因为去医院看吉米所以迟到了,现在正跑过来。吉米发现自己得了癌症之后已经做了一系列检查。

杰瑞德今天穿深色西装,打着领带,看上去格外帅气。

"你会嫁给这个男人吗?"黑蕾问。

"不,我不觉得,"莉齐歪着脑袋,仔细看了看他:"何况,他还没求我呢。"

她们彼此露出心照不宣的微笑。莉齐马上换了个话题,"我在想,你会不会对在全国各个学校巡回演讲感兴趣。我们两个一起的话,可以到处教孩子们怎样在世界上的各种恶魔面前保护自己。"

"听起来像是给超级英雄干的活儿。"黑蕾说。

"确实。"

黑蕾搓搓她绑了层层绷带的手。"我不知道。我不像我有时候表现出来得那样勇敢。"

莉齐叹了口气:"我也是啊。"

"我当时真的吓坏了。"

"我现在还怕着呢。"

"我会考虑的,"黑蕾最后说,说完举起她缠着绷带的手,"但我怎么再弹钢琴呢?"

莉齐脸上流露出难过:"你弹钢琴?"

黑蕾的眼睛闪了闪:"不弹。我只是忽悠忽悠你。"

这姑娘的非主流玩笑。莉齐摇摇头。

"我人生第一次,"黑蕾语气严肃地说:"意识到我想要活下去。这是什么乱七八糟的?被一个疯子折磨,结果我忽然想活下去了?"她气冲冲地说:"真是没道理。"

"确实啊,"莉齐也同意,"单纯就此而言,如果说所有的坏事都能不知不觉地让好事变得更好,也不错。"

"是呀,我猜是这样。"黑蕾说着,杰瑞德离她们越来越近。他们三个短短地聊了几句,黑蕾说声再见,前往停车场。

"她像个斗士。"莉齐看着黑蕾走开,对杰瑞德说。

"是啊,她很像。对不起我来晚了,"他补了一句:"看来我错过了听杰西卡念悼词。"

"她会理解的。她做得很好。吉米怎么样了?"

"他今早做的第一件事就是化疗。结果还不好预测。"

"太让人惋惜了。我喜欢吉米。就算我不喜欢他,我也不愿意任何人得癌症。"

"我跟他说我们今晚会到医院看他。"

莉齐点点头。他们穿过人群去找杰西卡。莉齐知道杰瑞德现在非常难过。吉米是他的朋友，也是他的良师。此外还有杰瑞德的父母和他们即将破裂的关系。虽然对于父母分居他没说很多，但她知道他心上有什么东西重重地压着。虽然杰瑞德是个成年人，莉齐自己的亲身经历让她明白，一个破裂的家庭带来的影响，以及它能如何让一个人稍微有些不同地重新审视生活。

杰西卡和哥哥在玛丽的墓边献花，莉齐和杰瑞德在离他们几英尺的地方站住，给他们一些私人的哀悼时间。

"真难相信，一切到头来结束了。"莉齐对杰瑞德说。

杰瑞德把她的手握在手心："这只是开始，莉齐。仅仅是个开始。"

谢辞

我希望在此向每一位线上线下我遇见的作家表示感谢。一路走来，是他们一直给我灵感和鼓励。几年前我曾批评苏珊·克罗斯贝（Susan Crosby）、苏珊·格兰特（Susan Grant）、和布伦达·诺瓦克（Brenda Novak）（排名不分先后和类别），但我从他们每一位作家身上都学到了一些东西，而且我很感激曾和他们共事的这段经历。我也从各种组织和作家团体那里学到了很多，包括 RWA，湿面条团伙①（the Wet Noodle Posse），萨克拉门托山谷玫瑰②（the Sacramento Valley Rose），还有精灵鸡仔（the Pixies Chicks）。

感谢你们所有人。

---

① 生活杂志。
② 美国浪漫小说作家团体。

图书在版编目（CIP）数据

致命绑架/（美）T.R.蕾根著；席煦译；蔡君梅校译.-上海：上海文艺出版社.2017.6
ISBN 978-7-5321-6321-2
Ⅰ.①致… Ⅱ.①T… ②席… ③蔡… Ⅲ.①长篇小说—美国—现代
Ⅳ.①I712.45
中国版本图书馆CIP数据核字(2017)第112581号

©This edition made possible under a license arrangement originating with Amazon Publishing, www.apub.com.
Simplified Chinese edition copyright:
2017 SHANGHAI LITERATURE AND ART PUBLISHING HOUSE
All rights reserved.
著作权合同登记图字：09-2016-561

书　　名：	致命绑架
作　　者：	（美）T.R.蕾根
译　　者：	席　煦
校　　译：	蔡君梅
出　　版：	上海世纪出版集团　上海文艺出版社
地　　址：	上海绍兴路7号　200020
发　　行：	上海世纪出版股份有限公司发行中心发行
	上海福建中路193号　200001　www.ewen.co
印　　刷：	崇明裕安印刷厂
开　　本：	890×1240　1/32
印　　张：	12.25
插　　页：	2
字　　数：	240,000
印　　次：	2017年6月第1版　2017年6月第1次印刷
I S B N：	978-7-5321-6321-2/I・5044
定　　价：	43.80元

告　读　者：如发现本书有质量问题请与印刷厂质量科联系　T:021-59404766